Zu diesem Buch

Als James Agee 1955 im Alter von 45 Jahren einer Herzattacke erlag, hinterließ der Autor des inzwischen weltberühmten Reportage-Werkes ‹Laßt uns jetzt die großen Männer preisen› das Manuskript eines Romans, an das er die letzte Hand nicht mehr hatte legen können, das aber trotzdem als abgeschlossen gelten kann. Die Herausgeber hatten wenig mehr zu tun, als ein paar Bruchstücke an gehöriger Stelle einzuordnen. Als ‹Ein Todesfall in der Familie› 1957 erschien, wurde er mit dem Pulitzer-Preis ausgezeichnet. Der Roman spielt in Knoxville, einem kleinen Städtchen in Tennessee. Dort gibt es Straßenbahnen, einen Bahnhof, Schulen, Gärten, Fabriken, Kneipen. Nichts ist anders als in jeder anderen kleinen Stadt da unten, weder die Menschen noch ihre Sorgen. Wenn der Abend kommt, liegen die Bewohner auf Decken in ihren Gärten, die Straßenbeleuchtung geht an, Grillen zirpen, die Kinder spielen, die Väter sprengen den Rasen, die Mütter waschen ab und bereiten das Frühstück vor. Man spricht mit den Nachbarn, schickt einen Blick zu den Sternen und geht zu Bett. Während die Stadt schläft, kommt zu einer dieser Familien, was man das Schicksal nennt. Das Telefon klingelt, Jay Follet muß über Land zu seinem Vater, der angeblich im Sterben liegt. Er verabschiedet sich von seiner Frau, verspricht am nächsten Abend zurück zu sein, verunglückt auf der Heimfahrt, und wieder klingelt das Telefon, das nun den wirklichen Tod Jays statt des vermeintlichen seines Vaters verkündet. Er wird aufgebahrt und begraben. Das ist alles, die ganze Geschichte, aber diese ganz alltägliche Geschichte wird so erzählt, daß man weder Jay Follet noch seine Familie je wieder vergessen kann.

Knoxville gehört seit mehr als drei Jahrzehnten in die literarische Geographie, die Familie Follet in die literarische Biographie, und das verdanken Ort und Menschen dem Kunstverstand Agees, der mit einfachsten Mitteln ein dauerndes Denkmal gefertigt hat. Symmetrie war sein leitender Gesichtspunkt. Der erste Teil schildert die erste Nacht des Aufbruchs und den darauffolgenden Tag, an dem die Familie noch ihr Alltagsleben lebt, bis zum Abend, an dem Jay zurückkehren soll. Der zweite die nächste Nacht mit der Todesbotschaft. Der dritte die Tage bis zum Begräbnis. Dazwischen liegen die Einschübe, die aus der Kindheit von Rufus Follet erzählen, der im Mittelpunkt der Erzählung steht. Er und der Tod.

Rufus ist gescheiter und aufgeweckter als andere Kinder, aber er ist nicht mutig und nicht kräftig. Die anderen machen sich über ihn lustig, überreden ihn, eins seiner Kinderlieder zu singen und hänseln ihn dann, ohne daß er wüßte, warum. Er versteht es einfach nicht. Verstehen dagegen muß er Schwereres, den Tod, so wie die ganze Familie, seine Mutter und seine Schwester ihn verstehen müssen, jeder auf seine Art, jeder anderen Schwierigkeiten unterworfen. Die Gläubigen durch den Glauben, die Zweifelnden durch den Zweifel, die Ungläubigen durch den Unglauben.

Rowohlt Jahrhundert

Herausgegeben von Walter Boehlich

Band 86

James Agee

Ein Todesfall in der Familie

Roman

Aus dem Amerikanischen
von Gerda v. Uslar

Rowohlt

Die Originalausgabe erschien unter dem Titel
«A Death in the Family» bei McDowell,
Obolensky Inc., New York
Die deutsche Erstausgabe erschien 1962
im Nannen-Verlag, Hamburg, unter dem Titel
«Ein Schmetterling flog auf»

Veröffentlicht im Rowohlt Taschenbuch Verlag GmbH,
Reinbek bei Hamburg, Juli 1991

Umschlaggestaltung Peter Wippermann
(Foto des Autors: Helen Levitt)
Gesetzt aus der Garamond (Linotronic 500)
Gesamtherstellung Clausen & Bosse, Leck
Printed in Germany
1980-ISBN 3 499 40086 3

Vorbemerkung

James Agee starb unerwartet am 16. Mai 1955. Wir veröffentlichen diesen Roman, an dem er mehrere Jahre gearbeitet hat, auf Grund des uns vorliegenden nachgelassenen Manuskripts, also ohne jede Änderung. Es wurden lediglich einige Seiten der ersten Niederschrift ausgesondert, die Agee selber später noch etwas ausführlicher gefaßt hat, sowie ein Abschnitt von etwa sieben Seiten, den die Herausgeber dem Roman nicht zufriedenstellend einzupassen vermochten.

Agee hat die Abfassung seines Romans *Ein Todesfall in der Familie* einige Zeit vor seinem Tod beendet. Das einzige Problem für die Herausgeber bestand darin, einige Szenen, die außerhalb der in dem Werk umrissenen Zeitspanne spielen, in das Buch einzuordnen. Man entschied sich schließlich dafür, sie in Kursivdruck hinter den ersten und den zweiten Teil zu setzen, da es unangebracht erschien, unzuverlässige Mutmaßungen anzustellen, an welchen Stellen der Autor selber die Szenen eingesetzt hätte. Diese Maßnahme enthob zudem die Herausgeber der Notwendigkeit, verbindende Texte einzuschalten. Der kurze Abschnitt *Knoxville: Sommer 1915*, der gewissermaßen als Einleitung dient, wurde hinzugefügt. Er gehörte nicht zu dem von Agee hinterlassenen Gesamtmanuskript, doch hätten die Verleger ihm sicherlich nahegelegt, ihn dem Werk bei einer letzten Überarbeitung einzugliedern.

Es ist fast unmöglich, zu erraten, wieviel Agee selber noch

überarbeitet oder umgeschrieben hätte, denn er war ein rastloser und äußerst gewissenhafter Schriftsteller. Nach Meinung der Herausgeber jedoch ist *Ein Todesfall in der Familie* ein fast vollkommenes Kunstwerk. Sowohl der gesamte Text wie der Titel der Originalausgabe stammen von James Agee.

Wir wollen jetzt von Sommerabenden in Knoxville in Tennessee sprechen, von der Zeit, da ich dort in einer so glücklichen Verkleidung lebte: als Kind. Der Stadtteil war ein bißchen gemischt, vornehmlich solide untere Mittelklasse mit einigen Ausnahmen nach beiden Seiten. So waren auch die Häuser: mittelgroße, mit hübschem Schnitzwerk verzierte Holzhäuser, Ende des 19. oder Anfang des 20. Jahrhunderts erbaut, mit schmalen Vorder- und Seitenfronten, einer Veranda auf der Rückfront und großen, mit Bäumen bestandenen Gärten dahinter. Man sah Pappeln, Magnolien und andere Bäume. Einige der Grundstücke waren umzäunt; aber die meisten Gärten gingen ineinander über und waren bestenfalls durch eine niedrige Hecke abgegrenzt, die aber auch keine wirkliche Trennung darstellte. Von den Erwachsenen waren nur wenige miteinander befreundet, auch waren die Leute nicht arm genug, um jene andere Form intimerer Zusammengehörigkeit zu empfinden. Sie grüßten sich, nickten einander zu und wechselten wohl auch ein paar belanglose Worte allgemeiner oder privater Art. Die nächsten Nachbarn führten ein Gespräch miteinander, wenn sie sich zufällig begegneten, aber sie besuchten sich nicht. Die Männer waren zumeist kleine Geschäftsleute oder kaufmännische Angestellte; daneben gab es ein paar subalterne Beamte und einige Handwerker. Die meisten waren brave Kirchgänger, und fast alle standen im Alter zwischen dreißig und fünfundvierzig.

Aber ich will von diesen Abenden sprechen.

Um sechs Uhr wurde gegessen, und um halb sieben war man fertig. Dann herrschte noch Tageslicht: ein sanfter Schein mit einem matten Schimmer wie im Innern einer Muschel. Die Karbidlampen an den Ecken waren angezündet, die Zikaden hatten mit ihrem Konzert begonnen, die Glühwürmchen schwärmten und ein paar Frösche hüpften durch das taufeuchte Gras, wenn die Väter und die Kinder herauskamen. Zuerst stürmten die Kinder in wilder Jagd die Verandastufen herunter und riefen einander mit gellender Stimme. Gemächlich kamen die Väter hinterher, in Hemdsärmeln, mit gekreuzten Hosenträgern. Sie hatten den Kragen abgeknöpft, so daß der Hals lang und fast verschämt aufragte. Die Mütter waren noch in der Küche, spülten das Geschirr, trockneten es ab und räumten es weg, zogen wie emsige Bienen ihre spurenlosen Fährten kreuz und quer und maßen Kakaopulver für das Frühstück ab. Wenn sie dann auch herauskamen, hatten sie die Schürzen abgebunden und ihre Röcke waren feucht. Still setzten sie sich in ihre Schaukelstühle auf der Veranda.

Aber nicht von den Kindern und ihren abendlichen Spielen will ich sprechen, sondern von einer ganz bestimmten Atmosphäre, die zu jener Stunde herrschte und die wenig mit diesen Spielen zu tun hat. An die Familienväter denke ich, von denen nun jeder auf seinem Rasenstück stand, das Hemd fischig bleich in diesem unnatürlichen Licht, das Gesicht fast anonym, den Gartenschlauch in der Hand. Die Schläuche waren an Hähne angeschraubt, die aus dem Backsteinfundament der Häuser ragten. Die Sprengdüsen waren verschieden eingestellt, doch gewöhnlich so, daß ein langer, weicher Strahl daraus hervorschoß. Von der nassen Sprengdüse in der Hand tröpfelte das Wasser auf den rechten Vorderarm und den zurückgeschobenen Hemdärmel, darüber aber zischte es in langgestrecktem, niedrigem Bogen und mit wunderbar sanftem Laut dahin. Zuerst hörte man ein wildes, verrücktes Geräusch, dann ein noch immer unregelmäßiges Blubbern, wenn die Sprengdüse zurechtgedreht wurde, und dann schmolz das alles zusammen zu Gleichmäßigkeit und nahm eine so genau auf Umfang und Stärke des Stroms abge-

stimmte Tonhöhe an wie bei einer Violine. So viele Tonarten aus einem einzigen Schlauch: so viele zu einem Choral zusammenklingende Töne aus den verschiedenen Schläuchen, die in Hörweite waren.

Und aus einem Schlauch das fast tote Schweigen beim Zurücknehmen des Stroms, und der kurze, stille Bogen der einzelnen großen Tropfen, schweigend wie angehaltener Atem, und als einziges Geräusch dieser leichte, glättende Laut auf Blättern und Grashalmen, die sich unter dicken, auf sie herabfallenden Tropfen bogen. Dazu das brausende Zischen des vollen Strahls; die stetige Intensität, die nicht abnahm, sondern mit jeder Drehung der Sprengdüse nur ruhiger und feiner wurde bis zu jenem unendlich zarten Wispern, wenn der Strahl schließlich einen weiten glockenförmigen Schleier bildete. Gewöhnlich jedoch wurden die Schläuche fast überall auf gleiche Weise bedient, in einem genau regulierten Verhältnis zwischen Reichweite und Weichheit des Strahls (und ganz bestimmt wirkte ein künstlerisches Gefühl bei dieser Regulierung mit, eine tiefe, stille Freude, allzu wirklich, um von sich selbst zu wissen), und darum waren alle Töne fast auf gleiche Höhe gestimmt: eine einheitliche Melodie, in der gelegentlich das wilde Gluckern eines neu angestellten Schlauchs aufklang oder eine spielerische Variante, wenn ein Mann an der Sprengdüse drehte; leer gelassen wie Gottes Hand bei des Sperlings Fall, wenn ein einzelner plötzlich ausfiel; ein Einklang, der durch feine Abstufungen in der Tonhöhe entstand. All die sanften bleichen Sprühströme in diesem Licht lassen ihre Stimmen ertönen; Mütter beschwichtigen ihre Kinder, das Sch-sch unnatürlich gedehnt; die Männer friedlich und schweigend, jeder schneckengleich zurückgezogen in die Ruhe seines Tuns; ein Wasserlassen riesengroßer Kinder, in lockerer soldatischer Disziplin, gegen eine unsichtbare Wand; und sie alle, so glücklich und friedvoll, schmecken diese gute Einfachheit ihres Lebens, wie ihre Gaumen den Rest der Abendmahlzeit; während die Zikaden die Melodie der Schläuche in ihrer eigenen, viel höheren und schärferen Tonart aufnehmen. Der Ton der Zikade ist trocken, und es scheint, als werde er nicht durch ein Kratzen oder Vibrieren erzeugt, sondern es hört sich an, als presse ein Tier einen endlosen Atemstrom aus einer winzigen Öffnung seines Leibes. Und es ist auch nie eine einzige Zikade, sondern immer hat man das Gefühl, als seien es mindestens tausend. Die Töne aller Zikaden sind auf eine klassische Zikadentonskala abgestimmt, von dem keine Zikade um mehr als höchstens zwei Ganztöne abweicht: und doch kommt es einem vor, als hörte man jede einzelne aus dem Schwarm heraus. Es ist ein langgezogener, langsamer Takt in ihrer Musik, wie der kaum angedeutete Bogen einer langen und hochgewölbten Brücke. Sie sitzen ringsherum in den Bäumen, so daß ihre Laute gleichzeitig von nirgends und überallher zu kommen scheinen, aus der weiten Himmelsmuschel, zitternd in deinem Fleisch, dein Trommelfell reizend – die kühnsten aller nächtlichen Laute. Und doch gehören sie zu den Sommernächten und in die große Ordnung der Geräusche, so wie das Geräusch der See und das des Blutes, ihres frühreifen Enkelkindes, das man nur dann bewußt zu hören vermag, wenn man in sich selber hineinhorcht.

Unterdessen ertönt unten aus dem Dunkel, direkt hinter den schwebenden Horizonten der Schläuche, dort wo immer das Gras mit seinem starken grünschwarzen Fettgeruch die Feuchtigkeit des Taus durchdringt, das regelmäßige und doch auseinandergezogene Zirpen der Grillen, jedes ein süßes, kühles, silbernes Geräusch: drei Töne, als streiche jemand unaufhörlich über drei ineinander verschränkte Glieder einer kleinen Kette.

Aber nun haben die Männer einer nach dem anderen die Schläuche abgestellt, haben sie abtropfen lassen und aufgerollt. Jetzt sind nur noch zwei übriggeblieben, jetzt ist es nur noch einer, und du siehst nur noch das gespensterbleiche Hemd mit den Ärmelhaltern und das schlichte Geheimnis des sanften Gesichts darüber, wie der erhobene Kopf eines großen Rindes, das dich in einem pechdunklen Wiesengrund wittert.

Und nun ist auch er fort, und jene Abendstunde ist da, zu der die Menschen auf ihren Veranden sitzen, leise mit den Schaukelstühlen wippen, leise plaudern und die Straße beobachten und die hohen, schlanken Bäume auf ihrem Grundstück, die hängenden Flughäfen der Vögel. Leute kommen vorüber; Dinge kommen vorüber. Ein Pferd, das einen leichten Einspänner zieht und seine hohle Eisenmusik auf dem Asphalt ertönen läßt; ein lautes Auto, ein leises Auto; Paare, nicht eilig, sie schubsen sich im Scherz beiseite, lassen das Gewicht ihrer sommerlichen Körper schwingen, reden über nebensächliche Dinge; über ihnen schwebt ein Geruch nach Vanille, Erdbeeren, Pappe und Dickmilch, hängt das Bild von Liebenden und Reitern, umrahmt von Clowns in farblosem Bernstein. Eine Straßenbahn beginnt ihr stählernes Stöhnen; sie hält, klingelt, fährt wieder an; schnarchend; und mit zunehmender Geschwindigkeit erhebt sie von neuem ihr immer lauter werdendes stählernes Stöhnen, und ihre goldenen Fenster und die Strohsitze schwimmen vorbei und vorbei und vorbei, und der bleiche Funke über ihr knistert und zischt wie ein kleiner, böser Dämon, der sich an ihre Fersen geheftet hat; das stählerne Gewimmer wird mit wachsender Geschwindigkeit immer schriller; in der höchsten Tonlage ebbt es ab; hält inne; die schwache, antreibende Glocke; wieder erhebt es sich, immer schwächer; ebbt ab, schwillt an, bleibt stehen, verliert sich: aus, vergessen. Nun ist die Nacht ein blauer Tau.

Nun ist die Nacht ein blauer Tau, mein Vater hat den Schlauch austropfen lassen und aufgerollt.
Da unten, über die Rasenflächen hin, ein schwacher, atmender Feuerschein.
Zufrieden, silbern, wie ein verstohlenes Aufblitzen in dem nassen Gras, sagt jede Grille wieder und wieder ihren Vers auf.
Eine kalte Kröte tappt plump umher.
Am Rande feuchter Schatten in den Seitengärten lungern Kin-

der; fiebernd fast vor Freude und Angst belauern sie die schutzlose Telefonstange.

Rund um weiße Karbidlampen an den Ecken sind Käfer aller Größen zu Ellipsen versammelt, Sonnensysteme. Große Hartpanzer bekämpfen, stoßen sich: einer liegt auf dem Rücken, mit zappelnden Beinen.

Eltern auf Veranden: in Schaukelstühlen, vor und zurück. Von feuchten Fäden lassen Winden ihre alten Gesichter herabhängen.

Der trockene und erregte Lärm der Zikaden überall in der Luft bezaubert plötzlich mein Ohr.

Über das rauhe, nasse Gras im Hintergarten haben mein Vater und meine Mutter Decken gebreitet. Darauf liegen wir alle, meine Mutter, mein Vater, mein Onkel, meine Tante, und auch ich liege da. Zuerst saßen wir aufrecht, dann legte sich einer von uns hin, und dann legten wir alle uns hin, auf den Bauch, auf die Seite, auf den Rücken, und sie sprachen weiter. Sie sprechen nicht viel, und die Unterhaltung ist ruhig, es geht um nichts Besonderes, um überhaupt nichts Besonderes, um überhaupt nichts. Die Sterne sind fern und lebendig, jeder sieht aus wie ein sehr zärtliches Lächeln, und sie scheinen ganz nah zu sein. Alle die Menschen um mich haben größere Körper als ich, und sie sind ruhig und ihre Stimmen freundlich und nichtssagend wie die Stimmen schlafender Vögel. Einer ist ein Künstler, er wohnt in seinem Haus. Eine ist Musikerin, sie wohnt in ihrem Haus. Eine ist meine Mutter, sie ist gut zu mir. Einer ist mein Vater, er ist gut zu mir. Durch einen Zufall sind sie alle hier auf dieser Erde; und wer kann je beschreiben, wie schwer es ist, auf dieser Erde zu leben, auf Decken im Gras zu liegen, an einem Sommerabend, inmitten der Töne der Nacht. Gott segne sie alle, meinen Onkel, meine Tante, meine Mutter, meinen guten Vater, o Gott, gedenke ihrer freundlich in den Zeiten ihrer Trübsal und in der Stunde, da du sie von hier fortnimmst.

Nach einer Weile muß ich hineingehen und werde zu Bett

gebracht. Mit sanftem Lächeln zieht der Schlaf mich an sich: und alle Dinge ringsum nehmen mich auf, so ruhig und selbstverständlich, als ein Kind, das hier geliebt wird und zu Hause ist: aber sie wollen nicht, oh, sie wollen nicht, jetzt nicht und nie; aber sie wollen mir nie sagen, wer ich bin.

I. Teil

1. Kapitel

An diesem Abend sagte sein Vater beim Essen, wie schon oft zuvor: «Ich finde, wir sollten mal ins Kino gehen.»

«O Jay!» rief seine Mutter. «Dieser abscheuliche kleine Mann!»

«Was hast du denn gegen ihn?» fragte sein Vater, nicht etwa, weil er nicht wußte, was sie antworten würde, sondern damit sie es sagen sollte.

«Er ist so eklig!» sagte sie – wie sie es immer sagte. «So ordinär! Mit seinem ekligen kleinen Stock, mit dem er den Frauen immer unter die Röcke fährt, und mit diesem ekligen Watscheln!»

Sein Vater lachte wie immer, und Rufus hatte das Gefühl, daß dieser Scherz allmählich ein bißchen abgebraucht war; aber er hatte doch wieder Freude an diesem Lachen; er spürte, daß es ihn mit seinem Vater verband.

Im perlmuttfarbenen Abendschimmer gingen sie zur Stadt hinunter ins Majestic und ertasteten sich im Licht der Leinwand den Weg zu ihren Sitzplätzen, und ringsum roch es so schön nach kaltem Tabak, Schweiß, Parfum und schmutziger Wäsche, indessen das Klavier eine schnelle Musik spielte und galoppierende Pferde eine herrliche Staubfahne aufwirbelten. Und da war William S. Hart mit seinen zwei blitzenden Colts und seinem langen Pferdegesicht und seinem breiten, harten Mund, und das weite Land flog hinter ihm weg, groß wie die Welt. Dann sah er ein Mädchen, und er machte ein ganz schüchternes Gesicht, sein Pferd schob die Oberlippe hoch, und alle lachten, und dann wurde die Leinwand eingenommen vom Bild einer Stadt und von dem Gehsteig der Seitenstraße einer Stadt, einer langen Palmenreihe, und da war Charlie. Alle lachten, als sie sahen, wie er jetzt mit auswärts gesetzten Füßen, die Knie weit auseinander, daherwatschelte, als habe er sich wund gelaufen; Rufus' Vater lachte, und Rufus lachte auch. Diesmal stahl Charlie eine Tüte mit Eiern, und als sich ein Polizist näherte, versteckte er sie hinten in seiner Hose. Dann entdeckte er plötzlich eine hübsche Frau, und schon begann er, noch breitbeiniger herumzuwatscheln, seinen Stock zu wirbeln und komische Gesichter zu schneiden. Sie warf den Kopf zurück und ging mit hocherhobenem Kinn weiter, den Mund so fest zusammengekniffen, wie sie es nur irgend konnte, und er folgte ihr eilfertig und fuchtelte mit seinem Stock herum, daß alle lachen mußten, aber sie beachtete ihn nicht. Schließlich blieb sie an einer Ecke stehen, um auf die Straßenbahn zu warten, drehte ihm den Rücken zu und tat, als sei er überhaupt nicht vorhanden. Nachdem er eine Weile erfolglos versucht hatte, ihre Aufmerksamkeit zu erregen, wandte er sich zu den Zuschauern um, zuckte die Achseln und tat nun seinerseits, als sei sie nicht vorhanden. Doch nachdem er ein Weilchen mit seinem Fuß auf und nieder gewippt und sich gleichgültig gestellt hatte, erwachte sein Interesse von neuem, und nun lüftete er mit einem reizenden Lächeln seinen steifen Hut. Sie aber reckte sich nur und warf wieder den Kopf zurück, und alle lachten. Dann marschierte er hinter ihr auf und ab, sah dauernd zu ihr hin und ging ab und zu ein wenig in die Kniebeuge, und wieder lachten alle. Plötzlich schnellte er seinen Stock herum, packte ihn am unteren Ende und hob mit dem Griff ihren Rock bis zu den Knien – genau auf die Art, die Mama so empörend fand –, blickte lüstern auf ihre Beine, und alle lachten schallend; aber sie tat, als habe sie es gar nicht bemerkt. Dann wirbelte er seinen Stock herum, und auf einmal bückte er sich, neigte den Stock und zog seine Hose herauf, und wieder hakte er unter ihren Rock und hob ihn so hoch, daß man ihr Höschen sehen konnte, das einen gekräuselten Saum hatte, genau wie Gardinen, und alle Leute schrien vor Lachen. Doch sie fuhr wütend herum und versetzte ihm einen Stoß gegen die Brust, und er kippte steifbeinig nach hinten und setzte sich hart hin – es mußte ziemlich weh getan haben –, und wieder schrien alle vor Lachen. Und sie vergaß ihre Straßenbahn und schritt hochmütig davon, die Straße entlang, «Wütend wie eine Hornisse», wie sein Vater begeistert rief. Und da saß nun Charlie mitten auf dem Gehsteig, und an seinem jämmerlichen und angeekelten Gesicht sah man, daß ihm die Tüte mit Eiern eingefallen war, und plötzlich erinnerten sich auch die Leute daran. Sein Gesichtsausdruck mit der hochgezogenen Oberlippe und dem ängstlichen Lächeln vermittelte einem genau das Gefühl, das er jetzt haben mußte, als er merkte, wie die zerbrochenen Eier an seiner Sitzfläche klebten. Es war sicherlich ebenso gräßlich wie damals, als Rufus' weiße Unterhose ihm aus den Hosenbeinen und über die Strümpfe gerutscht war, und er so nach Hause gehen mußte, und alle Leute ihm nachsahen. Sein Vater lachte sich fast kaputt, und alle anderen auch, und Rufus hatte Mitleid mit Charlie, weil er selbst vor kurzem in einer ähnlichen Lage gewesen war; aber das Lachen ringsum war so ansteckend, daß er schließlich mitlachte. Und dann wurde es noch komischer, als Charlie sehr vorsichtig vom Pflaster aufstand, während sein jämmerlicher Gesichtsausdruck sich noch verstärkte, seinen Stock unter den Arm klemmte und vorn und hinten an seiner Hose zu zupfen begann. Er tat auch das sehr vorsichtig, spreizte dabei die Finger, als sei seine Hose so schmutzig, daß man sie kaum anfassen könne, und hielt den klebrigen Stoff von seinem Körper ab. Dann faßte er hinter sich, holte die nasse Tüte mit den zerbrochenen Eiern hervor, öffnete sie und schaute hinein. Und dann zog er ein zerbrochenes Ei heraus, teilte mit angewiderter Miene die Schale, ließ den schlüpfrigen Dotter von der einen Hälfte in die andere gleiten und warf es schaudernd fort. Dann spähte er wieder in die Tüte und zog ein heiles Ei heraus, das mit ausgelaufenem Eigelb verschmiert war. Sorgfältig wischte er das Ei an seinem Ärmel ab, sah es wieder an, wickelte es in sein schmutziges Taschentuch und steckte es sorgsam in die Innentasche seiner kurzen Jacke. Dann holte er den Stock wieder unter seinem Arm hervor, packte ihn fest, warf noch einen letzten Blick in die Runde – noch immer ein bißchen jämmerlich, aber gleichzeitig mit einem Anflug von Fröhlichkeit –, zuckte die Achseln, drehte sich um und scharrte mit seinen großen Schuhen nach hinten in Richtung der zerbrochenen Eierschalen und der nassen Tüte, genau wie ein Hund, und sah noch einmal zurück auf diesen ganzen Schmutz (wieder lachten alle Zuschauer). Und dann spazierte er davon. Bei jedem seiner schlurfenden Schritte senkte er seinen Stock, und so watschelte er dahin, ging mit gespreizten Beinen noch tiefer in die Kniebeuge als zuvor, und zupfte dabei unaufhörlich mit der linken Hand an seinem Hosenboden, schüttelte erst den einen Fuß, dann den andern, und einmal fuhr er mit der Hand ganz tief in seine Hose, blieb einen Augenblick stehen und schüttelte seinen Körper wie ein nasser Hund und ging wieder weiter, während sich auf der Leinwand plötzlich ein dunkler Kreis über seine kleine Gestalt schob. Jetzt begann der Klavierspieler mit einer anderen Melodie, und die bunten, reglosen Reklamebilder flimmerten auf. Sie blieben sitzen, bis der William S. Hart-Film wieder anfing, denn sie wollten doch wissen, warum er den Mann mit der karierten Weste umgebracht hatte – es war genau, wie sie vermutet hatten, denn das Mädchen hatte dabei ein so erschrockenes und zugleich erfreutes Gesicht gemacht: der Mann hatte das Mädchen beleidigt und sogar noch ihren Vater betrogen. «Ja, an dieser Stelle sind wir wohl gekommen», sagte Rufus' Vater; aber sie sahen sich doch noch einmal an, wie er den Mann tötete, und dann gingen sie hinaus.

Es war jetzt völlig dunkel draußen, aber noch nicht spät. Die Gay Street war voller verschwommener Gesichter; viele

Schaufenster waren noch erleuchtet. Gipsfiguren in unnatürlich eleganter Haltung trugen makellose neue Kleider. Es war sogar ein kleiner Junge dabei mit kurzer Hose, nackten Knien und Kniestrümpfen, offensichtlich ein Muttersöhnchen; aber er trug doch eine Kappe und nicht einen Hut wie ein Baby. Rufus schwoll das Herz an, als er die Kappe erblickte, und er sah zu seinem Vater auf; aber sein Vater merkte es gar nicht, sein Gesicht strahlte vor guter Laune: er dachte noch an Charlie. Rufus wagte nicht, etwas über die Kappe zu sagen, denn er erinnerte sich, wie man ihm vor einem Jahr diese Bitte abgeschlagen hatte – obgleich es damals seine Mutter gewesen war, die nein gesagt hatte. Sein Vater würde nichts dagegen haben, aber sie würde auch heute noch nicht wollen, daß er eine Kappe trug. Wenn er jetzt seinen Vater fragte, würde er auch nein sagen, Charlie Chaplin war genug für heute. Er blickte in verschwommene Gesichter, die sich vorüberschoben, und auf die großen hellen Buchstaben und Zeichen: «Sterchi's», «George's». Ich kann das schon lesen, dachte er. Ich weiß sogar, wie man «Sterchi's» buchstabiert. Aber er hielt es für besser, das nicht zu sagen; er erinnerte sich, wie sein Vater einmal gesagt hatte: «Gib nicht so an», und der Ton seiner Stimme war so ernst und streng gewesen, daß Rufus ein paar Tage lang in der Schule ganz verwirrt und hilflos gewesen war.

Was war das: angeben? Etwas Schlechtes.

Sie bogen in eine dunklere Straße ein, in der die wenigen Gesichter, denen sie begegneten, noch geheimnisvoller aussahen, und dann gerieten sie in das sonderbar zitternde Licht des Marktplatzes. Er war um diese Stunde fast leer, aber hier und da stand auf dem mit Pferdeurin bespritzten Pflaster noch ein Planwagen, und ein matter Lichtschein drang durch die weiße Tuchhülle, die an Nußbaumringen befestigt und straff gespannt war. Ein finster starrender Mann lehnte an der weißen Ziegelmauer und kaute an einer Rübe; mit seinen traurigen, blassen Augen sah er zu ihnen hin. Als Rufus' Vater die Hand zu einem stummen Gruß hob, bewegte auch er zögernd die Hand, und als Rufus sich umwandte, sah er, wie der Mann ihnen sorgenvoll und fast drohend nachschaute. Sie kamen an einem Wagen vorbei, in dem eine Laterne in mattem orangefarbenem Licht brannte; eine ganze Familie, Kinder und Erwachsene, lag hier schweigend im Schlaf. In dem rückwärtigen Teil eines anderen Wagens saß eine Frau; sie hatte einen breitkrempigen Sonnenhut auf, der ihr schmales Gesicht überschattete, so daß die dunklen Augen wie Rußflecken wirkten. Rufus' Vater wandte den Kopf ab und tippte leicht an seinen Strohhut, und als Rufus sich umdrehte, sah er, wie die Frau aus ihren toten Augen ruhig vor sich hin starrte.

«So», sagte sein Vater, «jetzt möchte ich erst mal einen heben.»

Durch die Schwingtür gelangten sie in einen Wirbel von Gerüchen und Tönen. Es war keine Musik da drinnen: nur die Masse der Anwesenden und der Geruch einer Marktkneipe, ein Geruch nach Bier, Whisky, bäuerlichen Leibern, Salz und Leder. Kein lautes Rufen, nur die dichte Ruhe leiser Gespräche. Rufus stand da, sah in das helle Schimmern eines feuchten Spucknapfs, hörte, wie sein Vater einen Whisky verlangte, und wußte, daß er sich jetzt in der Kneipe umsah, ob vielleicht jemand hier war, den er kannte. Aber die Leute vom Powell River Valley kamen nur selten hierher, und Rufus merkte bald, daß sein Vater heute abend keinen Bekannten gesehen hatte. Er blickte an ihm hinauf und beobachtete, wie er sich zurückbeugte und mit einem eleganten Schwung das ganze Glas auf einmal hinunterkippte, und einen Augenblick später hörte er, wie sein Vater zu dem Mann neben ihm sagte: «Das ist mein Junge», und er fühlte die Liebe wie einen warmen Strom in sich. Im nächsten Augenblick griffen die Hände seines Vaters unter seine Achseln, und er wurde hochgehoben und auf die Theke gesetzt. Da saß er und schaute in eine lange Reihe glänzender und bärtiger roter Gesichter. Die Augen der Männer, die nahe vor ihm saßen, blickten interessiert und freundlich; einige von ihnen lächelten. Weiter hinten schienen die Augen unpersönlich und forschend, aber dann fingen ein paar von ihnen auch an zu lächeln. Etwas schüchtern, aber mit dem beruhigenden Gefühl, daß sein Vater stolz auf ihn war, daß man ihn hier mochte und daß auch er diese Männer gut leiden konnte, lächelte er zurück, und plötzlich brachen viele der Männer in lautes Lachen aus. Das Gelächter verwirrte ihn, und sein Lächeln verschwand für einen Augenblick; doch dann merkte er, daß es freundlich gemeint war, und lächelte wieder, und sie lachten von neuem. Sein Vater sah ihn schmunzelnd an. «Das ist mein Junge», sagt er in herzlichem Ton. «Sechs Jahre alt, und er kann heute schon besser lesen als ich mit zwölf Jahren.»

Rufus verspürte eine unerwartete Hohlheit in der Stimme seines Vaters, in den Gesichtern an der Theke und in seinem eigenen Herzen. Aber er schlägt sich nicht mit anderen Jungen, setzte er in Gedanken hinzu. Wenn man einen tapferen Sohn hat, prahlt man nicht mit seiner Klugheit. Rufus schämte sich sehr, aber sein Vater schien nichts zu merken, nur daß er ihn ebenso plötzlich, wie er ihn auf die Theke gesetzt hatte, mit einem freundlichen Schwung wieder herunterhob. «Noch einen», sagte er, und diesmal trank er etwas langsamer. «Gute Nacht», nickte er nach allen Seiten, und sie gingen hinaus.

Sein Vater bot ihm höflich, von Mann zu Mann, einen Pfefferminzdrops, einen sogenannten Lebensretter, an, den er ebenso höflich nahm. Es war eine Geste, die gewissermaßen einen Vertrag zwischen ihnen besiegelte. Ein einziges Mal nur hatte der Vater es für nötig gehalten, zu ihm zu sagen: «Ich würde an deiner Stelle Mama nichts erzählen.» Von da ab hatte er gewußt, daß er sich auf Rufus verlassen konnte, und Rufus war ihm dankbar für dieses stillschweigende Vertrauen. Vom Marktplatz aus gingen sie nun durch eine dunkle und fast leere Straße und lutschten an ihren Lebensrettern; Rufus' Vater überlegte ohne großes Bedauern, daß «Lebensretter» allein das Leben wohl nicht retteten; es würde das Beste sein, sich heute abend sehr müde zu stellen und sich, sobald er im Bett lag, auf die Seite zu drehen.

Das Taubstummenasyl war taub und stumm, und wie stets an solchen Abenden sah sein Vater vorsichtig hinüber und ging ganz leise vorbei, als bemühe er sich, das Haus nicht zu wecken. Schwarz wie die Augen einer Pflegerin blickten die Fenster aus der fahlen Ziegelmauer; schweigsam und versunken stand es zwischen den hellen Schatten seiner Bäume. Weiter. Die Asylum Avenue lag bleich unter ihren Lampen. Hinter dem Scherengitter der Pfandleihe fing ein alter Säbel funkelnd das Licht einer Straßenlaterne auf, und der Bauch einer Mandoline schimmerte. In einer geschlossenen Drogerie stand eine Figur der Venus von Milo, den goldenen Körper mit Gummibändern umschnürt. Das bunte Glas der Fenster im L & N-Depot glomm dumpf wie ein erschöpfter Schmetterling. Mitten auf dem Viadukt blieben sie stehen und atmeten den Rauch einer Rangierlokomotive ein, die unter ihnen durchrollte. Der Vater hatte Rufus hochgehoben, und die Rußflocken stachen dem Jungen ins Gesicht, aber er war trotzdem froh, daß er keine Angst mehr davor hatte, hier oben über den Gleisen und den mächtigen Lokomotiven zu hängen. Weit unten auf dem Rangierbahnhof sprang ein rotes Licht plötzlich auf Grün um, und einen Augenblick später hörten sie das erregende leise Knacken. Die Uhr des Depots zeigte auf zehn Uhr sieben. Noch langsamer als zuvor gingen sie weiter.

Wenn ich mich schlagen könnte, dachte Rufus. Wenn ich tapfer wäre, dann würde er nie damit angeben, wie gut ich lesen kann. Angeben. Natürlich. «Gib nicht so an.» Das war es. Das bedeutete es. Protz nicht damit, daß du klug bist, wenn du nicht tapfer bist. Du hast keinen Grund, großzutun. Gib nicht so an.

Die jungen Blätter auf der Forest Avenue schwankten vor den Straßenlaternen. Sie näherten sich ihrer Ecke.

Da lag ein unbebautes Grundstück, der Boden zum Teil nackter Lehm, zum Teil mit Unkraut überwuchert; es stieg vom Gehweg ein wenig an. Nur wenige Fuß von der Straße entfernt stand ein mittelgroßer Baum, und so nahe, daß er am

Tag im Schatten des Baumes lag, trat ein Stück Kalksteinfelsen hervor, das aussah wie ein großes Bündel schmutziger Wäsche. Wenn man auf einer bestimmten Stelle dieses Felsens saß, verdeckte der Baumstamm die schwache Straßenlaterne am nächsten Häuserblock, so daß alles viel dunkler wirkte. Jedesmal wenn sie abends in der Stadt gewesen waren, begannen sie auf dem Heimweg unwillkürlich bereits von der Mitte des Viadukts an langsam zu gehen, und wenn sie sich dieser Ecke näherten, gingen sie noch langsamer, nun aber bewußt. Am Rand des Gehsteigs blieben sie einen Augenblick stehen, und dann betraten sie wortlos das dunkle Grundstück, setzten sich auf den Felsen und blickten über den steilen Abhang des Hügels hinunter auf die Lichter von North Knoxville. Tief im Tal hustete und schnaufte eine Lokomotive, die Ketten der aneinandergekoppelten Wagen strafften sich klirrend und die leeren Waggons dröhnten wie zerborstene Trommeln. Auf der anderen Straßenseite kam ein Mann daher. Er ging weder schnell noch langsam, und als er einen Moment stehenblieb, wandte er den Kopf nicht, und ganz sicher bemerkte er sie nicht. Sie blickten ihm nach, bis er außer Sichtweite war, und Rufus fühlte – und er wußte, sein Vater fühlte dasselbe –, daß man zwar nichts gegen diesen Mann einwenden konnte und er ebensoviel Recht hatte hier zu sein wie sie, da sein Weg ihn nun einmal vorbeiführte, daß aber trotzdem ihr eigener Heimweg unterbrochen war von dem Moment an, in dem sie ihn erblickten, bis zu der Sekunde, in der er ihren Blicken entschwand. Sowie er außer Sichtweite war, genossen sie ihr Alleinsein noch mehr und ruhten sich förmlich darin aus. Durch die Dunkelheit blickten sie auf die Lichter von North Knoxville. Sie spürten über sich die stillen Blätter und schauten zu ihnen auf und zwischen ihnen hindurch. Sie schauten zwischen den Blättern hindurch zu den Sternen. Während dieser abendlichen Ruhepausen oder ein paar Minuten bevor sie endgültig nach Hause gingen, rauchte Rufus' Vater gewöhnlich eine Zigarette, und wenn sie aufgeraucht war, dann war es Zeit, aufzustehen und nach Hause zu gehen.

Aber heute rauchte er nicht. Bis vor kurzem hatte er auch, wenn sie etwa noch einen Häuserblock von der Ecke entfernt waren, immer eine Bemerkung gemacht, daß Rufus doch sicher müde sein müsse, aber in der letzten Zeit hatte er es nicht mehr gesagt, und Rufus hatte begriffen, daß sein Vater nicht nur seinetwegen diese Pause einlegte, sondern weil er auch selber gern noch ein bißchen hier verweilen wollte. Er hatte es gar nicht eilig, nach Hause zu kommen, stellte Rufus fest, und, was noch viel wichtiger war, Rufus merkte, daß der Vater gern noch diese wenigen Minuten mit ihm allein verbringen wollte. Darum verspürte Rufus in der letzten Zeit immer eine Art stiller Erwartungsfreude, wenn sie den Viadukt überquert hatten, und während der zehn oder zwanzig Minuten, die sie auf dem Felsen saßen, eine ganz besondere Zufriedenheit, wie er sie sonst nie erlebt hatte. Er hätte weder in Worten noch in Gedanken erfassen können, was es war oder worin der Grund lag: es war ganz einfach all das, was er sah und fühlte. Es war hauptsächlich das Bewußtsein, daß auch sein Vater hier eine besondere Zufriedenheit empfand, völlig verschieden von jeder andern, und daß seine Zufriedenheit und die seines Vaters einander glichen und voneinander abhingen. Eigentlich hatte Rufus kaum je das Gefühl, daß er und sein Vater einander fremd waren, aber sie mußten es doch gewesen sein, und er mußte es auch gefühlt haben, denn während dieser stillen Minuten auf dem Felsen leitete sich ein Teil seiner vollkommenen Zufriedenheit immer aus dem Bewußtsein her, daß sie nun versöhnt waren, daß es wirklich keine Trennung, kein Fremdsein mehr zwischen ihnen gab, oder daß diese Fremdheit zumindest ganz geringfügig war und im Vergleich mit ihrer festen und sicheren Verbundenheit keinerlei Bedeutung hatte. Er fühlte, daß sein Vater zwar ihr gemeinsames Heim und sie alle liebte, daß aber die Ruhe und Sicherheit dieser Liebe ihn nicht aus seiner inneren Einsamkeit erlösen konnten, ja, daß sie diese Einsamkeit sogar eher noch erhöhten oder es ihm doch schwermachten, sich nicht einsam zu fühlen. Und Rufus ahnte, daß der Vater, wenn er hier auf dem Felsen saß, nicht einsam war oder sich doch in seiner Einsamkeit wohl fühlte; daß er ein Mann war, der an Heimweh litt, und daß er, obwohl sich das Heimweh hier auf dem Felsen vielleicht noch verstärkte, eben doch nur hier zufrieden war. Er wußte, daß es für sein inneres Gleichgewicht ungeheuer wichtig war, daß er wenige Minuten von seinem Heim entfernt ganz still hier im Dunkeln sitzen, auf das leise Rauschen der Blätter hören und zu den Sternen aufsehen konnte und daß seine, Rufus' Gegenwart, für dieses Wohlgefühl unentbehrlich war. Er wußte, daß einer die Zufriedenheit des anderen spürte und die Gründe kannte, und er wußte auch, wie sehr sie voneinander abhängig waren, und daß einer für den anderen auf diese so ungeheuer wichtige Weise mehr bedeutete als irgend jemand oder irgend etwas sonst auf der Welt; und das Schönste an diesem Wohlgefühl war das gegenseitige Wissen um die Zusammenhänge, das sie sich weder verheimlichten noch offenbarten. Er wußte das alles sehr genau, aber natürlich nicht so, wie diese Worte es auszudrücken versuchen. Weder in dem Mann noch in dem Kind formten sich Worte oder etwa Gedanken oder deutlich wahrnehmbare Vorstellungen, wie sie hier angedeutet sind. Es war nur eine Art Bewußtsein, das einfach in ihren Sinnen, ihrem Gedächtnis, in ihren Herzen vorhanden war, nichts als das Vorhandensein dieses etwa eine Viertelmeile von ihrem Haus entfernt gelegenen Orts, an dem sie ausruhten, wo sie auf einem Felsen unter einem einzelnen Baum saßen, der hier in der Stadt gewachsen war, ihre Füße auf dem kahlen Lehmboden, den Blick durch die Nacht nach Norden gerichtet, über die Gleise der Southern Railway und über North Knoxville hin auf die tief eingebuchteten niedrigen Berge und das Powell River Valley, und über ihnen die flimmernden Laternen des Firmaments, die so nah und vertraut schienen, daß der Wind, der die Blätter und ihr Haar bewegte, ihnen wie der wispernde Atem der Sterne vorkam. Manchmal summte der Vater an diesen Abenden ein wenig vor sich hin, und das Summen verdichtete sich wohl auch zu ein paar Worten, aber nie sang er auch nur einen Teil einer Melodie zu Ende, denn das Schweigen war schöner. Und manchmal sagte er auch einige Worte, irgend etwas Belangloses, aber nie bemühte er sich, etwas damit auszudrücken, nie führte er einen Gedanken zu Ende oder erwartete eine Antwort, denn das Schweigen war schöner. Rufus hatte beobachtet, daß er manchmal über den verwitterten Felsen strich und seine Hand fest darauf preßte, und manchmal nahm er auch seine Zigarette aus dem Mund und drückte sie aus, noch bevor sie halb aufgeraucht war. Doch an diesem Abend war er noch stiller als sonst. Sie verfielen schon etwas früher als sonst in ein gemächlicheres Tempo und gingen wortlos noch etwas langsamer bis zur Ecke, und bevor sie von dem Gehsteig auf das Grundstück abbogen, hielten sie einen Augenblick inne, nur um den Genuß dieses Zögerns auszukosten, und setzten sich dann, ohne ihr Schweigen zu brechen, auf den Felsen. Wie immer nahm Rufus' Vater seinen Hut ab und hängte ihn über sein gebeugtes Knie, und wie immer ahmte Rufus diese Geste nach, aber diesmal drehte sein Vater sich keine Zigarette. Sie warteten ein Weilchen, während der Mann, der ihre Einsamkeit unterbrach, vorbeiging und wieder verschwand, so wie fast immer irgendein Passant, und dann ließen sie sich sofort in das Wohlgefühl ihrer Einsamkeit zurücksinken. Aber diesmal summte Rufus' Vater nicht vor sich hin, und er sagte auch nichts und strich nicht einmal mit der Hand über den Felsen; er saß nur da, ließ seine Hände zwischen den Knien herabhängen, schaute nach North Knoxville hinüber und hörte zu, wie unten die störrischen Eisenbahnwagen aneinandergekoppelt wurden. Und nachdem eine Weile vollkommener Stille vergangen war, hob er den Kopf und sah hoch zu den Blättern und zwischen den Blättern hindurch zu den hellen Sternen. Er lächelte nicht, aber seine Augen waren stiller und ernster und sein Mund fester und ruhiger, als Rufus sie je gesehen hatte, und während Rufus forschend in das Gesicht seines Vaters schaute, fühlte er, wie die Hand seines Vaters sich ohne Tasten und Zögern auf seinen Kopf senkte: sie fuhr glättend über seine Stirn, strich sein Haar nach hinten und blieb dann auf dem Hinterkopf liegen. Rufus bog seinen Kopf zurück in diese feste Hand, und in Erwiderung dieses zärtlichen Drucks griff die Hand über Rufus' rechtes Ohr, über seine Wange und die ganze rechte Seite seines Kopfs und zog ihn ruhig und fest an den rauhen Stoff, der den Körper seines Vaters bedeckte und durch den Rufus die Bewegung der atmenden Rippen spüren konnte. Dann ließ die Hand ihn los, und Rufus saß aufrecht da, während die Hand nun fest auf seiner Schulter lag, und er bemerkte, daß die Augen seines Vaters noch klarer und ernster waren als zuvor und sein Mund nicht mehr so streng aussah. Und er sah hoch, in die gleiche Richtung, in die sein Vater so beharrlich blickte, zu den Blättern, die schweigend atmeten, und zu den Sternen, die wie Herzen schlugen. Er hörte einen langen, tiefen Seufzer und dann plötzlich die Stimme seines Vaters: «Also ...», und die Hand hob sich von seiner Schulter, und beide standen auf. Auf dieser letzten Strecke ihres Heimwegs sprachen sie nicht und setzten auch ihre Hüte nicht auf. Im Einschlafen hörte Rufus noch einmal das ratternde Stoßen von Güterwagen, und tief in der Nacht hörte er Gemurmel leiser Stimmen und die Worte: «Wahrscheinlich bin ich wieder da, bevor sie zu Bett gehen», und dann rasche, vorsichtige Schritte, die über die knarrenden Treppenstufen nach unten eilten. Aber als er dann den Ford abfahren hörte, schlief er schon wieder so tief, daß diese Laute ihm nur wie der Teil eines Traums vorkamen, und als seine Mutter am nächsten Morgen erklärte, warum sein Vater nicht mit am Frühstückstisch saß, hatte er die nächtlichen Worte und Geräusche schon soweit vergessen, daß er Jahre später, als sie ihm wieder einfielen, nicht sicher war, ob er sich das alles nicht nur eingebildet hatte.

2. Kapitel

Tief in der Nacht hatten sie im Schlaf das Gefühl, als stäche sie irgendein hartnäckiges Insekt. Ihr Unterbewußtsein setzte ungeduldig schlagende Hände in Bewegung, aber der Quälgeist ließ sich nicht vertreiben. Sie erwachten beide im selben Augenblick. In der dunklen, leeren Diele schrillte wütend das Telefon, hartnäckig und einsam wie ein verlassenes Baby, das sich nicht beruhigen läßt. Als sie das Klingeln zum erstenmal hörten, rührten sie sich noch nicht, sondern ihr Gemüt verhärtete sich in Ärger, Trotz und Widerstand gegen diesen Angriff. Das schrille Geräusch ertönte noch einmal, und im selben Augenblick rief sie: «Jay! Die Kinder!», und er knurrte: «Bleib liegen», schob die Füße aus dem Bett und setzte sie schwerfällig auf den Boden. Wieder klingelte das Telefon. Barfuß hastete er auf Zehenspitzen ins Dunkel hinaus, leise fluchend. So sehr er sich auch beeilte, die Klingel schrillte noch einmal, eben als er nach dem Hörer griff. Er stoppte diesen Schrei nach den ersten Sekunden und hörte mit wilder Befriedigung auf das tote Rasseln. Dann hielt er den Hörer ans Ohr. «Ja?» sagte er gereizt. «Hallo!»

«Ist dort die Wohnung von...»

«Hallo, wer ist denn da?»

«Ist dort die Wohnung von Jay Follet?»

«Das isser, Fräulein», fiel eine andere Stimme ein, «lassense mich doch mit ihm sprechen, er...» Es war Ralph.

«Hallo», sagte er. «Ralph?»

«Einen Augenblick bitte, Ihre Verbindung ist nicht...»

«Hallo, Jay?»

«Ralph? Ja. Hallo! Was ist denn los?» Denn irgendwas mit Ralphs Stimme war nicht in Ordnung. Wahrscheinlich betrunken, dachte er.

«Jay? Kannste mich verstehen? Ich meine, kannste mich richtig verstehen?»

Ja, offenbar betrunken, er schreit so. «Natürlich kann ich dich verstehen. Was ist denn los?» Paps, dachte er plötzlich. Ich wette, es ist was mit Paps. Und der Gedanke an seinen Vater und seine Mutter erfüllte ihn mit kalter, dunkler Traurigkeit.

«'s is wegen Paps, Jay», sagte Ralph, und seine Stimme klang so brüchig und weinerlich, daß sein Bruder den Hörer ein wenig vom Ohr abhielt und angewidert die Lippen zusammenpreßte. «Es hat mir ja keiner gesagt, daß ich dich so spät in der Nacht anrufen soll, aber ich weiß doch, du würdest es mir nie verzeihen, wenn...»

«Hör auf damit, Ralph», sagte er scharf. «Hör auf damit und sag mir endlich, was los ist.»

«'s is doch nur meine Pflicht, Jay. Allmächtiger Gott, ich...»

«Schon gut, Ralph», sagte er, «es ist ganz richtig, daß du anrufst. Aber nun erzähl mir, was mit Paps is.»

«Ich bin nur deshalb zurückgekommen, Jay, grade eben. Ich bin nur schnell nach Hause gelaufen, um dich anzurufen... Natürlich geh ich dann gleich wieder hin, und du...»

«Hör zu, Ralph. Hör gut zu! Kannst du mich verstehen?» Ralph schwieg. «Ist er tot oder lebt er?»

«Paps?»

«Jawohl, Paps», wollte Jay gerade mit verhaltener Wut sagen, als Ralph schon wieder zu sprechen begann. Er kann nichts dafür, dachte er und wartete.

«Wieso? Nein, er is nich tot», sagte Ralph kläglich. Jay fühlte, wie das Dunkel um ihn sich lichtete. Ungerührt hörte er zu, wie Ralph wieder in seine rührselige Stimmung zurückzufinden versuchte. Endlich hatte er den angemessenen zitternden Ton gefunden: «Aber, du lieber Gott, es sieht aus, als ginge es zu Ende, Jay.»

«Ich soll rüberkommen, ja?» Er fragte sich, ob Ralph wohl nüchtern genug war, daß man ihm glauben konnte. Ralph hörte den Zweifel aus seiner Stimme heraus und mißverstand ihn.

Seine eigene Stimme wurde klar und würdevoll. «Natürlich mußt du das selbst entscheiden, Jay. Ich glaube nur, Paps und wir alle würden es sehr merkwürdig finden, wenn sein ältester Sohn, gerade der, von dem er immer am meisten gehalten hat...»

Der neue Ton verwirrte Jay für einen Augenblick. Dann aber begriff er, worauf Ralph hinauswollte. Er hatte ihn mißverstanden und wollte sich jetzt großtun. Jay war froh, daß sein Bruder weit weg war und er ihm nicht eine langen konnte.

«Hör auf damit, Ralph», unterbrach er ihn. «Hör endlich auf! Wenn es mit Paps wirklich so schlimm ist, dann komme ich selbstverständlich, das weißt du doch ganz genau. Deshalb brauchst du nicht solchen...» Aber dann ärgerte er sich über sich selbst, denn ihm wurde klar, wie unsinnig es war, sich mit Ralph über so etwas zu streiten, und er sagte: «Hör zu, Ralph, und denk jetzt bloß nicht, ich hätte etwas gegen dich, sondern hör nur zu. Kannst du mich verstehen?» Seine Füße und Beine wurden allmählich eiskalt. Er rieb einen Fuß gegen den andern, um sie zu wärmen. «Hörst du mich?»

«Ja, ich höre, Jay.»

«Ralph, bitte, ich will ja gar nichts gegen dich sagen. Aber es klingt so, als hättest du ein paar gehoben. Und...»

«Ich...»

«Halt den Mund und hör zu! Es ist mir vollkommen egal, ob du betrunken oder nüchtern bist, merk dir das bitte, Ralph. Aber ich weiß aus Erfahrung, daß man leicht ein bißchen übertreibt, wenn man einen sitzen hat...»

«Ja, meinst du etwa, ich lüg dich an? Du...»

«Halt den Mund, Ralph! Natürlich nicht. Aber wenn du nicht ganz nüchtern bist, dann übertreibst du alles vielleicht ein bißchen. Jetzt überleg mal eine Minute. Denk noch mal genau nach. Und sei überzeugt, daß kein Mensch schlecht von dir denken wird, wenn du jetzt deine Meinung änderst, und daß niemand böse ist, weil du angerufen hast. Wie steht es wirklich mit ihm, Ralph?»

«Also wenn du meine Worte nicht...»

«Denk nach, verdammt noch mal!» Ralph schwieg, Jay rieb wieder seine Füße gegeneinander. Ihm wurde plötzlich klar, wie hoffnungslos es war, irgend etwas Vernünftiges aus Ralph herauszubekommen. «Hör zu, Ralph», begann er wieder. «Ich weiß, du hättest nicht angerufen, wenn du die Lage nicht für ernst gehalten hättest. Ist Sally da?»

«Wieso... ja, sie...»

«Dann laß mich mal eine Minute mit ihr sprechen, ja?»

«Ich sagte dir doch eben, sie ist nicht zu Hause.»

«Und Mutter ist natürlich auch drüben, ja?»

«Aber Jay, sie würde ihn doch jetzt nicht allein lassen. Mutter...»

«Und der Doktor ist schon weg?»

«Er ist noch bei ihm. War noch da, als ich wegging.»

«Was hat er gesagt?»

Ralph zögerte. Er wollte sich die Wirkung seines Anrufs nicht verderben. «Er sagt, er hätte noch eine Chance, Jay.»

Aber Jay entnahm aus dem Ton dieser Antwort, daß der Doktor gesagt hatte, der Vater habe noch recht gute Chancen.

Er wollte gerade fragen, ob es eine gute Chance oder nur eben eine Chance sei, als ihn auf einmal die Wut packte, und zwar nicht so sehr auf Ralph als vielmehr auf sich selber, weil er derart herumfeilschte. Außerdem waren seine Füße mittlerweile so eiskalt geworden, daß sie ihm weh taten.

«Hör zu, Ralph», sagte er in verändertem Ton. «Ich rede schon viel zu lange herum, ich...»

«Na ja, die normale Sprechzeit ist sicher gleich abgelaufen, aber was sind ein paar Cents, wenn...»

«Hör zu! Ich fahre jetzt sofort ab. Ich werde also gegen... wie spät ist es jetzt?»

«Zwei Uhr siebenunddreißig, Jay. Ich wußte doch, daß du...»

«Ich werde also bei Tagesanbruch drüben sein, Ralph. Sag bitte Mutter, daß ich so schnell wie möglich rüberkomme. Ralph, ist er bei Bewußtsein?»

«So halb und halb, Jay. Vorhin hat er deinen Namen gerufen, Jay, es brach mir fast das Herz. Er wird bestimmt dankbar sein, daß sein ältester Sohn, der, von dem er immer am meisten gehalten hat... daß du es doch für nötig gehalten hast...»

«Nun halt endlich den Mund, Ralph. Was, zum Teufel, denkst du eigentlich von mir? Wenn er bei Bewußtsein ist, dann sag ihm, daß ich komme. Und, Ralph...»

«Ja?»

Aber nun wollte er es schon nicht mehr sagen. Er tat es doch: «Ich weiß, daß es mir eigentlich nicht zukommt, aber... versuch doch bitte, nicht so viel zu trinken, daß Mutter es merkt. Trink noch einen Kaffee, bevor du zurückgehst, ja? Schwarzen Kaffee.»

«Na klar, Jay, und du brauchst auch nicht zu glauben, daß ich so leicht beleidigt bin. Ich will ihr bestimmt nicht noch mehr Kummer machen, gerade jetzt nicht, um nichts in der Welt, Jay. Das weißt du doch. Und ich danke dir auch, Jay. Ich dank dir wirklich, daß du mich darauf aufmerksam gemacht hast. Ich nehm's dir nicht übel. Ich danke dir, Jay, ich danke dir.»

«Schon gut, Ralph, keine Ursache.» Schon wieder war er gereizt und ein bißchen angewidert. «Ich bin bald da. Also auf Wiedersehen.»

«Und erzähl Mary, wie es steht, Jay. Ich möchte nicht, daß sie schlecht von mir denkt, weil ich angerufen habe...»

«Ja, natürlich. Sie wird schon verstehen. Wiedersehen.»

«Ich hätte bestimmt nicht angerufen, Jay, wenn...»

«Is ja alles in Ordnung. Vielen Dank für deinen Anruf. Auf Wiedersehen.»

«Na schön, Wiedersehen», erwiderte Ralph, aber seine Stimme klang unbefriedigt.

Er will mal wieder verhätschelt werden wie ein Baby, stellte Jay bei sich fest. Fühlt sich nicht anerkannt. Er horchte. Ralph hatte noch nicht abgehängt. Verdammt noch mal, dann tue ich es eben, dachte er und legte den Hörer auf. Diese ewige Jammerei, dachte er wieder und ging ins Schlafzimmer zurück.

«Ja, um Himmels willen», sagte Mary leise. «Ich dachte schon, er würde überhaupt nicht mehr aufhören!»

«Na ja», meinte Jay, «er kann wohl nichts dafür.» Er setzte sich auf das Bett und fischte nach seinen Socken.

«War es wegen deines Vaters, Jay?»

«Hm», sagte er und zog eine Socke an.

«Ach, du willst aufstehen?» Plötzlich wurde ihr klar, was er vorhatte. Sie legte die Hand auf seinen Arm. «Dann ist es ernst, Jay», sagte sie leise.

Er befestigte den Sockenhalter und legte dann eine Hand über die ihre. «Wer weiß», sagte er. «Ich kann Ralphs Gerede nicht recht trauen, aber ich kann es auch nicht darauf ankommen lassen.»

«Natürlich nicht.» Ihre Hand bewegte sich, um ihn zu streicheln, und er strich sanft über ihren Handrücken. «War der Doktor da?» fragte sie vorsichtig.

«Er sagt, Vater hätte noch eine Chance. Das hat Ralph gesagt.»

«Das kann vieles bedeuten. Vielleicht solltest du lieber bis morgen früh warten und dann noch einmal anrufen. Möglicherweise geht es ihm dann schon wieder besser. Ich möchte natürlich nicht, daß du...»

Er hatte, zu seiner eigenen Beschämung, schon selbst diesen Gedanken gehabt, und deshalb war er jetzt von neuem gereizt. Und noch etwas fuhr ihm durch den Kopf. *Du* kannst das leicht sagen, dachte er. Er ist nicht *dein* Vater, und außerdem hast du immer auf ihn herabgesehen. Aber gleich darauf schob er diese Überlegung wieder weit von sich und ärgerte sich, daß er überhaupt so etwas hatte denken können. «Liebling», sagte er, «ich würde auch lieber abwarten, was wir morgen früh zu hören bekommen, genau wie du. Vielleicht ist es nur falscher Alarm. Ich weiß, wie leicht Ralph durchdreht. Aber wir können es einfach nicht darauf ankommen lassen.»

«Natürlich nicht, Jay.» Das Bett knarrte, als sie sich aufrichtete.

«Wozu willst *du* denn aufstehen?»

«Dein Frühstück machen», sagte sie und drehte das Licht an. Dann warf sie einen Blick auf die Uhr und sagte: «Um Himmels willen!»

«Aber Mary, leg dich doch wieder hin. Ich kann ja unterwegs schnell was essen.»

«Red keinen Unsinn», sagte sie und zog rasch den Bademantel an.

«Nein, wirklich, das kann ich doch», beharrte er. Er hatte nächtliche Imbißstuben gern und war schon seit Rufus' Geburt in keiner mehr gewesen. Eine leise Enttäuschung regte sich in ihm. Aber stärker als diese Enttäuschung war seine Freude über die Selbstverständlichkeit, mit der sie plötzlich hellwach war und seinetwegen aufstand.

«Aber Jay, das kommt gar nicht in Frage», sagte sie und knotete den Gürtel ihres Bademantels zu. Sie schlüpfte in ihre Pantoffeln und schlurfte rasch zur Tür. Dann sah sie sich noch einmal um und sagte leise, fast flüsternd: «Bring deine Schuhe – in die Küche.»

Er sah ihr nach und überlegte verdutzt, was sie wohl damit gemeint hatte, bis ihm ein Licht aufging und er mit vergnügtem Brummen vor sich hin nickte. Sie hatte ein todernstes Gesicht gemacht, als sie von seinen Schuhen sprach. Mein Gott, diese zehntausend Kleinigkeiten, die eine Frau Tag für

Tag um ihrer Kinder willen bedachte! Eigentlich war es gar kein richtiges Denken, überlegte er weiter, während er die zweite Socke anzog. Es war etwas ganz Mechanisches, wie das Atmen.

Und meistens, dachte er weiter, während er den Pyjama auszog, haben sie vollkommen recht damit. Natürlich ist es ihnen so zur Gewohnheit geworden (er stieg in seine Unterhose), daß sie es manchmal übertreiben. Aber meistens, wenn man auch nur eine Sekunde nachdenkt, bevor man ärgerlich wird (er knöpfte sein Unterhemd zu), steckt ein ganz gesunder Menschenverstand dahinter.

Er schüttelte seine Hose aus. Ein leichter Schatten trübte für einen Augenblick seine gute Laune, und er kam sich ein bißchen töricht vor, weil er nicht sicher war, ob überhaupt Grund zur Besorgnis oder gar zu feierlichem Ernst vorlag. Dieser Ralph, dachte er wieder, während er die Hose hochzog und den obersten Knopf schloß. Und er stand einen Augenblick da und schaute auf das im Licht glänzende Fenster und das tiefblaue Dunkel dahinter. Die Nachtstunde und ihre Schönheit rührten ihn; er hörte das Ticken der Uhr, und es klang so fremd und geheimnisvoll wie das Rascheln einer Ratte in einem Mauerloch. Das tiefe Gefühl eines feierlichen Unternehmens überkam ihn, ganz unabhängig davon, ob ein Grund zur Feierlichkeit vorlag. Er seufzte und dachte an seinen Vater, stellte ihn sich vor, so wie er früher ausgesehen hatte: ein gutgeschnittenes Gesicht, eine Hakennase und ein großer, stolzer schwarzer Schnurrbart, der ihm fast etwas Finsteres verlieh. Er hatte von jeher gewußt, daß sein Vater irgendwie ein nutzloser Mensch war, aber eigentlich ganz unabsichtlich. Die schwere Arbeitslast, die er Jays Mutter aufbürdete, hatte ihn schon als Jungen in Wut versetzt. Und doch mußte er sich wieder eingestehen: der Vater war von einer so natürlichen und warmherzigen Fröhlichkeit, daß man ihn einfach gern haben mußte. Und er wollte auch nicht etwa seiner Frau das Leben schwermachen. Er meinte es so gut. Diese Tatsache hatte Jay immer besonders geärgert, und auch jetzt dachte er wieder mit einer gewissen Bitterkeit daran. Aber nun überlegte er weiter: alles gut und schön, aber er hatte es ja doch getan! Er hätte auf seinen Vorteil aus sein können, aber das versuchte er nie; er wußte gar nicht, daß er alles erreichen konnte. Er meinte es herzensgut. Und einen Augenblick lang, während Jay auf das Fenster schaute, hatte er nicht mehr das Bild seines Vaters vor sich, er dachte nicht mehr an ihn und hörte auch nicht mehr das Ticken der Uhr. Er sah nur das Fenster mit seinem warmen, spiegelnden Licht und das undurchdringliche Dunkel, das sich wie eine Wasserwoge von außen dagegen neigte, und auch das Fenster war kein Fenster mehr, sondern nur etwas ungeheuer Lebendiges, das für einen Augenblick das ganze Weltall ausfüllte. Das Gefühl einer endlosen Weite überkam ihn, aber gleich darauf verspürte er nur ein vages Staunen und eine unerträgliche Traurigkeit. Ja, ja, dachte er, wir müssen alle einmal fort.

Dann rückte der Alltag wieder in den Mittelpunkt.

Ein sauberes Hemd, dachte er.

Er knöpfte die obersten Hosenknöpfe auf, spreizte die Knie und krümmte sie etwas, damit die Hose nicht rutschte. Albern, dachte er dabei. Jedesmal mache ich das so. (Er stopfte das lange Hemd in die Hose und schob es zurecht; die Schöße seiner Hemden waren immer besonders lang, was ihm aus einem unerklärlichen Grund auch heute noch ein Gefühl besonderer Männlichkeit gab.) Wenn ich das Hemd zuerst anziehen würde, brauchte ich nicht diese albernen Turnübungen zu machen. (Er knöpfte den Kragenbund zu.) Na schön (er spannte den Träger über seine rechte Schulter), eben so eine Angewohnheit (er spannte ihn über die linke Schulter, ging wieder etwas in die Hocke und rückte die Hose zurecht).

Er setzte sich auf das Bett und langte nach einem Schuh.

Ach so.

Also.

Er nahm Schuhe, Schlips, Kragen und Kragenknöpfe und wollte eben aus dem Zimmer gehen, als sein Blick auf das zerwühlte Bett fiel. Ah, dachte er, ich kann doch etwas für sie tun. Er legte seine Sachen auf den Fußboden, strich die Laken glatt und schüttelte die Kissen auf. Auf ihrer Seite waren die Laken noch warm. Er zog die Decke herauf, um die Wärme zu halten, und schlug dann den Zipfel ein wenig um, so daß es einladend aussah und man bei diesem Anblick gleich Lust bekam, wieder ins Bett zu schlüpfen. Das wird ihr gefallen, dachte er, sie wird sich bestimmt sehr freuen, wenn sie das sieht. Er nahm seine Schuhe, den Kragen, den Schlips und die Kragenknöpfe und ging hinunter in die Küche. Als er an der Tür zum Kinderzimmer vorbeikam, die einen Spaltbreit offenstand, schlich er besonders vorsichtig.

Sie wendete eben die Spiegeleier um. «Gleich fertig», rief er ihr zu und verschwand im Badezimmer. Wir sollten uns lieber oben eins bauen, dachte er dabei wohl zum fünfhundertstenmal.

Er reckte sein Kinn dem Spiegel entgegen. Geht noch, dachte er, und beschloß, sich nur zu waschen. Dann überlegte er: warum hatte er ein frisches Hemd angezogen? Er konnte zwar zu Gott hoffen, daß es nicht dazu käme, aber trotzdem bestand doch die Möglichkeit, daß dies ein sehr feierlicher Anlaß sein würde. Für eine Beerdigung würde ich mich rasieren, oder etwa nicht? überlegte er, verärgert über seine Trägheit. Er holte sein Rasiermesser heraus und begann es rasch abzuziehen.

Mary hörte das gleitende Geräusch des Messers auf dem Lederriemen und schob mit einer leichten Aufwallung von Ungeduld die Pfanne mit den Spiegeleiern an den Rand des Herds.

Gewöhnlich nahm er sich reichlich Zeit zum Rasieren, nicht etwa um es auszukosten (er haßte es), sondern weil er das, was nun einmal getan werden mußte, auch gut machen wollte und weil er es nicht ausstehen konnte, wenn er sich schnitt. Diesmal war er in Eile, und deshalb betrachtete er sein Kinn sehr genau, bevor er sich vorbeugte und sich ans Werk machte. Aber zu seiner Überraschung ging alles wunderbar glatt und mühelos; er hatte sogar weniger Schwierigkeiten als sonst mit den Stellen direkt unter der Nase und am Kinn, und es blieben keine Stoppeln stehen. Er fühlte sich so befriedigt, daß er zusätzlich seine Backenknochen mit Seifenschaum betupfte und auch noch die kleinen, flaumigen Halbmonde abrasierte. Auch das ging gut. Er säuberte das Waschbecken und spülte die Toilettenpapierstücke mit den Schaumresten und den abrasierten Stoppeln im Wasserklosett hinunter. Soll ich? überlegte er, als er das Wasserklosett gurgeln hörte. Nein. Er griff nach seinen Kragenknöpfen.

Als Mary hereinkam, schleuderte er seinen Schlips gerade wie ein Lasso herum und zog dann den Knoten an, das Kinn in die Höhe gereckt wie stets bei dieser Prozedur, entschlossen und mit dem Blick eines ungeduldigen Pferdes.

«Jay», sagte sie leise, etwas eingeschüchtert durch diesen ungeduldigen Blick. «Ich möchte dich ja nicht drängen, aber dein Frühstück wird kalt.»

«Ich komme gleich.» Sorgsam schob er den Krawattenknoten über den Kragenknopf, starrte noch einmal auf seine Augen im Spiegel, zog sich einen ungewöhnlich akkuraten Scheitel und ging dann schnell an den Küchentisch.

«Aber Liebling!» Da standen die Eier mit Speck und daneben die Kaffeekanne, und sie war bereits dabei, Pfannkuchen zu backen.

«Jay, du mußt jetzt ordentlich essen. Draußen wird es noch stundenlang eiskalt sein.» Unbewußt sprach sie wegen der schlafenden Kinder oder vielleicht auch wegen dieser frühen Stunde so leise wie in einer Kirche oder in einer Bibliothek.

«Schatz!» Er trat hinter sie an den Herd und faßte ihre Schultern. Mit glänzenden, wachen Augen wandte sie sich um und lächelte. Er küßte sie.

«Iß deine Eier», sagte sie. «Sie werden sonst kalt.»

Er setzte sich hin und begann zu essen. Sie wendete den Pfannkuchen. «Wie viele kannst du essen?» erkundigte sie sich.

«Weiß ich nicht», sagte er. Er hatte das Ei heruntergeschluckt, bevor er antwortete (sprich nicht mit vollem Mund!). Er war noch nicht wach genug, um großen Hunger zu haben, aber er war gerührt und beschloß, ein gewaltiges Frühstück zu vertilgen. «Hör lieber nach den ersten zwei oder drei auf.»

Sie legte einen Topfdeckel über den ersten Pfannkuchen, um ihn warmzuhalten, und goß neuen Teig in die Pfanne. Er bemerkte, daß sie die Eier kräftiger gepfeffert hatte als gewöhnlich. «Gut, die Eier», sagte er.

Sie war erfreut. Sie hatte es absichtlich getan, wenn auch nur halb bewußt, weil er wahrscheinlich in ein paar Stunden bei seiner Mutter auch ein Essen vorgesetzt bekommen würde. Aus demselben Grund hatte sie den Kaffee ungewöhnlich stark gemacht. Und aus demselben Grund hatte sie, genau wie eine Bäuerin aus den Bergen, Freude daran, hier am Herd zu stehen, während er aß.

«Gut, der Kaffee», sagte er. «Diesmal ist er schon eher so, wie er sein soll.» Sie drehte den Pfannkuchen. Ja, eigentlich sollte sie doch jedesmal zwei Kannen aufgießen, überlegte sie: eine mit nicht so starkem Kaffee für sich und eine Kanne mit Kaffee, wie er ihn mochte, mit frischem Wasser und ein paar Löffeln frisch gemahlenem Kaffee über dem alten Kaffeesatz – solange bis die Kanne fast voll war mit Kaffeesatz. Aber sie konnte das nicht vertragen; dann sah sie schon lieber zu, wie er solche Schwefelsäure trank.

«Keine Sorge», lächelte sie ihn an. «Ganz so, wie er sein soll, bekommst du ihn doch nie von mir.»

Stirnrunzelnd sah er zu ihr hinüber.

«Komm her und setz dich, Schatz», sagte er.

«Gleich...»

«Komm. Ich glaube, zwei Pfannkuchen sind genug.»

«Meinst du wirklich?»

«Wenn nicht, dann backe ich den dritten selbst.» Er ergriff ihre Hand und zog sie zu ihrem Stuhl. «Du setzt dich jetzt hierher.» Sie setzte sich. «Was hast du denn?»

«Ich glaube, ich kann nicht noch einmal einschlafen.»

«Ich weiß was.» Er stand auf und ging zum Eisschrank.

«Was willst du denn... oh. Nein, Jay... danke schön.»

Aber bevor sie es verhindern konnte, hatte er Milch in einen Schmortopf gegossen, und jetzt, als er den Topf auf den Herd setzte, wußte sie, daß sie die Milch gern trinken würde.

«Auch ein bißchen Toast?»

«Nein, danke, Liebling. Nur eine Tasse Milch, das ist genau das richtige.»

Er aß seine Eier auf. Als sie aufstehen wollte, legte er eine Hand auf ihre Schulter und drückte sie wieder auf ihren Sitz zurück. Er holte sich die Pfannkuchen selbst.

«Sie sind jetzt sicher ganz weich geworden. Laß mich doch...» Wieder wollte sie aufstehen, und wieder legte er seine Hand auf ihre Schulter. «Du bleibst sitzen», sagte er mit gespielter Strenge. «Sie sind ausgezeichnet. Könnten gar nicht besser sein.»

Er strich Butter darauf, goß Sirup darüber, schnitt die Pfannkuchen in Streifen, drehte sie mit Messer und Gabel herum und schnitt die Streifen in kleine Quadrate.

«Es ist noch Butter da», sagte sie.

«Ich habe genug», erwiderte er, spießte vier Pfannkuchenstücke auf und schob sie in den Mund. «Danke.» Er kaute, schluckte und spießte die nächsten vier auf. «Deine Milch wird jetzt warm sein», sagte er dann und legte die Gabel hin. Aber diesmal war sie aufgestanden, bevor er sie daran hindern konnte. «Du ißt», sagte sie. Sie goß die weiße, leicht dampfende Milch in eine dicke weiße Tasse, setzte sich hin und wärmte beide Hände an der Tasse, während sie ihm beim Essen zusah. Die ungewöhnliche Stunde, die plötzliche Unterbrechung ihres Schlafs, die Notwendigkeit des Handelns mit all seinen ablenkenden Einzelheiten, der Ernst seines Vorhabens und eine Art unterdrückter Erregung, alles wirkte zusammen, so daß es ihnen schwerfiel, zu sprechen, obgleich sie beide das Bedürfnis hatten, zu reden. Er merkte, daß sie ihn beobachtete, und sah sie, während er eifrig kaute, seinerseits an, mit ernsten Augen, in denen doch ein Lächeln stand. Er war mehr als satt, aber er dachte: ich werde diese Pfannkuchen aufessen, und wenn ich daran ersticken sollte.

«Stopf nicht so, Jay», sagte sie nach einer Weile.

«Hm?»

«Iß nicht mehr, als du magst.»

Er hatte gehofft, seine Vorspiegelung eines kräftigen Appetits würde etwas überzeugender wirken. «Keine Angst», sagte er und spießte noch ein paar Stücke auf.

Es war nicht mehr viel übrig. Sie beobachtete zärtlich lächelnd, wie er ernsthaft auf seinen Teller niederblickte, sagte aber nichts mehr.

«Mmmh», machte er schließlich und lehnte sich zurück.

Jetzt konnten sie einander ungehindert ansehen, aber noch immer fanden sie aus irgendeinem Grund keine Worte. Es störte sie nicht, aber beide empfanden fast so etwas wie die Scheu eines verliebten jungen Paares. Jeder blickte noch immer in die müden Augen des anderen, und ihre müden Augen begannen zu glänzen, aber sie konnten doch nicht zu einer inneren Übereinstimmung gelangen.

«Was möchtest du gern zum Geburtstag haben?» fragte er.

«Wieso, Jay?» Sie war ganz verwirrt vor Überraschung. «Wie... wie lieb von dir! Aber... ich...»

«Überleg es dir», sagte er. «Denk nach, was du am liebsten hättest – innerhalb vernünftiger Grenzen natürlich», fügte er scherzhaft hinzu. «Dann will ich sehen, ob wir es uns leisten können. Wegen der Kinder, meine ich.» Beide hatten sie im selben Augenblick an die Kinder gedacht. «Und selbstverständlich, wenn drüben bei meinen Leuten alles so verläuft, wie wir hoffen», setzte er hinzu.

«Natürlich, Jay.» Ihr Blick wurde für einen Moment unsicher. «Wir wollen es hoffen», sagte sie in seltsam abwesendem Ton.

Er beobachtete sie. Dieses gelegentliche Verschwimmen ihres Blicks war ihm immer geheimnisvoll und fast verwirrend vorgekommen. Frauen, so waren sie nun einmal.

Sie kehrte in diese Welt zurück, und wieder sahen sie einander an. Im Grunde, so überlegten sie beide, gibt es eigentlich nichts mehr zu sagen, oder vielmehr wir zwei brauchen uns nichts zu sagen.

Er holte langsam und tief Luft und atmete ebenso langsam wieder aus.

«Ja dann, Mary», sagte er liebevoll. Er nahm ihre Hand. Sie lächelten ernst, dachten an seinen Vater und aneinander und wußten beide in ihrem Herzen, wie sie es auch in ihrem Verstand wußten, daß sie es nicht nötig hatten, noch etwas zu sagen.

Sie standen auf.

«Also dann – ahh», sagte er unlustig.

«Rock und Weste», erinnerte er sich dann und wandte sich zur Treppe.

«Warte hier», fiel sie ein und ging rasch an ihm vorbei. «Ich habe Angst, daß du die Kinder weckst», flüsterte sie ihm über die Schulter zu.

Während sie die Treppe hinaufstieg, ging er ins Wohnzimmer, drehte das Licht an und holte Tabaksbeutel und Pfeife. In diesem einsamen stillen Licht inmitten der ungeheuren Ruhe der Nacht schienen all die kleinen Gegenstände von einem sonderbar weichen goldbraunen Schimmer umgeben. Er war bewegt, ohne zu wissen warum.

Zu Hause.

Er drehte das Licht aus.

Sie ließ auf sich warten; wahrscheinlich sah sie noch einmal nach, ob die Kinder gut zugedeckt waren. Er stand am Herd und betrachtete müßig das Muster der dunklen und hellen Vierecke im Linoleum. Er war froh, daß er schließlich doch nachgegeben hatte. Und Mary hatte recht gehabt. Dies einfache Schwarz und Weiß sah besser aus als ein buntes Phantasiemuster.

Jetzt hörte er sie auf der Treppe. Und natürlich waren ihre ersten Worte, als sie hereinkam: «Weißt du, ich war fast versucht, sie zu wecken. Ist wahrscheinlich dumm von mir, aber sie sind so daran gewöhnt – ich fürchte, sie werden sehr enttäuscht sein, weil du ihnen nicht auf Wiedersehen gesagt hast.»

«Was denn! Wirklich?» Er wußte nicht recht, ob er sich freuen oder sich ärgern sollte. Waren die Kinder vielleicht schon zu sehr verwöhnt?

«Es wäre sicher falsch gewesen.»

«Ein Unsinn wäre das, sie jetzt zu wecken. Womöglich kämst du dann die ganze Nacht nicht mehr zur Ruhe.»

Er knöpfte seine Weste zu.

«Ich hätte auch nicht daran gedacht, nur...» Sie zögerte, ihn daran zu erinnern. «Falls es zum Schlimmsten kommen sollte, Jay, mußt du vielleicht länger wegbleiben.»

«Ja, das stimmt», erwiderte er ernst. Diese ganze plötzliche Fahrt war etwas so Ungewisses und Zwielichtiges, daß keiner von ihnen sich eine klare Meinung darüber bilden konnte. Er dachte wieder an seinen Vater.

«Meinst du vielleicht, ich sollte es doch tun?»

«Laß mich nachdenken.»

«Nein», sagte er dann langsam. «Ich bin nicht der Ansicht. Weißt du, selbst im schlimmsten Fall würde ich ja wieder herkommen und euch alle holen. Ich meine, zur Beerdigung. Bei diesen Herzanfällen entscheidet sich gewöhnlich alles ziemlich schnell. Es ist also so oder so anzunehmen, daß ich morgen abend – nein, heute abend – zurück bin.»

«Ja, sicher. Ja.»

«Weißt du was? Erzähl ihnen – das heißt, versprechen darfst du ihnen natürlich nichts –, aber erzähl ihnen, daß ich höchstwahrscheinlich wieder hier bin, bevor sie zu Bett müssen. Sag ihnen, ich würde tun, was ich kann.»

«Gut, Jay.»

«Ja, das ist das Vernünftigste.» Sie streckte ihm so plötzlich ihre Hand entgegen, daß er unwillkürlich zurückfuhr. Einen Augenblick waren sie beide erstaunt und etwas verwirrt. Dann runzelte sie lächelnd die Stirn und meinte scherzend: «Erschrick nicht so, du kleiner Angsthase. Das ist nur ein sauberes Taschentuch, es tut dir bestimmt nicht weh.»

«Verzeihung», lachte er. «Ich wußte nur nicht, was du eigentlich wolltest.» Er zog das Kinn an und sah stirnrunzelnd zu, wie sie das zerknüllte Taschentuch aus seiner Tasche nahm und das frische hineinsteckte. Es machte ihn immer verlegen, wenn sie ihn so bemutterte, und am peinlichsten war ihm dieser diskrete weiße Zipfel, den Mary zurechtzupfte, so daß er aus der Brusttasche lugte. Unwillkürlich hob er die Hand, aber dann beherrschte er sich rechtzeitig und steckte sie in die Jackentasche.

«So. Jetzt siehst du sehr nett aus», sagte sie und musterte ihn kritisch, als ob er ihr Sohn wäre. Er kam sich recht albern vor, obgleich ihn die Unschuld ihrer Mütterlichkeit rührte und ihm auch ein bißchen schmeichelte. Einen Augenblick lang war er fast stolz und überzeugt davon, daß er wirklich sehr nett aussah, zumindest für sie, und das war ja schließlich die Hauptsache.

«Also», sagte er dann und zog seine Uhr heraus. «Barmherziger Gott!» Er zeigte sie ihr. 3 Uhr 41.

«Und ich dachte, es ist höchstens drei.»

«O ja, es ist spät geworden.»

«Dann wollen wir uns jetzt nicht länger aufhalten.» Er legte den Arm um ihre Schulter, und sie gingen zur Hintertür. «Du weißt, Mary, ich fahre wirklich nicht gern, aber es läßt sich nun mal nicht ändern.»

Sie öffnete die Tür, und er trat hinaus auf die Veranda.

«Du wirst dich erkälten», sagte er. Sie schüttelte den Kopf. «Nein. Hier draußen ist es milder als drinnen.»

Sie gingen bis zu den Stufen, die in den Garten führten. Der feuchte Dunst der Mainacht ertränkte alle Sterne außer den allerhellsten und warf das sublimierte Licht der lautlos ruhenden Stadt auf die Erde zurück. Weit hinten am Ende des Gartens leuchtete der blühende Pfirsichbaum wie ein himmlischer Wachtposten. Die Luft war voller Fruchtbarkeit und streichelte ihre Gesichter – zärtlich wie eine liebkosende Hand – mit dem verströmenden Duft der erwartungsvollen Welt, die im Angesicht des Himmels schlief.

«Was für eine wundervolle Nacht, Jay», sagte sie in jenem Ton, den er so sehr an ihr liebte. «Ich wünschte beinahe, ich könnte mit dir kommen –» jetzt fiel ihr wieder der Zweck seiner Fahrt ein – «was auch geschehen mag.»

«Das wünschte ich auch, Mary», sagte er, obgleich ihm eine solche Möglichkeit gar nicht in den Sinn gekommen war; ehrlich gesagt, hatte er sich gerade in diesem Augenblick auf seine einsame Fahrt gefreut. Aber dieser besondere Ton ihrer Stimme rührte ihn, und er wiederholte liebevoll: «Ich wünschte auch, du könntest mitfahren.»

Nachdenklich standen sie im Dunkeln.

«Ja, Jay», sagte sie plötzlich, «ich darf dich nicht länger aufhalten.»

Er schwieg einen Augenblick. «Richtig», sagte er dann mit seltsam müder Traurigkeit. «Zeit, daß ich losfahre.»

Er nahm sie in die Arme und beugte sich zurück, um sie anzusehen. Eigentlich war dies gar keine Trennung, aber er stellte überrascht fest, daß dieser Abschied ihm sonderbar schwerfiel, vielleicht wegen des ernsten Anlasses oder auch wegen dieser feierlichen Stunde. Er las die gleiche Empfindung in ihrem Gesicht und wünschte jetzt beinahe, sie hätten die Kinder doch geweckt.

«Auf Wiedersehen, Mary», sagte er.

«Auf Wiedersehen, Jay.»

Sie küßten sich, und sie lehnte ihren Kopf einen Augenblick an seine Schulter. Er strich über ihr Haar. «Falls es ernst ist, lasse ich es dich so schnell wie möglich wissen», sagte er.

«Ich flehe zu Gott, daß es nicht so schlimm ist, Jay.»

«Ja, wir können es nur hoffen.» Ihre zärtliche Verbundenheit war durch den Gedanken wieder in den Hintergrund gedrängt, aber er streichelte noch immer liebevoll ihren Kopf.

«Und grüß deine Mutter von mir. Sag ihr, daß alle meine Gedanken und Wünsche bei ihr sind. Und grüß natürlich auch deinen Vater, wenn er – wenn es ihm gut genug geht.»

«Ja, Liebste.»

«Und paß auf dich auf.»

«Bestimmt.»

Er streichelte ihren Rücken, und sie ließen die Arme sinken.

«Dann höre ich also von dir – und wir sehen uns bald wieder, ja?»

«Ganz sicher.»

«Gut, Jay.» Sie drückte seinen Arm. Er küßte sie auf die Wange; gleich darauf sah er, wie ihre Lippen sich enttäuscht verzogen. Da lächelten sie beide, und er küßte sie herzhaft auf den Mund. In einem Anflug von Fröhlichkeit hätten sie fast ihren üblichen morgendlichen Abschiedsgesang angestimmt – sie sang immer: «Leb wohl, Jay, bleib nicht zu lange fort», und er sang: «In ein paar Wochen bin ich wieder da!» – aber dann ließen sie es doch lieber sein.

«Also dann auf Wiedersehen, Jay.»

«Auf Wiedersehen, Liebes.»

Auf der untersten Stufe drehte er sich plötzlich um. «Du», flüsterte er, «hast du auch genug Wirtschaftsgeld?»

Sie überlegte rasch. «Doch, es reicht. Danke.»

«Sag den Kindern von mir auf Wiedersehen. Und sag ihnen, daß ich heute abend wieder da bin.»

«Aber ich verspreche es ihnen lieber nicht, oder?»

«Nein, aber wahrscheinlich komme ich. Und, Mary: ich hoffe, ich kann zum Abendessen zurück sein. Aber warte nicht extra auf mich.»

«Gut.»

«Gute Nacht!»

«Gute Nacht!» Er ging auf die Garage zu. Mitten auf dem Weg drehte er sich noch einmal um und rief leise: «Und überleg dir das mit deinem Geburtstag.»

«Ja, danke, Jay. Ich werde nachdenken. Danke.»

Sie hörte, wie er vorsichtig über den Schlackenweg ging. Leise hob er den Querbalken vor der Garagentür ab und setzte ihn zur Seite. Dann öffnete er möglichst geräuschlos die Tür. Der erste Flügel quietschte; der zweite, der gewöhnlich noch größeren Lärm machte, ließ sich lautlos öffnen. Er trat von links an den Wagen heran und mit den vorsichtigen Bewegungen eines Einbrechers, wie es die Enge der Garage erforderte, verschwand er im tiefen Dunkel.

Sie wußte, daß er sich jetzt bemühen würde, die Nachbarn und die Kinder nicht zu wecken, daß es aber unmöglich war, den Wagen lautlos zu starten. Wartend stand sie da, und in ihre zärtliche Belustigung mischte sich die gewohnte Angst vor seiner Wut und vor den ausgesprochenen oder unausgesprochenen Flüchen, die dann folgen würden.

Uhgh – hy uh hy wäh uhy uh: wiik-uh-wiik – uh:

Ughh – hy wh juh: wiik:

(Jetzt das fast lautlose, verzweifelte Hantieren mit Zündschlüssel, Ventil und Choker.)

Ughgh – Hjuh juhjuh wiik juh juh wiik wiik wiik juh juhjuh: wiik:

(Töne, die sie nie ganz verstand und die sie doch genau voraussagen konnte.)

Ughgh – *Ughgh* – juhjuh *Ugh* wiik juh juh *Ughgh* juh wiik wiik juhjuh: wiik wiik juhjuh: wiik wiik uh:

(Wie ein scheußliches, gräßliches, erkältetes großes Untier: wie ein mondsüchtiges Schluchzen: wie eine gefolterte Maus.)

Ughgh – *Ughgh* – *Ughgh* (Der Ärmste, das mußte ihn ja verrückt machen.) *Ughgh* – wiik – Whughugjuh – *Ugh* wiikjuhuughgjughjuhjuhi aaaaaaahhhhhh RHRHRH RHRH (So hör doch endlich auf!) RHRH (ein Fenster wurde geöffnet) RHRHRHRHRHR juhjuhh RRH RHRHRHRHRHRHRHRHRHRH (mit einem wütend triumphierenden Knall fiel die Tür ins Schloß) RHRHRH – – – – – – (das Fenster ging herunter) RHRHRHRHRH (Im Rückwärtsgang rollte der Wagen aus der Garage; unter den Rädern knirschten die Schlacken.) RHRH – – – – – (Mit einer derben, aber geschickten Schwenkung lenkte er den Wagen in einer Rückwärtskurve fast bis an den Hühnerzaun; das Licht, das von der Straße her zwischen den Häusern hindurchschien, fiel auf die schwarze Seitenfront des Wagens.) RHRH – – – – (Eine

scharfe Wendung um die Ecke der Garage und dann, in entgegengesetzter Richtung, in den schmalen, ostwärts führenden Weg.) RHRH – – – – – – (Da stand das Untier: gehorsam, bezwungen, und doch tückisch wie ein Maulesel. Jay, jetzt dem Haus zugewendet, tauchte kurz auf. Er sah sie, winkte mit der Hand – sie winkte zurück, aber er konnte sie schon nicht mehr sehen. Und nun schob er das Tor hinter sich zu und verschwand.) RHRHRHRHRHRHRH
RHRHRHRHRHRH R
H
R
H
R
H
rh
rh
rh
rh
rh
rh
rh
rh
rh
rh
rh
rh

K atta wawwwwk:
Kraaawwrk?
Tschiquawkwawh.
Wrrawkuhkuhkuh
rwrwrk?
irk.
rk:

Sie stieß einen tiefen Seufzer der Erleichterung aus und ging ins Haus.

Da stand ihre Milch, unberührt, vergessen, kaum noch lauwarm. Sie trank sie ohne Genuß; diese weiße Flüssigkeit, die da aus dem klebrig nassen Weiß der leeren Tasse floß, war ihr plötzlich widerlich. Sie beschloß, erst am Morgen abzuwaschen, goß Wasser über das Geschirr und ließ es im Spülstein stehen.

Falls die Kinder überhaupt etwas gehört hatten, so war davon jetzt nichts mehr zu merken. Catherine hatte sich wie immer im Schlaf naßgemacht, nein, beide Betten waren naß. Dafür sind sie allmählich zu groß, dachte sie. Vor allem Rufus. Sorgsam zog sie die Decken herauf, damit sie sich nicht erkälteten. Sie rührten sich kaum.

Ich sollte mal mit einem Arzt sprechen.

Sie sah das aufgeschüttelte Bett. Ach, der Gute, dachte sie lächelnd und schlüpfte hinein. Seine Absicht, das Bett für sie warm zu halten, konnte sie allerdings nicht ahnen, denn die Wärme war schon seit einiger Zeit vergangen.

3. Kapitel

Jetzt würde sie wohl gerade ins Schlafzimmer zurückkommen und das Bett sehen, überlegte er. Er lächelte bei der Vorstellung, wie sie dastehen und es ansehen würde.

Er fuhr durch Forest hinunter, über den Viadukt, an dem rauchigen Depot vorbei, bog dann unterhalb des Taubstummenasyls scharf nach links ab und folgte der abschüssigen Straße. Der Rangierbahnhof lag zu seiner Linken, farblose Strähnen aus Stahl, erstarrte Schatten, kleine Dampfwolken wie Schaum; er sah und hörte das tickende Umspringen eines Signals, aber er konnte sich nicht mehr erinnern, was dieses Signal bedeutete. Rechterhand waren dunkle unbebaute Grundstücke, verwaschene Reklamebretter, die dunkleren Blöcke kleiner, schlafender Häuser, in denen hier und da Licht schimmerte. Er hatte früher gelegentlich in einer dieser kleinen, schwach erleuchteten Kneipen gegessen. Wie Mauerlöcher waren sie, in denen der Qualm des überhitzten Bratfetts die Luft undurchsichtig machte, einige für Farbige, andere für Weiße, und ihre Gäste waren Streckenarbeiter und jene sonderbaren Nachtvögel, die man in jeder größeren Stadt antraf. Nie sah man eine Frau hier, höchstens daß einmal eine hinter dem Schanktisch stand oder sich schwitzend über den Herd beugte. Er hatte auch nie ein Gespräch geführt in diesen Kneipen, aber immer hatte er die scheinbare Verschwörer-Atmosphäre und das dumpfe Stimmengemurmel genossen.

Wenn man hier an die richtigen Leute geriet, wenn sie einen kannten oder doch für vertrauenswürdig hielten, dann bekam man mit Sicherheit zu jeder Nachtstunde ein paar Schnäpse spendiert.

Er fuhr mit der Zunge über die Zähne und schmeckte den Sirup, den Kaffee und die Spiegeleier mit Speck noch einmal nach.

Bald darauf gingen die Außenbezirke der Stadt in jene seltsam gesprenkelte halbe Ländlichkeit über, deren Anzeichen ihn immer so seltsam bedrückten: verwitterte Häuschen, andere, die auf unerklärliche Weise neu und solide erschienen, aber viel zu eng zusammenstanden, um ihren Bewohnern eine befriedigende ländliche Abgeschiedenheit zu bieten, und wiederum zu weit voneinander, zu zusammenhanglos, um irgendeine Form von Gemeinschaft zu ermöglichen. Hinter diesen Gebäuden sah man kleinere Stücke schlecht bebauten Landes und zwischen ihnen, längs der Straße, Abfall, Gerümpel, zerfallene Schuppen und vom Regen verwaschene Reklamebretter. Weit draußen überholte er eine allerletzte Straßenbahn ohne Fahrgäste, die ihrer Endstation zuratterte. Zwei Minuten später lag all das hinter ihm. Das Dunkel wurde plötzlich dichter und zugleich leerer; der Motor tönte anders: ein sanftes, müheloses Summen; sprossende Zweige reckten sich vor und fegten sausend durch den letzten Streifen lebendigen Lichts; das Auto bahnte sich seinen Weg durch die dunkle Mitte der Welt; seine gerade nach vorn gerichteten Lichtpfeile ertasteten, wie die Fühler eines Insekts, jedes auftauchende kleine Hindernis, jede Glattheit der Strecke, aber so gut wie nichts von alldem, was rechts und links davon lag. Er knöpfte seine Weste und den obersten Hosenknopf auf und lehnte sich zurück. Ein paar Augenblicke später überlegte er, ob er den Rock ausziehen solle; aber der kraftvolle Rhythmus dieser nächtlichen Fahrt war viel zu mitreißend, er mochte ihn nicht unterbrechen. Er setzte sich noch bequemer zurecht, überwachte mit seinen Blicken beständig den Lichtkegel seiner Scheinwerfer und gab sich ganz dem Genuß der

Fahrt und seiner noch unbestimmten, aber wesentlichen und ernsten Bedeutung hin.

Es war kurz vor Tagesanbruch, als er den Fluß erreichte. Er mußte mehrere Male an das Fenster der kleinen Blockhütte klopfen, bevor der Fährmann aufwachte.

«Übersetzen bei Nacht kostet das Doppelte, Mister», sagte er, während er an seiner Laterne herumfingerte.

«Geht in Ordnung.»

Beim Ton dieser Stimme schien er zum erstenmal wirklich zu erwachen und blickte auf. «Ach, Sie sind's. Tag, Sir», sagte er.

«Tag.»

«Sie kommen doch sonst oft sonntags mit Ihrer Frau und Ihren beiden Kindern, nich?»

«Stimmt.»

Der Mann ging hinunter zum Wasser und hielt seine Laterne ganz niedrig, um festzustellen, wie die Fähre am Ufer lag. Dann hob er sie hoch und schwenkte sie wie ein Eisenbahner. Jay, der den Motor hatte laufen lassen, lenkte den Wagen langsam und vorsichtig den steilen Abhang hinunter durch den dicken, von Spuren durchzogenen Lehm und ebenso vorsichtig auf die Fähre. Dann stellte er den Motor ab; die plötzliche Stille war wie ein Zauber. Er stieg aus und half dem Mann, die Räder zu blockieren. «Fertig», sagte er und richtete sich auf; aber der Mann sagte nichts. Er war jetzt damit beschäftigt, die Fähre vom Ufer abzustoßen. Sie beobachteten beide, offensichtlich mit gleicher Genugtuung, wie der Streifen braunen Wassers unter dem Laternenlicht immer breiter wurde. Muß ein hübscher Beruf sein, dachte Jay – er dachte das fast bei jeder Überfahrt –, nur im Winter natürlich nicht.

«Fahren Sie den ganzen Winter durch?»

«Hm», machte der Mann und verholte die Leine.

«Is gar nich so schlimm», fügte er dann hinzu. «Nur bei Schneematsch isses übel. Nassen Schnee bei Nacht mag ich nich.»

Beide schwiegen. Jay stopfte sich eine Pfeife. Als er das Streichholz anrieb, spürte er eine Veränderung in der Bewegung des Boots, eine scheinbare Ausweitung. Die Fähre war jetzt in der Strömung, die sie mit sich trug, und der Fährmann arbeitete nicht mehr, er hielt nur noch seine Hand auf der Leine. Das flache Fahrzeug glitt über das Wasser wie eine Hand über eine Brust. Das Wasser murmelte leise. Während dieses Teils der Überfahrt war das immer der einzige hörbare Laut. Und nun begann der Wasserspiegel ein Licht zurückzuwerfen, das man am Himmel noch gar nicht entdecken konnte, und die Bäume an beiden Ufern, die sich am Wasserrand zusammendrängten wie Vieh an der Tränke, hoben sich deutlicher voneinander ab. Weit im Land auf beiden Seiten des Flusses krähten Hähne. Der violette Himmel überzog sich mit einem grauen Schein, und jetzt sahen die beiden Männer zum erstenmal drüben auf dem jenseitigen Ufer einen Planwagen und daneben eine reglose kleine Gestalt.

«Du lieber Gott», sagte der Fährmann, «wie lange die wohl schon warten!» Plötzlich fing er wieder an, eifrig mit seiner Leine zu hantieren; es galt jetzt, der Fähre den nötigen Schwung zu geben, damit sie über die Mitte des Flusses hinausschoß, wo der heftige Druck der Strömung gegen die Breitseite Leine und Fähre festzuhalten drohte. Jay ging rasch zur Leine, um mitzuhelfen. «Loslassen», schrie der Mann ihm zu, viel zu beschäftigt, um nach höflichen Redensarten zu suchen. Jay gehorchte. Gleich darauf wurden die Bewegungen des Mannes gemächlicher. Er wandte den Kopf so weit, daß er Jay in die Augen sehen konnte. «Wenn ich das nich allein schaffen würde, könnte ich meinen Beruf an den Nagel hängen», erklärte er.

Jay nickte und schaute auf den immer breiter werdenden Lichtstreifen am Horizont.

«Es ist doch hoffentlich nichts Schlimmes passiert, daß Sie um diese Zeit unterwegs sind», sagte der Fährmann.

Jay hatte seine Neugier schon bemerkt und ihm sein bisheriges Schweigen hoch angerechnet. Seine Frage minderte diesen Eindruck zwar ein wenig, aber Jay war doch irgendwie erfreut, daß er sich einem Menschen, der ihm so sympathisch und zugleich so fremd war, mitteilen konnte. «Mein Vater. Ein Herzanfall. Weiß aber noch nicht, wie es steht.»

Der Mann schnalzte mit der Zunge wie eine alte Frau, schüttelte den Kopf und schaute ins Wasser. «Das is 'ne böse Sache», sagte er. Plötzlich sah er Jay mit einem sonderbaren scheuen Blick in die Augen, wandte sich dann wieder dem Wasser zu und zerrte weiter an der Leine.

«Na ja, alles Gute», sagte er dann.

«Vielen Dank», antwortete Jay.

Der Wagen wurde größer und größer, und nun konnten sie auch die dunklen, von scharfen Falten durchzogenen Gesichter des Mannes und der Frau erkennen: diese traurigen, zerfurchten Bauerngesichter, die schon in frühen Jahren alt wirken und die Jay immer den Eindruck tiefen Friedens vermittelten. Die Frau saß hoch über dem Maultier; ihre weit herabgezogene Haube glich in Form und Farbe dem Wagenverdeck. Der Mann stand neben dem Wagen, einen lehmbespritzten Stiefel auf die lehmverschmierte Radnabe gestützt. Sie starrten ernst in die Gesichter der beiden Männer auf der Fähre, und keiner von ihnen regte sich oder gab irgendein Grußzeichen von sich, bis die Fähre festgemacht hatte.

«Schon lange hier?» fragte der Fährmann.

Die Frau sah ihn nur stumm an. Einen Augenblick später nickte der Mann, ohne die Lippen zu bewegen.

«Hab euer Rufen nich gehört.»

Der Mann antwortete nicht gleich. «Ich hab gerufen», sagte er dann.

Der Fährmann löschte seine Laterne und wandte sich an Jay. «'s war keine richtige Nachtfahrt, Mister. Ich kann nur die Tagesgebühr verlangen.»

«Schon gut», erwiderte Jay und gab ihm 15 Cents. «Und vielen Dank auch.» Er stellte die Scheinwerfer ab und bückte sich, um die Bremsklötze vor den Rädern zu entfernen.

«Augenblick mal!» rief der Mann mit dem Wagen. Jay

blickte auf. Der Mann machte zwei rasche Schritte und packte den Zaum des Maultiers. Dann nickte er Jay zu.

Der Motor war noch warm und sprang leicht an. Zuerst zuckte das Maultier bei jeder Drehung der Kurbel erschrocken zusammen, doch als das Motorgeräusch in gleichmäßiges Dröhnen überging, blieb das Tier ruhig stehen und zitterte nur noch. Mit einem Ruck schaltete Jay den ersten Gang ein, um das Auto über die steile, schlammige Uferböschung hinaufzubugsieren. Dabei versuchte er, einen möglichst weiten Abstand zu dem Maultier zu halten, nickte den Leuten im Vorbeifahren freundlich zu und entschuldigte sich mit einem Achselzucken für diesen Spektakel. Doch die Augen, die ihm folgten, konnten ihm den Lärm nicht verzeihen. Oben angelangt, stopfte er sich eine Pfeife und sah zu, wie das Maultier den Wagen hinunterzog. Der Mann hielt den Zaum des Tiers, das zögernd und steifbeinig vorwärtsschritt. Seine Hufe stachen haltsuchend in den glitschigen Lehm, die Kruppe schob sich in die Höhe, der Wagen legte sich bedrohlich zur Seite und die Bremsklötze faßten kreischend den breiten eisernen Rand der Räder.

Arme Teufel, dachte er. Bestimmt wollten sie zum Markt in Knoxville, und nun hatten sie hier ein paar Stunden auf die Fähre warten müssen. Die Verzögerung war nicht mehr einzuholen.

Er wartete, um noch einmal den Anblick zu genießen, wie der Wasserstreifen zwischen Fähre und Ufer aufklaffte und die Fähre diese ihr eigentümliche quadratische Form annahm und ein Bild köstlicher Stille bot. Er sah auf seine Uhr. Gar nicht übel. Er zündete seine Pfeife an und lehnte sich bequem zurück, um weiterzufahren. Wenn er den Fluß überquert hatte, fühlte er sich jedesmal wie ein anderer Mensch. Das hier war das echte alte Land. Seine Heimat. Die kleinen Bauernhäuser sahen anders aus als drüben, ein bißchen älter, ärmlicher und einfacher, ein bißchen heimatlicher; die Bäume und Felsen schienen ihm auf andere Art aus der Erde aufzuragen; die Luft roch anders. Nun würde er bald das Schlimmste wissen; falls es überhaupt etwas Schlimmes zu erfahren gab. Unwillkürlich empfand er ein tiefes Behagen, während er auf das weite Land unter dem frischen Morgenlicht blickte, und unwillkürlich fuhr er etwas schneller als zuvor.

4. Kapitel

Die restlichen Stunden der Nacht verbrachte Mary im Halbschlaf. Es war ihr unbehaglich, so allein im Bett zu liegen. Fast fühlte sie sich, als hätte man ihr soeben einen Backenzahn gezogen, und das ganze Haus erschien ihr größer, als es wirklich war, sonderbar hohl und voller Resonanzen. Vergebens hatte sie gehofft, der anbrechende Tag werde die Dinge wieder zurechtrücken; Bett und Haus wirkten in diesem schweigenden bleichen Licht nur noch leerer. Sie schlummerte ein wenig, erwachte und lauschte auf die trockene Stille, schlummerte wieder ein und schrak dann plötzlich auf. Da war etwas, das sie quälte. Sie dachte an ihren Mann, der jetzt unterwegs war, auf einer der ernstesten Fahrten seines Lebens, dachte an seinen Vater, der schwer krank, vielleicht im Sterben lag, vielleicht in diesem Augenblick schon tot war (sie bekreuzigte sich), und doch konnte sie kein so tiefes Mitgefühl aufbringen, wie sie es ihrem Mann eigentlich schuldig war. Sie wußte, daß Jay im umgekehrten Fall, also wenn ihr eigener Vater im Sterben läge, ähnlich empfinden würde wie sie jetzt; sie wußte, daß sie weder ihn noch sich selber dafür tadeln konnte, aber das half ihr auch nichts. Denn sie kannte die sehr einfache Ursache dieses inneren Zwiespalts: sie hatte den alten Mann nie wirklich gern gehabt.

Sie war sicher, daß sie nicht auf ihn herabsah, wie viele von Jays Verwandten behaupteten und auch ihr gegenüber andeuteten und wie leider wohl auch Jay gelegentlich glaubte; das ganz bestimmt nicht. Aber sie konnte ihn nicht so gern haben wie fast alle anderen, die ihn kannten. Wenn Jays Mutter jetzt im Sterben läge, dann gäbe es keinen Zweifel: dann wäre ihr Kummer genauso tief wie der ihres Mannes. Und eben das war ein klarer Beweis dafür, wie wenig sein Vater ihr wirklich bedeutete. Sie fragte sich, warum sie ihn wohl nicht mochte (denn eigentlich unsympathisch, so versicherte sie sich ernsthaft, war er ihr auch nicht; das zu sagen, wäre falsch). Sie mußte feststellen, daß der Hauptgrund darin lag, daß alle ihm soviel nachsahen und ihn trotz seiner Fehler so gern hatten und daß er diese Nachsicht und Liebe der anderen so selbstverständlich hinnahm, als habe er ein natürliches Recht darauf, ja, noch schlimmer, als merke er sie überhaupt nicht. Und das Schlimmste von allem, das, was sie immer wieder mit Ärger und Abneigung gegen ihn erfüllte, war die Art, wie er seiner Frau alle Mühen aufbürdete und die unerschütterliche Geduld, mit der diese alles hinnahm, als seien es gar keine Mühen und als wisse sie gar nicht, daß er sie ausnutzte. Ja, diese Selbstverständlichkeit der beiden war es, die sie einfach nicht ertragen konnte! Wenn Jays Mutter auch nur ein einziges Mal aufbegehrt oder gezeigt hätte, daß sie sich dieser Situation bewußt war, dann hätte Mary den alten Mann vielleicht sogar gern haben können. Aber so wurde sie immer wieder ärgerlich auf Jays Mutter und empfand fast so etwas wie Abneigung gegen sie, während sie doch andererseits wußte, daß das ungerecht war und ihren wirklichen Gefühlen auch gar nicht entsprach. Und dieser Zwiespalt verursachte ihr Unbehagen. Dann aber erschrak sie, denn ihr wurde plötzlich klar, daß sie in dieser Stunde, die vielleicht die letzte Lebensstunde von Jays Vater war, hier wach lag und so schlecht von ihm dachte. *Schäm dich*, sagte sie zu sich selber, und bemühte sich ernsthaft, an alles zu denken, was sie Gutes über ihn wußte.

Er war zum Beispiel freigebig. Freigebig bis zum Leichtsinn. Und sie erinnerte sich, wie er immer wieder allen Menschen, die sich an ihn wandten, gegeben, ihnen «geliehen» hatte: Geld, Nahrungsmittel oder andere Dinge, die doch auch in seinem eigenen Haus dringend benötigt wurden. Ein Fehler, jawohl. Aber es war ein guter Fehler. Kein Wunder, daß die Leute ihn gern hatten – oder es doch vorgaben – und daß sie ihn ausnutzten, wo sie nur konnten. Und er besaß eine echte und herzliche Gutmütigkeit. Eine wunderbare Eigenschaft. Und tolerant war er. Nie hatte sie ein unfreundliches oder bitteres Wort über andere aus seinem Mund gehört, nicht einmal über Menschen, die seine Gutmütigkeit aufs schamloseste ausgenutzt hatten – er konnte übrigens den Gedanken, daß sie es darauf angelegt hatten, nicht ertragen. Und, dessen war sie sicher, er hatte nie in die feindseligen oder verächtlichen Reden eingestimmt, die die meisten anderen über sie führten.

Andererseits jedoch konnte sie ebenso überzeugt sein, daß er niemals energisch, tapfer und zornig anderen gegenüber für sie eingetreten war, wie seine Frau es getan hatte, denn er haßte Streit ebenso wie Unfreundlichkeit; aber diesen Gedanken schob sie wieder beiseite. Er hatte sich, soweit sie wußte, niemals über seine Krankheit, seine Schmerzen oder seine Armut beklagt, und obgleich er dauernd die unsinnigsten Entschuldigungen für andere hatte, erfand er doch nie Entschuldigungen in eigener Sache. Allerdings hatte er auch wenig Anlaß, sich zu beklagen oder Entschuldigungen für sich zu erfinden, aber auch diese Überlegung strich sie sofort wieder aus ihren Gedanken. Sie machte sich Vorwürfe und rief sich ins Gedächtnis, wie unbeirrbar nett und freundlich er immer zu ihr gewesen war; und obwohl sie sich eingestehen mußte, daß es durchaus nicht um ihretwillen geschehen war, sondern nur, weil sie ‹Jays Frau› war, wie er sich wohl immer ausdrückte, konnte sie ihm das gewiß nicht ankreiden; sie selbst bezog ihre freundlichsten Gefühle für ihn aus der Tatsache, daß er Jays Vater war. Man kann keinem Menschen mehr zugetan sein, als man es eben ist, man kann es einfach nicht. Man kann sich nun mal nicht dazu zwingen, irgendeinem Menschen gegenüber mehr zu empfinden. Jays Vater war grundsätzlich und auf seine besondere Weise ein schwacher Mensch. Diese Schwäche aber war es, die sie nicht leiden und nicht respektieren konnte, die sie ihm nicht vergeben und an die sie sich auch nicht gewöhnen konnte; denn es war eine Schwäche, die die anderen ausnutzte und ihnen Nachteil und Mühen brachte, während er sich ihrer nicht schämte und sie nicht einmal zu bemerken schien. Und das schlimmste und vielleicht grundlegendste: Jays Vater war die einzige Schranke zwischen ihnen beiden, das einzig hartnäckige und ungelöste Problem, dem sie nach Möglichkeit auswichen, der störende Punkt in ihrer sonst so völlig einheitlichen Einstellung zu Jays Familie, zu seinem «Hintergrund». Selbst jetzt konnte sie ihn nicht wirklich gern haben oder echte Teilnahme verspüren. Die Gedanken, die sie ihm widmete, waren ernst und traurig, aber es waren Gedanken, die sie jedem alten, müden und leidenden Menschen gewidmet hätte, der ein langes Leben hinter sich hatte und dessen Ende nun wohl gekommen war. Und selbst jetzt, da sie an ihn dachte, waren ihre eigentlichen Gedanken bei dem Kummer seines Sohnes und ihrer Unfähigkeit, diesen Kummer zu teilen. Bis zu diesem Augenblick hatte sie, wie sie mit Bestürzung feststellte, noch nicht ein einziges Mal an Jays Mutter gedacht; sie war ganz bei Jay gewesen. Ich muß ihr schreiben, dachte sie. Aber vielleicht sehe ich sie ja schon bald.

Und doch, obwohl sie sich völlig klar darüber war, welch schweren Verlust der Tod des alten Mannes für Jays Mutter bedeuten würde, und obwohl es unrecht von ihr war, so einen Gedanken überhaupt zu erwägen, hatte sie doch unwillkürlich das Gefühl, daß dieser Tod vor allem eine große Erleichterung sein würde. Es fiel ihr ein, daß Jays Vater dann nicht länger zwischen ihr und Jay stehen würde. Aber nun packte sie eisiges Erschrecken. Gott vergib mir, dachte sie entsetzt: Ich habe ihm ja fast den Tod gewünscht! Sie faltete die Hände und starrte auf einen Fleck an der Zimmerdecke.

O Herr, betete sie, vergib mir meinen unaussprechlich sündigen Gedanken. Herr, befreie meine Seele von solchen Abscheulichkeiten. Herr, wenn es Dein Wille ist, laß ihn noch lange leben, damit ich mit Deiner gnädigen Hilfe lernen kann, ihn besser zu verstehen und mehr zu lieben. Nicht um meinetwillen, sondern um seinetwillen laß ihn am Leben, Herr!

Sie schloß die Augen.

Herr, öffne mein Herz, damit ich mich dieser schweren Stunde würdig erweise, wenn sie eintreten sollte, und damit ich würdig bin, den anderen in ihrem Kummer Trost und Hilfe zu bringen. Herr, mein Gott, Herr Jesus, schmelze diese Kälte und Gleichgültigkeit aus meinem Herzen hinweg, neig Dich herab und fülle die Leere meines Herzens. Und Herr, wenn es Dein Wille sein sollte, erhalte sein Leben und laß mich lernen, meine Bürde freudiger zu tragen, oder schenke mir die Einsicht, daß auch diese Bürde ein Segen ist. Und wenn Du ihn zu Dir nehmen willst, wenn er schon jetzt zu Dir eingegangen sein sollte (sie bekreuzigte sich), laß ihn in Deinem Frieden ruhen (wieder bekreuzigte sie sich).

Und, Herr, wenn es Dein Wille ist, daß dieser Kummer über meinen Mann kommen soll, dann flehe ich Dich demütig an, in Deiner Gnade das Herz meines Mannes durch dieses Leid aufzutun und seine liebe Seele zu erwecken, auf daß er in Dir jenen Trost finde, den die Welt nicht geben kann, auf daß er Dich deutlicher erkenne und zu Dir komme. Denn hier und nicht bei seinem armen Vater oder meinen unwürdigen Gefühlen liegt, wie Du wohl weißt, der klaffende Abgrund zwischen uns.

Herr, der Du in Deiner Gnade alles vollbringen kannst, schließe diesen Abgrund. Einige uns in Dir, wie wir in unserem irdischen Ehestand geeint sind. Um Jesu willen, Amen. Sie war ein wenig getröstet, aber stärker noch war ein Gefühl tiefer Verwirrung. Denn noch nie zuvor hatte sie die Verschiedenheit der religiösen Einstellung zwischen Jay und ihr und die Wichtigkeit, die sie ihr beimaß, so deutlich in Worte gefaßt und sich vor Augen gestellt. Und er? Wie wichtig nimmt er das eigentlich? fragte sie sich. Habe ich mein Gefühl dafür nicht entsetzlich übertrieben? Ein «Abgrund»? Und auch noch «klaffend»? Traf das wirklich zu? Er hatte bestimmt nie etwas geäußert, was solche Gefühle gerechtfertigt hätte, und auch sie fühlte im Grunde nichts von solcher Tragweite. Eigentlich war es doch nur so, daß beide wenig darüber sprachen und es fast aussah, als bemühten sie sich, dieses Thema nicht zu berühren. Aber eben das war es ja. Daß sie über ein Problem, das ihr so viel, so unendlich viel mehr als ihm bedeutete, nicht offen mit ihm sprechen, daß sie dieses Gefühl nicht mit ihm teilen konnte. Daß sie auf diesem Gebiet nur eine einzige wirklich intime Vertraute hatte: Tante Hannah, und daß sie all ihre liebende Hoffnung nur auf die Kinder setzen konnte. Das war es. Hier lag die Gefahr, daß sich ein Abgrund auftun konnte (sie faltete die Hände und schüttelte verzweifelt den Kopf): bei den Kindern. Sie wußte ganz gewiß, daß er nichts von Andrews Zorn und Verachtung empfand und nichts von der Ironie ihres Vaters, aber aus seinem auffälligen Schweigen, wenn dieses Thema aufkam, war eindeutig zu entnehmen, daß er dem ganzen Gebiet und damit auch ihr sehr fern stand, daß er es nicht mochte. Er hielt Abstand davon, das war es. Seine schweigende Zurückhaltung verlieh ihm diesen Abstand und dazu eine besondere Würde, die sie an ihm achtete, obgleich sie sich dadurch verletzt fühlte. Und der Abgrund würde sich auftun, unweigerlich, denn wenn sie sich auch gewiß bemühen würde, in dieser Angelegenheit stets ruhig und freundlich zu bleiben, die Kinder würden doch so erzogen werden, wie sie ihrer Überzeugung nach erzogen werden mußten: im christlich-katholischen Glauben. Und darum mußte der Zwiespalt in ihrem Haus kommen, so sicher wie der Gottesdienst in der Kirche. Irgendwie würde er kommen müssen, falls er seine Einstellung nicht änderte. Es würde geschehen, so ernsthaft sie beide sich auch bemühten und soviel guten Willen sie in dieser Frage auch aufbringen mochten: seine Kinder würden sich von ihm entfernen, seine eigene Frau würde sich von ihm entfernen. Und nicht auf seine Veranlassung oder seinen Wunsch hin, sondern durch ihren eigenen bewußten Willen. Herr, mein Gott, betete sie voller Angst. Irre ich mich? Zeig es mir, wenn ich auf dem falschen Weg sein sollte. Ich flehe Dich an: zeige mir, was ich tun soll.

Aber Gott zeigte ihr nur, was sie bereits wußte: daß sie, komme was wolle, als christliche und katholische Frau die Pflicht hatte, ihre Kinder zu rechtschaffenen gläubigen Menschen zu erziehen, und daß es mehr ihre als ihres Mannes Aufgabe war, dafür zu sorgen, daß die Familie zusammenhielt und der Abgrund sich schloß.

Aber wenn ich so handle, werde ich den Abgrund nie schließen können, überlegte sie. Nichts wird mir helfen, nichts.

Aber ich muß es tun.

«Das muß ich: auf Gott vertrauen», sagte sie fast laut. «Seinen Willen muß ich tun und all meine Zuversicht auf ihn setzen.»

Eine Straßenbahn fuhr vorbei. Catherine weinte.

5. Kapitel

Papi musste wegfahren, zu Grossvater Follet», erklärte die Mutter ihnen. «Ich soll euch beiden einen Kuß von ihm geben und euch sagen, daß er wahrscheinlich heute abend, noch bevor ihr zu Bett geht, wieder da sein wird.»

«Wann denn?» fragte Rufus.

«Ach, ganz früh heute morgen, es war noch nicht mal hell.»

«Warum?»

«Opa Follet ist sehr krank. Onkel Ralph hat ganz spät in der Nacht angerufen, als wir alle schliefen. Opa hat wieder einen Anfall gehabt.»

«Was ist ein Anfall?»

«Iß deinen Brei, Catherine. Und du auch, Rufus. Sein Herz. So etwas wie der Anfall, den er letzten Herbst hatte. Nur noch schlimmer, wie Onkel Ralph sagt. Und er wollte Papi so gern sehen, deshalb mußte Papi sofort hinfahren.»

«Warum?»

«Weil er Papi lieb hat, und wenn... So iß doch endlich, Junge, sonst wird dein Brei ganz kalt, und du weißt, daß er dir dann nicht mehr schmeckt. – Weil Opa euern Papi vielleicht nie mehr sehen könnte, wenn Papi nicht sofort hingefahren wäre.»

«Warum nicht?»

«Weil Opa schon alt ist, und alte Menschen werden manchmal krank und können dann nicht wieder gesund werden. Und wenn ein Mensch nicht wieder gesund werden kann, dann läßt Gott ihn einschlafen, und er kann die anderen nicht mehr sehen.»

«Wacht man dann nie wieder auf?»

«Man wacht anderswo auf, im Himmel; aber die Menschen auf der Erde können einen dann nicht mehr sehen, und man kann sie auch nicht mehr sehen.»

«Oh.»

«Eßt», sagte die Mutter leise, schob die Lippen weit vor und machte kräftige Kaubewegungen. Sie aßen.

«Mama», meinte Rufus, «als Oliver eingeschlafen ist – ist er da auch im Himmel wieder aufgewacht?»

«Das weiß ich nicht. Ich könnte mir schon denken, daß er in einem Teil des Himmels aufgewacht ist, den Gott extra für die Katzen eingerichtet hat.»

«Sind die Kaninchen auch wieder aufgewacht?»

«Wenn Oliver im Himmel ist, sind sie bestimmt auch dort.»

«So blutig, wie sie waren?»

«Aber nein, Rufus, das waren doch nur ihre armen kleinen Körper. Gott würde die armen Tierchen doch nicht so blutig und zerschunden aufwachen lassen.»

«Warum hat Gott erlaubt, daß die Hunde in den Karnickelstall gekommen sind?»

«Das wissen wir nicht, Rufus, aber das gehört wohl mit zu seinen Plänen, die wir eines Tages verstehen werden.»

«Was hatte Er denn davon?»

«Kinder, trödelt nicht so herum! Es ist gleich Zeit für die Schule.»

«Was hatte Er denn davon, Mama, daß Er die Hunde in den Karnickelstall gelassen hat?»

«Ich weiß es nicht, Rufus, aber wenn wir sehr geduldig sind, werden wir es eines Tages verstehen. Wir dürfen uns nicht den Kopf zerbrechen über Dinge, die wir doch nicht verstehen können. Wir müssen nur überzeugt sein, daß Gott alles besser weiß als wir.»

«Ich wette, sie haben sich hineingeschlichen, als Er gerade mal nicht hingesehen hat», erklärte Rufus eifrig. «Denn wenn Er dagewesen wäre, dann hätte Er sie doch bestimmt nicht hineingelassen. Nicht wahr, Mama? Meinst du nicht auch?»

Die Mutter zögerte und sagte dann behutsam: «Nein, Rufus, wir glauben, daß Gott überall ist und alles weiß, und daß ohne sein Wissen nichts geschehen kann. Aber auch der Teufel ist überall – außer im Himmel –, und er versucht uns immer. Wenn wir das tun, wozu er uns versucht, dann läßt Gott es geschehen.»

«Was ist ‹versuchen›?»

«Versuchen ist... also der Teufel versucht uns, wenn wir irgend etwas tun möchten und doch wissen, daß es schlecht ist.»

«Warum erlaubt Gott, daß wir etwas Schlechtes tun?»

«Weil Er will, daß wir selbständig denken und handeln.»

«Auch dann, wenn wir direkt vor Seinen Augen etwas Schlechtes tun?»

«Er will nicht, daß wir etwas Schlechtes tun, aber Er will, daß wir Gut und Böse unterscheiden können und dann aus eigenem Entschluß gut sind.»

«Warum?»

«Weil Er uns liebt und will, daß wir Ihn auch lieben. Wenn Er uns aber so gemacht hätte, daß wir einfach gut wären, könnten wir Ihn nicht genug lieben. Du kannst das, was du tun mußt, nicht gerne tun, und du könntest Gott nicht richtig lieben, wenn Er dich so gemacht hätte, daß du einfach nicht anders handeln könntest.»

«Aber wenn Gott doch alles kann, warum kann Er das nicht tun?»

«Weil Er es nicht will», antwortete die Mutter ungeduldig.

«Warum will Er es nicht?» fragte Rufus. «Es wäre doch so viel einfacher für Ihn.»

«Gott – glaubt – nicht – an – das – Einfache – und Bequeme», sagte sie mit einem gewissen triumphierenden Unterton. Sie machte Pausen zwischen den Worten und verlieh damit jedem einzelnen besonderen Nachdruck. «Er will es nicht für uns oder andere Menschen, und Er will es nicht einmal für sich selber. Gott will, daß wir Ihn suchen und uns alle Mühe geben, Ihn zu finden.»

«Wie beim Versteckspielen», sagte Catherine.

«Was sagst du da?» fragte die Mutter erschrocken.

«Wie beim Ver...»

«Ach wo, es ist kein bißchen wie Verstecken, nicht wahr, Mama?» fiel Rufus ein. «Verstecken ist ein Spiel, einfach ein Spiel. Gott macht doch nicht so einen Unsinn, Er spielt doch nicht, was, Mama? Das tut Er doch nicht! Oder tut Er so was?»

«Schäm dich, Rufus», sagte seine Mutter heftig und doch erleichtert. «Wirklich, du solltest dich schämen!» Denn Catherines Gesicht hatte sich verzogen, sie hatte die Lippen zusammengepreßt und starrte abwechselnd mit heißen, brennenden Augen den Bruder und die Mutter an.

«Nein, so was tut Er doch nicht», beharrte Rufus ärgerlich und verdutzt über die Wendung, die diese Unterhaltung genommen hatte.

«Jetzt aber Schluß, Rufus», unterbrach die Mutter ihn streng. Dann lehnte sie sich über den Tisch und tätschelte Catherines Hand – eine Bewegung, die Catherines Kinn zum Zittern und ihre Tränen zum Überfließen brachte. «Schon gut, mein Dummchen, schon gut! Rufus hat recht, Gott spielt keine Spiele. Aber irgendwie ist es doch so etwas wie ein Versteckspiel. Damit hast du voll-kom-men recht!» Nun aber strömten Catherines Tränen, und Rufus saß völlig entgeistert da, weniger um dieser Tränen willen, die ihn ärgerlich und eifersüchtig machten, als vielmehr, weil er sich plötzlich allein und ausgestoßen fühlte. Aber Catherines Weinen klang so kläglich, daß er sich trotz allem Ärger und aller Eifersucht zu schämen begann. Die kleine Schwester tat ihm leid, und er überlegte sich gerade verzweifelt, wie er ihr das zeigen könnte, als die Mutter ihm einen strengen Blick zuwarf und sagte: «Jetzt mach zu, damit du endlich in die Schule kommst! Ich werde Papi erzählen müssen, was für ein ungezogener Junge du bist.»

Ein paar Minuten später, als sie an der Tür stand und sich hinabbeugte, um ihm den Abschiedskuß zu geben, bemerkte sie sein unglückliches Gesicht. Aber sie deutete den Ausdruck falsch und sagte etwas freundlicher, aber noch immer sehr ernst: «Rufus, ich sehe dir an, daß es dir leid tut. Aber du darfst nicht so häßlich zu Catherine sein. Sie ist eben noch ein kleines Mädchen, deine kleine Schwester, und du darfst nicht unfreundlich zu ihr sein und sie nicht kränken. Verstehst du das? Ja, Rufus?»

Er nickte, und weil die Stimme der Mutter so freundlich klang, tat es ihm schrecklich leid wegen seiner kleinen Schwester und auch um seinetwillen.

«So, und jetzt komm noch einmal rein und sag ihr, wie leid es dir tut. Aber mach schnell, sonst kommst du noch zu spät zur Schule.»

Schüchtern ging er hinter seiner Mutter her und trat auf Catherine zu. Ihr Gesicht war rot und geschwollen, und sie sah ihn mißtrauisch an.

«Rufus möchte dir sagen, wie leid es ihm tut, daß er dich gekränkt hat, Catherine», sagte die Mutter.

Catherine warf ihm einen finsteren und zweifelnden Blick zu.

«Es tut mir wirklich leid, Catherine», sagte er. «Ganz ehrlich. Weil du doch noch ein ganz kleines Mädchen bist und...»

Aber nun brach Catherine auf einmal in ein wütendes Geschrei aus und trommelte mit beiden Fäusten auf ihren Teller, und Rufus, der wie vom Donner gerührt war, wurde an den Schultern gepackt und aus der Tür gedrängt.

6. Kapitel

Als Jay merkte, wie die Dinge auf dem elterlichen Hof standen, ärgerte er sich, weil er sich so gesorgt und aufgeregt hatte; er fand schnell heraus, daß es genauso gewesen war, wie er vermutet hatte. Ralph hatte wie gewöhnlich einfach den Kopf verloren. Jetzt schämte er sich mächtig, versuchte aber noch immer, sich zu rechtfertigen, und alle, Jay eingeschlossen, versicherten ihm, daß er ganz richtig gehandelt habe. Jay konnte sich gut vorstellen, wie sehr es Ralph darum zu tun gewesen war, sich nützlich zu machen und die Dinge in die Hand zu nehmen. Er hatte keine hohe Meinung von seinem Bruder, aber der arme Kerl tat ihm leid. Er glaubte genau zu wissen, wie alles gekommen war.

In Wirklichkeit verstand er es nicht recht, und Ralph selber verstand es noch weniger.

Spät am gestrigen Abend hatte ihr Vater einen schweren und schmerzhaften Herzanfall gehabt, viel schlimmer als je zuvor. Die Mutter hatte schon nach wenigen Minuten die Schwere des Anfalls erkannt und Thomas Oaks geweckt. Thomas war in aller Eile über den Hügel gelaufen und hatte seinerseits Jessie und George Bailey aufgeschreckt. Aber er hatte nicht gewartet, bis sie fertig waren, sondern war zurückgeeilt, hatte das Pferd gesattelt und war, so schnell er nur konnte, nach LaFolette geritten. Der Doktor war zu einem Kranken gefahren. Thomas hinterließ eine Nachricht und ritt weiter zu Ralph. Sowie dieser hörte, was vorgefallen war, packte ihn ein wildes Verantwortungsgefühl, das einer Panik gleichkam. Er fragte, ob der Doktor schon dagewesen sei, und Thomas berichtete. Jetzt begriff Ralph, daß seine Mutter Thomas gebeten hatte, zuerst zum Doktor zu reiten, bevor er ihren Sohn benachrichtigte. Er schob diesen Gedanken als kleinlich und dumm beiseite, doch er verfolgte ihn hartnäckig und rieb ihn wund wie eine scharfe Kante. Trotzdem wußte Ralph, daß jetzt nicht die Zeit war, den Beleidigten zu spielen; nicht nur er, sondern auch Sally mußten der Mutter zu Hilfe eilen, sie mußten dabei sein (Sally würde ihm nie verzeihen, wenn sie es nicht könnte), falls es mit Paps zu Ende gehen sollte (sie würde die einzige Schwiegertochter und er der einzige Sohn sein; seine Mutter konnte ihm das nie vergessen). Er stürzte ins Schlafzimmer, erzählte Sally, was geschehen war, und fuhr dabei in seine Kleider, raste dann zwei Häuser weiter, pochte laut an die Tür der Felts und entschuldigte sich für die Störung, indem er erklärte (seine Stimme war bereits etwas heiser), daß sein Vater an der Schwelle des Todes stünde, falls er sie nicht bereits überschritten habe, und daß er sie bestimmt nicht geweckt hätte, wenn er nicht überzeugt wäre, daß sie gern bei ihm aushelfen würden; damit Sally mitfahren konnte. Sie waren sehr nett zu ihm; Mrs. Felt kam schon, als Sally sich noch das Haar aufsteckte. Während Sally sich fertigmachte, hastete Ralph über die Straße in sein Büro, schloß seinen Schreibtisch auf und nahm im Dunkeln zwei kräftige Schlucke Whisky. Er stopfte die Flasche in seine Tasche und stürzte hinunter, um den Wagen anzulassen. Sie waren so schnell losgefahren, daß sie Thomas auf seinem Pferd überholten, als dieser kaum die Stadtgrenze passiert hatte, und sie fuhren, wie Ralph, die Augen starr und kalt auf das Lenkrad geheftet, zu sich selber sagte «Etwa sechzig» oder doch so schnell, wie man auf diesen fürchterlichen Straßen irgend fahren konnte, vielleicht sogar etwas schneller. Er dachte dabei an Barnay Oldfield und an den Chalmers, den er gekauft hatte, weil es ein besserer und etwas teurerer Wagen war als der seines Bruders, ein Wagen, über den die Leute keine Witze machten. Als er Pferd und Reiter erblickte, wollte er zuerst hupen, eigentlich nur so, als Warnung und Gruß zugleich; aber er dachte noch rechtzeitig an den ernsten Grund dieser Fahrt und unterließ es. Dann, als es schon zu spät war, fiel ihm ein, daß Thomas ihn vielleicht für hochmütig hielt, weil er an ihm vorbeigefahren war, ohne zu grüßen, und er ärgerte sich, daß Thomas möglicherweise bei einer so ernsten Gelegenheit ein solch kleinliches Gefühl haben könnte.

Fast zwei Stunden voll hilfloser Angst und Aufregung verstrichen, bevor der Doktor kam. Während dieser Zeitspanne litt Ralph vielleicht mehr als die anderen. Denn abgesehen davon, daß er alle Schmerzen, die sein Vater aushalten mußte, mitlitt oder doch mitzuleiden glaubte, daß er den Kummer und die Angst seiner Mutter und die weniger heftigen Gefühle all der weniger wichtigen Anwesenden mitempfand, hatte er noch das Gefühl tiefer Demütigung. Als er ins Zimmer stürzte und seine Mutter in die Arme riß, fühlte er, daß seine Stimme und sein ganzes Verhalten durchaus dem Anlaß entsprachen, daß er sich als ein Mann erwies, der trotz seines eigenen grenzenlosen Kummers noch die übermenschliche Kraft aufbrachte, anderen in ihrem Schmerz eine Stütze zu sein und alles zu tun, was getan werden mußte. Aber selbst bei dieser ersten Umarmung merkte er, daß seine Mutter nur mühsam den Wunsch unterdrückte, sich von ihm abzuwenden. Wieder und wieder trat er zu ihr, zog sie an sich, schluchzte ihr ins Gesicht, streichelte sie, sagte ihr, sie müsse nun tapfer sein, sagte ihr, sie brauche sich nicht zu zwingen, tapfer zu sein, sie solle sich an ihn lehnen, sich an seiner Brust ausweinen, denn bei einem solchen Anlaß habe sie doch das natürliche Bedürfnis, ihre Söhne ganz nahe bei sich zu haben; aber jedesmal spürte er diese gleiche geduldige Starre, und ihre Stimme verwirrte ihn. Jeder im Zimmer, und schließlich sogar Ralph selber, wußte, daß er es ihr nur noch schwerer machte, aber nur seine Mutter war sich klar darüber, daß er sie nicht tröstete, sondern Trost bei ihr suchte. Sie war keineswegs ärgerlich auf ihn; er tat ihr leid und sie wünschte, sie könnte ihm besser helfen, aber ihre Gedanken waren nicht bei ihm, ihr Herz war nicht bei ihm, und seine Schluchzer und der unangenehme Geruch seines Atems verursachten ihr eine leichte Übelkeit. Was ihn an ihrer Stimme so verwirrte, war ihre seltsame Ferne. Allmählich begriff er, daß er ihr keinen Trost geben konnte, daß sie keine Stütze in ihm sah, daß es so war, wie er stets gefürchtet hatte: daß sie ihn nicht wirklich liebte. Er verdoppelte seine Bemühungen, sie zu beruhigen und für sie stark zu sein. Aber je mehr er sich bemühte, um so ferner wurde ihre Stimme. Nach einer halben Stunde war ihr Gesicht nicht weniger verzweifelt als in dem Augenblick, da er ins Zimmer gekommen war. Und er begann zu fühlen, daß alle ihn beobachteten und wußten, wie wenig er ihr helfen konnte und daß seine Mutter ihn nicht liebte. Die Frauen beobachteten ihn auf diese, die Männer auf jene Weise. Er fühlte, daß seine Frau schlecht von ihm dachte, daß sie nicht einmal Mitleid für ihn empfand. Die Art, wie sie zu ihm hinsah, bewirkte, daß er sich fett und ekelhaft vorkam, und plötzlich überkam ihn ein furchtbarer Haß, und er war sicher, daß sie lieber mit Männern schlafen würde, die keinen dicken Bauch hatten – mit welchem Mann? Mit jedem Mann, sofern er nur keinen Bauch hatte. Und von Jessie wußte er, daß sie ihn immer gehaßt hatte, genau wie er sie haßte. Und dieser George Bailey, der da mit ernster Miene und gewölbter Brust herumsaß und immer so sorgsam wegblickte, wenn ihre Augen sich trafen, dieser George bildete sich ein, daß er mindestens doppelt so tüchtig sei wie Ralph, daß er doppelt soviel Recht habe, hier zu sitzen, und daß er für seine angeheirateten Verwandten mehr bedeutete als Ralph für sein eigen Fleisch und Blut. Und alle wußten, daß George doppelt so tüchtig war wie er, und sie bemühten sich nur, es nicht zu sagen oder auch nur zu denken oder Ralph spüren zu lassen, daß sie es dachten. Und selbst Thomas Oaks, ein ungebildeter Bursche, der nicht einmal lesen und schreiben konnte, der einfach dasaß und seine schwieligen Hände zwischen den Knien herabhängen ließ und mit seinen wässerigen blauen Augen auf einen Knorren im Dielenbrett starrte, selbst Thomas war mehr Mann als er, tüchtiger und nützlicher. Ralph begriff es, als Tom aufstand und sagte, wenn er hier nicht helfen könne, wolle er in seine Dachkammer hinaufsteigen, aber wenn doch noch etwas zu tun sei, möge man es ihm sagen. Er wußte, daß Tom zwar ungebildet sein mochte, aber doch nicht so ungebildet, um nicht zu merken, wann es sich für ihn schickte, die Familie sich selbst zu überlassen; und als Ralphs Mutter sagte «Ist recht, Tom», hörte Ralph aus ihrer Stimme mehr Lebendigkeit, Freundlichkeit und Dankbarkeit heraus als aus irgendeinem Wort, das sie in diesen letzten Stunden zu ihm gesagt hatte. Und als er zusah, wie Tom schwerfällig und ruhig die Leiter Sprosse um Sprosse hinaufstieg, dachte er: der da ist tüchtiger als ich, er weiß, wann er überflüssig ist und gehen muß. Und er dachte: er tut dadurch, daß er geht, viel mehr Gutes als ich mit meinem Bleiben. Und er dachte: alle Menschen in diesem Zimmer wünschen, daß ich an seiner Stelle ginge, und er rief mit einer Stimme, die unfreundlich klang, obgleich er gewollt hatte, daß sie für jedermann außer für Tom freundlich klingen solle: «Schon gut, Tom, geh du nur schlafen», und Tom steckte noch einmal seinen Kopf durch die Luke, sah mit seinen leeren blauen Augen auf ihn herunter und sagte: «In Ordnung, Mr. Ralph», und auf einmal wußte Ralph, daß Tom gar nicht die Absicht hatte, schlafen zu gehen, daß er allein da oben sitzen und kein Auge zutun würde, um bereit zu sein, wenn er gebraucht würde. Und ihm wurde klar, daß Tom seine Bosheit und seinen Wunsch, ihn zu erniedrigen, gespürt hatte und nun dafür ihn vor seiner Mutter, seiner Frau und seinem sterbenden Vater erniedrigt hatte. «In Ordnung, Mr. Ralph.» Was ist in Ordnung? Was ist in Ordnung? Er verspürte den Wunsch, es hinter ihm herzuschreien: «Was ist in Ordnung, du elender Lump, du Taugenichts?», aber er hielt sich zurück.

Jedesmal wenn er fühlte, daß die Augen der anderen mit

besonderem Nachdruck auf ihm ruhten, ging er wieder hinüber zu seiner Mutter und umarmte sie, drückte ihren Kopf fest an seine Brust und bemühte sich, Dinge zu sagen, die sie zum Weinen bringen sollten, und jedesmal klang ihre Stimme noch ein wenig ferner und ihr Gesicht sah ein wenig älter und erschöpfter aus, und jedesmal wurde er sich der Blicke, die auf ihm ruhten, noch deutlicher bewußt, und auch der Gedanken, die sich hinter diesen Blicken verbargen, und jedesmal riß er sich dann von seiner Mutter mit einer Bewegung los, die ausdrücken sollte, daß er es nur über sich brachte, sie einen Augenblick ohne seinen Trost zu lassen, weil es noch Wichtigeres für ihn zu tun gab, lebensnotwendige Dinge, die nur er allein tun konnte, er, der Sohn, der Mann in der Familie, jetzt, da der arme Vater dem Tod so nahe war. Und doch gab es nie etwas zu tun, sie konnten nur auf den Doktor warten. Sie hatten dem Vater schon die Medizin gegeben, die der Doktor ihm früher einmal verordnet hatte, und sie hatten ihm schon soviel von dem Ginseng-Tee eingeflößt, von dem der Doktor gesagt hatte, er würde ihm bestimmt nicht schaden, daß Ralphs Mutter nun entschied, man solle dem Kranken nicht noch mehr davon geben. Man hatte den Vater so gebettet, daß sein Kopf tief lag, man hatte heiße Steine, die in Flanelltücher gewickelt waren, gegen seine Füße gelegt, und die Mutter paßte auf, daß alle außer ihr selber hinten in der beleuchteten Ecke des Zimmers blieben und höchstens einmal für einen Augenblick an das Bett traten. Es gab nichts zu tun, nichts, das er übernehmen konnte, und jedesmal wenn Ralph sich mit dieser heroischen und würdevollen Miene von seiner Mutter losriß und sich dieser Tatsache wieder bewußt wurde, war ihm, als hätte man vor allen Leuten einen Stuhl unter ihm weggezogen, und er hatte ein Gefühl, als müsse er innerlich verbrennen und umkommen, wenn er nicht noch einen Schluck zu sich nahm. «Verzeihung», sagte er plötzlich in jenem unterdrückten, bescheidenen Ton, der den Frauen zu verstehen geben sollte, daß er seine Blase entleeren müsse, und dann nahm er draußen einen tiefen, kräftigen Schluck.

Als er wieder hereinkam, war es ihm gleichgültig, ob sie ihn ansahen oder nicht oder gar errieten, warum er in Wirklichkeit hinausgegangen war; ja, um ein Haar hätte er die Flasche herausgezogen und vor ihren Augen hin und her geschwenkt. Lange bevor es möglich war, seine Entschuldigung noch einmal vorzubringen, war er viel durstiger als vorher. Und gleichzeitig gestand er sich zum erstenmal ein, daß er betrunken war. Er schämte sich schrecklich: betrunken in einer solchen Stunde, am Sterbebett seines Vaters, jetzt, da die Mutter seine Hilfe so nötig hatte wie nie zuvor! Und dabei wußte er – denn er hatte mit der Zeit gelernt, den Leuten in dieser Hinsicht zu glauben –, daß er zu nichts taugte, wenn er betrunken war. Und sich dann obendrein noch so durstig zu fühlen! Mit aller Kraft und aller Entschlossenheit, die ihm zu Gebote standen, wehrte er sich. Bei Gott, sagte er zu sich selber, du wirst dich jetzt zusammenreißen! Bei Gott, oder... Bei Gott, du wirst. Du wirst. Und dann stand er mit einem Ruck auf und ging gerade zwischen ihnen hindurch, hinaus in die dunkle Küche, und bespritzte Gesicht und Hals mit Wasser. Aber dann fiel ihm ein, daß er sich eigentlich noch einen Schluck genehmigen könnte. Nur einen ganz kleinen. Nur um sich wieder Mut zu machen. Er verfluchte sich, spritzte sich noch einmal Wasser ins Gesicht und trocknete sich sorgfältig mit seinem Taschentuch ab, bevor er wieder hineinging. Er merkte gleich, daß alle anderen im Zimmer diese zweimalige Abwesenheit als zwei kräftige Schlucke aus der Flasche deuteten. Er zog ein höhnisches Gesicht. Bei Gott, er wußte es besser! Ihm war auf einmal, als verfüge er über ungeheure Körperkraft, und verglichen mit diesem Kraftbewußtsein war sein Durst nur noch wie ein leichter Stich oder Stoß, eine lächerliche Belästigung, gegen die er sich geradezu mit Vergnügen wehren konnte. Aber nach kurzer Zeit schon kehrte der Durst zurück und wurde zu einer furchtbaren, unerträglichen Qual. Nein, bei Gott, sagte er sich. Aber dann begann er zu überlegen. Wenn sie ohnehin glaubten, daß er sich einen genehmigt hatte – nach ihrer Meinung zwei –, dann war er es sich ja beinahe selber schuldig, noch einen Schluck zu trinken. Drei in diesem Fall: einen dritten, weil sie sein höhnisches Gesicht als die Schamlosigkeit eines Trunkenbolds ausgelegt hatten. Schließlich kam es ihm doch gar nicht darauf an, ob er betrunken war oder nicht. Er war nur um ihretwillen so vorsichtig gewesen. Und, bei Gott, was hatte es ihm schon geholfen, wenn er nun doch deswegen über die Achsel angesehen wurde? Und übrigens, wenn er sich wirklich in acht nahm, dann konnte er ebensogut an sich halten wie jeder andere. Er würde es ihnen schon zeigen! Aber es war nicht so einfach, jetzt einen neuen Vorwand zu finden, um wieder hinauszugehen. Ich kann doch nicht so schnell wieder pinkelon gehen! Oder mich noch mal waschen! Mit einemmal überkam ihn wieder dieses entsetzliche Schamgefühl. Nein, bei Gott, es ging einfach nicht, daß er hier bei seinem sterbenden Vater saß und grübelte, wie er wieder zu einem Schluck Whisky kommen konnte, noch dazu, wo seine Mutter ihn ansah und genau wußte, was er jetzt dachte, aber kein Wort sagte. Bei Gott, er würde es nicht tun! Er nahm sich vor, nur noch an seinen Vater zu denken – nicht daran, wie er sich immer vor ihm gefürchtet hatte oder wie er gewünscht hatte, der Vater solle ihn anerkennen, oder wie er seinen Tod gewünscht hatte, nein, er wollte an ihn denken, so wie er jetzt dalag, alt und gebrochen, kurz vor dem Ende seines Weges, jawohl, ein verlöschendes Leben. Und binnen kurzem fing er an zu schluchzen und sprach unter Tränen von seinem Vater, und noch ein wenig später begann er zu verstehen, daß er nun eine Möglichkeit gefunden hatte, aus diesem Zimmer herauszukommen. Der Kampf gegen die Versuchung, seine immer wieder hervorgestoßenen Sätze: «Ich tauge zu gar nichts», und: «Ich bin der Sohn, den er am wenigsten gemocht hat, aber ich bin trotzdem der, der sich am meisten um ihn sorgt», und die Stimmen der Frauen, die ihn begütigen und ihn zu beruhigen suchten, ließen seine Tränen nur noch heftiger fließen, verstärkten die Tiefe seines Kummers und erhöhten seine Gesprächigkeit, und bald schon war ihm klar, daß auch das für ihn günstig war, und er nutzte es aus. Nach einiger Zeit erlosch alles echte Gefühl in ihm, und er mußte sich selber kratzen, zwicken und martern, um sich wieder in die richtige Stimmung hineinzuquälen und den Zusammenbruch vorzubereiten, mit dem er sie alle beeindrucken wollte. Schließlich aber fühlte er, daß der geeignete Augenblick gekommen war, und als er nun Hals über Kopf aus dem Zimmer stürzte, schrak sogar seine Frau fast aus ihrem Schaukelstuhl auf. Sowie er draußen war, empfand er nichts mehr, nur noch diesen wütenden Durst. Er lehnte sich gegen die Hausmauer, entkorkte die Flasche, setzte seine Lippen so gierig an den Flaschenhals wie ein verhungerter Säugling an die Brustwarze der Mutter und beugte sich weit zurück.

NNHhhh! Mit einem schluchzenden Aufstöhnen schlug er so heftig mit der Schläfe gegen die Mauer, daß er sich nur mit Mühe auf den Füßen halten konnte, und schleuderte die Flasche in weitem Bogen von sich. «O Gott! Gott! Gott! Gott!» stöhnte er, und die Tränen rannen ätzend über seine Wangen. Narr! Narr! Narr! Warum hatte er nicht nachgesehen, bevor er das Büro verließ? Es konnten ja nur noch ein paar Tropfen in der Flasche gewesen sein.

Mit dem Taschentuch betupfte er seine Stirn und lehnte sich dann schwankend vor, in den Lichtschein der Lampe. Blut, jawohl. Ihm wurde übel. Er betupfte die Stelle noch einmal. Nicht viel. Er betupfte sie wieder und wieder. Es rann jedenfalls nicht. Er tat einen tiefen Atemzug und ging ins Haus zurück.

«Gestolpert», sagte er. «Nichts Schlimmes.»

Aber Sally kam trotzdem auf ihn zu, und auch seine Mutter kam, und beide machten besorgte Gesichter und taten, als sei es ganz natürlich, daß ein Mensch auf dem flachen Lehmboden des Hofs stolperte, und als sie übereinkamen, daß es eine schlimme Beule sei, daß man aber zunächst nichts tun könne, war er plötzlich traurig und kam sich vor wie ein kleines Kind und wünschte, er wäre eines.

Seine Wut und Verzweiflung und der Schock des Anpralls

hatten ihn so weit beruhigt und ernüchtert, daß er nicht einmal mehr fähig war, sich selber zu hassen. Er war ganz ruhig und klar. Seine Traurigkeit wuchs und wurde fast unerträglich, und zum erstenmal an diesem Abend – eines der seltenen Male in seinem Leben – sah er die Dinge mehr oder weniger so, wie sie wirklich waren. Ja, da drüben in dem Bett, hinter der sorgsam abgeschirmten Lampe, lag sein Vater, sein eigener Vater. Hin und wieder stöhnte er leise, und sein Atem war so röchelnd und unregelmäßig, als setzten schwere Sorgen ihm zu und nicht der nahende Tod. Und doch – seine letzte Stunde war nun bestimmt gekommen. Und da saß seine Mutter, seine eigene Mutter, still und geduldig, und so stark. Wahrscheinlich gab es keinen Menschen auf der ganzen Welt, der stark genug gewesen wäre, sie zu stützen und zu trösten. Und er? Ja, er war hier, so wenig das auch besagen wollte, und er war der einzige Sohn, der hier war. Aber auch darin lag kein besonderes Verdienst; er war der einzige Sohn, der nahe genug wohnte. Und er wohnte so nahe, weil er keinen Mut, keine Intelligenz, keine Energie besaß, weil er zu unselbständig war. Ja, genau das war es: er war zu unselbständig. Er mußte immer in der Nähe bleiben. Er mußte die schützende Gegenwart der Eltern immer ganz nahe bei sich fühlen. Immer hatte er, fast von Tag zu Tag, in der Hoffnung gelebt, daß er sich dadurch, daß er in der Nähe blieb, daß er stets zur Hand war, wenn er gebraucht wurde, daß er ihnen immer zeigte, wie sehr er sie liebte, doch endlich ihre Anerkennung und ihren Respekt erwerben müsse. Er glaubte nicht und er konnte sich nicht erinnern, daß er je in seinem Leben auch nur einen nüchternen Atemzug im Bewußtsein seines eigenen Rechts getan hatte, daß er je das Gefühl gehabt hatte: es ist mir gleichgültig, was die anderen über mich denken, das bin ich, und so handle ich. Alles, was er tat, jede Nuance seiner Stimme war beherrscht von der Überlegung, wie er wohl den besten Eindruck auf die anderen machen würde. Er war schlimmer daran als ein Sklave: kein Negersklave hatte sich je von seinem Herrn so abhängig gefühlt wie er von der Angst, was die anderen über ihn denken könnten. Und er wußte auch das: selbst die Unbekümmertheit und Rücksichtslosigkeit, die er aufbrachte, wenn er betrunken genug war, taugten nichts, überhaupt nichts. Sie waren nicht einmal echt. Es war nur eine Vorspiegelung dessen, was er gern gewesen wäre, und nicht einmal das; denn er wollte eigentlich nicht rücksichtslos sein, sondern tapfer, und das war ganz etwas anderes, und er wollte nicht unbekümmert sein, sondern stolz, und auch das war etwas anderes. Und was war das Schlimmste von allem? Ja, das Schlimmste war, daß er sich zuweilen, in großen Abständen, so sehen konnte, wie er wirklich war, und daß er dann glaubte, nun, da er sich so deutlich sah, könne er sich ändern und er brauche dazu nur einen klaren Kopf, Geduld und Mut. Aber gleichzeitig mußte er einsehen, daß er nichts von dem, was er sich vornahm, jemals würde ausführen können; daß er sich nie ändern konnte, sondern daß es höchstens noch schlimmer mit ihm werden würde; daß er nie auf die Dauer einen klaren Kopf, Geduld oder Mut haben würde, sondern daß diese Eigenschaften immer nur so lange anhielten (und diese kurze Zeitspanne genügte schon, ihn erschauern zu lassen!), daß er hin und wieder, bei seltenen Gelegenheiten, imstande war, eine Weile dazusitzen und sich selber als den zu sehen, der er wirklich war. Er war schwach: das sah er, klar und deutlich. Er war kein guter Mensch. Irgendwie unvollkommen, wie ein Küken, das mit einem schiefen Hals aus der Eierschale gekrochen ist und nun so aufwachsen muß. Wie sein eigener armer kleiner Jim-Wilson, der jetzt schon alle Anzeichen dieser Schwäche an sich hatte, dieser Junge mit seinen armen kleinen wasserblauen Augen, seiner Anhänglichkeit an Sally, seiner Angst vor dem Vater, wenn der Vater betrunken war oder ihn auch nur necken wollte, seiner ständigen Bereitschaft, in Tränen auszubrechen. Ich hätte nie Kinder zeugen dürfen, dachte Ralph. Ich hätte nie geboren werden dürfen.

Und während er sich jetzt selber betrachtete, verachtete er sich nicht, bemitleidete sich nicht und tadelte auch nicht die anderen wegen ihrer Ansichten über ihn. Er wußte, daß sie wahrscheinlich gar nicht so unglaublich häßliche und verächtliche Dinge über ihn dachten, wie er es sich zuweilen einbildete. Er wußte, daß er niemals wirklich erfahren würde, was sie dachten, und daß die Lebhaftigkeit, mit der er sich einbildete, es zu wissen, auch nur ein Teil seiner Träume war. Über eines jedoch war er sich klar: was sie auch denken mochten, es konnte nicht sehr gut sein, weil an ihm einfach nichts war, worüber man sehr gut denken konnte. Aber er fühlte, daß sie mit ihren Gedanken, wie sie auch sein mochten, recht hatten, während er fast nie recht hatte. Er wußte auch, daß er seiner Mutter unrecht tat. Jetzt, in diesem Augenblick, zweifelte er nicht daran, daß sie ihn wirklich liebte, daß sie nie aufgehört hatte, ihn zu lieben, und auch nie aufhören würde. Er wußte sogar, daß sie ganz besonders gut zu ihm war, daß sie ihn auf eine besondere Art liebte, wie keinen Menschen sonst. Und er wußte, warum er so oft das Gefühl hatte, sie liebe ihn nicht wirklich. Der Grund lag darin, daß sie solches Mitleid für ihn empfand und daß sie nie Achtung vor ihm gehabt hatte und auch gar nicht haben konnte. Aber Achtung war es, was er brauchte, was er unendlich nötiger hatte als Liebe. Nur einmal sich keine Gedanken darüber machen müssen, ob die Leute einen respektieren oder nicht! Nicht immer fühlen müssen, daß die Leute nett zu einem sind, weil man ihnen leid tut oder weil sie Angst haben. Er sah zu Sally hinüber. Armes Ding! Hat Angst vor mir. Ja, das ist es. Und alles meine eigene Schuld, ganz allein meine. Da hasse ich sie, weil ich mir einbilde, sie sehne sich nach anderen Männern, obwohl ich doch weiß, daß sie nie auch nur einen einzigen treulosen Gedanken gehabt hat und obwohl ich selber der schlimmste Schürzenjäger in LaFolette bin. Die halbe Stadt weiß es, und Sally weiß es auch, aber sie ist viel zu gutmütig und viel zu verschüchtert, um mir je einen Vorworf zu machen. Und natürlich müßte ich imstande sein, mich zu ändern, wenigstens in diesem Punkt. Ein Mann kann das. Aber ich bin eben kein Mann. Wie kann ich dann erwarten, daß die

Leute zu mir aufsehen oder doch wenigstens nicht auf mich herabsehen? Die Leute sind anständig zu mir, mehr als anständig. Mehr als anständig, sofern sie wissen, wie ich wirklich bin.

Und hier, heute nacht, kommt es auf mich zu wie eine Probe, wie eine Prüfung. Hier bietet sich eine der Gelegenheiten im Leben eines Mannes, in denen er gebraucht wird, in denen er etwas ausrichten kann, einfach weil er ein Mann ist. Aber ich bin kein Mann. Ich bin ein Baby. Ralph ist ein Baby. Ralph, das Baby.

7. Kapitel

Hannah Lynch beschloss, an diesem Tag Besorgungen zu machen und Rufus mitzunehmen, falls er Lust hatte. Sie rief Rufus' Mutter an und fragte, ob diese irgendwelche Pläne für Rufus habe, die sich mit ihrer Absicht nicht vereinbaren ließen, und Mary verneinte. Dann fragte Hannah, ob Rufus, soweit Mary wisse, etwas anderes vorhabe, und Mary erwiderte etwas überrascht, nein, ihres Wissens habe er nichts vor, aber selbst wenn er sich etwas anderes für diesen Tag ausgedacht haben sollte, würde er bestimmt sehr gern mit ihr einkaufen gehen. In einem Anflug von Ärger hätte Hannah beinahe Mary gebeten, doch nicht die Entscheidungen ihrer Kinder vorwegzunehmen, aber dann beherrschte sie sich und meinte nur: na gut, man würde ja sehen und sie würde hinüberkommen, wenn er aus der Schule zurück sei. Daraufhin beschwor Mary sie, sich doch nicht diese Mühe zu machen – obgleich sie sich natürlich sehr freuen würde, sie zu sehen! –, aber Rufus würde selbstverständlich zu ihr kommen. Hannah, die kein Problem aus dieser Frage machen wollte, sagte: also gut, sie wolle zu Hause auf Rufus warten, aber er solle nur kommen, wenn er wirklich Lust dazu habe. Aber natürlich würde er Lust haben, versicherte Mary eifrig, und Hannah entgegnete wieder, diesmal ein wenig kühler: «Na gut, wir werden sehen; es ist ja nicht so wichtig.» Dann fragte sie: «Hast du schon irgendeine Nachricht von Jay?» Mary hatte am Morgen ihren Vater angerufen, um ihm zu erklären, warum Jay heute nicht ins Büro kommen konnte. «Nein», antwortete Mary mit einem leichten Unterton der Abwehr, denn sie hörte so etwas wie Kritik aus dieser Frage heraus, nein, und sie habe auch gar keine Nachricht erwartet, natürlich falls nicht...

«Selbstverständlich», fiel Hannah rasch ein (denn sie hatte gar keine Kritik mit ihrer Frage beabsichtigt), «dann brauchen wir uns also keine Sorgen zu machen.»

«Nein. Er hätte bestimmt angerufen, wenn sein Vater – selbst wenn eine ernstere Gefahr bestände», sagte Mary.

«Sicher hätte er das getan», bestätigte Hannah. Könnte sie vielleicht irgend etwas für Mary in der Stadt besorgen? Mal sehen, antwortete Mary ausweichend. Ja, ach so! Und ihr fiel ein, daß Catherine ein neues Leibchen gebrauchen könnte und daß – und – aber plötzlich dachte sie daran, daß man ihre Tante manchmal nur schwer dazu bringen konnte, das Geld für die von ihr besorgten Dinge anzunehmen, ja daß sie nicht einmal den Kassenzettel zeigen wollte; und so schwindelte sie denn etwas verlegen: Ach nein, vielen Dank, es ist ganz dumm von mir, aber mir fällt einfach nichts ein. – Na gut, meinte Hannah, überhörte die Verlegenheit in Marys Stimme und nahm sich vor, ein bißchen aufzupassen und Mary weniger oft in Verlegenheit zu bringen (aber trotzdem, so ein kleines Geschenk müßte doch von Zeit zu Zeit möglich sein, ohne daß der andere gleich diesen dummen Stolz herauskehrte!). Na gut, ich warte also bis drei, und wenn Rufus etwas anderes vorhat, brauchst du nur Bescheid zu sagen. – Schön, Tante Hannah, und es ist wirklich nett von dir, daß du an ihn gedacht hast. – Aber wieso denn, ich habe ihn gern bei mir, wenn ich Besorgungen mache. – Das ist furchtbar nett von dir, und er wird bestimmt begeistert sein. – Na, vielleicht. – Doch, bestimmt, Tante Hannah. – Schön. Also, dann auf Wiedersehen. Und du sagst uns doch Bescheid, falls du etwas von Jay hörst, nicht wahr? – Natürlich, sofort. Aber jetzt erwarte ich eigentlich keinen Anruf mehr. Wahrscheinlich ist er zum Abendessen wieder da oder doch kurz danach. Er meinte, daß er es so einrichten könnte, wenn – na ja, wenn da drüben alles verhältnismäßig gutgegangen ist. – Aha. Also, dann auf Wiedersehen. – Auf Wiedersehen. – Auf Wiedersehen. Sanft verebbte Marys Stimme.

«Jay?» rief Andrew über das Treppengeländer herunter.

«Nein, ich sprach nur mit Mary», sagte Hannah. «Es scheint doch nichts Schlimmes zu sein.»

«Hoffen wir's», meinte Andrew und ging an seine Malarbeit zurück.

Hannah machte sich zum Ausgehen fertig. Als Rufus, ganz außer Atem, anlangte, saß sie im Wohnzimmer auf einem harten kleinen Sofa, ganz steif, um ihr langes schwarzes Kleid mit den weißen Punkten nicht zu zerknittern, und las in einer Nummer der *Nation*, die sie auf Fingerlänge vor ihre dicken Brillengläser hielt.

«Da bist du ja», sagte sie lächelnd und legte die Zeitschrift sofort beiseite. «Du bist sehr pünktlich –» (das war er nicht; seine Mutter hatte verlangt, daß er sich vorher noch wusch und umzog – «und –» dabei musterte sie den Kleinen, der vor sie hintrat, sehr genau – «du siehst sehr fein aus. Aber du bist ja ganz außer Atem. Möchtest du wirklich gern mitkommen?»

«Aber ja», antwortete er. Es klang etwas gekünstelt, denn man hatte ihn eindringlich ermahnt, sich zu bedanken. «Ich bin sehr froh, daß ich mitkommen darf, Tante Hannah, und ich danke dir sehr, daß du an mich gedacht hast.»

«Hm...» sagte sie, denn sie konnte die eingelernten Redensarten heraushören, war aber überzeugt, daß er es trotz dieser falsch klingenden Worte ehrlich meinte. «Das ist gut. Dann können wir uns ja auf den Weg machen.» Sie nahm ihren harten, flachen schwarzen Strohhut auf, der neben ihr auf dem Sofa lag, und Rufus folgte ihr zu dem Spiegel auf dem dunklen Flur und sah zu, wie sie sorgsam die Hutnadel einsteckte. «Dunkel wie im Bauch einer Kuh», murmelte sie, während sie fast mit der Nasenspitze an den matten Spiegel stieß. «So würde dein Großvater sagen.» Rufus versuchte sich vorzustellen, wie es wohl im Bauch einer Kuh aussehen mochte. Dunkel bestimmt, aber im Bauch jedes Menschen oder jedes anderen Tiers war es doch sicher auch dunkel. Warum sprach man dann ausgerechnet von einer Kuh? Vom Eßzimmer her tastete sich Oma jetzt den Flur entlang. Sie hatte ein starres Lächeln auf dem Gesicht, obgleich sie sich allein wähnte. Der kleine Junge und seine Großtante traten rasch beiseite, aber trotzdem stieß die alte Frau gegen Rufus und schrie leise und erschrocken auf.

«Hallo, Oma, ich bin's!» rief Rufus laut, und seine Tante Hannah beugte sich im gleichen Augenblick dicht zu Omas gesundem Ohr hinab und sagte: «Hallo, Catherine, es sind nur Rufus und ich.» Und beide legten mit einer beruhigenden Geste eine Hand auf ihren Arm, und von oben her hörte Rufus Andrew leise fluchen: «O Gggott!» Aber seine Großmutter, die an derartige Schrecken gewöhnt war, hatte sich rasch wieder erholt und lachte ihr klingendes damenhaftes Lachen (das schon ein klein wenig brüchig klang), rief fröhlich: «Du lieber Gott, wie habt ihr mich erschreckt!» und lachte wieder. «Und da ist ja unser kleiner Rufus», fügte sie lächelnd hinzu, beugte sich mit strahlenden, kurzsichtigen Augen tief zu ihm herab und tätschelte ihm liebevoll die Wange.

«Du bist also fertig zum Ausgehen?» fragte sie Hannah erfreut.

Hannah nickte nachdrücklich, beugte sich wieder zu ihrem gesunden Ohr und rief: «Ja, ganz fertig.»

«Amüsiert euch gut», sagte Oma, «und gib deiner Oma einen Kuß.» Und sie drückte ihn fest an sich und sagte «Mum-mum, so ein lieber kleiner Junge!» und klopfte ihm kräftig auf den Rücken.

«Auf Wiedersehen!» schrien sie.

«Auf Wiedersehen!» nickte sie strahlend und begleitete sie bis zur Haustür.

Sie nahmen die Straßenbahn und stiegen auf der Gay Street aus. Da gab es keine Aufregung und kein Herumtrödeln, wie es Rufus bei allen anderen Frauen erlebt hatte; nichts von jener zeremoniellen Feierlichkeit, die die Einkaufsgewohnheiten seiner Großmutter wie eine steife Stickerei erscheinen ließ; nichts von der hastigen und törichten Scheu, die Waren genauer zu mustern, mit der Männer gewöhnlich ihre Einkäufe besorgten. Hannah bahnte sich sicher und mit einer freudigen Erregung ihren Weg durch den lebhaften Verkehr auf den Gehsteigen und das Gedränge in den Gängen der Kaufhäuser. Das Einkaufen hatte noch nie seinen Reiz für sie verloren. Ebenso sorgfältig, wie sie sich dafür anzog, stellte sie ihre Stimmung und ihre Gedanken darauf ein, und Rufus hatte nur selten beobachtet, daß sie eine Besorgungsliste zu Rate ziehen mußte, selbst wenn sie die kompliziertesten Aufträge übernommen hatte. Ihr persönlicher Geschmack war fast so einfach wie ihre Ansprüche: Haken und Ösen, etwas schwarzes oder weißes Wäscheband, Druckknöpfe, die so winzig waren, daß man kaum mit ihnen umgehen konnte, gelegentlich ein Stück schmale Spitze aus schwarzem oder weißem Baumwollgarn und hin und wieder zwei Paar schwarze Baumwollstrümpfe. Aber sie besorgte gern kostspieligere Dinge für andere, und auch wenn sie keine derartigen Aufträge hatte, betrachtete sie gern eine größere Auswahl von Waren, die sie gar nicht zu kaufen gedachte. Dabei war sie jedoch stets darauf bedacht, die Angestellten nicht zu belästigen und jedes Stück, das sie berührte, ordentlich wieder hinzulegen. Sie beugte sich mit ihren schwachen Augen so aufmerksam darüber wie ein Optiker, der sich eine Lupe ins Auge geklemmt hat, und machte kleine, ironische oder bewundernde Bemerkungen. Wenn sie aber etwas kaufen wollte, winkte sie einen Verkäufer heran und vollzog die ganze Transaktion mit einer liebenswürdigen Sicherheit, die Rufus allen Frauen gegenüber, die er sonst beim Einkaufen beobachten konnte, Verachtung einflößte. Doch widmete Rufus dem, was sie sagte oder kaufte, verhältnismäßig wenig Aufmerksamkeit; die Worte, die über seinen Kopf gewechselt wurden, waren ihm nicht mehr als ein schmückendes Beiwerk dieser Welt, die ihn ebenso faszinierte wie seine Tante; und das Schösnte von allem waren die klirrenden, rasselnden Drahtkörbe, die, an kleinen Rädern hängend, hoch über ihnen dahinsausten und verpackte und unverpackte Waren und harte Lederrollen voller Geld hin und her transportierten. Wenn jemand anderes ihn zum Einkaufen mitnahm, so litt Rufus gewöhnlich unter entsetzlicher Langeweile, aber Hannah kaufte so ein, wie ein echter Bilderliebhaber eine Gemäldegalerie besichtigt. Ihre Freude machte auch Rufus' Augen hell und umgab diese Welt der Läden mit einem Schimmer der Verzauberung. Wenn seine Mutter oder seine Großmutter einkauften, erschienen ihm das Zentimetermaß, das um den Hals der Verkäuferin hing, und das Heftchen mit dem Kohlepapier, in das sie die Käufe eintrug, häßlich und plump; doch in Gesellschaft seiner Großtante wurden Zentimetermaß und Heftchen zu faszinierenden, geschickt gehandhabten Werkzeugen, und die Hausfrauen, die mit ihrer törichten Aufregung die Luft in den Läden so schwer und dumpf machten, glichen jetzt einer stürmischen See, durch die seine Tante gewandt und flink ihr Boot lenkte. Sie sprach nicht allzu viel mit ihm und ängstigte sich nicht um ihn, und Rufus empfand es auch nicht als Zwang, daß er im Sichtkreis ihrer schwachen Augen bleiben mußte, denn er genoß das Zusammensein mit ihr. Und von allen Erwachsenen war sie die rücksichtsvollste. Alle zehn Minuten etwa dachte sie daran, sich höflich bei ihm zu erkundigen, ob er müde sei; aber in ihrer Gesellschaft wurde er nur selten müde. Wenn er mit ihr unterwegs war, genierte er sich auch nicht zu sagen, daß er auf die Toilette müsse, denn sie schien sich nie darüber zu ärgern, doch eben deshalb brauchte er, wenn er mit ihr unterwegs war, fast nie hinzugehen. An diesem Tag kaufte Tante Hannah ein paar einfache Dinge für sich selber und dazu andere, weniger einfache für ihre Schwägerin und einen wunderschönen durchsichtigen Schal mit einem Blumenmuster für Marys Geburtstag. Rufus wurde in das Geheimnis dieser Überraschung eingeweiht. Dann erkundigte sie sich in einem Kunstgeschäft, ob der *Leitfaden der Ornamentik* eingetroffen sei. Doch als man ihr den riesigen, prachtvoll illustrierten Band vorlegte, rief sie lachend: «Du lieber Gott, das ist ja kein Leitfaden mehr, das ist eine ganze Enzyklopädie!», und der Angestellte lachte höflich, und sie meinte, das Buch sei wohl zu groß, um es nach Hause zu tragen und man möge es ihr doch zuschicken. Sie müsse sich aber darauf verlassen können, daß es bei ihr persönlich abgeliefert werde, und zwar spätestens am 21. Mai, also in drei Tagen – konnte sie sich wohl darauf verlassen? Ach nein, unterbrach sie sich dann – einer der seltenen Fälle, in denen sie verwirrt war oder ihre Meinung änderte –, nein, das nützte auch nichts. Sie erläuterte Rufus kurz ihre Überlegung: «Stell dir vor, dein Onkel Andrew wäre zufällig dabei, wenn es abgeliefert wird. Dann würde er es zu früh sehen.» Sie dachte nach. «Oder könntest du mir vielleicht noch ein paar von diesen Päckchen abnehmen?» fragte sie dann. Natürlich könne er das, versicherte er stolz. «Dann nehmen wir es gleich mit», sagte seine Tante zu dem Verkäufer, und nachdem die verschiedenen Päckchen sorgsam abgeschätzt und verteilt waren, traten sie wieder auf die Straße. Und nun machte Tante Hannah einen Vorschlag, der Rufus mit Staunen und Dankbarkeit erfüllte. Sie wandte sich zu ihm und sagte: «Wenn es dir recht ist, würde ich jetzt gern eine Mütze für dich kaufen.»

Seine Zunge war wie gelähmt; er fühlte, wie er errötete. Seine Tante konnte es nicht sehen, aber sein Schweigen wunderte und verstimmte sie ein wenig, denn sie hatte gemeint, sie werde ihm mit diesem Angebot eine große Freude machen. Gleichzeitig ärgerte sie sich über sich selber, weil sie sich unwillkürlich etwas verletzt fühlte.

«Oder gibt es sonst etwas, was du noch lieber haben möchtest?» fragte sie. Ihre Stimme klang um eine Nuance zu liebenswürdig.

Die Spannung in seiner Brust löste sich. «Oh, nein!» rief er leidenschaftlich. «Oh, nein!»

«Na schön, dann wollen wir mal sehen, was sich tun läßt»,

meinte sie, mehr als beruhigt. Und plötzlich ahnte sie, was diese Mütze für das Kind bedeutete und wie sehr es unter dieser langen achtlosen Ablehnung seines Wunschs gelitten hatte. Sie fragte sich, ob er wohl etwas davon erzählen würde, ob er wohl so eingeschüchtert oder auf eine anerzogene Weise ‹brav› war, ihr ehrlich einzugestehen, wie sehr seine Mutter gegen diesen Kauf war (obgleich er, wie sie meinte, eigentlich dazu verpflichtet war – ehrlich zu sein); oder, besser noch, ob er wohl genügend Phantasie aufbringen und versuchen würde, ihr warnend mitzuteilen, daß sie durch dieses Geschenk Gefahr laufen würde, seine Mutter zu verärgern. Und zugleich wurde ihr klar, daß sie sich davor hüten mußte, ihn gegen seine Mutter einzunehmen. Neugierig wartete sie, was er sagen würde, und als er keine Worte fand, sagte sie: «Mach dir keine Sorgen wegen Mary – wegen deiner Mutter. Wenn sie gewußt hätte, daß du dir die Mütze so sehr wünschst, hätte sie sie dir bestimmt längst geschenkt.»

Er gab einen höflichen, etwas verlegenen Laut von sich, und sie stellte mit Bedauern fest, daß er nicht recht wußte, wie er sich in dieser heiklen Lage verhalten sollte. Aber deshalb würde sie ihr Angebot bestimmt nicht zurückziehen. Sie preßte die Lippen zusammen und ging, einer unerklärlichen, aber zwingenden Eingebung folgend, schnurstracks bei Miller, einem ehrwürdigen und soliden Geschäft, vorbei, in dem Rufus' Mutter die «besseren Sachen» zu kaufen pflegte, die für Rufus' Geschmack jedoch höchstens in zweiter Linie in Betracht kamen, und steuerte in der Market Street geradewegs auf den Laden von Harbinson zu, in dem es nur Kleidung für Männer und Knaben gab und den Rufus' Mutter, wie dieser gelegentlich gehört hatte, als ordinär, verrückt und vulgär bezeichnete. Und es war dies wirklich eine Welt, in der Frauen sich fremd fühlen mußten: nicht sehr liebenswürdig aussehende Herren wandten sich um und starrten auf diese alte Jungfer und den strahlenden, verschreckten kleinen Jungen, den sie im Schlepptau hatte. Aber sie war viel zu kurzsichtig, um diese Blicke richtig auslegen zu können; sie segelte auf den erstbesten Mann zu, der ihr ein Angestellter zu sein schien (er trug keinen Hut), und fragte ihn energisch und ohne jede Verlegenheit: «Wo bekomme ich bitte eine Mütze für meinen Neffen?» Und der Mann, der vor Beschämung sehr höflich wurde, winkte einen Verkäufer für sie herbei und der Angestellte führte sie in den dunklen hinteren Teil des Ladens. «So, und nun such dir aus, was du haben möchtest», sagte Tante Hannah, und wieder war das Kind starr vor Staunen. Die erste Mütze, die er wählte, war so jammervoll unauffällig, daß sie die Angst und die Heuchelei dahinter genau spürte und vorsichtig meinte: «Die ist sehr hübsch, aber ich finde, wir sollten uns doch noch ein paar andere ansehen.» Sie sah eine schlichte Mütze aus dunkler Serge mit einem ganz kleinen, unauffälligen Schirm, die Mary bestimmt gefallen hätte, aber sie konnte sich nicht enschließen, Rufus darauf hinzuweisen. Als der Junge begriffen hatte, daß sie sich wirklich nicht einmischen wollte, bewies er einen Geschmack, der sie überraschte. Mehr aus Höflichkeit, wie sie genau herausfühlte, bemühte er sich noch immer, eine vorsichtige Wahl zu treffen, aber es war deutlich erkennbar, daß sein ganzes Herz an einer ungeheuer auffälligen wolligen Mütze aus einem jadegrün, kanariengelb, schwarz und weiß gewürfelten Stoff hing, die zu beiden Seiten des Kopfs weit über die Ohren abstand und geradezu eine Schaufel von einem Schirm hatte, unter dem sich sein Gesicht fast verlor. Es war eine Mütze, die ihrer Ansicht nach wohl selbst ein junger Neger für allzu auffallend gehalten hätte, und sie war heftig versucht, etwas dagegen zu sagen. Mary würde vor Entsetzen außer sich sein; Jay würde nichts dabei finden, aber sie fürchtete um Rufus' willen, daß er über die Mütze lachen würde; und selbst die anderen Jungen in der Gegend würden, wie sie befürchtete, eher die Nase rümpfen als die Mütze bewundern – und zwar um so mehr, wie sie sich bekümmert klarmachte, wenn sie sie tatsächlich bewunderten. Das arme Kind würde endlose Unannehmlichkeiten haben, und seine Wahl würde ihm bald selber leid tun. Aber nein, es kam nicht in Frage, daß sie ihm ihren Geschmack aufzwang! «Die ist sehr hübsch», sagte sie so sachlich, wie es ihr möglich war. «Aber vielleicht überlegst du es dir doch noch einmal, Rufus. Du wirst sie sehr lange tragen müssen, weißt du, und zu allen möglichen Anzügen.» Aber er konnte einfach an nichts anderes mehr denken als an diese Mütze, er stellte sich sogar schon vor, wie zünftig sie aussehen würde, wenn sie erst ein bißchen abgetragen war.

«Du bist ganz sicher, daß sie dir gefällt?» fragte Tante Hannah.

«Oh, ja!» antwortete Rufus.

«Besser als die hier?» Hannah wies auf die diskrete Sergemütze.

«Oh, ja», erklärte Rufus wieder. Er hatte kaum hingehört.

«Oder die hier?» fragte sie, indem sie eine kleinere Mütze mit einem kräftigen Schachbrettmuster in die Höhe hob.

«Ich finde diese am schönsten», sagte Rufus.

«Also gut, dann sollst du sie auch haben», erklärte Tante Hannah und wandte sich dem unbeteiligt dreinschauenden Verkäufer zu.

Er lag im Dunkeln wach und sah zum Fenster hinüber. Gardinen türmten sich, eine hohe, geteilte Woge, vom Fußboden bis fast zur Decke. Durchsichtig, faltenreich, an den inneren Kanten ausgezackt wie die Schalenränder eines Seetiers, bewegten sie sich sanft in dem Luftzug, der durch das offene Fenster hereindrang.

Wo das Karbidlicht der Straßenlampe auf sie fiel, waren sie weiß wie Zucker. Das üppige Blattwerk, das maschinell hineingewebt war, hob sich im Schein des Lichts in einem noch grelleren Weiß ab, während es an anderen Stellen in dem schlaff herabhängenden Stoff fast schwarz erschien.

Das Licht warf die Schatten sich bewegender Blätter auf die Gardinen, und diese Schatten bewegten sich mit den wehenden Gardinen und auf dem glatten Glas dahinter.

Wo das Licht die Blätter traf, schienen sie in einem bitteren Grün zu brennen. Anderswo waren sie dunkelstes Grau und noch dunkler. Unter jedem dieser zu Tausenden dicht aneinandergedrängten Blättern lag entweder unnatürliches Licht oder reichstes Dunkel. Und während der Baum sich still in seinem Schlaf bewegte, wurden alle Blätter geschüttelt, ohne einander zu berühren.

Direkt gegenüber seinem Fenster war ein anderes. Und auch hinter diesem offenen Fenster hingen Gardinen, die sich bewegten, und auf diesen Gardinen bewegten sich die vielfältigen Schatten anderer Blätter. Das Zimmer hinter den Fensterscheiben und den Gardinen war ebenso dunkel wie sein eigenes.

Er hörte die Sommernacht.

Die Luft vibrierte wie eine verhallende Glocke in dem letzten, erschöpften Zikadenschrillen. Kupplungen knirschten und rasteten ein, eine Rangierlokomotive keuchte heftig. Ein Wagenmotor steigerte die wütenden Ausbrüche seiner Unfähigkeit bis über die Grenze des Hörbaren. Hufe, die hohlklingende Straße entlanghallend, spießten die schwermütigen Rhythmen des müdesten aller Holzschuhtänzer auf, und dahinter kreischten ununterbrochen in endlosem Kreisen die schmalen eisernen Räder.

Mit klappernd stechenden Absätzen und ledernem Schlurfen kamen auf den Gehsteigen junge Männer und Mädchen und gingen vorbei.

Ein Schaukelstuhl verriet anhaltende Bemühung – ein Röcheln wie aus einer schadhaften Lunge –, die Kette einer Verandaschaukel klirrte wie der einzige Ton eines riesigen Brummeisens.

Irgendwo ganz in der Nähe, auf einem feuchten Grasfleckchen zwischen den Häusern, zirpte eine Grille, und wie ein Echo gab eine andere Antwort.

Übertönt von den triumphierenden Schreien der Kinder, die die ganze Dunkelheit wie Feuerströme zerrissen, rieben sich die Stimmen von Frauen und Männern auf ihren Veranden fröhlich aneinander, und gleich hinter der Tür, im Nebenzimmer, hörte er die Stimmen von Männern und Frauen, die ihm vertraut waren: es klang wie das mühsame Aufwinden beladener Kräne und dann wieder wie das sanfte Plätschern kühlen Wassers. Ächzen und leises Knarren, Hochheben und Verschütten: und er schaute zu dem Fenster hinüber, lauschte auf das innerste Nachschwingen in der großen Glocke der Dunkelheit und lag in vollkommenem Frieden.

Sanfte, sanfte Dunkelheit.

Meine Dunkelheit. Lauschst du? Oh, bist du hohl, nichts als ein aufnehmendes Ohr?

Meine Dunkelheit. Blickst du mich an? Oh, bist du gerundet, nichts als ein wachsames Auge?

Oh, sanfteste Dunkelheit. Sanfte, sanfteste Nacht. Meine Dunkelheit. Meine liebe Dunkelheit.

Unter deinem Schutz kommen und gehen alle Dinge.

Kinder sind wild und kühn, sie rennen und schreien wie die Erringer unerhörter Siege, doch nicht lange mehr nun, und sie werden, ebenso wie ich, zu Bett gebracht.

Die Erwachsenen sprechen vertraulich miteinander und sind immerwährend darauf bedacht, uns zu helfen und zu beschützen, doch nicht lange mehr nun, ja, nicht lange mehr, und sie gehen zur Ruhe und liegen, ebenso wie ich, in ihren Betten.

Bald kommen jene Stunden, da keiner mehr wacht. Selbst die Zikaden, selbst die Grillen werden verstummen und schweigen wie gefrorene Bäche

in deinem großen Schutz.

Ich höre meinen Vater; ich brauche mich nie zu fürchten.

Ich höre meine Mutter; ich werde mich nie einsam fühlen oder nach Liebe verlangen.

Wenn ich hungrig bin, sind sie da und geben mir zu essen; wenn ich unglücklich bin, sind sie da und trösten mich.

Wenn ich erstaunt oder erschrocken bin, sind sie da und machen den weichen Boden unter meiner Seele fest: sie sind es, auf die ich vertrauen kann.

Wenn ich krank bin, schicken sie nach dem Arzt; wenn ich mich wohl und glücklich fühle, kann ich in ihren Augen deutlich lesen, daß ich geliebt werde; und zu dem Leuchten ihres Lächelns hebe ich mein Herz auf, und in ihrem Lachen erlebe ich mein höchstes Entzücken.

Ich höre meinen Vater und meine Mutter, und sie sind meine Riesen, mein König und meine Königin, und neben ihnen gibt es niemanden auf dieser Welt, der ebenso weise oder tüchtig oder ehrenhaft oder tapfer oder schön wäre.

Ich brauche mich nie zu fürchten: und nie wird mir nach Herzensgüte bangen.

Und auch sie, die da drüben mit ihnen reden, hinter dieser Tür, unter der das Licht liegt wie ein Sklave, der das Haus bewacht, ein Riegel aus Gold, mein witziger Onkel und meine lustige Tante: ich kenne sie wohl noch nicht gut genug, aber sie und mein Vater und meine Mutter haben einander sehr gern, und ich mag sie und weiß, daß auch sie mich mögen.

Ich höre das gedämpfte Ineinanderklingen ihrer Worte und ihres Lachens.

Aber nicht lange mehr, und sie werden gehen, und das Haus wird stiller werden, fast schweigsam, und bald darauf wird die Dunkelheit mit all ihrer Milde meinen Vater und meine Mutter bei der Hand nehmen und zu Bett bringen, genau wie ich zu Bett gebracht worden bin.

Du kommst zu uns jeden Tag, und nie steigt ein Tag in leuchtende Helle empor, hinter dem du nicht stündest; du bist da, du breitest dich über uns, alljede Nacht. Du bist es, die uns aus der Arbeit entläßt, die Verwandte und Freunde wieder zusammenführt, so daß die Menschen für eine kleine Weile ruhig und frei sind und sich wohl fühlen miteinander. Aber nicht lange mehr, bald schon, liegen sie alle schweigend und reglos

in deinem Schutz, deinem großen Schutz, Dunkelheit.

Und durch all dies Schweigen schreitest du, als hätte keiner außer dir je geatmet, je geträumt, wäre je gewesen.

Meine Dunkelheit, bist du einsam?

Lausche nur, und ich will dir lauschen.

Sieh mich nur an, und ich will in deine Augen sehen.

Sei dir nur bewußt, daß ich wache und um deine Gegenwart weiß, sei du nur meine Freundin, und ich will dein Freund sein.

Du brauchst dich nie zu fürchten, nie einsam zu sein oder Liebe zu verlangen.

Erzähl mir deine Geheimnisse; du kannst mir vertrauen. Komm näher. Komm ganz nahe.

Und die Dunkelheit kam wirklich zu ihm. Sie senkte ihr Auge in das Auge seiner Seele und sagte:

Nie geatmet, nie geträumt, nie gewesen.

Und so wie in blinder Nacht, auf weichen Wogen, ein Schiffer einen sich unsichtbar nähernden, mit tödlichen Zacken und Krallen bewehrten Eisberg spüren mag, schob sich jetzt das Nichts heran und offenbarte sich durch den grausam unbekannten Zauber seines Atems: jene endlose Nacht, in der die Sterne mit ihrem Werden und Vergehen weniger sind als das Aufschimmern eines Mückenflügels, oder Nebel, bedeutungsloser als Winterhauch; jene Dunkelheit, in der die Ewigkeit bleich und zusammengeringelt liegt, eine tote Schlange in einem Krug, und die Grenzenlosigkeit nur ein farbiger Punkt ist, ein Zaunkönig, der über die See geweht wird; jener unfaßliche Abgrund unverbrüchlichen Schweigens, in dem Sintfluten von Milchstraßen bernsteinmatt rumoren.

Die Dunkelheit sagte:

Wann ist dieser Augenblick, Kind, wo sind wir, wer bist du, Kind, wer bist du, weißt du, wer du bist, weißt du, wer du bist, Kind; bist du überhaupt?

Er wußte, daß er es nie wissen würde, wenn auch Erinnerung, beinahe gefaßt, nie wieder zu fassen, ihn unerträglich quälte. Daß dieser kleine Junge, in dem er wohnte, nur die grausamste aller Täuschungen war. Daß er nur das Nichts eines Nichts war, verdammt durch irgendeinen Verrat, dazu verdammt, sich dieses Nichts bewußt zu werden. Und daß er doch in dieser trostlosen Öde nicht ohne Gefährten war. Denn konturenlos im Abgrund, unüberwindlich, regten sich ungeheuerliche Ahnungen. Und aus dem tiefen und weiten Schlund der Ewigkeit brannte das kalte und wahnwitzige Kichern herauf: Gespenster von unvorstellbarer Unheimlichkeit, Grausamkeit jenseits aller Grausamkeit.

Die Dunkelheit sagte:

Unter meinem Schutz: in meinem großen Schutz.

In der Ecke, nicht fähig, sich wirklich von der Dunkelheit abzuheben, schwoll ein Geschöpf auf, das ihn ansah.

Die Dunkelheit sagte:

Du hörst den Mann, den du deinen Vater nennst: wie kannst du dich je fürchten?

Unter dem Waschtisch, vorsichtig, bewegte sich etwas.

Du hörst die Frau, die glaubt, du seist ihr Kind.

Neben seinem hingestreckten Kopf tat die Ewigkeit sich auf. Hör nur, wie er über dich lacht; mit welchem Behagen sie einstimmt.

Die Gardine seufzte, als glitten unaussprechliche Gewalten durch sie hindurch.

Die Dunkelheit schnurrte vor Vergnügen und sagte:

Was soll diese Wandlung, die dein Auge verrät?

Eben noch war ich deine Freundin – so sagtest du doch. Warum ist diese Liebe plötzlich verloren?

Eben noch branntest du darauf, meine Geheimnisse kennenzulernen. Wo ist deine Wißbegier hin?

Sei standhaft: denn jetzt, mein Kleiner, mein Liebling, jetzt kommt der Augenblick, in dem Wißbegier und Liebe für allezeit befriedigt werden sollen.

Und lächelnd beugte sich die Dunkelheit noch tiefer, ganz tief über ihn, riß ihr riesiges, gezacktes Maul auf –

Ahhhh . . . !

Kind, Kind, warum verrätst du mich so?

Komm näher. Komm ganz nahe.

Ohhhhhh . . . !

Mußt du so ungezogen sein? Es täte mir schrecklich leid, wenn ich dich zwingen müßte.

Du weißt, daß du niemals fortkannst; du willst ja nicht einmal fort.

Aber nun war das Kind in zwei Geschöpfe aufgespalten, von denen eines nach seinem Vater schrie.

Die Schatten lagen da, wo sie hingehörten, und er lag zitternd in seinen Tränen. Er sah zum Fenster; wartete.

Noch führten die Grillen ihren Meißel; die Stimmen hielten an, still wie Spreu.

Aber hinter seinem Kopf, in jenem großen Schatten, den seine Augen nie erreichen konnten – wer wagte sich auszumalen, was sich da zusammenballte?

Ungerührt rieben die Stimmen sich aneinander wund: Grollen und Murmeln.

Wieder schrie er nach seinem Vater; noch wilder als zuvor.

Jetzt kam ein hohler Ton in die Stimmen, als gingen sie über ein hohes Gerüst.

Langsam weitete sich die Gardine, langsam fiel sie wieder zusammen.

Die Schatten lagen da, wo sie hingehörten, aber so sehr er sich auch anstrengte, er konnte nicht herausbekommen, was in dem dunkelsten Schatten verborgen war.

Die Stimmen fielen wieder in den üblichen herzlosen Ton zurück.

Er wandte rasch den Kopf und starrte durch die Stäbe am Kopfende des Gitterbetts. Er konnte nicht sehen, was dort stand. Rasch wandte er sich wieder hin. Was es auch sein mochte, es hatte sich bewegt, aber noch schneller als er: da stand es wieder, noch immer und für alle Zeit, jenseits aller Hoffnung, daß er es erkennen könnte.

Er sah das Waschbecken, und es war nichts als es selber, aber es hatte ein böses, eiskaltes Auge.

Sogar die zuckerweißen Gardinen waren böse, ein gefühllos herumtastendes Maul; und die wogenden Blätter würgten ihren Baum, als wollten sie ihn ersticken.

Nahe beim Fenster ein Fleck auf der Tapete, fahles Braun, Schlangenform.

Tot gab das gegenüberliegende Fenster ihm sein Starren zurück.

Welches gierige Geheimnis hütete die Grille: welch sorgfältig modelliertes Abbild der Angst?

Die Stimmen summten, vergnügt und gedankenlos wie Zikaden. Sie kümmerten sich nicht um ihn.

Er schrie nach seinem Vater.

Und jetzt kamen andere Töne von drüben. Er hörte, wie sein Vater tief einatmete, den Atem gegen seinen Gaumen preßte und ihn dann mit einem langgezogenen, ärgerlichen Schnaufen durch die Nase ausströmen ließ. Er hörte den Stuhl knacken, als sein Vater aufstand, und er hörte einige Worte seiner Mutter, die darauf hindeuteten, daß der Ärger des Vaters sie ein wenig verwirrte – ich sehe gleich einmal nach ihm, Jay; sein Onkel und seine Tante gaben rasche kleine, höfliche Geräusche von sich und beteiligten sich nicht weiter an der Diskussion, und dann erklang die Stimme des Vaters, etwas weniger unfreundlich als das Schnaufen und die Art, wie er von seinem Stuhl aufgestanden war, aber immer noch verärgert: «Nein, er hat nach mir gerufen, ich sehe selber nach ihm», und er hörte, wie der Vater sich langsam, ein wenig müde, der Tür näherte. Er war ängstlich, weil er sich auf einmal nicht mehr so schrecklich fürchtete; nur gut, daß die Tränen seinen ausgestandenen Schrecken bezeugen konnten.

Der Raum öffnete sich zu goldener Fülle, sein Vater trat gebückt durch die Tür, schloß sie leise und kam leise auf das Gitterbett zu. Sein Gesicht war freundlich.

«Was ist denn los?» fragte er scherzhaft mit ganz tiefer Stimme.

«Daddy», sagte der Kleine kläglich. Er zog den Schleim in seiner Nase hoch und schluckte ihn hinunter.

Nun hob sich die Stimme des Vaters ein wenig: «Na, was hat mein kleiner Junge denn», sagte er, fuhr mit der Hand in die Tasche und zog sein Taschentuch heraus. «Was ist denn los? Warum weint er denn?» Das rauhe Tuch roch nach Tabak; sein Vater pflückte mit den Fingerspitzen ein paar Tabakkrümel von dem feuchten Gesicht des Kindes.

«Schnaub dich», sagte er. «Du weißt doch, deine Mama mag nicht, daß du dieses Zeug runterschluckst.» Er fühlte die feste Hand neben seinem Kopf, und ein Schluchzen überkam ihn, während er sich schnaubte.

«Nanu, was hast du denn?» rief sein Vater, und jetzt klang seine Stimme ganz sanft und freundlich. Er hob den Kopf des Kindes ein wenig höher, kniete auf den Fußboden und sah ihm zärtlich in die Augen. Der Junge fühlte die Kraft der anderen Hand, die breit auf seiner Brust lag und ihn liebevoll tätschelte. Er versuchte, ob sich sein Schluchzen vielleicht noch ein bißchen verlängern ließe, aber nein, der Augenblick war vorbei.

«Schlecht geträumt?»

Er schüttelte den Kopf, nein.

«Ja, was ist denn dann?»

Er sah seinen Vater an.

«Etwa Angst – weil's dunkel ist?»

Er nickte; er fühlte wieder Tränen in seinen Augen.

«Aaaaaber», sagte sein Vater. «Du bist doch jetzt ein großer Junge. Große Jungen fürchten sich doch nicht vor so ein bißchen Dunkelheit. Große Jungen weinen doch nicht. Wo ist denn dieses Dunkel, das dich so erschreckt hat? Da drüben?» Er wies mit dem Kopf in die dunkelste Ecke. Der Junge nickte. Der Vater ging hin und rieb ein Streichholz an seinem Hosenboden an.

Nichts zu sehen.

«Nichts, was nicht hierher gehört... Da unten vielleicht?» Er wies auf die Kommode. Der Junge nickte und zog seine Unterlippe zwischen die Zähne. Der Vater rieb wieder ein Streichholz an und leuchtete damit zuerst unter die Kommode und dann unter den Waschtisch.

Nichts zu sehen. Auch hier nicht.

«Nichts, nur ein altes Stück Babyseife. Da, siehst du?» Er hielt dem Jungen die Seife hin, so daß er sie riechen konnte, und das Kind fühlte sich bei diesem Geruch auf einmal wieder ganz klein. Es nickte. «Sonst noch wo?»

Das Kind wandte sich um und sah durch die Gitterstäbe am

Kopfende des Bettes. Sein Vater rieb ein Streichholz an. «Nanu, da haben wir ja den armen ollen Jackie», sagte er plötzlich. Und tatsächlich, da lag er, ganz hinten in der Ecke.

Der Vater blies den Staub von dem Stoffhund und hielt ihn dem Kind hin. «Möchtest du Jackie haben?»

Er schüttelte den Kopf.

«Du willst den armen kleinen Jackie wirklich nicht? Er ist doch so allein. Und hat die ganze Zeit in der Ecke gelegen!» Er schüttelte den Kopf.

«Zu groß geworden für Jackie?»

Er nickte, nicht sicher, ob sein Vater ihm glauben würde.

«Dann bist du auch zu groß, um zu weinen.»

Armer oller Jackie.

«Armer oller Jackie.»

«Armer oller Jackie, so allein.»

Er streckte die Hand aus und nahm ihn, und als er ihn streichelte, kam ihm eine schwache Erinnerung an eine Menge Kerzen mit Feuerköpfchen (und an borstige Nadeln), an einen kräftigen grünen Geruch und an einen kunterbunten und viel größeren Hund, den er verwundert angestarrt hatte, und an das große, lächelnde Gesicht seines Vaters, der zu ihm sagte: «Das ist ein Hund.» Auch sein Vater erinnerte sich daran, wie er damals den Hund voller Freude ausgesucht und ihn dem Kleinen viel zu früh geschenkt hatte – und hier kam er nun schon zu spät. Daß er den Hund trösten konnte, brachte ihm selber Trost, und ein tiefes Gähnen, das ihn überraschte, war schon halb heraus, bevor er versuchen konnte, es zu unterdrücken. Er blickte ängstlich auf seinen Vater.

«Müde, ja?» sagte sein Vater; es war kaum noch eine Frage.

Er schüttelte den Kopf.

«Aber es wird Zeit. Zeit, daß wir alle schlafen gehen.»

Er schüttelte den Kopf.

«Aber du fürchtest dich doch jetzt nicht mehr, nicht wahr?»

Er mochte nicht lügen und schüttelte den Kopf.

«Die bösen schwarzen Männer sind alle weg, fortgescheucht, was?»

Er nickte.

«So, mein Junge, und jetzt schläfst du schön», sagte sein Vater. Er sah, daß das Kind ihn um keinen Preis wieder weglassen wollte, und plötzlich wurde ihm klar, daß der Junge vielleicht geschwindelt hatte, daß er sich in Wirklichkeit gar nicht gefürchtet hatte, und er war gerührt und legte die Hand auf die Stirn seines Sohnes. «Du wolltest nur nicht allein sein», sagte er zärtlich, «genau wie der kleine alte Jackie. Du willst nur nicht, daß man dich allein läßt.» Das Kind lag ganz still.

«Dann will ich dir mal was sagen», fuhr der Vater fort. «Ich singe dir jetzt ein Lied, und dann bist du ein lieber Junge und schläfst. Willst du das?» Das Kind hob seine Stirn, preßte sie gegen die feste, warme Hand und nickte.

«Was wollen wir singen?» fragte sein Vater.

«Fröschlein wollt auf Freite gehn», bat das Kind. Es war das längste Lied.

«Das ist aber ein langes», sagte sein Vater, «das ist ein ganz langes altes Lied. Kannst du noch so lange wachbleiben?»

Er nickte.

«Also schön», sagte sein Vater, und das Kind faßte Jackie fester, legte sich ins Kissen zurück und sah zu ihm auf. Er sang ganz leise und ruhig: ‹Fröschlein wollt auf Freite gehn, uh-hooooo, uh-oooooo, hooooo!›, und dann sang er von den Freierskleidern, die der Frosch trug, von den Schwierigkeiten und dem Erfolg seiner Werbung und davon, was die verschiedenen Nachbarn dazu sagten, und wer der Pfarrer sein sollte, und was der über das Paar sagte, uh-hooooo, und schließlich, ‹wie wird das Hochzeitsessen sein, uh-hooooo, Schellfischknödel und Sassafras-Tee, uh-hooooo›, und dabei blickte er zur Wand, und das Kind schaute auf in seine Augen, die nicht zu ihm hinsahen, und auf das singende Gesicht im Dunkeln. Nach jedem Vers warf der Vater einen raschen Blick auf den Jungen, aber dessen Augen waren am Ende des langen Liedes noch genauso dunkel und weit geöffnet wie am Anfang, obgleich er sich allmählich anstrengen mußte, sie offen zu halten.

Er war belustigt und erfreut. Wenn er einmal angefangen hatte zu singen, sang er gern weiter. Es gab so viele alte Lieder, die er kannte und gern hatte, und dazu ein paar Volksweisen; und obgleich er verlegen geworden wäre, wenn man es ihm gesagt hätte, freute er sich doch auch an dem Ton seiner eigenen Stimme. «Schläfst du denn noch nicht?» fragte er, aber auch das Kind fühlte, daß nun keine Gefahr mehr bestand, daß der Vater weggehen würde, und es schüttelte einfach den Kopf.

«Sing Fläschchen», bat er dann, denn er freute sich schon auf den belustigten Ausdruck, der nun in das Gesicht seines Vaters kommen würde, obgleich er ihn nicht verstand. Das Lächeln kam, und der Vater stimmte das Lied an, noch leiser, denn es war eine rasche, kecke Melodie, die ihn sonst noch munterer gemacht hätte. Der Vater lächelte, weil sein Junge die Wörter «Flittchen» und «Fläschchen» miteinander verwechselte, und weil seine Frau und bis zu einem gewissen Grade auch ihre Verwandten seine Belustigung darüber nicht recht zu teilen vermochten. Er war ihrer Ansicht nach ein Mann, für den der Begriff «Fläschchen» nicht unbedingt etwas Komisches hatte, obwohl der Alkohol nun schon seit langem kein ernstes Problem mehr für ihn bedeutete. Er sang:

Ich hab ein Fläschchen und auch einen Schnuckelputz, mein Liebling, mein Schätzchen,
Ich hab ein Fläschchen und auch einen Schnuckelputz, mein Liebling, mein süßes Kind.
Ich hab ein Fläschchen und auch einen Schnuckelputz,
Das Flittchen liebt mich nicht, der Schnuckelputz, der tut's.
Heut morgen,
Heut abend,
Schon bald.

Wenn sie ein Hühnchen schlachten, hebt sie mir den Flügel auf, mein Liebling, mein Schätzchen,
Wenn sie ein Hühnchen schlachten, hebt sie mir den Flügel auf, mein Liebling, mein süßes Kind,

Wenn sie ein Hühnchen schlachten, hebt sie mir den Flügel auf, mein Liebling,
Sie meint, ich tät was, doch ich laß der Zeit den Lauf,
Heut morgen,
Heut abend,
Schon bald.

An jedem Abend pünktlich um halb acht, mein Liebling, mein Schätzchen,
An jedem Abend pünktlich um halb acht, mein Liebling, mein süßes Kind,
An jedem Abend pünktlich um halb acht, mein Liebling,
Halt ich am Tor der weißen Leute Wacht,
Heut morgen,
Heut abend,
Schon bald.

Das Kind sah zu ihm auf; seine Augen wirkten ganz dunkel, obwohl der Vater wußte, daß sie fast so hell waren wie seine eigenen; aber das lag vielleicht daran, daß so wenig Licht im Zimmer war oder auch weil der Kleine so schläfrig war. Der Vater nahm seine Hand weg, blies sachte auf die feuchte Stirn des Kindes, strich ihm die Haare zurück und legte die Hand wieder hin:

«Was tust du denn in dieser Welt, mein Guckeäuglein?» sang er ganz leise, während das Kind und er einander ansahen.
Was tust du denn in dieser Welt, mein Guckeäuglein?
Was tust du denn in dieser Welt, mein Guckeäuglein?
Was tust du denn in dieser Welt, mein Guckeäuglein?

Die Augen des Kindes schlossen sich langsam, taten sich, fast erschrocken, wieder auf, schlossen sich wieder.

Wo hast du sie nur her, die großen Guckeäuglein?
Wo hast du sie nur her, die großen Guckeäuglein?

Du bist das Beste, was es gibt, und darum hab ich dich so lieb,
Wo hast du sie nur her, die großen Guckeäuglein?

Er wartete. Er nahm seine Hand fort. Die Augen des Kindes öffneten sich, und ihm war, als sei er bei irgend etwas ertappt worden. Wieder berührte er die Stirn des Kindes, ganz leicht. «Schlaf jetzt, mein Kleiner», sagte er. «Schlaf jetzt schön.» Das Kind sah weiter zu ihm auf, und unverhofft kam ihm eine Melodie in den Sinn, und er sang ganz hoch und fast unhörbar:

Oh, ich hör die Räder rollen,
Ann, der Zug ist schon ganz nah,
Oh, ich hör die Räder rollen
Durch das Land, gleich ist er da.
Steigt nur ein, ihr Kinder,
Steigt nur ein, ihr Kinder,
Steigt nur ein, ihr Kinder,
Es ist Platz für viele und mehr.

Dem Kind kam es vor, als blicke sein Vater in eine weite, weite Ferne, und als es aufsah in diese Augen, die so in die Ferne blickten, blickte es auch in die Ferne:

Oh, ich schau den Weg hinunter,
Ann, was seh ich, was siehst du?
Engel, strahlend, musizierend,
Schweben langsam auf uns zu.
Steigt nur ein, ihr Kinder,
Steigt nur ein, ihr Kinder,
Steigt nur ein, ihr Kinder,
Es ist Platz für viele und mehr.

Diesmal schaute der Vater nicht herunter, sondern er sah schweigend eine ganze Weile direkt in die Wand hinein. Und er sang:

Jeden Abend, wenn die Sonne sinkt untern Zaun,
Ist ein Dollar gespart für Betsy Brown,
Zuckerkindchen.

Er schaute herunter. Jetzt war er fast sicher, daß das Kind eingeschlafen war. So leise, daß selbst er es kaum hören konnte und der Ton seines Liedes über dem Schlaf des Kindes schwebte wie eine strahlende, musizierende Engelschar, sang er weiter:

Es gibt 'nen alten Spruch, und den wird jeder verstehn:
Die Spur eines Hasen ist im Schnee nur zu sehn,
Zuckerkindchen.

Hier hielt er wieder inne, und seine Hand lag wie lauschend auf der Stirn des Kindes, denn er liebte den letzten Vers so sehr, daß er ihn immer so lange wie möglich hinauszögerte; aber er tönte in seinem Kopf, und der Wunsch, ihn zu singen, wurde so stark, daß er nicht mehr widerstehen konnte:

Oh, es muß nicht weiter regnen und es muß nicht weiter schneen:

Er spürte eine seltsame Kälte in seinem Rückgrat, und er sah ein Funkeln, als wiege sich eine große Zeder, und Tränen traten in seine Augen:

Doch die Sonn' wird wieder scheinen und der Wind wird wieder wehn,
Zuckerkindchen.

Eine große Zeder und die Farben von Kalkstein und Lehm; der Geruch schwelenden Holzfeuers und, in dem tiefdunklen orangefarbenen Licht der Lampe, die stillen Balken der Wände, das Gesicht seiner Mutter, ihre sanfte, runzlige Hand auf seiner Stirn: «Keine Angst, Jay, du brauchst dich nicht zu fürchten.» Und vor seiner Zeit, sogar noch vor der Zeit, in der ein Mensch davon träumte, daß er, Jay, einmal auf diese Welt kommen würde, mußte sie so unter der Hand ihrer Mutter oder ihres Vaters gelegen haben, und diese hatten in ihrer Kinderzeit wieder unter anderen Händen gelegen, und immer weiter zurück über die Berge, weiter zurück durch die Jahre – es zog einen so weit zurück, wie man es sich irgend vorstellen konnte, zurück bis zu Adam; nur war keiner da, der es für einen tat. Oder vielleicht tat es Gott?

Wie weit wir alle kommen. Wie weit wir alle von uns selber fortkommen. So weit, so vieles dazwischen, du kommst nie wieder nach Hause. Du kannst nach Hause gehen, es ist gut, nach Hause zu gehen, aber du wirst doch nie in deinem Leben den Weg nach Hause wirklich bis zu Ende gehen können. Und wozu das alles? Alles, was ich je versucht habe, was ich je gewünscht habe und um dessentwillen ich fortging, was hat es genützt?

Nur einen Weg gibt es, um nach Hause zu kommen. Du hast ein eigenes Kind, einen Jungen oder ein Mädchen, und hin und wieder erinnerst du dich, und du weißt, was sie fühlen, und es ist beinahe so, als wärst du wieder du selber, so jung, wie du irgend zurückdenken kannst.

Er war glücklich, weiß Gott, auf so vielfache Weise, und er war auch dankbar, weiß Gott. Alles war gut und sogar besser, als er je hatte hoffen können, besser, als er es je verdient hatte; nur, was es auch sein mochte und wie gut es auch sein mochte, es war nicht das, was er einst gewesen war, was er verloren hatte und nie wieder bekommen konnte. Hin und wieder, vielleicht nur einmal in einer langen Zeitspanne, erinnerte man sich und wußte plötzlich, wie weit man sich entfernt hatte, und der kurze Augenblick dieser Erinnerung war so schmerzhaft, daß es einem das Herz brach.

Er fühlte sich durstig, und augenblicklich bemächtigten sich seiner Bilder von Heimlichkeit und Hinterlist, von Offenheit, Zorn und Stolz, und augenblicklich verdrängte er sie wieder. Wenn ich mich je wieder betrinke, sagte er stolz zu sich selbst, *bringe ich mich um. Aber es gibt eine Menge gute Gründe, warum ich mich nicht umbringen will. Deshalb werde ich mich nie wieder betrinken.*

Ganz bewußt fühlte er sich stark, fähig, sowohl für sich wie gegen sich zu kämpfen, und dieses angenehme Gefühl der Stärke stand gegen jene vollkommene und klare Erinnerung, die sich für einen Augenblick seiner bemächtigt hatte: traurig und vergeblich versuchte er, ihrer wieder habhaft zu werden. Aber so klar und teuer ihm auch diese Erinnerung war, sie konnte doch sein Herz nicht mehr rühren, und so war er, fast ohne jeden Gedanken, versunken in diese Traurigkeit und starrte auf die Wand, als hinter ihm leise die Tür geöffnet wurde. Ihn erfaßte nicht so sehr Scham um dieser Gefühle willen als vielmehr eine Aufwallung von Schreck und Zorn.

«Jay», sagte seine Frau leise. «Schäft er denn noch nicht?»

«Doch, er schläft», sagte er, stand auf und klopfte den Staub von seinen Knien. «Ist wohl schon ziemlich spät, was?»

«Andrew und Amelia mußten gehen», flüsterte sie und kam an das Kinderbett. Sie beugte sich darüber und strich die Decke glatt. «Ich soll dich noch von ihnen grüßen.» Mit einer Hand hob sie den Kopf des Kindes an, während ihr Mann ärgerlich und heftig den Kopf schüttelte. «Aber Jay, das macht doch nichts, er schläft ganz fest». Sie glättete das Kissen und trat wieder zurück. «Sie wollten dich nicht stören, weil sie Angst hatten, sie könnten Rufus aufwecken.»

«Ach. Tut mir leid, daß ich sie nicht mehr gesehen habe. Ist es denn schon so spät?»

«Du mußt fast eine Stunde hier drin gewesen sein. Was war denn mit ihm?»

«Schlecht geträumt wahrscheinlich. Er hatte Angst vor der Dunkelheit.»

«Aber es ging ihm doch gut, ja? Ich meine, bevor er einschlief?»

«Natürlich, alles in Ordnung.» Er zeigte auf den Hund. «Sieh mal, was ich gefunden habe.»

«Du lieber Gott, wo war der denn?»

«Ganz hinten in der Ecke, unter dem Gitterbett.»

«Oh, da muß ich mich ja schämen! Aber Jay, er ist doch sicher schrecklich schmutzig!»

«Ach was, ich habe ihn abgestaubt.»

«Ich werde froh sein, wenn ich mich wieder bücken kann», sagte sie etwas schüchtern.

Er legte eine Hand auf ihre Schulter. «Ich auch!»

«Jay!» Fast empört fuhr sie zurück.

«Aber Liebste!» sagte er belustigt und verblüfft. Er legte seinen Arm um sie. «Ich dachte doch nur an das Baby! Ich werde froh sein, wenn das Baby da ist!»

Sie sah ihn aufmerksam an (sie hatte noch nicht bemerkt, daß sie kurzsichtig war), verstand ihn, lächelte und lachte dann in ihrer Verlegenheit leise auf. Er legte einen Finger auf ihre Lippen und wies mit dem Kopf auf das Gitterbett. Sie drehten sich beide um und schauten hinunter auf ihren Sohn.

«Ich auch, Jay, mein Liebster», flüsterte sie. «Ich auch.»

Auch seine Mutter sang für ihn. Ihre Stimme war sanft und leuchtend grau, genau wie ihre lieben grauen Augen. Sie sang «Schlaf, Kindchen, schlaf, dein Vater hütet die Schaf», und er konnte seinen Vater sehen, der auf einem Hügel saß und auf eine Menge weißer Schafe herabsah, die im Dunkel weideten; «deine Mutter schüttelt's Bäumelein, da fällt herab ein Träumelein», und er konnte sehen, wie die kleinen Träume so sacht herabschwebten wie große Schneeflocken zur Nacht und ihn in der Dunkelheit zudeckten, wie ein kleines Kind im Wald, ihn mit weiten, stillen Hüllen aus sanft schimmerndem Licht zudeckten. Sie sang: «Geh und sag der Tante Rhoda», dreimal nacheinander, und dann «Die große graue Gans ist tot», und dann «Was soll'n wir aus ihr machen?» und dann «Ein Federbett, so groß», und dann dasselbe noch einmal. Dreimal hintereinander. Geh und sag der Tante Rhoda; und dann wieder: die alte graue Gans ist tot. Er wußte nicht recht, warum die alte graue Gans tot war; es war eines der Dinge, nach denen zu fragen er sich immer hütete, denn obgleich es sich so freundlich anhörte, war er überzeugt, daß sich dahinter etwas Schreckliches verbarg, vor dem man sich fürchten mußte, gerade weil es so freundlich und ruhig klang, und daß er sich, wenn er danach fragen und es erfahren würde, schrecklich fürchten würde und nicht nur so ein bißchen wie jetzt. Und dies um so mehr, weil er immer, wenn seine Mutter dieses Lied sang, die Tante Rhoda sah, und sie sah ganz anders aus als alle anderen Menschen, sie war wie ihr Name, geheimnisvoll und grau. Sie war sehr groß, so groß wie sein Vater. Sie stand neben einem Brunnen auf einem großen, freien Platz, und der Boden war harte, nackte Erde. Sie war ein ganzes Stück entfernt von ihm, aber er konnte doch sehen, wie groß sie war. Weit hinter ihr sah er dunkle, völlig kahle Bäume. Ruhig und aufrecht stand sie da, als wartete sie darauf, daß jemand kam und ihr erzählte, daß die alte graue Gans tot war. Sie trug ein langes graues Kleid, dessen Rock bis auf die Erde reichte, und ihre Hände waren in den weiten herabfallenden Falten ihres Rocks verborgen. Er konnte nie ihr Gesicht sehen, weil es in dem dunklen Schatten des Hutes lag, den sie trug, aber er konnte doch bemerken, wie ihre Augen in diesem Schatten leuchteten, und sie sahen geradewegs zu ihm her, nicht ärgerlich, aber auch nicht freundlich, nur schauend und wartend. Die alte graue Gans ist tot.

Die Mutter sang: «Schwing hernieder, süßeste Karosse», und das war das schönste von allen Liedern. «Komm herzu und bring mich heim.» So glücklich und ruhig und zufrieden. Eine Karosse war so etwas wie ein wunderschöner Wagen, weil der Heimweg so weit war, daß man nicht zu Fuß gehen konnte, ein langer, langer Weg, aber natürlich war es auch so etwas wie eine Karotte, nur konnte er nicht verstehen, wieso ein schöner Wagen und eine Karotte Ähnlichkeit miteinander hatten, aber es war nun einmal so. Und ‹heim›, das war ein langer, langer Weg. Viel zu lang, um zu Fuß zu gehen, und man konnte nur heimkommen, wenn Gott die Karosse sandte. Und die würde einen heimbringen. Er versuchte gar nicht, sich vorzustellen, wie dieses Heim aussehen mochte, nur war es natürlich noch schöner als das Heim, in dem er lebte; aber er wußte, daß es ein Zuhause sein mußte. Er wußte immer ganz genau, wie glücklich er in seinem eigenen Heim war, wenn er von diesem anderen Heim hörte, denn er fühlte dann immer, daß er genau wußte, wo er war, und es war so gut, daß er gerade hier war. Sein Vater sang dieses Lied auch gern, und manchmal im Dunkeln auf der Veranda oder wenn sie alle zusammen auf einer Decke auf dem Rasen lagen, sangen die Eltern es zusammen. Sie lagen da und sprachen nicht, sondern horchten nur auf die leisen Geräusche ringsum und blickten zu den Sternen auf und fühlten sich so ruhig und glücklich und traurig zugleich, und plötzlich begann sein Vater mit so leiser Stimme zu singen, fast als sänge er nur für sich selber: «Schwing hernieder», und wenn er bei dem Wort «Karosse» ankam, sang auch seine Mutter, ebenso leise, und dann hoben sich ihre Stimmen ein wenig, und sie sangen «Komm herzu und bring mich heim», und er schaute von der Stelle, wo er lag, zwischen ihren Köpfen geradewegs zu den Sternen, die so nah und freundlich waren und quer über den hohen Himmelsbogen einen Staubwirbel treiben ließen, der aussah wie Mehl. Sein Vater sang es ein wenig anders als seine Mutter. Wenn sie das zweite Mal «Schwing» sang, dann sang sie das «Schwing her...» in zwei Tönen mit einfacher, klarer Stimme, er jedoch sang bereits das Wort «Schwing» in zwei Tönen und glitt von dem höheren Ton zu dem herab, den sie angestimmt hatte. Bei dem ersten Ton gab er seiner Stimme etwas mehr Kraft, ließ sie dann abklingen und schnellte sie, dunkel und fast verwischt, zu dem «Her» hinüber, mit einem Rhythmus, der seinem Sohn in die Glieder fuhr. Und wenn er bei der Zeile «Sag den Freunden, daß ich kommen werde» anlangte, begann er vier ganze Töne höher als sie, verlangsamte das Tempo ein wenig und stieg wie traumwandelnd hinab, zwischen einzelnen besonderen Noten, die sie nicht sang, und einige dieser Noten klangen seltsam verwischt, so als schlüge man auf Omas Klavier gleichzeitig eine schwarze Taste und die danebenliegende weiße an, und er sang nicht «Ich kommen», sondern «Ich äh-kommen», und auch hier, wie in seinem Gesang überhaupt, spürte man diesen leidenschaftlichen Rhythmus, der das Kind immer wieder zwang, die Augen zu schließen und wohlig den Kopf zu wiegen. Seine Mutter aber sang dieselbe Melodie klar und getreu, mit einer süßen, stillen Stimme in einfacheren Noten. Manchmal versuchte sie, auf seine Art zu singen, und er versuchte es auf ihre Art, aber schon bald verfiel jeder wieder in seine eigene, obwohl das Kind fühlte, daß jeder die Art des anderen sehr gern mochte. Er selber mochte beide Arten, und am schönsten war es für ihn, wenn sie zusammen sangen und er hier zwischen ihnen lag und sie zu beiden Seiten fühlen konnte, und am allerschönsten war es, wenn sie sangen «Wir schaun übern Jordan, und was sehn ich und du», denn dann war es so gut, zu den Sternen hinaufzublicken, und dann sangen sie «Scharen von Engeln, sie kommen auf uns zu», und ihm war, als kämen all die Sterne auf ihn zu wie eine große Musikkapelle mit funkelnden Instrumenten. Sie waren so weit entfernt, daß man nicht sicher war, ob man die Musik auch wirklich hörte, aber auch wieder so nah, daß man fast ihre Gesichter erkennen konnte, und sie alle beugten sich so tief zu ihm herab, daß sie ihn fassen und auf den Arm heben konnten. Komm herzu und bring mich heim.

Gegen Ende des Liedes sangen die Eltern ein wenig langsamer, so als widerstrebe es ihnen, den letzten Ton zu erreichen, und danach sprachen sie kein Wort, und eine Minute später faßten sie sich über das Kind hinweg bei der Hand, und nun wurde alles noch stiller, so daß alle Geräusche der nächtlichen Stadt in dieser Stille wieder aufklangen, Zikaden, Grillen, Schritte, Pferdehufe, verklingende Stimmen, das Rattern einer Rangierlokomotive, und ein Weilchen später, während sie alle zum Himmel hinaufblickten, sagte sein Vater mit einer sonderbar fernen, seufzenden Stimme «Also...», und kurz darauf antwortete seine Mutter mit einer stillen und sonderbar glücklichen Traurigkeit «Ja...», und dann warteten sie und sagten nichts mehr, und dann hob sein Vater ihn auf den Arm und seine Mutter faltete die Decke zusammen und sie gingen ins Haus und er wurde zu Bett gebracht.

Er reichte ihr genau bis zur Hüfte; bei seinem Vater reichte er nicht bis dorthin.

Sie trug Kleider, sein Vater trug Hosen. Hosen trug auch er, aber seine waren kurz und weich. Die seines Vaters waren hart und rauh und endeten oberhalb seiner Schuhe. Die Kleider seiner Mutter waren so weich wie seine Anzüge.

Sein Vater trug auch harte Röcke und einen harten Zelluloidkragen und manchmal auch eine Weste mit harten Knöp-

fen. Meistens waren die Sachen, die er trug, kratzig, abgesehen von den gestreiften Hemden und den Hemden mit kleinen Pünktchen oder Sternchen darauf. Aber nicht so kratzig wie seine Wangen.

Seine Wangen waren gleichzeitig warm und kühl, und sie kratzten sogar dann noch ein bißchen, wenn er sich eben erst rasiert hatte. Es kitzelte ihn immer an der Wange und noch mehr im Nacken, und manchmal tat es sogar ein bißchen weh, aber es machte ihm trotzdem immer Vergnügen, weil der Vater so stark war.

Er roch nach trockenem Gras, Leder und Tabak, und manchmal ging auch noch ein anderer Geruch von ihm aus, der einem das Gefühl einer kraftvollen Energie und einer wilden Heiterkeit vermittelte, aber auch eine Vorahnung, daß irgend etwas schiefgehen könnte. Er wußte, was das für ein Geruch war, denn er hatte gehört, wie die Eltern darüber geredet hatten. Whisky.

Eine Zeitlang hatte der Vater einen großen Schnurrbart getragen, und dann hatte er ihn wieder abrasiert, und seine Mutter hatte gesagt: «O Jay, jetzt siehst du tausendmal hübscher aus! Du hast so einen hübschen Mund, es ist eine Schande, ihn zu verstecken!» Einige Zeit später hatte der Vater sich den Schnurrbart wieder wachsen lassen. Er ließ ihn viel älter, größer und kräftiger erscheinen, und wenn der Vater die Stirn runzelte, verzog sich auch der Schnurrbart, und es sah wirklich zum Fürchten aus. Dann rasierte er ihn wieder ab, und die Mutter freute sich wieder, und von da an ließ er ihn nicht wieder wachsen.

Die Mutter nannte diesen Schnurrbart einen Mustasch. Der Vater sagte auch Mustasch und manchmal Muschtasch, aber dann machte er einen Scherz und sprach wie ein Neger. Er sprach gern so wie die Neger, und seine Art zu singen klang auch ein bißchen so, wie die Neger singen, nur meinte er es nicht scherzhaft, wenn er sang.

Sein Nacken war dunkelbraun und tiefe Furchen liefen kreuz und quer darüber hin.

Seine Hände waren so groß, daß er damit das Kind vom Kinn bis zum Gürtel verdecken konnte. Auf dem Handrücken zogen sich unter der Haut dicke blaue Stränge hin. Adern waren das. Schwarze Haare sogar auf der Oberseite seiner Finger und ganze Haarbüschel an den Handgelenken, auf seinen Armen dicke Adern, wie Stricke.

Seit einiger Zeit schon kam seine Mutter ihm verändert vor. Wenn sie mit ihm sprach, war es, als denke sie angelegentlich an etwas ganz anderes und müsse sich fast anstrengen, um ihm gegenüber freundlich und aufmerksam zu sein. Und er hatte den Eindruck, als sei das, was ihr da durch den Kopf ging, äußerst wichtig. Manchmal sah sie ihn auf eine Art an, daß er glauben mußte, sie finde irgend etwas sehr komisch. Er wußte nicht, wie er sie fragen sollte, was sie so komisch finde, und wenn er sie ansah und überlegte, was es wohl sein könne, und sie sein ratloses Staunen bemerkte, lächelte sie noch verschmitzter denn je, und einmal, als sie ganz besonders belustigt dreinsah und er ganz besonders erstaunt, wurde ihr Lächeln auf einmal unsicher. Sie brach in lautes Lachen aus, nahm rasch sein Gesicht zwischen ihre beiden Hände und rief: «Ich lache nicht über dich, Schätzchen!», und da hatte er zum erstenmal das Gefühl, daß sie es vielleicht doch tat.

Es gab aber auch andere Stunden, in denen sie fast kein Interesse an ihm zu nehmen schien und nur etwas für ihn tat, weil es nun einmal getan werden mußte. Er fühlte sich enttäuscht und vereinsamt und beobachtete sie sorgenvoll. Er bemerkte, daß auch das Verhalten seines Vaters zu ihr sich ein wenig geändert hatte: er behandelte sie, als sei sie etwas sehr Kostbares, und schien, wenn er mit ihr sprach, den Ton seiner Stimme bewußt zu kontrollieren. Manchmal kam Oma am Vormittag, und wenn er gerade im Zimmer war, wurde er für ein Weilchen hinausgeschickt. Oma hörte nicht sehr gut und hatte immer ein schwarzes Hörrohr bei sich, das an dem Ende, an dem sie es ins Ohr steckte, etwas klebrig war und säuerlich roch. Aber so eifrig er auch an der Tür horchte, er konnte kaum etwas verstehen, und auch dieses wenige half ihm nicht weiter. Da waren sonderbare Worte, die mit einem sonderbaren scheuen Zögern ausgesprochen wurden, Worte wie «Schwangerschaft» oder «Kindesbewegungen» oder «Niederkunft». Andere Wörter hingegen, die ihm ebenso unverständlich erschienen, wie «Windeln», «Augenschälchen» oder «Nabelbinde» waren den beiden da drinnen offenbar nicht so unheimlich. Auch Oma behandelte ihn so, als ginge irgend etwas Sonderbares vor sich, aber was es auch sein mochte, es war bestimmt nichts Gefährliches, denn sie war immer sehr fröhlich, wenn sie mit ihm sprach. Sein Vater und sein Onkel Andrew und Opa waren so zu ihm wie immer, aber es kam ihm vor, als wäre Onkel Andrew seiner Mutter gegenüber seltsam befangen. Und Tante Hannah war genau wie sonst, nur daß sie seiner Mutter jetzt mehr Aufmerksamkeit widmete. Tante Amelia betrachtete seine Mutter oft nachdenklich, wenn sie meinte, daß niemand es merkte, und einmal, als er sie ansah, während sie die Mutter beobachtete, wurde sie rot und wandte schnell den Kopf ab.

Überhaupt schienen alle seine Mutter mit schlecht verborgener Neugier anzusehen oder sich auch besondere Mühe zu geben, sie überhaupt nicht anzusehen und ihr höchstens sehr gerade und fröhlich in die Augen zu blicken. Denn sie war so angeschwollen wie eine dickbauchige Vase, und in ihrem Gesicht und ihrer Stimme lag eine seltsame schlaffe Helligkeit. Er hatte das deutliche Gefühl, daß er eigentlich nicht fragen durfte, was mit ihr geschehen war. Schließlich fragte er seinen Onkel Andrew: «Onkel Andrew, warum ist Mama so dick?», und sein Onkel antwortete: «Wieso? Weißt du das nicht?», aber gleich darauf lief er aus dem Zimmer und machte dabei ein so ärgerliches oder erschrockenes Gesicht, daß Rufus Angst bekam.

Am nächsten Tag erzählte seine Mutter ihm, daß ihm eine wunderbare Überraschung bevorstünde. Als er fragte, was für eine Überraschung das sei, sagte sie, es sei so etwas wie ein

Weihnachtsgeschenk, nur viel, viel schöner. Und als er fragte, was er denn bekommen solle, sagte sie, es sei nicht ein Geschenk, das allein für ihn gedacht sei, und er könne es nicht besitzen oder behalten, sondern es sei etwas für alle, aber besonders für ihn und seine Eltern. Und als er sie noch einmal fragte, was es denn sei, sagte sie, wenn sie es ihm jetzt erzählte, würde es doch keine Überraschung mehr sein, nicht wahr? Als er meinte, daß er es trotzdem wissen wolle, sagte sie, sie würde es ihm schon erzählen, nur sei es für ihn so schwierig, es sich vorzustellen, bevor es da war, und daher hielte sie es für richtiger, wenn er es zunächst einmal sehen würde. Als er sie fragte, wann die Überraschung denn kommen werde, sagte sie, genau wisse sie das nicht, aber bestimmt sehr bald, in ein, zwei Wochen oder vielleicht sogar noch früher. Und sie versprach ihm, daß er es sofort zu erfahren bekäme, wenn die Überraschung da sei.

Er brannte vor Neugier. Am vorigen Weihnachten war er noch zu klein gewesen und gar nicht auf die Idee gekommen, nach versteckten Geschenken herumzustöbern, aber jetzt suchte er in allen Ecken und Winkeln, bis seine Mutter bemerkte, warum er das tat, und ihm sagte, es habe keinen Sinn, nach der Überraschung zu suchen, denn sie würde erst dann, wenn sie komme, wirklich im Haus sein. Er fragte, wo sie denn jetzt sei, und hörte seinen Vater plötzlich auflachen. Seine Mutter machte ein erschrockenes Gesicht und rief «Jay!», und dann sagte sie schnell zu ihm: «Im Himmel; jetzt noch oben im Himmel.»

Er warf einen raschen, fragenden Blick auf seinen Vater; aber der schien verlegen und sah ihn nicht an. Er hatte schon vom Himmel gehört, denn dort wohnte doch der liebe Gott, aber das war auch alles, was er darüber wußte, und die Antwort der Mutter befriedigte ihn nicht. Aber trotzdem hatte er wieder das Gefühl, als sei es nicht richtig, noch weiter zu fragen.

«Warum erzählst du es ihm denn nicht, Mary?» sagte sein Vater.

«O Jay», erwiderte sie erschrocken, und dann flüsterte sie ihm zu: «Sprich doch nicht vor ihm darüber!»

«Verzeihung», sagte auch er ganz leise – ein Wispern, das durch die Stille tröpfelte. «Aber was soll das? Warum wollen wir es nicht gleich hinter uns bringen?»

Sie entschied, daß es wohl am besten sei, offen zu sprechen. «Du weißt doch, Jay, daß ich Rufus von der Überraschung erzählt habe, die bald kommen soll. Ich habe ihm auch gesagt, daß ich ihm gern alles erklären würde, daß es aber sehr schwierig für ihn sein würde, sich das richtig vorzustellen, und daß es eine wunderschöne Überraschung für ihn sein würde, wenn er sie zum erstenmal zu sehen bekäme. Und außerdem habe ich das Gefühl, daß er vielleicht Vergleiche... ich meine, daß er seine Schlüsse ziehen könnte.»

«Sicher wird er das tun, das macht er auf jeden Fall», sagte sein Vater.

«Aber Jay, was soll das? Es hat doch keinen Sinn, jetzt seine Aufmerksamkeit auf diese Dinge zu lenken? Oder was meinst du, Jay?»

Sie schien wirklich aufgeregt, und er konnte gar nicht verstehen, warum.

«Du hast recht, Mary, aber nun reg dich nicht weiter auf. Es war falsch von mir, ganz sicher.» Und er stand auf, trat auf sie zu, nahm sie in die Arme und klopfte ihr auf den Rücken.

«Ich benehme mich wahrscheinlich ganz dumm», sagte sie.

«Aber nein, kein bißchen. Und außerdem, wenn du dumm warst, dann war ich es auch. Mich hat nur diese Sache mit dem Himmel aus der Fassung gebracht, das war alles.»

«Ja, aber was würdest du ihm denn sagen?»

«Ich, verfl... ich weiß es auch nicht, mein Schatz, und es ist wohl auch am besten, ich halte den Mund.»

Sie zog die Stirn kraus, lächelte, gab ein leises, schnaufendes Lachen von sich und schüttelte heftig den Kopf – alles zugleich.

Und dann erschien plötzlich eines Tages die dickste Frau, die er je gesehen hatte, eine Frau mit tiefschwarzer, glänzen-

der Haut, wunderbar weiß angezogen, einer blitzenden goldgeränderten Brille und einem Lächeln, so herzhaft wie das von Tante Hannah, im Haus, umarmte seine Mutter, beugte sich dann zu ihm herunter und rief laut und entzückt: «Mein Gott, Kind, wie groß mein Baby geworden ist!» Für einen Augenblick glaubte er, dies müsse die Überraschung sein, und blickte, nachdem er die stürmischen Umarmungen überstanden hatte, fragend auf seine Mutter, und seine Mutter sagte: «Victoria. Victoria, Rufus!», und Victoria rief: «Aber was denn, der kleine Schatz, wie soll er sich denn noch an mich erinnern können!», und plötzlich, als er in die breiten, leuchtenden Flächen ihres lächelnden Gesichts blickte und auf die goldgefaßte Brille, die so lustig wie eine Libelle auf Victorias Nase saß, war ihm, als erinnere er sich doch an etwas, ein goldenes Glitzern, eine warme, herzliche Bewegung, und ehe er sich's überlegte, hatte er die Arme um ihren Hals geschlungen, und sie schrie in freudigem Staunen auf: «Ja, Gott segne dich, Kind, mein Kindchen», und dann hielt sie ihn von sich ab, und ihr Gesicht war das glücklichste, das er je gesehen hatte. «Ich glaube, du erinnerst dich wirklich!» rief sie. «Ja, ich schwöre, du tust es! Ja?» Sie schüttelte ihn in ihrem Glück. «Erinnerst du dich an deine alte Victoria?» Sie schüttelte ihn wieder. «Tust du das, mein Süßer?» Und als er schließlich begriff, daß er etwas gefragt wurde, nickte er schüchtern, und wieder schloß sie ihn in ihre Arme. Sie roch so gut, daß er am liebsten den Kopf an ihre Brust gelehnt hätte und auf der Stelle eingeschlafen wäre. «Mama», sagte er später, als Victoria zum Einkaufen gegangen war, «Victoria riecht schrecklich gut.»

«Pssst, Rufus!» sagte seine Mutter. «Nun hör einmal genau zu. Willst du das tun? Sag ja.»

«Ja.»

«Also paß auf. Du mußt dich sehr in acht nehmen und darfst nie etwas darüber sagen, wie Victoria riecht, wenn sie dich hören kann. Willst du immer daran denken? Sag ja.»

«Ja.»

«Denn wenn du es auch schön findest, wie sie riecht, könn-

test du sie doch schrecklich verletzen, wenn du so etwas sagtest. Und du willst doch die gute alte Victoria nicht verletzen, das weiß ich. Oder willst du das, Rufus?»

«Nein.»

«Denn Victoria ist – sie ist farbig, Rufus. Und deshalb ist ihre Haut so dunkel, und die Farbigen sind sehr empfindlich, wenn man etwas über ihren Geruch sagt. Du weißt doch, was empfindlich ist, ja?»

Er nickte vorsichtig.

«Es bedeutet, daß es Dinge gibt, die einem sehr weh tun können, Dinge, für die man nichts kann, aber sie tun einem so weh, daß man weinen möchte. Und die netten farbigen Leute sind sehr traurig, wenn sie etwas darüber hören, wie sie riechen. Deshalb mußt du sehr vorsichtig sein. Willst du das? Sag ja.»

«Ja.»

«So, und nun sag mir, womit du vorsichtig sein mußt, Rufus.»

«Ich soll Victoria nicht sagen, wie sie riecht.»

«Und überhaupt nicht darüber sprechen, wenn sie es hören kann.»

«Und überhaupt nicht darüber sprechen, wenn sie es hören kann.»

«Warum nicht?»

«Weil sie sonst vielleicht weint.»

«So ist's recht. Und, Rufus, Victoria ist ganz, ganz sauber. Blitzsauber.»

Blitzsauber.

Victoria erlaubte nicht, daß seine Mutter das Essen fertigmachte, und nachdem sie gegessen hatte, packte sie ganz allein ein paar von seinen Sachen in einen kleinen Koffer, aber bei jedem Stück, das sie aus der Wäschekommode nahm, fragte sie erst seine Mutter. Dann badete Victoria ihn zu seinem höchsten Erstaunen und zog ihn von Kopf bis Fuß frisch an, und als er fertig war, rief seine Mutter ihn zu sich und sagte ihm, Victoria werde ihn jetzt wegbringen, weil er für ein paar

Tage zu Besuch bei Opa und Oma und Onkel Andrew und Tante Amelia bleiben werde, und er müsse ein ganz braver Junge sein und sich sehr, sehr in acht nehmen, um das Bett nicht naß zu machen, denn wenn er wiederkommen werde, sehr bald schon, in ein paar Tagen nur, werde die Überraschung da sein und er werde wissen, was es sei. Er sagte, wenn die Überraschung so bald käme, würde er lieber dableiben und sie sehen, und sie erwiderte, daß er gerade darum zu Oma gehen solle, damit die Überraschung von selbst kommen könne. Er fragte, warum sie denn nicht kommen könne, wenn er da sei, und sie erklärte ihm, daß er sie vielleicht verscheuchen könnte, weil sie noch ganz winzig klein und sehr ängstlich sein werde. Wenn er also wirklich wolle, daß die Überraschung käme, könne er am besten dadurch mithelfen, daß er ein braver Junge sei und jetzt gleich zu Oma ginge. Victoria werde kommen und ihn nach Hause holen, sobald die Überraschung fertig und für ihn da sei. «Nicht wahr, Victoria, das wirst du doch tun?» Und Victoria, die sich während dieser Unterhaltung ungeheuer über irgend etwas zu amüsieren schien und ein kleines Gegacker verschluckten Lachens von sich gab und immer, wenn er sprach, murmelte: «Das kleine Herzchen!», sagte jetzt, daß sie das ganz bestimmt tun werde.

«Und sag deine Gebete», ermahnte seine Mutter ihn und sah ihn plötzlich so liebevoll an, daß er völlig verwirrt war. «Du bist doch jetzt ein großer Junge und kannst sie allein sagen, nicht wahr?» Er nickte. Sie faßte ihn bei den Schultern und sah ihn so aufmerksam an, als wolle sie eine Nadel einfädeln. Und während sie ihn so ansah, kam ein Staunen und eine Art von Angst in ihr Gesicht. Es begann zu leuchten; sie lächelte; ihr Mund zuckte und zitterte. Sie zog ihn dicht an sich heran, und ihre Wange war feucht. «Gott segne meinen lieben kleinen Jungen», flüsterte sie, «für immer und allezeit! Amen», und dann hielt sie ihn wieder von sich ab, und ihr Gesicht sah aus, als bewege sie sich mit ungeheurer Geschwindigkeit durch den Raum. «Auf Wiedersehen, mein Liebling, auf Wiedersehen!»

«Und jetzt hältst du dich an meiner Hand fest», sagte Victoria zu ihm, und die Sonne ließ ihre Brillengläser aufblitzen, während sie vom Bordstein aus nach beiden Seiten ausblickte. Mit gebogenem Hals und zierlichem Tritt zog ein hellbraunes Pferd einen Einspänner flott, aber würdevoll vorüber, in den ausgewaschenen schwarzen Radspeichen glitzerte Sonnenlicht. Weit drunten im Sonnenlicht summte eine gelbe Straßenbahn wie eine Hummel. Die Bäume bewegten sich. Sie warteten nicht.

«Victoria», begann er.

«Warte, Kind», sagte Victoria und atmete heftig. «Warte, bis wir sicher drüben sind. – Also was ist, Schätzchen?» fragte sie dann, als sie die andere Straßenseite erreicht hatten.

«Warum ist deine Haut so dunkel?»

Er sah, wie ihre hellen braunen Augen sich durch die kleinen Brillengläser in ihn senkten, und er fühlte eine seltsame Ahnung von Anspannung oder Gefahr. Er wußte, daß irgend etwas nicht in Ordnung war. Sie antwortete ihm nicht sofort, sondern blickte scharf auf ihn herab. Dann verschwand der sonderbare Zug aus ihrem Gesicht, und sie sah von ihm weg und bog ihre Finger wieder, daß sie seine Hand faßten. Ihr Gesicht sah sehr fern und entschlossen aus. «Eben weil, Kind», sagte sie mit einer ernsten und freundlichen Stimme. «Eben weil dies die Art war, in der Gott mich geschaffen hat.»

«Und bist du deshalb farbig, Victoria?»

Er spürte eine Veränderung in ihrer Hand, als er das Wort «Farbig» aussprach. Wieder antwortete sie nicht sofort und sah ihn auch nicht an. «Ja», sagte sie schließlich, «deshalb bin ich farbig.»

Er fühlte sich tieftraurig, während sie weitergingen, aber er wußte nicht, warum. Sie schien weiter nichts sagen zu wollen, und er hatte das Gefühl, daß es auch für ihn nicht richtig sei, noch etwas zu sagen. Er beobachtete ihr breites, trauriges Gesicht unter dem grellbunten Hut, aber sie schien gar nicht zu wissen, daß er sie beobachtete oder daß er überhaupt da war. Dann aber fühlte er den Druck ihrer Hand, und er preßte ihre Hand ganz fest, und er fühlte, daß das, was vorher nicht recht gewesen, nun wieder in Ordnung war.

Nach einer kleinen Weile sagte Victoria: «Kind, ich möchte dir etwas erzählen.» Er wartete, sie gingen weiter. «Victoria nimmt dir nichts übel, denn sie kennt dich. Sie weiß, daß du zu niemandem etwas Häßliches sagen würdest, nicht um die Welt. Aber es gibt eine Menge andere Farbige, die dich nicht kennen, mein Süßer. Und, weißt du, wenn du etwas über ihre Haut sagst, über ihre Farbe, dann könnten sie denken, daß du häßlich zu ihnen sein willst. Sie sind dann ganz schrecklich traurig, und vielleicht werden sie auch wütend auf dich, während Victoria doch weiß, daß du es gar nicht böse gemeint hast; aber die anderen kennen dich eben nicht so, wie Victoria dich kennt. Verstehst du das, Kind?» Er schaute ernst zu ihr auf. «Du darfst nie etwas über die Haut oder über die Farbe der Menschen sagen, wenn ein Farbiger dich hören kann. Denn die Farbigen glauben dann, du wolltest etwas Häßliches über sie sagen. Und deshalb mußt du vorsichtig sein.» Und wieder drückte sie seine Hand.

Während sie weitergingen, dachte er über Victoria nach, und wünschte, daß sie glücklich sein sollte, und fühlte, daß sie jetzt seinetwegen nicht glücklich war. «Victoria», begann er.

«Was hast du, mein Süßer?»

«Ich wollte nicht häßlich zu dir sein.»

Sie blieb abrupt stehen. Ächzend kauerte sie sich mitten auf dem Bürgersteig nieder, so daß ein Mann, der gerade vorbeikam, schnell zur Seite wich und kalt und ärgerlich auf sie herabblickte. Sie legte beide Hände auf seine Schultern, und ihr breites, freundliches Gesicht und ihr guter Geruch kamen ihm ganz nahe. «Gott segne dich, mein kleiner Schatz! Victoria weiß, daß du das nicht gewollt hast! Victoria weiß, daß du der beste kleine Junge auf der ganzen Welt bist! Sie mußte dir das doch nur sagen, verstehst du? Denn die farbigen Menschen haben es schwer auf dieser Welt, und Victoria weiß, daß du sie nicht traurig machen willst und daß du ihnen auch nicht aus Versehen weh tun willst.»

«Ich wollte dich nicht traurig machen.»

«Aber nein, mein Herzchen. Ich bin auch gar nicht traurig, nicht ein bißchen. Du machst mich glücklich, und auch deine Mama macht mich glücklich, und es gibt nichts auf der Welt, was ich nicht für euch beide tun würde, und das weißt du auch. Nicht wahr, das weißt du», sagte sie noch einmal, und sie wiegte ihren Kopf hin und her und tätschelte seine Schultern. «Ich habe dich schrecklich vermißt, mein Süßer», sagte sie dann, aber er hatte dabei das Gefühl, daß sie eigentlich gar nicht zu ihm sprach. «Ich könnte dich kaum mehr lieben, wenn du mein eigenes Kindchen wärst.» Ein Schweigen öffnete sich rings um sie, und er hatte darin zugleich die Empfindung eines großen tröstlichen Friedens, und diese ganze Unendlichkeit war ausgefüllt von den vagen Umrissen ihres Gesichts und von dem wogenden Schimmer der Blätter. «So, und jetzt wollen wir weitergehen», sagte sie, richtete sich ächzend auf und strich die gestärkte Spitze an ihrer Schürze glatt. «Wir dürfen doch deine Oma nicht warten lassen.»

Und da war der staubige Efeu an der Mauer, der kleine Glaserker an der Vorderfront, und auf der Veranda waren Tante Amelia und seine Oma. Er sah seine Tante Amelia winken, als sie noch auf der anderen Straßenseite standen, und Victoria winkte fröhlich zurück, kicherte und krächzte: «Hallo!», und er winkte auch. Und Amelia beugte sich zu seiner Großmutter, die aufgeregt herumsuchte und dann ihr kleines Höhrrohr hochreckte, und Amelia beugte sich noch näher zu ihr und dann wandten sich beide um und schauten herüber, und Oma stand auf, und er konnte ihr helles «Hallo» hören, und da waren sie schon bei der Treppe angelangt, und Oma kam vorsichtig die Stufen der Veranda herab, und sie begegneten sich auf dem mit Ziegeln gepflasterten Weg im Schatten der Magnolie, während Tante Amelia lächelnd hinter ihrer Mutter herkam. Und bald darauf ging Victoria fort; sie verschwand ein paar Blöcke straßaufwärts um eine Ecke, stattlich und gemächlich wie ein Segelboot.

2. Teil

8. Kapitel

Ein paar Minuten vor zehn klingelte das Telefon. Mary beeilte sich, es zum Schweigen zu bringen. «Hallo?»

Es war eine Männerstimme, zerhackt und undeutlich, eine bäuerliche Stimme. Sie fragte etwas, aber Mary konnte es nicht recht verstehen.

«Hallo?» sagte sie noch einmal. «Würden Sie bitte etwas lauter sprechen? Ich kann nichts verstehen... Ich sagte, ich kann nichts verstehen! Würden Sie bitte etwas lauter sprechen? Ja, danke.»

Und nun, während sie angespannt und ungeduldig lauschte, konnte sie verstehen, obwohl die Stimme noch immer aus einer großen Entfernung zu kommen schien.

«Ist dort Mrs. Jay Follet?»

«Ja. Was wünschen Sie?» (Denn jetzt war es still in der Leitung.) «Ja, ich bin am Apparat.»

Nach einer weiteren Pause sagte die Stimme: «Es handelt sich um einen – Ihr Mann hat einen Unfall gehabt.»

Sein Kopf! dachte sie sofort.

«Ja», sagte sie leise und verzagt.

Im selben Augenblick sprach die Stimme weiter: «Einen schweren Unfall.»

«Ja», sagte Mary, nun etwas deutlicher.

«Was ich Sie fragen wollte, ist vielleicht ein Mann da, irgendein Verwandter, der herkommen könnte? Es wäre gut, wenn Sie gleich einen Mann hierherschicken könnten.»

«Ja, ja, mein Bruder. Wohin soll er kommen?»

«Ich bin hier in Powell Station, in Brannicks Eisenwarenladen, etwa 12 Meilen weit auf der Ball Camp-Chaussee.»

«Brannicks Eisen-»

«B-r-a-n-n-i-c-k. Es ist auf der linken Seite, genau da, wo ein kleiner Weg auf die Chaussee mündet, auf der Seite von Bell's Bridge.» Sie hörte Murmeln und dann eine andere Stimme. «Sagen Sie ihm, er kann's nicht verfehlen. Wir lassen das Licht an und stellen 'ne Laterne vors Haus.»

«Haben Sie einen Arzt da?»

«Wie meinen Sie, Madam?»

«Einen Arzt, haben Sie einen Arzt da? Soll ich einen Arzt hinschicken?»

«Das ist schon in Ordnung, Madam. Schicken Sie nur einen Mann, einen Verwandten.»

«Er wird sofort hinkommen, so schnell er kann.» Walters Auto, dachte sie. «Vielen Dank für Ihren Anruf.»

«Schon gut, Madam. Und tut mir leid, daß ich Ihnen so eine schlechte Nachricht geben mußte.»

«Gute Nacht.»

«Auf Wiedersehen, Madam.»

Sie bemerkte, daß sie kaum noch stand, sondern fast am Telefon hing. Sie machte ihre Knie steif, lehnte sich gegen die Wand und wählte die Nummer.

«Andrew?»

«Mary?»

Sie tat einen tiefen Atemzug.

«Mary?»

Sie schöpfte noch einmal tief Atem; ihr war, als sei ihre Lunge nicht groß genug.

«Mary?»

Taumelig, ein graues Gewölk vor den Augen, versuchte sie ihre zitternde Stimme zu beherrschen. «Andrew», sagte sie, «da war ein – ein Mann hat eben angerufen, von Powell Station, etwa 12 Meilen weit auf der Strecke nach LaFolette, und er sagt – er sagt, Jay – hat einen sehr schweren Unfall gehabt. Er möchte...»

«Mein Gott, Mary!»

«Er sagt, ein Verwandter soll so schnell wie möglich hinkommen, um – ja, wahrscheinlich damit er hilft, ihn herzutransportieren.»

«Ich rufe Walter an, damit er mich hinfährt.»

«Ach ja, Andrew, willst du das tun?»

«Selbstverständlich. Nur einen Augenblick.»

«Was?»

«Tante Hannah.»

«Kann ich nicht mit ihr sprechen, wenn du Walter benachrichtigt hast?»

«Natürlich. Wo ist er verletzt, Mary?»

«Das hat der Mann nicht gesagt.»

«Ja, hast du denn nicht – schon gut.»

«Nein, ich habe nicht», sagte sie und stellte im selben Augenblick überrascht fest, daß sie nicht gefragt hatte. «Wahrscheinlich, weil ich so sicher war. So sicher, daß es sein Kopf ist.»

«Haben sie – soll ich Dr. Dekalb mitnehmen?»

«Er sagt, nein; nur du sollst kommen.»

«Wahrscheinlich ist schon ein Arzt dort.»

«Ja, wahrscheinlich.»

«Ich rufe jetzt Wa – einen Moment, hier ist Tante Hannah.»

«Mary?»

«Tante Hannah, Jay hat einen schweren Unfall gehabt. Andrew muß hinfahren. Würdest du wohl herüberkommen und mit mir warten und alles vorbereiten? Ich meine für den Fall, daß er nach Hause gebracht werden kann und nicht ins Krankenhaus muß.»

«Aber natürlich, Mary. Selbstverständlich komme ich.»

«Und sag bitte Papa und Mama, sie sollen sich nicht die Mühe machen und auch herkommen, und grüß sie von mir.

Wir dürfen uns nicht aufregen. Wir müssen versuchen, ruhig zu bleiben, bis wir Näheres wissen.»

«Natürlich müssen wir das. Ich komme sofort zu dir.»

«Danke, Tante Hannah.»

Sie ging in die Küche, machte Feuer im Herd und setzte einen großen Wasserkessel und noch einen kleinen für Teewasser auf. Das Telefon klingelte.

«Mary! Wohin muß ich denn fahren?»

«Nach Powell Station, auf der Landstraße nach...»

«Ja, das weiß ich, aber wo ist es genau? Hat er das nicht gesagt?»

«Er sagte, in Brannicks Eisenwarenladen. B-r-a-n-n-i-c-k. Hast du verstanden?»

«Ja, Brannick.»

«Er sagte, sie wollten das Licht brennen lassen und du könntest es gar nicht verfehlen. Es ist auf der linken Seite, auf der Seite von Bell's Bridge. Da, wo ein kleiner Weg einmündet.»

«Gut, Mary. Walter wird gleich hier sein, und dann nehmen wir Tante Hannah mit und bringen sie zu dir.»

«Ja, ist gut. Danke, Andrew.»

Sie legte mehr Holz nach und ging dann schnell in das untere Schlafzimmer. Woher soll ich es wissen, dachte sie; er hat es nicht einmal gesagt; ich habe nicht einmal gefragt. So wie er geredet hat, könnte er – sie nahm die Zierdecke vom Bett, faltete sie zusammen und strich das Polster glatt. Ich darf einfach nicht darüber nachdenken, bis ich mehr weiß, sagte sie sich. Sie eilte zum Wäscheschrank und nahm frische Betttücher und Kissenbezüge heraus. Er hat nicht gesagt, ob sie einen Arzt dagehabt haben oder nicht. Sie breitete ein Bettuch aus, steckte es unter das Fußende der Matratze, strich es glatt und steckte es von allen Seiten unter die Matratze. Dann strich sie mit der Handfläche darüber; das Tuch war kühl und glatt unter ihren Händen, und die Berührung gab ihr Hoffnung. O mein Gott, laß ihn in einem Zustand sein, daß er zu Hause liegen darf, hier, wo ich ihn pflegen kann, wo ich ihn gut pflegen kann! Er soll es gut haben und ausruhen. Das ist schon in Ordnung, Madam. Schicken Sie nur einen Mann, einen Verwandten. Sie faltete das obere Leintuch auseinander. Schon in Ordnung, Madam. Das kann alles bedeuten. Das kann bedeuten, daß ein Doktor da ist und daß dieser, obgleich es ein schwerer Unfall war, alles Nötige veranlaßt und für alles gesorgt hat, daß er gar nicht so entsetzlich ist, obgleich er gesagt hat, daß es ein schwerer Unfall war, oder es kann auch... Eine leichte Decke, in dieser Jahreszeit. Zwei, falls es kühler werden sollte. Sie lief hin und holte die Decken, ohne daran zu denken, daß sie keinen Lärm machen durfte, damit die Kinder nicht aufwachten, und ohne zu wissen, daß sie sich bei aller Hast doch, dem Zwang der Gewohnheit folgend, fast lautlos bewegte. Nur irgendein Verwandter. Das bedeutet, daß es ernst ist, sonst hätte er gesagt, ich soll kommen. Nein, ich muß ja bei den Kindern bleiben. Aber *er* weiß ja nicht, daß wir Kinder haben. Mein Platz ist auf jeden Fall hier zu Hause, damit ich alles vorbereiten kann, das weiß er. Er hat nichts davon gesagt, daß ich irgend etwas vorbereiten soll. Er weiß, daß ich von selber daran denke. Er ist ein Mann, daran denkt er gar nicht. Sie nahm zwei Zipfel eines Kissens zwischen die Zähne, streifte den Bezug darüber, schüttelte es auf und legte es an seinen Platz. Sie nahm die Zipfel des zweiten Kissens zwischen die Zähne und biß so fest darauf, daß ihre Zahnwurzeln schmerzten, streifte den Bezug darüber und schüttelte es auf. Dann stellte sie das erste Kissen auf die Kante, lehnte das zweite Kissen dagegen, klopfte sie beide noch einmal, strich sie glatt, trat dann ein paar Schritte zurück und musterte sie mit schiefgelegtem Kopf, und für einen Augenblick sah sie ihn im Bett sitzen mit einem Tablett auf den Knien, so wie er dagesessen hatte, als er sich den Rücken verstaucht hatte, und er sah sie an, fast mit einem Lächeln, und sie konnte seine Stimme hören, aus Spaß knurrig und brummig. Wenn es sein Kopf ist, erinnerte sie sich, muß er vielleicht ganz flach liegen.

Wie soll ich es wissen? Wie soll ich es wissen?

Sie ließ die Kissen, wo sie waren, schlug die Decke mit dem

Oberlaken zur Fensterseite hin zurück und strich sie glatt. Sorgsam faltete sie die zweite Decke wieder zusammen und legte sie auf das Fußende des Betts. Nein, so würde sie seine armen Füße belasten. Sie hängte sie über den Rahmen des Bettgestells. Dann stand sie da und betrachtete das ordentlich zurechtgemachte Bett, und für einige Sekunden wußte sie nicht mehr, wo sie war und warum sie dies tat. Dann fiel es ihr wieder ein und sie sagte «Oh», ganz leise und erstaunt. Sie öffnete den oberen und den unteren Fensterflügel, und als die Gardinen sich aufbauschten, band sie sie fester zurück. Sie ging zum Dielenschrank und holte die Bettpfanne, spülte sie aus, rieb sie trocken und stellte sie unter das Bett. Sie ging zum Medizinschränkchen und nahm das Thermometer heraus, schüttelte es, wusch es in kaltem Wasser, trocknete es ab und stellte es in einem Wasserglas auf den Nachttisch. Sie bemerkte, daß das Handtuch, das über seinem Tisch lag, angestaubt war. Sie nahm es weg, warf es in den Korb für die schmutzige Wäsche und ersetzte es durch ein frisches. Dann nahm sie auch dieses wieder weg und legte statt dessen ein Gästehandtuch aus feinem Leinen hin, dessen Rand mit Stiefmütterchen und Veilchen bestickt war. Sie sah, daß das vordere Kissen ein wenig zusammengesunken war, und schüttelte es wieder zurecht. Sie zog den Sonnenschutz vor dem Fenster herunter. Sie drehte das Licht aus, fiel dem Bett gegenüber auf die Knie und schloß die Augen. Sie berührte ihre Stirn, ihre Brust, ihre linke Schulter und ihre rechte Schulter und faltete die Hände.

«O Gott, wenn es Dein Wille ist», flüsterte sie. Mehr konnte sie nicht denken. Wieder schlug sie langsam, tief und weit das Kreuz über sich, und sie fühlte so etwas wie die Umrisse des Heiligen Kreuzes, fest und ruhig.

Dein Wille geschehe. Und wieder konnte sie nichts mehr denken. Sie erhob sich aus ihrer knienden Stellung, und ohne das Licht noch einmal anzudrehen oder noch einen Blick auf das Bett zu werfen, ging sie in die Küche. Das Teewasser war fast verkocht. Das Wasser in dem großen Kessel war eben lauwarm. Das Feuer war fast niedergebrannt. Während sie Feuerholz nachlegte, hörte sie sie draußen auf der Veranda.

Hannah kam mit ausgebreiteten Armen auf sie zu, und Mary streckte die Hände aus und faßte Hannahs Hände und küßte sie auf die Wange, und im selben Augenblick sagten sie «Mary» und «Meine Liebe». Dann nahm Hannah schnell ihren Hut ab und legte ihn auf den Kleiderständer. Andrew stand an der offenen Tür und sagte kein Wort, sondern sah ihr nur in die Augen; seine eigenen Augen waren so hart und hell wie die eines Vogels, und sie sprachen zu ihr von einer kalten und bitteren Ungläubigkeit, so als wolle er irgend etwas oder irgend jemanden (vielleicht sogar seine Schwester) anklagen, jemanden, den anzuklagen vollkommen sinnlos war. Sie spürte seine Frage: «Und du kannst immer noch an deinen blödsinnigen Gott glauben?» Walter Starr war hinten im Dunkel geblieben; Mary konnte gerade noch seine großen Brillengläser und das Dunkel seines Schnurrbarts und seiner mächtigen Schultern sehen.

«Kommen Sie doch herein, Walter», sagte sie, und ihre Stimme klang so überfreundlich, als wolle sie einem schüchternen Kind gut zureden.

«Wir können uns nicht aufhalten», sagte Andrew hart.

Walter trat ein paar Schritte vor, ergriff ihre Hand und strich freundlich über ihr Handgelenk. «Wir wollen gleich weiter», sagte er.

«Danke», murmelte Mary und drückte seine Hand so fest, daß ihr Arm zitterte.

Er faßte ihr zitterndes Handgelenk, wandte sich dann ab und sagte: «Wir fahren jetzt wohl besser, Andrew.» Dann ging er zu seinem Wagen. Sie hörte, daß er den Motor hatte laufenlassen, und nun wurde ihr mit einemmal noch klarer, wie schlimm es stand.

«Ich habe hier alles fertiggemacht, für den Fall – ja –, daß es ihm gut genug geht und er zu Hause liegen kann», sagte Mary zu Andrew.

«Gut. Ich rufe an, sowie ich Bescheid weiß. Auf jeden Fall.»

«Ja, Andrew.»

Der Ausdruck seiner Augen veränderte sich, und plötzlich streckte er die Hand aus und faßte ihre Schulter. «Mary, es tut mir so leid», sagte er fast weinend.

«Ja, Andrew», sagte sie noch einmal und fühlte, wie leer und sinnlos diese Antwort war. Aber als ihr dies bewußt wurde, stieg Andrew bereits in den Wagen. Sie stand da und sah dem Wagen nach, bis er verschwunden war, und als sie sich umwandte, um wieder ins Haus zu gehen, bemerkte sie, daß Hannah dicht hinter ihr stand.

«Wir wollen uns eine Tasse Tee machen. Das Wasser kocht schon», sagte sie über die Schulter weg, während sie rasch auf die Küche zuging.

Laß sie, dachte Hannah, die hinter ihr herkam. Soll sie tun, was sie will.

«Du lieber Gott, es ist ganz verkocht! Setz dich doch, Tante Hannah, ich stelle nur den Kessel noch einmal auf.» Sie hastete zum Ausguß.

«Laß mich doch...» begann Hannah. Aber dann besann sie sich und hoffte, daß Mary ihre Worte nicht gehört hatte.

«Was?» Sie ließ das Wasser einlaufen.

«Ich meinte, sag mir, wenn ich dir irgend etwas helfen kann.»

«Nein, danke, es ist nichts zu tun.» Sie stellte den Kessel auf den Herd. «Aber so setz dich doch!» Hannah setzte sich an den Tisch. «Es ist alles fertig, soweit ich es übersehen kann», sagte Mary. «Jedenfalls soweit wir es bisher übersehen können.» Sie setzte sich Hannah gegenüber. «Ich habe das untere Schlafzimmer zurechtgemacht –» sie deutete mit einer Bewegung in Richtung des Zimmers – «das, in dem er auch gelegen hat, als er sich den Rücken verstaucht hatte, du erinnerst dich doch.» (Natürlich erinnere ich mich, dachte Hannah, laß sie reden.) «Das ist besser als oben. Gleich bei der Küche und beim Badezimmer und keine Treppen zu steigen, und natürlich, falls es nötig sein sollte, ich meine, wenn er eine Pflegerin braucht, eine Nachtschwester, könnten wir sie im Eßzimmer unterbringen und in der Küche essen oder wir könnten ihr auch direkt in seinem Zimmer ein Feldbett aufschlagen und eine spanische Wand hinstellen. Oder wenn ihr das nicht recht ist, na ja, dann könnte sie auch auf dem Sofa im Wohnzimmer schlafen und die Zwischentür offen lassen. Meinst du nicht auch?»

«Gewiß», sagte Hannah.

«Ich dachte schon an Celia, Celia Gunn, falls sie frei ist oder falls sie zur Zeit eine Pflege hat, die sie vielleicht aufgeben könnte. Es wäre so viel netter für alle, wenn wir jemanden im Haus hätten, mit dem wir sozusagen befreundet sind, jemanden, der richtig zur Familie gehört. Das wäre doch angenehmer als eine völlig Fremde, meinst du nicht auch?»

Hannah nickte.

«Obgleich Jay sie natürlich nicht so gut kennt, sie ist eigentlich mehr eine alte Freundin von mir und nicht so sehr von Jay, aber ich meine, es wäre doch, nun ja, harmonischer. Meinst du nicht auch?»

«Ja, natürlich.»

«Aber ich glaube, es ist besser, wir warten, bis wir etwas von Andrew hören; wir sollten doch – nicht irgend etwas Sinnloses unternehmen, finde ich. Immerhin ist es durchaus möglich, daß er sofort in ein Krankenhaus gebracht werden muß. Schließlich hat der Mann gesagt, es sei ein schwerer Unfall gewesen.»

«Es ist sehr richtig von dir, wenn du abwartest», sagte Hannah.

«Was ist denn mit dem Wasser?» Mary drehte sich mit ihrem Stuhl herum und sah zum Herd. «Du lieber Himmel, dieser Kessel!» Sie stand auf, schob noch etwas Feuerholz in den Herd und holte die Teebüchse vom Regal herab. «Ich weiß gar nicht recht, ob ich wirklich Tee möchte, aber ich glaube, es ist doch ganz gut, wenn wir etwas Warmes trinken, während wir hier sitzen und warten, findest du nicht auch?»

«Ich hätte gern eine Tasse Tee», sagte Hannah, die im Grunde gar nichts wollte.

«Gut, dann gieße ich welchen auf. Sowie das Wasser kocht.» Sie setzte sich wieder hin. «Ich dachte, eine leichte Decke wird heute nacht genügen, aber ich habe noch eine zweite über das Fußende gehängt, für den Fall, daß es kalt werden sollte.»

«Das genügt sicherlich.»

«Wer weiß», meinte Mary nachdenklich und verstummte. Sie sah auf ihre Hände, die lose gefaltet auf dem Tisch lagen. Hannah machte sich plötzlich klar, daß sie Mary aufmerksam beobachtete. Beschämt wandte sie ihre traurigen Augen ein wenig von ihr ab. Sie überlegte. Wahrscheinlich war es besser für sie, daß sie den Tatsachen nicht ins Gesicht sah, wenn sie es bis zum letzten Augenblick vermeiden konnte. Falls es überhaupt sein mußte. Ruhig bleiben, ermahnte sie sich selber. Nur ruhig bleiben.

«Weißt du», begann Mary langsam, «was sonderbar ist?» Sie begann langsam ihre gefalteten Finger zu drehen und gegeneinander zu reiben. Hannah wartete. «Als der Mann anrief», fuhr sie fort, indem sie fest auf ihre sich bewegenden Finger blickte, «und als er sagte, Jay hätte einen – einen schweren Unfall gehabt», und jetzt bemerkte Hannah, daß Mary sie ansah, und sie blickte in ihre glänzenden grauen Augen, «da fühlte ich es so sicher, wie ich jetzt hier sitze: ‹Es ist sein Kopf.› Was sagst du dazu?» Sie fragte es fast stolz.

Hannah blickte weg. Was soll man dazu sagen, überlegte sie. Aber Mary hatte mit einer solchen Überzeugung gesprochen, daß sie selber halb überzeugt war. Sie sah auf einmal ein stilles, klares und sehr tiefes Wasser vor sich, und obgleich es dunkel war und sie seit ihrer Kindheit nie so gut hatte sehen können, konnte sie doch auf dem Grund des Wassers Sand und Zweige und welke Blätter erkennen. Sie tat einen tiefen Atemzug, ließ die Luft mit einem langen, langsamen Seufzer wieder ausströmen und schnalzte plötzlich mit der Zunge.

«Man kann nie wissen», murmelte sie.

«Natürlich, wir müssen eben abwarten», sagte Mary nach langem Schweigen.

«Hjaaa», sagte Hannah leise. Sie atmete das Wort tief ein und ließ es dann langsam verklingen.

In dem tiefen Schweigen, das sie umgab, bemerkten sie schließlich das Brodeln des kochenden Wassers. Als Mary hinging, was es wieder halb verkocht.

«Es reicht immer noch für zwei Tassen», sagte sie, nahm das Teesieb, goß die Tassen voll und setzte noch einmal Wasser auf. Sie hob den Deckel des großen Kessels. Seine Seitenwände waren unterhalb der Wasserlinie mit dichten Perlen besetzt; vom Boden her drehte sich gemächlich eine Spirale von Bläschen empor, so klein, daß sie aussahen wie weißer Sand. Die Oberfläche des Wassers begann sich langsam zu drehen. Sie überlegte, wozu sie das Wasser eigentlich aufgesetzt hatte.

«Nur für alle Fälle», murmelte sie.

Hannah beschloß, Mary nicht zu fragen, was sie damit meinte.

«Da sind auch Kekse», sagte Mary und holte die Büchse aus dem Küchenschrank. «Oder möchtest du lieber ein Butterbrot? Oder Toast? Ich könnte dir welchen rösten.»

«Nein, danke, nur eine Tasse Tee.»

«Hier ist Milch und Zucker, nimm dir selbst. Oder Zitrone? Ich muß erst einmal nachsehen, ob ich noch Zi...»

«Ich nehme Milch, danke.»

«Ich auch.» Mary setzte sich wieder hin. «Schrecklich heiß ist es hier drinnen!» Sie stand auf, öffnete die Tür zur Veranda und setzte sich wieder.

«Wann sind...» Über die Schulter warf sie einen Blick auf die Küchenuhr. «Wann sind sie eigentlich weggefahren? Weißt du es?»

«Walter war um Viertel nach zehn bei uns. Etwa fünfundzwanzig nach zehn, würde ich meinen.»

«Wir wollen mal nachrechnen. Walter fährt ziemlich schnell, wenn auch nicht ganz so schnell wie Jay, aber heute nacht wird er sicher schneller fahren als sonst. Es sind etwas über 12 Meilen. Angenommen, er fährt 30 Meilen pro Stunde, das wären dann 12 Meilen in – also sechsmal vier ist vierundzwanzig, sechsmal fünf ist dreißig, zweimal zwölf ist vierundzwanzig, du lieber Gott, ich war immer schrecklich schlecht im Rechnen...»

«Sagen wir etwa eine halbe Stunde, wenn wir bedenken, daß es dunkel ist und Walter die Strecke nicht genau kennt.»

«Dann müßten wir bald etwas hören. In zehn Minuten. Fünfzehn allerhöchstens.»

«Ja, wahrscheinlich.»

«Vielleicht auch zwanzig, wenn man die Straßen in Betracht zieht. Aber die Straße ist gut, soweit man hier überhaupt von guten Straßen reden kann.»

«Vielleicht.»

«Warum hat er es mir nicht *gesagt*!» brach es aus Mary heraus.

«Was?»

«Warum habe ich nicht *gefragt*?» Völlig verwirrt blickte sie auf ihre Tante. «Ich habe nicht einmal gefragt! Wie schwer er verletzt ist! Wo er verletzt ist! Ob er lebt oder tot ist!»

Da ist es, sagte Hannah zu sich selber. Ernst und fest erwiderte sie Marys Blick. «Wir können jetzt nur warten, bis wir es erfahren», sagte sie.

«Natürlich müssen wir das!» rief Mary verzweifelt. «Das macht es ja so unerträglich!» Sie trank mit einem Schluck die halbe Tasse aus; das heiße Getränk brannte schmerzhaft in der Kehle, aber sie nahm kaum Notiz davon. Sie sah unentwegt auf ihre Tante.

Hannah wußte nicht, was sie sagen sollte.

«Tut mir leid», sagte Mary. «Du hast vollkommen recht. Ich muß mich eben nur zusammennehmen, das ist es.»

«Macht nichts», sagte Hannah, und sie schwiegen wieder.

Hannah wußte, daß Schweigen im Grunde für Mary untragbar war, daß es sie unweigerlich auf Überlegungen bringen mußte, die noch viel schwerer zu ertragen waren. Aber sie muß sich diesen Tatsachen stellen, sagte sie sich, je eher, desto besser. Doch gleichzeitig stellte sie fest, daß sie es nicht mehr aushielt, einfach hierzusitzen, ohne etwas Tröstliches oder Beschwichtigendes zu sagen. Eben wollte sie den Mund auftun, als es wieder aus Mary herausbrach: «Um Himmels willen, warum habe ich ihn nicht gefragt? Warum habe ich es nicht getan? War es mir etwa gleichgültig?»

«Es kam so plötzlich», sagte Hannah. «Es war solch ein Schock.»

«Aber du meinst doch auch, ich hätte fragen sollen! Oder nicht?»

«Du dachtest, du wüßtest es. Du hast mir doch erzählt, daß du sicher warst, daß es – sein Kopf war.»

«Aber wie? Wie schwer?»

Wir wissen es beide, dachte Hannah. Aber es ist besser, wenn du dich selbst dazu durchringst, es zu sagen. «Es war bestimmt nicht deswegen, weil es dir gleichgültig war», sagte sie.

«Nein. Das war es ganz bestimmt nicht, aber ich glaube, ich weiß, was es war. Ich glaube – ich glaube, ich hatte zuviel Angst vor dem, was er mir würde sagen müssen.»

Hannah sah ihr in die Augen. Nick ihr zu, sagte sie zu sich selber. Sag: ja, so war es wohl. Oder sag gar nichts, das wird für sie genauso schrecklich sein. Sie hörte sich selber das sagen, was sie schon vor einer Weile hatte sagen wollen, als Mary sie unterbrochen hatte: «Verstehst du, warum warum dein Vater und deine Mutter zu Hause geblieben sind?»

«Weil ich sie gebeten habe, nicht zu kommen.»

«Warum hast du das getan?»

«Weil es, wenn ihr alle zusammen hier ankämt, so aussehen würde, als nähmen wir – als nähmen wir mit Sicherheit das Schlimmste an, bevor wir es überhaupt wissen.»

«Und deshalb sind sie auch zu Hause geblieben. Dein Vater sagte, er wüßte, daß du ihn verstehen würdest.»

«Natürlich tue ich das.»

«Wir müssen eben versuchen, nichts als sicher anzunehmen – weder Gutes noch Schlechtes.»

«Ich weiß. Ich weiß, daß wir das müssen. Nur, dieses Warten, dieses Herumtasten im dunkeln, das ist eben mehr, als ich aushalten kann.»

«Wir werden jetzt sehr bald etwas hören.»

Mary sah auf die Uhr. «Ja, jeden Augenblick», sagte sie.

Sie nahm einen Schluck Tee. «Aber ich muß immer wieder darüber nachdenken, warum er nicht mehr gesagt hat», begann sie wieder. «‹Ein schwerer Unfall›, hat er gesagt. Nicht ‹ein sehr schwerer›. Nur ‹schwer›. Obgleich das weiß Gott schon ernst genug ist. Aber warum konnte er es mir nicht *sagen*?»

«Dein Vater ist überzeugt, daß dieser Mann ein halber Dorftrottel war», sagte Hannah.

«Aber es wäre doch so wichtig und auch so einfach gewesen, uns wenigstens in großen Umrissen zu informieren. Er hätte wenigstens sagen können, ob Jay nach Hause gebracht werden kann oder ob er ins Krankenhaus muß, oder ... Er hat nichts über einen Krankenwagen gesagt. Ein Krankenwagen, das würde so gut wie sicher eine Überführung ins Krankenhaus bedeuten. Und wenn er – wenn er uns das Allerschlimmste hätte mitteilen müssen, dann hätte er es doch bestimmt gesagt und uns nicht alle so auf die Folter gespannt. Ich weiß ja, es ist vollkommen sinnlos, wenn wir hier herumrätseln und uns etwas Gutes oder etwas Schlechtes einbilden, aber es kommt mir wirklich so vor, als hätten wir allerhand Grund, uns Hoffnung zu machen, Tante Hannah. Ich habe den Eindruck, daß ...»

Das Telefon klingelte. Sein Schrillen versetzte ihnen den tiefsten Schrecken, den sie je in ihrem Leben empfunden hatten. Sie sahen einander an, standen auf und wandten sich zur Diele.

«Ich ...» sagte Mary und vollführte mit ihrer rechten Hand eine abwehrende Geste gegen Hannah, als wolle sie sie vertreiben.

Hannah blieb stehen, senkte den Kopf, schloß die Augen und bekreuzigte sich.

Bevor das Telefon zum zweitenmal klingelte, hatte Mary den Hörer abgehoben, aber einen Augenblick lang konnte sie ihn weder ans Ohr halten noch sprechen. *Gott, hilf mir! Gott, hilf mir!* flüsterte sie sich selber zu. «Andrew?»

«Poll?»

«Papa!» Ihre Erleichterung war ebenso groß wie ihr Schrecken. «Hast du etwas gehört?»

«Du hast etwas gehört?»

«Nein, ich fragte: ‹Hast du etwas von Andrew gehört?›»

«Nein. Ich dachte, du hättest inzwischen etwas erfahren.»

«Nein. Noch nicht. Noch nicht.»

«Ich habe dich sicher erschreckt.»

«Macht nichts, Papa. Schon gut.»

«Tut mir furchtbar leid. Ich hätte nicht anrufen sollen.»

«Macht nichts.»

«Aber du gibst uns Bescheid, sowie du etwas hörst, ja?»

«Natürlich werde ich das, Papa. Ich verspreche es. Ganz bestimmt.»

«Sollen wir hinüberkommen?»

«Nein, vielen Dank, Papa, lieber jetzt noch nicht. Es hat doch keinen Sinn, wenn wir uns kaputtmachen, bevor wir etwas wissen, nicht?»

«Sehr richtig, Kind!»

«Grüß Mama.»

«Sie läßt dich auch grüßen. Also du rufst uns an, ja?»

«Bestimmt. Wiedersehen, Papa.»

«Poll.»

«Ja?»

«Du weißt, wie ich empfinde.»

«Ich weiß, Papa, und ich danke dir. Du brauchst es nicht auszusprechen.»

«Könnte ich auch nicht, selbst wenn ich es wollte. Nie. Und ebenso um Jays willen wie um deinetwillen. Und deine Mutter fühlt genauso. Du verstehst, ja?»

«Ich verstehe, Papa. Auf Wiedersehen.

Es war nur Papa», sagte sie und ließ sich schwer auf den Stuhl fallen.

«Und du dachtest, Andrew riefe an.»

«Ja...» Sie trank einen Schluck Tee. «Ich bin vor Schreck fast umgekommen.»

«Er hätte nicht anrufen sollen. Es war wirklich dumm von ihm.»

«Ich kann es ihm nicht übelnehmen. Wahrscheinlich ist es für ihn noch schlimmer als für uns, so herumzusitzen und zu warten.»

«Ja, schlimm ist es sicher.»

«Papa fühlt viel mehr, als er zeigt.»

«Ich weiß. Und es freut mich, daß du es bemerkt hast.»

«Ich habe bemerkt, wieviel er in Wirklichkeit von Jay hält.»

«Also hör mal! Ich hoffe doch, das weißt du!»

«Na, eine Zeitlang hatte ich nicht sehr viel Grund, es anzunehmen», erwiderte Mary fast heftig. «Und Mama auch nicht.» Sie zögerte einen Augenblick und fuhr dann fort: «Sie und du, Tante Hannah, ihr beide wißt es. Ihr habt versucht, es nicht zu zeigen, aber ihr wußtet es, und ihr wußtet auch, daß ich mir keine Illusionen machte. Jetzt ist ja alles gut, und es ist lange her; aber ihr wißt es genau wie ich.»

Hannah sah ihr noch immer in die Augen. «Ja, das stimmt, Mary. Es gab da allerlei schwere Bedenken und Befürchtungen – und nicht ohne Grund. Das wißt ihr beide auch.»

«Einen Haufen gute Gründe gab es», sagte Mary. «Aber dadurch wurde es für uns auch nicht einfacher.»

«Für niemanden», versetzte Hannah. «Du und Jay, ihr habt es besonders schwer gehabt, aber auch deine Mutter und dein Vater. Jeder, der dich gern hatte.»

«Ich weiß. Natürlich weiß ich das, Tante Hannah. Und ich verstehe gar nicht, warum ich jetzt ausgerechnet darauf kommen mußte. Keiner von uns allen hat noch irgendeinen Grund, sich gekränkt zu fühlen oder sich Sorgen zu machen, und das ist Gott sei Dank schon lange so. Warum in aller Welt habe ich jetzt bloß wieder davon angefangen? Wir wollen Schluß machen mit diesem Thema.»

«Ja, nur noch ein Wort, denn ich bin nicht sicher, ob du es auch wirklich weißt. Hast du dir je klargemacht, wieviel dein Vater stets von Jay gehalten hat, und zwar immer, vom ersten Tag an?»

Mary sah etwas gereizt und mißtrauisch zu ihr hinüber. Sie überlegte sorgfältig, bevor sie antwortete: «Ich weiß es, denn er hat es mir ja gesagt. Aber jedesmal, wenn er es mir sagte, hat er mich gleichzeitig gewarnt. Doch ich weiß auch, daß er im Laufe der Zeit eine hohe Meinung von Jay bekommen hat.»

«Er hält außerordentlich viel von ihm», versicherte Tante Hannah eifrig.

«Aber weißt du, ich habe nie recht glauben können, daß er ihn wirklich vom ersten Tag an gern gehabt oder respektiert hat, und ich werde es auch nie glauben können. Meiner Meinung nach war es eher eine Art Schmeichelei.»

«Ist Jay ein Mann, dem man schmeichelt?»

«Nein.» Sie lächelte ein wenig. «Nein, das ist er bestimmt nicht. Aber wie soll ich eigentlich darüber denken? Einerseits hat Papa damals Jay in den Himmel gehoben, und andererseits, praktisch im selben Atemzug, hat er mir einen Grund nach dem andern aufgezählt, warum es ein Wahnsinn von mir wäre, ihn zu heiraten. Was würdest du an meiner Stelle denken?»

«Kannst du dir nicht vorstellen, daß beides richtig war – oder vielmehr, daß dein Vater alles, was er sagte, ganz ehrlich so empfunden hat?»

Mary dachte einen Augenblick nach. «Ich weiß nicht, Tante Hannah. Ich verstehe nicht recht, wie das möglich ist.»

«Du hast es doch selber erfahren, Mary.»

«Ich?»

«Du hast die Erfahrung gemacht, daß in dem, was dein Vater – ich meine, was unsere Befürchtungen betraf, allerhand Wahrheit steckte, aber diese Erkenntnis hat doch deine grundsätzliche Ansicht über ihn niemals beeinflussen können, nicht wahr? Du hast es erlebt, daß beides nebeneinander bestehen kann.»

«Das stimmt. Ja, das habe ich.»

«Wir lernten immer mehr gute Eigenschaften an ihm kennen. Und du immer mehr Eigenschaften, die nicht so gut waren.»

Mit trotzigem Lächeln sah Mary sie an. «Und doch», sagte sie, «so blindlings ich auch in die Sache hineingelaufen bin, ich hatte mehr recht als Papa, nicht wahr? Es war kein Irrtum. Papa hatte recht damit, daß es allerlei Aufregung und Ärger geben würde – es gab mehr, als ihr alle je wissen werdet –, aber es war kein Irrtum. Oder?»

Frag mich nicht, Kind, sag es mir, dachte Hannah. «Offenbar nicht», sagte sie.

Mary schwieg eine kurze Weile. Dann sagte sie, schüchtern und stolz: «In diesen letzten Monaten, Tante Hannah, sind wir zu einer – zu einer Harmonie gelangt, die...» Sie begann den Kopf zu schütteln. «Nein, darüber kann ich nicht sprechen.» Ihre Stimme zitterte. «Am wenigsten jetzt.» Sie preßte die Lippen zusammen, schüttelte noch einmal den Kopf und schlürfte laut ihren Tee. Aber dann brach es aus ihr heraus: «Wir sprechen über ihn, als hielten wir seine Grabrede!» Sie schlug die Hände vors Gesicht und wurde von einem tränenlosen Schluchzen geschüttelt. Hannah unterdrückte den Wunsch, sie an sich zu ziehen. «Gott, steh ihr bei», flüsterte sie vor sich hin. «Gott, beschütze sie!» Nach einiger Zeit hob Mary den Kopf und sah sie an; ihre Augen blickten starr und entsetzt. «Wenn er stirbt», sagte sie, «wenn er tot ist, Tante Hannah, dann weiß ich nicht, was ich tun soll. Ich weiß einfach nicht, was ich tun soll.»

«Gott helfe dir», sagte Hannah, streckte den Arm über den Tisch und ergriff Marys Hand. «Gott beschütze dich!» In Marys Gesicht zuckte es. «Du wirst es schon richtig machen. Was auch kommt, du wirst dich richtig verhalten. Darüber mach dir keine Sorgen. Hab keine Angst.» Mary versuchte ihre Tränen zurückzudrängen. «Es ist gut, wenn man auf das Schlimmste gefaßt ist», fuhr Hannah fort. «Aber wir dürfen nicht vergessen, daß wir ja noch nichts wissen.»

Im selben Augenblick sahen beide zur Uhr.

«Jetzt muß er sofort anrufen», sagte Mary. «Falls er nicht auch einen Unfall gehabt hat», setzte sie dann mit einem scharfen Auflachen hinzu.

«Bestimmt, er ruft jetzt bald an», sagte Hannah. Er hätte längst angerufen, überlegte sie, wenn etwas anderes zu berichten wäre als das Schlimmste. Sie drückte Marys gefaltete Hände, tätschelte sie und zog dann ihre eigene Hand zurück. Man kann einem anderen so wenig Trost geben, dachte sie. Es war besser, dieses wenige für den Augenblick aufzuheben, in dem es am nötigsten gebraucht wurde.

Mary sprach nicht, und Hannah fiel nichts ein, was sie sagen konnte. Es war absurd, aber neben all den anderen Empfindungen fühlte sie auch eine Art gesellschaftlicher Verlegenheit, weil sie so stumm und unbeholfen dasaß.

Aber, so dachte sie, was war hier auch zu sagen? Was konnte sie oder irgendein anderer Mensch hier noch helfen?

Sie fühlte sich plötzlich so schwer und so todmüde, daß sie den Wunsch verspürte, die Stirn gegen die Tischkante zu lehnen.

«Wir müssen eben einfach warten», sagte Mary.

«Ja», seufzte Hannah.

Ich sollte ein bißchen Tee trinken, dachte sie, und sie tat es. Das lauwarme bittere Getränk machte sie eher noch müder. Ganze zwei Minuten saßen sie, ohne ein Wort zu sprechen.

«Uns bleibt wenigstens noch eine kleine Gnadenfrist, so schrecklich das Warten auch ist», sagte Mary langsam. «Wir können versuchen, uns auf alles vorzubereiten, was es auch sein mag.» Nachdenklich blickte sie in ihre leere Tasse.

Hannah fühlte sich nicht imstande, etwas zu sagen.

«Was es auch sein mag», fuhr Mary fort, «auf jeden Fall ist es jetzt vorüber und vorbei.» Sie sprach ohne jede Erregung;

sie war so versunken in ihre Gedanken, daß sie nichts mehr fühlte, und Hannah wußte, daß sie nun begann, die Wahrheit zu entdecken und sich ihr zu stellen. Jetzt schaute sie auf, und die beiden sahen einander fest in die Augen.

«Drei Möglichkeiten gibt es», sagte Mary langsam. «Entweder er ist schwer verletzt, aber er wird weiterleben – im besten Fall wird er dann wieder ganz gesund und im schlimmsten Fall bleibt er ein hilfloser Krüppel oder ein Invalide oder sein Verstand hat gelitten.» Hannah hätte gern ihren Blick abgewandt, aber sie wußte, daß sie es nicht durfte. «Oder er ist so schwer verletzt, daß er daran stirbt, vielleicht schon sehr bald, vielleicht auch erst nach langem, schrecklichem Leiden. Vielleicht stirbt er auch eben in dieser Minute und fragt sich, wo ich bin, warum ich nicht bei ihm bin.» Einen Augenblick biß sie die Zähne zusammen und preßte ihre Lippen aufeinander, dann sprach sie ruhig weiter: «Oder er war schon tot, als der Mann anrief, und der Ärmste konnte es nur nicht über sich bringen, es mir zu sagen.

Das eine oder das andere oder das dritte. Und gleichgültig, welche der drei Möglichkeiten zutrifft – was wir auch tun oder hoffen oder erraten oder wünschen oder erbitten –, weder in dieser noch in jener Welt besteht eine Möglichkeit, auch nur das geringste daran zu ändern. Denn was es auch sein mag, es ist. Mehr ist da nicht zu sagen. Und uns bleibt jetzt nichts, als bereit zu sein, stark genug, um das, was kommen wird, zu ertragen. Das ist alles. Nur darauf kommt es an. Nur darauf, denn uns bleibt keine andere Wahl. Nicht wahr?»

Während Mary sprach, rief sie mit ihrer Stimme, ihren Augen und mit jedem ihrer Worte in Hannah all jene fast vergessenen Stunden vor nunmehr fast 30 Jahren wach, in denen ihr selber das Kreuz des Lebens zum erstenmal in seiner ganzen Schwere auferlegt worden war und in denen sie begonnen hatte zu lernen, wie man dieses Kreuz annimmt und trägt. *Jetzt bist du an der Reihe, armes Kind*, dachte sie. Ihr war, als werde die Seite eines wunderbaren Buchs schweigend umgewendet und als berühre der leichte Luftzug dieses Umwendens ihr Herz mit kühler und zärtlicher Ehrfurcht. Ihre Seele fängt an, erwachsen zu werden, dachte sie; und in diesen Augenblicken wurde sie selbst mit einemmal viel älter, kam ihrem eigenen Tod viel näher und war es zufrieden. Ihr Herz schwoll an vor Stolz auf Mary, auf alle Sorgen und Nöte, deren sie sich erinnern konnte, ihre eigenen sowohl wie die der anderen (und die Erinnerungen drangen auf sie ein), auf alles Leben und Leiden. Es war ihr, als müsse sie es laut rufen: *Ja! Richtig! Ja. Ja. Fang an zu sehen! Du bist an der Reihe!* Sie verspürte den Wunsch, ihre Nichte auf Armeslänge von sich abzuhalten, sich ihr zuzuwenden und dieses Aufblühen bewundernd zu betrachten. Sie verspürte den Wunsch, sie in die Arme zu nehmen und aufzustöhnen zu Gott um der Schwere des Lebens willen. Vor allem aber wollte sie still bleiben und auf die Stimme der jungen Frau hören und ihre Augen und ihre runde Stirn betrachten, während sie sprach, und diese Wiederholung ihrer eigenen Jugenderfahrung erleben, die sie erregte und durchdrang wie Musik.

«Nicht wahr?» fragte Mary noch einmal.

«Ja, das und noch manches mehr», sagte sie.

«Denkst du an Gottes Gnade?» fragte Mary leise.

«An nichts Derartiges», erwiderte Hannah scharf. «Das, an was ich denke, sollte ich lieber nicht aussprechen.» (Aber nun habe ich doch damit angefangen, überlegte sie; und ich habe sie erschreckt und verletzt, fast als hätte ich etwas gegen Gott gesagt.) «Nur weil es besser ist, wenn du es selber begreifst. Aus dir selber begreifst.»

«Was meinst du denn?»

«Mary, was wir auch zu hören bekommen, es wird sicher hart sein. Tragisch und hart. Du hast jetzt angefangen, dir diese Tatsache klarzumachen und dich ihr zu stellen: sehr tapfer. Ich meine aber, daß dies nur der Anfang ist. Du wirst noch viel mehr erfahren und begreifen müssen. Sehr bald schon.»

«Was es auch sein mag, ich möchte mich seiner *würdig* erweisen», sagte Mary mit glänzenden Augen.

«Bemüh dich nicht zu sehr, dich seiner würdig zu erweisen, Mary. So darfst du es nicht auffassen. Tu du nur, was du kannst, um es zu ertragen, und laß dabei die Frage nach einer würdigen Haltung ruhig beiseite. Das ist schon mehr als genug.»

«Ich fühle mich so schrecklich unvorbereitet. Ich hatte so wenig Zeit, um mich darauf vorzubereiten.»

«Ich glaube nicht, daß dies etwas ist, worauf man sich vorbereiten kann; es muß einfach durchlebt werden.»

Da war eine Art Ehrgeiz, fühlte Hannah, eine Art poetischer Stolz, der sehr falsch und sehr gefährlich war. Aber ihr war noch nicht recht klar, was sie tun sollte. Auf gar keinen Fall durfte sie darauf eingehen, sie durfte nicht versuchen, mit Mary darüber zu diskutieren oder sie zu warnen. Sie ist noch so jung, sagte sie sich. Sie wird lernen, die Arme, sie wird es noch lernen.

Und während Hannah Mary beobachtete, veränderte sich deren Gesichtsausdruck und wurde demütig. *Oh, noch nicht!* flüsterte Hannah verzweifelt vor sich hin. *Noch nicht!* Aber Mary sagte schüchtern: «Tante Hannah, könnten wir wohl für eine Minute niederknien?»

Noch nicht, hätte Hannah am liebsten geantwortet. Zum erstenmal in ihrem Leben ahnte sie, wie falsch ein Gebet benutzt werden kann, aber sie hätte nicht sagen können, warum. *Was kann ich nur sagen?* fragte sie sich in fast panischer Angst. *Wie kann ich darüber urteilen?* Sie hatte schon zu lange gewartet; Mary warf ihr ein schüchternes Lächeln zu, in das sich eine Andeutung staunender Verständnislosigkeit mischte, und voller Mitleid und Zweifel an sich selber kam Hannah um den Tisch herum, und sie knieten Seite an Seite nieder. Man kann uns von draußen sehen, stellte Hannah fest, denn die Jalousien waren nicht heruntergelassen. Dann sollen sie uns sehen, wies sie sich ärgerlich zurecht.

«Im Namen des Vaters und des Sohnes und des Heiligen Geistes, Amen», sagte Mary mit leiser Stimme.

«Amen», tönte Hannahs Stimme hinterher.

Sie schwiegen, und sie konnten das Ticken der Uhr hören, das Knistern des Feuers und das hohe Summen des großen Kessels.

Gott ist nicht hier, dachte Hannah bei sich; und sie schlug vor Schreck über diesen gotteslästerlichen Gedanken ein kleines Kreuz auf ihrer Brust.

«O mein Gott», flüsterte Mary, «mach mich stark, damit ich mich in Deinen Willen ergeben kann, wie immer er auch sein mag.» Dann schwiegen sie wieder.

Gott, erhöre sie, sagte Hannah zu sich selbst. Gott, vergib mir. Gott, vergib mir.

Woher soll ich wissen, wann für sie der richtige Augenblick ist, dachte sie. Gott, vergib mir.

Aber sie konnte sich doch nicht von diesem Gefühl befreien: irgend etwas Falsches, etwas unerträglich Erbärmliches, etwas unendlich Unheilvolles lag in dieser ganzen Gläubigkeit, und sie hatte keine Möglichkeit, es abzuwenden oder auch nur seine wahre Natur zu erkennen.

Plötzlich tat sich in ihr ein unendlich tiefer Abgrund auf, und aus ihm strömte der lähmende Atem des ewigen Dunkels.

Ich glaube nichts. Überhaupt nichts.

«Vater unser», hörte sie sich selber mit seltsamer Stimme sagen, und Mary, die nichts von ihrem Schrecken ahnte, fiel in das Gebet ein. Und während sie weiterbeteten und Hannah immer lauter und deutlicher als ihre eigene Stimme die junge, warme, gläubige und tiefernste Stimme neben sich hörte, verwandelte sich der grauenvolle Augenblick des Unglaubens in eine Erinnerung, in eine durch Gottes Gnade erfolgreich überwundene Versuchung.

Erlöse uns von dem Übel, wiederholte sie in Gedanken noch mehrere Male, nachdem sie ihr Gebet beendet hatten. Aber neben der Gnade war noch immer der Schrecken.

Sie erhoben sich.

Als es mit jeder Minute und dann mit jedem Ticken der Uhr deutlicher wurde, daß Andrew längst an der Unfallstelle angekommen sein und Zeit gefunden haben mußte, sie anzurufen, wurden Mary und ihre Tante immer schweigsamer. Nach dem Gebet hatte Mary eine Weile, wie erleichtert, über alle möglichen Dinge gesprochen, die mit dem Ereignis kaum etwas zu tun hatten. Sie hatte sogar hin und wieder einen kleinen Scherz gemacht, und sie hatte sogar darüber gelacht, ohne daß mehr als ein leichter Unterton von Hysterie in diesem Lachen aufklang; und Hannah hatte es für das beste (und in diesem Fall für das einzig Mögliche) gehalten, mitzumachen. Aber diese Lebendigkeit erstarb bald und kehrte auch nicht zurück; nun saßen sie stumm da, jede auf ihrer Seite des Tischs, hielten die Augen voneinander abgewandt und tranken Tee, den sie nicht mochten. Mary goß frischen Tee auf, und sie unterhielten sich ein wenig darüber und über das heiße Wasser, mit dem sie ihn verdünnen konnten; aber auch diese kurzen Unterhaltungen endeten rasch wieder im Schweigen. «Verzeihung», flüsterte Mary und ging ins Badezimmer, innerlich empört und gedemütigt bei dem Gedanken, daß sie in dieser Stunde einer solchen Notwendigkeit unterworfen war. Ein paar Sekunden lang kam sie sich so albern und angebunden vor wie ein kleines Kind auf seinem Nachttöpfchen, nur sehr viel plumper und vulgärer. Dann stemmte sie ihre Hände in das mit kaltem Wasser gefüllte Waschbecken und starrte ungläubig auf das Spiegelbild ihres erstarrten Gesichts, das ihr fast unwirklich vorkam, bis sie sich beschämt klarmachte, daß sie sich ausgerechnet jetzt im Spiegel betrachtete. Hannah, die allein in der Küche saß, empfand Dankbarkeit für diese animalische Regung; dieses törichte, rastlose, gute, einfache Weiterbestehen der animalischen Bedürfnisse war es, das einem durch alles hindurchhalf, ebenso wirkungsvoll wie ein Gebet. Und gegen Ende dieser kurzen Frist des Alleinseins, in der sie ihren Geist von den feinen Täuschungen des Mitleids hatte befreien können, flüsterte sie hörbar: «Er ist tot. Es besteht nicht mehr der

tief, daß kein Gedanke diesen Kummer fassen konnte, und zugleich entschlossener, als jede bewußte Bemühung um Entschlossenheit es hätte machen können. Wie schnell das Leben dahingeht! dachte sie. Es kommt mir vor, als wäre es erst gestern gewesen, daß sie meine kleine Mary war oder daß Jay kam, um zum erstenmal mit uns zu sprechen. Sie sah von ihrer Näharbeit auf in das stille Nebeneinander von Licht und Schatten, und stieß einen ihrer langen, tiefen Seufzer aus, die direkt aus dem Herzen zu kommen schienen – es war dies, wenn man von der Musik absah, ihre einzige Möglichkeit, einem inneren Kummer nachzugeben.

«Wir müssen sehr gut zu ihnen sein, Joel», sagte sie.

Er fuhr bei diesen unverhofften Worten fast erschrocken auf, und in einer beinahe rachsüchtigen, erbitterten Regung war er versucht, sie zu fragen, was sie gesagt habe. Aber er hatte sie genau verstanden. Er beugte sich zu ihr und erwiderte: «Natürlich müssen wir das.»

«Was auch immer geschehen sein mag.»

«Selbstverständlich.»

Er begann die tiefe Bewegtheit und die Hilflosigkeit zu begreifen, die hinter der Banalität ihrer Worte stand, und er schämte sich, weil er so geantwortet hatte, als seien ihre Worte wirklich nur banal gemeint gewesen. Er wünschte, ihm fiele etwas ein, um diesen Fehler wiedergutzumachen, er aber wußte nicht, was er noch sagen sollte. Mit zärtlicher Belustigung machte er sich klar, daß sie seine Unfreundlichkeit wohl kaum bemerkt hatte und daß sie sicher hoffnungslos verwirrt sein würde, wenn er versuchte, ihr seine Gedanken zu erklären und sich zu entschuldigen. Lassen wir es dabei, dachte er.

Er fühlt viel mehr, als er ausspricht, tröstete sie sich; aber sie wünschte doch, daß er einmal das ausspräche, was er fühlte. Seine Hand legte sich auf ihren Arm, und sein Kopf kam dem ihren ganz nahe. Sie lehnte sich an ihn.

«Ich verstehe, Catherine», sagte er.

Was meint er damit, was ‹versteht› er? fragte Catherine sich verwundert. Zweifellos etwas, was ich nicht gehört habe. Obgleich sie so wenige Worte gewechselt hatten, daß sie sich nicht vorstellen konnte, daß sie etwas überhört hatte. Aber sie entschloß sich rasch, ihn nicht mit einer neuen Frage zu verstimmen; sie war sicher, daß er es freundlich gemeint hatte, und war tief gerührt darüber.

«Danke, Joel», sagte sie, legte ihre Hand über die seine und klopfte ein paarmal rasch darauf. Derartige Zärtlichkeiten außer der Zeit machten sie verlegen, und ihn, so hatte sie stets gefürchtet, machten sie noch verlegener. Und obwohl sie dem Wunsch, ihn zu liebkosen, nicht hatte widerstehen können und der Druck seiner Hand ihr einen wirklichen Trost vermittelt hatte, nahm sie bald ihre Hand wieder fort, und gleich darauf zog auch er seine Hand zurück. Einen Augenblick lang war sie erfüllt von einer feierlichen und tiefen Dankbarkeit, weil es ihr vergönnt gewesen war, so viele Jahre in solcher Harmonie mit einem so guten Mann zu verbringen – aber das auszusprechen wäre ihr unmöglich gewesen; und dann dachte sie wieder an ihre Tochter und an all das, was ihr bevorstand.

Auch Joel hatte unterdessen nachgedacht: sie braucht das (daß ich meine Hand auf ihren Arm lege), und dann, als sie schüchtern ihre Hand zurückzog, dachte er: ich wollte, ich könnte mehr tun. Und plötzlich, nicht um ihretwillen, sondern aus eigenem Antrieb, hatte er den Wunsch, sie in die Arme zu nehmen. Aber nein, ausgeschlossen. Statt dessen beobachtete er ihr geduldiges Gesicht mit den kurzsichtigen Augen, die wieder wie verloren in den Raum blickten, und für eine Sekunde empfand er einen fast ungläubigen und fröhlichen Stolz auf ihren unermeßlichen, unerschütterlichen Mut und zugleich, ungeachtet oder auch einschließlich allen Bedauerns, eine stolze Dankbarkeit dafür, daß er so viele Jahre mit einer solchen Frau hatte verbringen dürfen – aber das auszusprechen wäre ihm unmöglich gewesen. Und dann dachte er wieder an seine Tochter und daran, was sie durchgemacht hatte und nun noch würde durchmachen müssen.

«Manchmal erscheint das Leben grausamer – als man ertragen kann», sagte sie. «Ihr Leben, daran denke ich. An das des armen Jay und der armen lieben Mary.»

Sie fühlte seine Hand und wartete, aber er sagte nichts. Sie sah ihn an, voll besorgter Höflichkeit, mit ihrem gewohnheitsmäßigen, um Verzeihung bittenden Lächeln, und sie sah seinen bärtigen Kopf, der ihr im Licht ungewöhnlich nahe und groß erschien und der fünfmal langsam und nachdrücklich nickte.

10. Kapitel

Andrew klopfte nicht erst an, sondern er öffnete die Tür und schloß sie leise hinter sich, und als er die beiden unruhigen Schatten auf der Küchenschwelle sah, ging er rasch durch die Diele. Sie konnten in dem dunklen Dielenraum sein Gesicht nicht sehen, aber Andrews steifer, bedächtiger Gang sagte ihnen genug. Fast sah es aus, als wollten sie ihm den Weg versperren. Doch dann gingen sie ihm nicht etwa in die Diele entgegen, sondern traten in die Küche zurück, um ihn einzulassen. Er ließ sich von ihrem sekundenlangen Zögern nicht beirren, sondern kam geradewegs herein. Sein Mund war ein schmaler Strich und seine Augen waren wie zersplittertes Glas. Ohne ein Wort zu sagen, umarmte er seine Tante so fest, daß ihr fast die Luft ausging, und hob sie vom Fußboden hoch. «Mary», flüsterte Hannah dicht an seinem Ohr. Er sah sich um: da stand sie, wartend, ihre Augen, ihr Gesicht waren die eines erschrockenen, eines flehenden Kindes. ‹Bitte, schlag mich nicht!› Noch bevor er ein Wort sagen konnte, hörte er ihre zarte, freundliche Stimme: «Er ist tot, Andrew, nicht wahr?», und er konnte nicht sprechen, sondern nickte nur, und dann wurde ihm bewußt, daß er seine Tante noch immer in den Armen hielt und ihr fast die Knochen zerbrach, und seine Schwester sagte mit der gleichen tonlosen und unirdischen Stimme: «Er war schon tot, als du hinkamst», und wieder nickte er. Und dann setzte er

Hannah vorsichtig zu Boden, wandte sich seiner Schwester zu, faßte ihre Schultern und sagte, lauter als er gewollt hatte: «Er war auf der Stelle tot.» Und er küßte sie auf den Mund, und sie umarmten sich. Zweimal schluchzte er krampfhaft mit trockenen Augen auf, seine Wange an die ihre gepreßt, und starrte dabei durch ihr lockeres Haar hinab auf ihren schmalen Rücken und auf das zweifarbige Blinken des Linoleums. Dann, als er fühlte, wie sie sich immer schwerer gegen ihn lehnte, sagte er: «Komm, Mary», faßte sie fest um die Schultern und führte sie zu einem Stuhl, gerade als ihr die Knie zu wanken begannen und sie keuchte: «Ich muß mich setzen.» Sie warf einen ängstlichen Blick auf ihre Tante, die mit zitternder Stimme sagte: «Setz dich, Mary», und die im selben Augenblick neben ihr war und den Arm um sie legte. Hannahs Gesicht war bleich wie ein Totenschädel. Mary legte ihre Arme fest um die Schultern der beiden, und die Festigkeit und Wärme ihrer lebendigen Körper verlieh ihr fast ein Gefühl der Dankbarkeit und Freude. Eng umschlungen (wie Busenfreunde, fiel es ihr ein, wie die drei Musketiere) gingen sie auf den nächsten Stuhl zu. Sie konnte sehen, wie Andrew ihn mit seiner ausgestreckten linken Hand faßte und zu ihr herumdrehte, und sie ließ sich zwischen den beiden langsam darauf niedersinken, und dann konnte sie nur noch das Gesicht ihrer Tante sehen, das sich tief zu ihr herabbeugte, sehr groß und sehr nahe, die Augen hinter den dicken Brillengläsern, aufmerksam und tränenfeucht zugleich, den festen Mund, der jetzt weich und sanft wirkte, das ganze Gesicht so verzerrt von Liebe und Kummer, so nackt und unbeherrscht, wie sie es nie zuvor gesehen hatte.

«Gib Papa Bescheid, und Mama», flüsterte sie. «Ich habe es versprochen.»

«Ich rufe an», sagte Hannah und richtete sich auf, um in die Diele zu gehen.

«Walter will sie herbringen», sagte Andrew. «Sie wissen es jetzt schon.» Er holte einen zweiten Stuhl. «Setz dich hin, Tante Hannah.» Sie setzte sich, nahm Marys Hände in die ihren und hielt sie auf Marys Knien fest. Sie spürte, wie Mary ihre Hände mit aller Kraft drückte, so fest sie nur konnte. Und Hannah erwiderte diesen beständigen, drängenden, fast zerrenden Druck.

«Setz dich zu uns, Andrew», sagte Mary ein wenig lauter. Er holte einen dritten Stuhl, und nun setzte er sich und legte seine Hände auf die ihren. Und als er das Zucken in ihren Händen spürte, dachte er: lieber Gott, es ist, als läge sie in den Wehen! Aber es ist ja auch dasselbe. So saßen sie ein paar Augenblicke schweigend da, und er dachte immerzu: jetzt muß ich ihnen erzählen, wie es geschehen ist. Mein Gott, wie soll ich nur anfangen!

«Ich möchte Whisky», sagte Mary mit einer dünnen, kalten Stimme und versuchte aufzustehen.

«Ich hole dir welchen», sagte Andrew rasch und erhob sich.

«Du weißt ja nicht, wo er ist», widersprach sie und versuchte immer noch, die Hände der beiden von sich wegzuschieben, obgleich sie sie schon zurückgezogen hatten. Sie stand auf, und die beiden traten wie in Ehrfurcht zur Seite, und dann ging sie zwischen ihnen hindurch in die Diele hinaus. Sie hörten, wie sie im Dielenschrank herumkramte, und sahen einander an. «Sie braucht das», sagte Hannah.

Er nickte. Er war Jays wegen überrascht gewesen, daß sich überhaupt Whisky im Haus befand, und nun schämte er sich, daß ihm ein solcher Gedanke hatte kommen können. «Wir brauchen das alle», sagte er.

Ohne ihnen einen Blick zuzuwerfen, ging Mary jetzt zum Küchenschrank, nahm ein dickes Wasserglas heraus und stellte es auf den Tisch. Die Flasche war fast voll. Sie goß das Glas voll, und die beiden sahen zu und wußten genau, daß sie sich jetzt nicht einmischen durften. Mary nahm einen tiefen Zug und verschluckte sich. Sie trank das Glas beinahe leer.

«Verdünn ihn», sagte Hannah, klopfte ihr fest zwischen die Schulterblätter und trocknete ihr Lippen und Kinn mit einem Geschirrtuch ab. «Unverdünnt ist er zu stark.»

«Ja, das will ich», krächzte Mary und räusperte sich. «Das will ich», wiederholte sie noch einmal mit klarerer Stimme.

«Setz dich nur hin, Mary», sagten Andrew und Hannah im selben Augenblick. Andrew holte ihr ein Glas Wasser, und Hannah führte sie wieder zu ihrem Stuhl.

«Ich werde auch einen trinken», sagte Andrew.

«Ja, natürlich, nimm dir», sagte Mary.

«Ich mache uns jetzt einen kräftigen Schluck zurecht», erklärte Hannah. «Dann kannst du leichter einschlafen.»

«Ich will nicht schlafen», sagte Mary. Sie nippte an ihrem Whisky und goß noch einmal Wasser in ihr Glas. «Ich muß erst erfahren, wie es geschehen ist.»

«Tante Hannah!» bat Andrew ruhig und zeigte auf die Flasche.

«Ja, gleich.»

Während er Eis zerkleinerte und Gläser und einen Krug voll Wasser holte, sprach keiner ein Wort. Mary saß wartend da, in einer seltsam hilflosen und verzerrten Haltung, die gleichzeitig sanft und eigenartig unglücklich wirkte. Monate später sah Andrew ein Pferd, das auf der Straße gefallen war, und mußte bei diesem Anblick an sie denken. Und er mußte auch daran denken, daß es bei Mary nicht die Wirkung des Alkohols war. Es war der Schlag, den die Hand des Todes gegen sie geführt hatte.

«Ich möchte mir mein Glas selbst mischen», sagte Mary. «Denn», so fügte sie hinzu, während sie sorgsam ihr Glas füllte, «ich möchte ihn so stark haben, wie ich ihn nur vertragen kann.» Sie versuchte das dunkle Getränk, goß noch ein bißchen Whisky nach, kostete wieder und stellte die Flasche beiseite. Hannah beobachtete sie mit wachsender Besorgnis. Wenn sie sich heute nacht betrinkt, dachte sie, und wenn ihre Mutter merkt, daß sie betrunken ist, schämt sie sich hinterher fast zu Tode. Unsinn, dachte sie gleich darauf, es wäre das Vernünftigste, was sie tun könnte.

«Trink ihn recht langsam, Mary», sagte Andrew freundlich. «Du bist nicht daran gewöhnt.»

«Ich sehe mich schon vor», sagte Mary.

«Es ist genau das Richtige bei einem Schock», meinte Hannah. Andrew goß Whisky in zwei Gläser und reichte eines davon seiner Tante. Sie tranken rasch etwas ab. Dann griff er zum Wasserkrug und bereitete zwei leichte Mischungen zu.

«So, Andrew, jetzt möchte ich alles hören», sagte Mary.

Er blickte auf Hannah.

«Mary», begann er, «Mama und Papa werden jeden Augenblick hier sein. Dann müßtest du alles noch einmal mit anhören. Wenn du es möchtest, erzähle ich es dir selbstverständlich jetzt gleich, aber – könntest du nicht warten?»

Doch sie nickte bereits, als er noch sprach, und Hannah sagte: «Ja, Kind», und alle drei dachten an die Mißverständnisse und Wiederholungen, die sich zwangsläufig ergeben würden. Einen Augenblick später sagte Mary: «Aber du sagtest doch, daß er jedenfalls nichts gespürt hat. Auf der Stelle, hast du gesagt.»

Er nickte und sagte: «Mary, ich habe ihn gesehen – bei Roberts. Er hatte nicht eine einzige Wunde am Körper.»

Sie sah ihn an. «Sein Kopf?»

«Ein kleiner Schnitt, genau auf der Kinnspitze. So winzig, daß man ihn mit einem einzigen Stich schließen kann. Und ein kleiner blauer Fleck auf der Oberlippe. Sie war nicht einmal geschwollen.»

«Das ist alles?»

«Alles?» wiederholte Hannah.

«Das ist alles», bestätigte Andrew. «Der Doktor sagte, es sei eine Gehirnerschütterung gewesen. Unmittelbar tödlich.»

Sie schwieg, und er merkte, daß sie seine Worte bezweifelte. Du lieber Gott, dachte er wütend, das hätte ihr doch wenigstens erspart bleiben können!

«Er kann gar nicht gelitten haben, Mary, nicht den Bruchteil einer Sekunde lang. Mary, ich habe sein Gesicht gesehen. Auch nicht die leiseste Andeutung von Schmerz war darin. Nur – so etwas wie Überraschung. Staunen.»

Sie sagte noch immer nichts. Ich muß sie überzeugen,

dachte er. Wie, um Himmels willen, kann ich es noch deutlicher sagen? Wenn es nötig ist, hole ich den Doktor her, damit er es ihr selber erzählt...

«Er hatte keine Ahnung, daß er sterben mußte», sagte sie. «Nicht eine Minute, nicht eine Sekunde lang hat er gewußt: ‹Mein Leben geht zu Ende.›»

Hannah legte rasch eine Hand auf Marys Schulter. Andrew kniete vor ihr nieder, nahm ihre Hände und sagte eindringlich: «Mary, um Gottes willen, sei dankbar, daß es so war! Es ist zu schrecklich, wenn ein Mann sich auf der Höhe seines Lebens so etwas klarmachen muß.» Dann brach es wütend heraus: «Er war kein *Christ*, das weißt du doch. Ihm kam es nicht darauf an, seinen Frieden mit Gott zu machen. Er war ein Mann mit einer Frau und zwei Kindern, und ich sage dir, wenn wir Gott für etwas danken können, dann dafür, daß ihm diese entsetzliche Erkenntnis erspart geblieben ist.» Und dann setzte er in verzweifeltem Ton hinzu: «Es tut mir schrecklich leid, daß ich das gesagt habe, Mary.»

Aber Hannah, die zwischendurch eindringlich gesagt hatte: «Er hat recht, Mary, sei dankbar dafür», beruhigte ihn und erklärte: «Laß nur, Andrew, das ist ganz in Ordnung so.» Und Mary, deren Augen sich zuerst mit wachsendem Schrecken und Entsetzen auf ihn gerichtet hatten, sagte jetzt liebevoll: «Es macht nichts, Andrew. Es braucht dir nicht leid zu tun. Ich verstehe schon. Du hast recht.»

«Ich werde mir nie verzeihen können, was ich da Abscheuliches über die Christen gesagt habe», meinte Andrew nach kurzem Schweigen.

«Mach dir deshalb keine Sorgen, Andrew. Bitte nicht. Sieh mich an, bitte.» Er sah sie an. «Es ist wahr, ich habe zuerst das gedacht, was ich als Christin denken muß, aber ich habe dabei vergessen, daß wir Menschen sind. Du hast mich daran erinnert, und ich bin dir dankbar dafür. Du hast recht. Jay war – in diesem Sinn kein religiöser Mensch, und das Wissen um seinen Tod wäre für ihn nur – das gewesen, was du gesagt hast. Und wahrscheinlich auch, wenn er religiös gewesen wäre.»

Sie sah ihn ruhig an. «Und deshalb mußt du wissen, daß ich nicht verletzt oder ärgerlich bin. Ich mußte das von dir zu hören bekommen, und ich danke Gott dafür, daß du es gesagt hast.»

Auf der Veranda entstand ein Geräusch. Andrew erhob sich von den Knien und küßte seine Schwester auf die Stirn.

«Mach dir keine Sorgen», sagte sie. Er sah sie an, preßte die Lippen zusammen und ging schnell zur Tür.

«Papa», sagte er und trat zur Seite, um ihn einzulassen. Seine Mutter tastete nach seinem Arm und packte ihn mit hartem Griff. Er legte liebevoll eine Hand auf ihre Schulter, beugte sich zu ihrem Ohr und sagte: «Sie sind hinten in der Küche.» Sie folgte ihrem Mann. «Komm herein, Walter.»

«Nein, nein, vielen Dank», sagte Walter Starr. «Das geht nur die Familie etwas an. Aber wenn ich...»

Andrew nahm ihn beim Arm. «Komm wenigstens für eine Minute herein», sagte er. «Ich weiß, daß Mary sich bei dir bedanken möchte.»

«Also gut...» Andrew führte ihn hinein.

«Papa», sagte Mary, stand auf und küßte ihn. Er wandte sich mit ihr zu ihrer Mutter um. «Mama?» sagte sie mit einer gepreßten, fast weinenden Stimme, und sie umarmten sich. «Ja, ja, ja», sagte ihre Mutter in einem etwas zittrigen Ton und klopfte ihr kräftig auf den Rücken. «Mary, meine Liebe. Ja, ja, ja.»

Sie sah Walter Starr, der ein Gesicht machte, als wüßte er genau, daß er hier nicht willkommen war. «Ach, Walter», flüsterte sie und ging ihm rasch entgegen. Mit ängstlicher Miene streckte er ihr eine Hand hin und sagte: «Mrs. Follet, ich könnte gar nicht...»

Sie schlang die Arme um ihn und küßte ihn auf die Wange. «Danke», flüsterte sie, während ihr die Tränen übers Gesicht liefen.

«Aber ja», sagte er, und unter tiefem Erröten versuchte er, sie zu umarmen und zu stützen, ohne ihr dabei zu nahe zu kommen. «Aber ja», wiederholte er.

«Ich muß etwas dagegen tun», sagte sie plötzlich, machte sich von ihm los und sah sich aufgeregt um, als suche sie etwas.

«Hier», sagten Andrew und ihr Vater und Walter Starr im gleichen Atemzug und hielten ihr jeder ein Taschentuch hin. Sie nahm das Tuch ihres Bruders, putzte sich die Nase, trocknete sich die Augen und setzte sich. «Nehmen Sie doch Platz, Walter.»

«Oh, nein, danke schön, das möchte ich nicht», antwortete Walter. «Ich wollte nur einen Augenblick hereinsehen, aber jetzt muß ich wieder weg.»

«Aber Walter, war für ein Unsinn! Sie gehören doch zur Familie», sagte Mary, und alle anderen nickten und murmelten: «Natürlich!», obgleich ihnen klar war, wie unbehaglich er sich fühlte, und obgleich sie wünschten, daß er gehen möge.

«Das ist wirklich sehr freundlich», sagte Walter, «aber ich kann nicht bleiben. Ich muß wirklich gehen. Wenn ich...»

«Walter, ich möchte Ihnen danken», fiel Mary ein, denn inzwischen hatte auch sie die Lage richtig erfaßt.

«Das möchten wir alle», bestätigte Andrew.

«Mehr als ich sagen kann», schloß Mary.

Er schüttelte den Kopf. «Aber nein, nein», wehrte er ab. «Ich möchte nur noch sagen: wenn ich irgend etwas tun oder irgendwie helfen kann, lassen Sie mich's bitte wissen, ja?»

«Danke, Walter. Wenn sich etwas ergibt, sagen wir Ihnen bestimmt Bescheid. Sehr gern.»

«Gute Nacht denn.»

Andrew ging mit ihm bis zur Haustür. «Nicht wahr, du sagst mir Bescheid, Andrew», bat Walter. «Unbedingt, ja?»

«Das tue ich, vielen Dank, Walter», versicherte Andrew. Ihre Blicke trafen sich, und eine Sekunde lang erfaßte sie beide ein jähes Erstaunen. *Er wünscht, ich wäre es gewesen!* dachte Andrew. *Er wünscht, er selber wäre es gewesen!* dachte Walter. *Und vielleicht wünsche ich das auch,* dachte Andrew, und noch einmal, genau wie vorhin, als er den toten

Körper seines Schwagers erblickt hatte, kam es ihm absurd und beschämend vor, daß er selber am Leben war; er fühlte sich fast schuldig, so als sei er ein Betrüger oder gar ein Mörder.

«Warum ausgerechnet Jay?» sagte Andrew leise.

Walter, der noch immer in seine wie Glassplitter glitzernden Augen blickte, schüttelte langsam den Kopf.

«Gute Nacht, Andrew.»

«Gute Nacht, Walter.»

Er schloß die Tür.

Marys Vater fing den Blick seiner Tochter auf. Mit einer Bewegung seines Kinns forderte er sie auf, mit ihm in eine Ecke der Küche zu treten. «Ich möchte dich eine Minute allein sprechen», sagte er leise.

Sie sah ihn nachdenklich an, nahm dann ihr Glas vom Tisch und sagte über die Schulter: «Entschuldigt uns bitte eine Minute.» Dann führte sie ihn in das Zimmer, das sie für ihren Mann zurechtgemacht hatte. Sie knipste die Nachttischlampe an, schloß ruhig beide Türen und sah dann wartend auf ihren Vater.

«Setz dich, Poll», sagte er.

Sie sah sich um. Einer von ihnen würde auf dem Bett sitzen müssen. Es war sauber aufgedeckt, und das Laken unter den aufgeschüttelten Kissen sah kühl und einladend aus.

«Ich hatte das alles schon fertig», sagte sie, «aber er ist nicht wiedergekommen.»

«Wie meinst du?»

«Ach, nichts, Papa.»

«Bleib nicht stehen», sagte er. «Wir wollen uns setzen.»

«Ich möchte jetzt nicht sitzen.»

Er trat auf sie zu, nahm ihre Hand und sah sie forschend an. Er ist genauso groß wie ich, stellte sie dabei wieder einmal fest. Sie sah, wie sehr seine Augen, die so liebevoll und schmerzlich blickten, denen seiner Schwester ähnelten; sie waren ebenso müde, zärtlich und entschlossen unter den müden feinen Augenlidern. Zuerst brachte er kein Wort heraus.

Du bist ein *guter* Mensch, dachte sie, und ihre Lippen bewegten sich. Ein sehr guter Mensch. Mein Vater. Und für einen Augenblick kam ihr die ganze Bedeutung ihrer Freundschaft und ihrer Entfremdung zum Bewußtsein. Ihre Augen füllten sich mit Tränen und ihr Mund begann zu zittern. «Papa», sagte sie.

Er drückte sie fest an sich, und sie weinte still.

«Es ist entsetzlich, Poll», hörte sie ihn sagen. «Ganz entsetzlich. Grauenvoll.» Sie schluchzte ein paarmal so herzzerbrechend auf, daß er nichts mehr sagte, sondern ihr nur immer über den Rücken strich, während er innerlich vor wütender Empörung förmlich schrie: Gottverdammt! Ja, ein gottverdammtes Leben! Sie ist zu jung für so etwas! Und als er dies dachte, fiel ihm ein, daß er genau in ihrem Alter gewesen war, als sein eigenes Leben so eingeengt wurde, daß ihm war, als würde ihm die Kehle zugeschnürt. Doch nicht der Tod hatte dies bewirkt, sondern ihre und ihres Bruders Geburt.

«Aber du mußt da hindurch», sagte er.

An seiner Schulter konnte er ihr heftiges Nicken verspüren. Du wirst es schaffen, dachte er; du hast Mut und Energie.

«Eine andere Möglichkeit gibt es nicht», sagte er.

«Jetzt will ich mich doch lieber setzen.» Sie riß sich von ihm los, und mit dem fast rachsüchtigen Gefühl der Gewalttätigkeit ließ sie sich schwer auf die Bettkante fallen, direkt neben die aufgeschüttelten Kissen, dorthin, wo die Bettdecke aufgeschlagen war. Er drehte den Stuhl um und setzte sich ihr gegenüber, so dicht, daß seine Knie die ihren berührten.

«Ich muß dir etwas sagen», begann er.

Sie sah ihn an und wartete.

«Erinnerst du dich noch, wie meine Kusine Patty war? Damals, als sie ihren Mann verloren hatte?»

«Nicht sehr genau. Ich war ja erst fünf oder sechs Jahre alt.»

«Gut, aber ich erinnere mich. Sie rannte herum wie ein geköpftes Huhn. ‹Warum muß ich das sein? Warum mußte das ausgerechnet mir passieren?› Und sie schlug mit dem Kopf gegen die Möbel, versuchte sich mit der Schere zu erstechen und schrie wie ein abgestochenes Ferkel; man konnte sie bis zum nächsten Häuserblock hören.»

Ihre Augen wurden hart. «Du brauchst dir keine Gedanken zu machen», sagte sie.

«Das tue ich auch nicht, denn du bist ein vernünftiger Mensch. Aber *du* solltest dir alles richtig überlegen, und deshalb wollte ich mit dir sprechen.»

Sie sah ihn noch immer an.

«Paß auf, Poll», sagte er. «Es ist schon jetzt schlimm genug, aber es braucht eine Weile, bis es wirklich in dich eindringt. Und wenn es dann ganz in dir ist, dann wird es noch sehr viel schlimmer sein. Es wird so schlimm sein, daß du glaubst, du könntest es nicht mehr ertragen. Du nicht und kein anderer Mensch. Und das Schwerste daran ist, daß du allein hindurch mußt, denn keiner von uns kann dir dabei helfen und dir mehr bieten als einfaches, blindes Mitleid.»

In einer Art kalter, geduldiger Ironie starrte sie mit schräggestelltem Kopf zu Boden. Er mußte sich überwinden, um weiterreden zu können.

«Sieh mich an, Poll», sagte er. Sie sah ihn an. «Wenn es soweit ist, wirst du all deinen gesunden Menschenverstand zusammennehmen müssen», fuhr er fort. «Mut allein wird nicht genügen, du mußt auch deinen Verstand gebrauchen. Du mußt immer daran denken, daß kein Mensch auf dieser Welt ein Vorrecht genießt. Jeden Augenblick kann die Axt auf den Nacken jedes Menschen niedersausen, ohne vorherige Warnung und ohne Rücksicht auf Gerechtigkeit. Du mußt dich davor hüten, dich selbst zu bemitleiden und in Wehklagen über dein unseliges Geschick auszubrechen. Du mußt dir immer bewußt sein, daß Millionen anderer Menschen Ähnliches und noch viel Schlimmeres erlebt haben, daß sie es überstanden haben und daß auch du es überstehen wirst. Du wirst es schaffen, weil dir gar keine andere Wahl bleibt – dies oder der endgültige Zusammenbruch. Du hast zwei Kinder, für die du sorgen mußt. Und abgesehen davon schuldest du es dir selber, und du schuldest es auch ihm. Du verstehst mich, ja?»

«Natürlich.»

«Ich weiß, es ist vollkommener Blödsinn, überhaupt etwas darüber zu sagen. Man kann doch nur Blech reden. Mir kam es nur darauf an, dich zu warnen. Du mußt wissen, daß es noch viel schlimmer für dich kommen wird, als du dir jetzt überhaupt vorstellen kannst. Darauf mußt du gefaßt sein und mit aller Kraft versuchen, dich zusammenzureißen.» Eifrig und eindringlich sprach er weiter: «Es ist eine Art Prüfung, Mary, und zwar die einzige, auf die es überhaupt ankommt. Wenn dir, so wie jetzt, etwas Furchtbares zustößt. Dann liegt die Entscheidung bei dir selber. Dann fängst du entweder an, wirklich zu leben, oder du stirbst. So ist es.» Als er den Ausdruck ihrer Augen sah, bekam er Angst um sie und sagte: «Ich nehme an, du denkst jetzt an deine Religion.»

«Das tue ich», erwiderte sie mit kühlem Stolz.

«Nun, um so besser», meinte er. «Ich weiß, du hast da eine Hilfe, die ich nie haben konnte. Nur eins: nimm dich in acht, damit du dich nicht darin verkriechst wie in einer Höhle – damit du dich nicht darin versteckst.»

«Ich werde mich in acht nehmen», versprach sie.

Sie meint, daß ich ihr darüber nichts sagen kann, und sie hat recht, dachte er.

«Sprich mit Hannah darüber», sagte er.

«Das werde ich tun, Papa.»

«Und noch etwas.»

«Ja?»

«Wahrscheinlich werden sich auch finanzielle Schwierigkeiten für dich ergeben. Wir müssen die Lage überprüfen und zusehen, wie wir im Laufe der Zeit damit fertig werden. Diese Sorge möchte ich dir gern abnehmen. Mach dir keine Gedanken darum. Wir werden es schon schaffen.»

«Danke, Papa.»

«Unsinn. Trink dein Glas aus.»

Sie nahm einen tiefen Zug und schüttelte sich.

«Trink, soviel du vertragen kannst, ohne betrunken zu werden», sagte er. «Ich würde bestimmt nichts dabei finden, wenn du stockbetrunken wärst – im Augenblick wäre es vielleicht das beste für dich. Aber du mußt auch noch mit morgen rechnen. Und mit übermorgen und allen folgenden Tagen.»

«Es hat offenbar überhaupt keine Wirkung», sagte sie mit klarer Stimme. «Früher konnte ich nie etwas vertragen. Nach einem einzigen Glas war ich schon beschwipst. Aber heute spüre ich nicht die leiseste Wirkung.» Sie nahm noch einen Schluck.

«Gut», sagte er. «Das kann vorkommen. Entweder es wirft einen um oder es hält einen aufrecht. Ich erinnere mich, einmal, als eure Mutter sehr krank war, da habe ich...» Sie erinnerten sich beide an die Krankheit der Mutter. «Na, egal. Trink soviel du willst, und wenn du noch mehr haben willst, ich habe auch noch eine Flasche zu Hause. Aber paß auf dich auf. Der Alkohol kann dir plötzlich einen Schlag versetzen, als bekämst du eine Tonne Ziegelsteine auf den Kopf.»

«Ich werde mich vorsehen.»

«Und jetzt wird es wohl Zeit, daß wir wieder zu den anderen gehen.» Er half ihr auf und legte eine Hand auf ihre Schulter. «Merk dir das, was ich gesagt habe. Es ist eine Prüfung, und zwar eine, die ein tüchtiger Mensch bestehen muß.»

«Ich werde sie bestehen, Papa. Und ich danke dir.»

«Ich habe absolutes Vertrauen zu dir», sagte er und wünschte dabei, daß diese Aussage uneingeschränkt zuträfe und sie alles richtig machen werde.

«Danke, Papa», sagte sie. «Es wird mir helfen, wenn ich daran denke.»

Die Hand auf der Türklinke, drehte sie das Licht aus und ging vor ihm her in die Küche.

11. Kapitel

»Ja, aber …« begann Mary, denn es war niemand mehr in der Küche.

«Sie sind wohl im Wohnzimmer», sagte ihr Vater und ergriff ihren Arm.

«Hier ist mehr Platz», erklärte Andrew, als die beiden hereinkamen. Obgleich die Nacht warm war, hatte er ein kleines Feuer im Kamin gemacht. Alle Schatten im Zimmer wurden, wie Mary bemerkte, auf die Fensterbank geworfen.

«Mary», sagte ihre Mutter vom Sofa her laut und klopfte mit der Hand auf den Platz neben sich. Mary setzte sich dorthin und ergriff die Hand ihrer Mutter. Die Mutter nahm Marys linke Hand zwischen ihre beiden Hände und drückte sie mit aller Kraft gegen ihre mageren Oberschenkel.

Ihre Tante saß an der einen Seite des Kamins, und ihr Vater holte sich jetzt einen Stuhl und nahm auf der anderen Seite Platz. Nur der Polstersessel neben der Leselampe stand leer. Obgleich das Feuer schon lustig flackerte, kauerte Andrew davor nieder und machte sich daran zu schaffen. Keiner sprach, und keiner warf einen Blick auf den Polstersessel. Sie sahen einander nicht an. Die Schritte eines Mannes, der langsam die Straße heraufkam, wurden lauter, kamen an dem Haus vorüber und wurden leiser, bis sie schließlich ganz verhallten. In diesem Schweigen des Alls lauschten sie ihrem kleinen Feuer.

Endlich erhob sich Andrew, der vor dem Kamin gekauert hatte, und alle blickten in sein trostloses Gesicht und versuchten mit der Frage, die in ihren Augen lag, nicht zuviel von ihm zu verlangen. Er sah einen nach dem anderen an, ging dann zu seiner Mutter hinüber und beugte sich tief zu ihr.

«Ich will es dir erzählen, Mama», sagte er. «Auf diese Weise können es alle hören. Tut mir leid, Mary, aber es geht nicht anders.»

«Ja, mein Lieber», sagte seine Mutter dankbar, tastete nach seiner Hand und streichelte sie. «Aber natürlich», sagte Mary und gab ihm ihren Platz neben dem ‹guten Ohr›. Sie rückten ein bißchen zusammen, und Mary setzte sich auf die ‹taube› Seite ihrer Mutter. Wieder zog die Mutter Marys Hand auf ihren Schoß; mit der anderen Hand hob sie ihr Hörrohr. Joel legte eine Hand hinter sein Ohr und beugte sich vor; Hannah starrte in das flackernde Feuer.

«Er war ganz allein», begann Andrew. Er sprach nicht sehr laut, aber er bemühte sich, möglichst deutlich zu sprechen. «Außer ihm wurde niemand verletzt, und es war niemand in den Unfall verwickelt.»

«Das ist ein Segen», sagte seine Mutter. Das war es, überlegten sie alle; und doch fühlten sie sich von dieser Bemerkung vor den Kopf gestoßen. Andrew nickte heftig, um sie zum Schweigen zu bringen.

«Wir werden also nie genau wissen, wie es passierte», fuhr er fort. «Aber wir wissen *genug*.» Er sprach das letzte Wort mit einer furchtbaren und harten Bitterkeit aus.

«Mmh», brummte sein Vater und nickte heftig. Hannah atmete tief und geräuschvoll ein und aus.

«Ich habe mit dem Mann gesprochen, der ihn gefunden hat. Derselbe, der dich anrief, Mary. Er hat dort die ganze Zeit auf mich gewartet, weil er meinte, es sei wohl besser, wenn – wenn der Mann, der Jay als erster entdeckte, einem von uns alles erzählen konnte, was er wußte. Und er hat mir natürlich alles erzählt.» Während Andrew das sagte, sah er wieder das scheue, ruhige, freundliche Bauerngesicht vor sich und hörte wieder die langsame, bedächtige, ein wenig unbeholfene Stimme, und er wußte, daß er dieses Gesicht und diese Stimme nie vergessen würde. «Er war der beste Mensch, den man sich vorstellen kann.» Er empfand eine Art zorniger Dankbarkeit dafür, daß so ein Mann als erster zur Stelle gewesen war. Jay hätte sich keinen besseren wünschen können, dachte er. Niemand.

«Er hat mir erzählt, daß er gerade auf der Heimfahrt war, etwa gegen neun Uhr, und auf die Stadt zufuhr, als er hinter sich einen Wagen hörte, der mit unheimlicher Geschwindigkeit immer näher und näher kam, und er dachte, wie er mir sagte: da fährt einer, der es verdammt eilig hat, irgendwohin zu kommen («Er wollte schnell zu Hause sein», sagte Mary), oder einer, der verrückt ist» (er hatte gesagt: «der stockbetrunken ist»).

«Er war nicht verrückt», sagte Mary. «Er wollte nur möglichst bald zu Hause sein (der Gute!), weil er ohnehin schon später dran war, als er gemeint hatte.»

Andrew sah mit trockenen, glänzenden Augen zu ihr hinüber und nickte.

«Er hatte mir gesagt, ich sollte mit dem Abendessen nicht warten, aber er hoffte doch, daß er zurück sein würde, bevor die Kinder zu Bett gingen.»

«Was ist?» erkundigte sich ihre Mutter mit nervöser Höflichkeit.

«Nichts Besonderes, Mama», sagte Andrew freundlich. «Ich erkläre es dir später.» Er zog scharf und tief die Luft ein und fühlte sich den Tränen weniger nahe als zuvor.

«Plötzlich, so sagte der Mann, hörte er einen entsetzlichen Krach, nur eine oder zwei Sekunden lang, und dann herrschte Totenstille. Er wußte gleich, daß mit dem Wagen hinter ihm etwas passiert war und daß die Leute darin in größter Gefahr sein mußten, und darum wendete er seinen Wagen und fuhr zurück, etwa eine Viertelmeile, wie er meinte, gerade über die Bell's Bridge hinweg. Er erzählte mir, daß er die Stelle fast übersehen hätte, weil auf der Straße nichts zu sehen war, und obgleich er das erwartet hatte und sehr langsam fuhr und beide Straßenseiten genau inspizierte, hätte er die Stelle doch beinahe verpaßt, weil direkt hinter der Brücke die eine Straßenseite in einer steilen Böschung abfällt.»

«Ich weiß», flüsterte Mary.

«Aber gerade als er die Brücke passiert hatte – man kommt dort in einer ziemlich scharfen Kurve herunter...»

«Ich weiß», flüsterte Mary wieder.

«...da erfaßten seine Scheinwerfer einen Gegenstand, und es war eines der Räder von Jays Wagen.» Er schaute an seiner Mutter vorbei und sagte: «Mary, es drehte sich noch.»

«Wie bitte?» fragte seine Mutter.

«Es drehte sich noch», erklärte er ihr. «Das Rad, das er sah.»

«Danke, Andrew», flüsterte sie.

«Hahh!» Ihr Mann stieß einen fast unhörbaren Laut aus.

«Er hielt sofort an und stieg da hinunter. Der Wagen lag umgekehrt da und Jay...»

Obgleich er nicht das Gefühl hatte, daß er gleich anfangen müsse zu weinen, konnte er doch einen Augenblick nicht weitersprechen. Schließlich sagte er: «Er lag einfach daneben, auf dem Rücken, keinen halben Meter von dem Wagen entfernt. Sein Anzug war kaum zerdrückt.»

Wieder konnte er nicht weitersprechen. Dann bekam er seine Stimme in die Gewalt:

«Der Mann sagte, ihm sei sofort, als er Jay sah, aus irgendeinem Grund klar gewesen, daß er tot war. Warum, weiß er auch nicht. Wahrscheinlich eine besondere Art von Reglosigkeit. Aber er rieb natürlich trotzdem ein paar Streichhölzer an, um sich zu vergewissern. Er hat nachgeprüft, ob sein Herz schlug, und hat versucht, ihm den Puls zu fühlen. Seinen Wagen hat er so gedreht, daß er Jay im Licht der Scheinwerfer sehen konnte. Aber er konnte keine Verletzung entdecken außer einer kleinen Schnittwunde genau auf der Kinnspitze. Jays Windschutzscheibe war zerbrochen, und der Mann hat sogar ein Stück Glas davon genommen, so wie man sonst einen Spiegel benutzt, um zu sehen, ob Jay noch atmete. Und dann wartete er ein paar Minuten, bis er ein Auto kommen hörte. Das hielt er an und bat den Fahrer, so schnell wie möglich Hilfe zu holen.»

«Haben sie einen Arzt geholt?» fragte Mary.

«Mary fragte, ob sie einen Arzt geholt haben», erklärte Andrew seiner Mutter. «Ja, er bat den anderen Fahrer darum, und der hat es auch getan. Und sie haben noch mehr Leute geholt, unter anderem Brannick. Weißt du, Papa», fuhr er fort, «das ist der Schmied, den du auch kennst. Er wohnt dort ganz in der Nähe.»

«Ach», sagte Joel.

«Der Arzt sagte, der Mann habe vollkommen recht gehabt», erzählte Andrew weiter. «Er sagte, daß Jay auf der Stelle tot gewesen sein muß. Dann stellten sie an Hand der Papiere in seiner Brieftasche seinen Namen und seine Adresse fest, und dann hat der Mann dich angerufen, Mary.

Er hat mich gebeten, dir zu sagen, wie schrecklich es ihm gewesen sei, dir eine solche Nachricht zu übermitteln und dich so lange im ungewissen zu lassen. Aber er konnte es einfach nicht über sich bringen, dir alles zu sagen – und schon gar nicht am Telefon. Er fand, es müßte jemand aus der Familie sein.»

«Das habe ich mir gedacht», sagte Mary.

«Und recht hat er gehabt», erklärte Hannah, und Joel und Mary nickten und sagten: «Ja.»

«Während Walter und ich hinfuhren, haben sie Jay ins Haus geschafft», erzählte Andrew. «In den Eisenwarenladen. Sie haben sogar den Wagen hereingeholt. Der Motor lief ausgezeichnet, sagten sie, und abgesehen von dem Verdeck und der Windschutzscheibe war er kaum beschädigt.»

«Haben sie denn eine Ahnung, wie es eigentlich passiert ist?» fragte Joel.

«Papa fragt, ob man weiß, wie es eigentlich passiert ist», erklärte Andrew seiner Mutter. Sie nickte, lächelte ihn dankbar an und hob ihr Hörrohr näher zu seinem Mund.

«Ja, eine Ahnung schon», sagte Andrew. «Sie haben es mir gezeigt. Sie haben festgestellt, daß ein Getriebebolzen sich gelockert hatte – das heißt, daß er herausgefallen war –, der Getriebebolzen, der den Lenkmechanismus zusammenhält.»

«Den – was?»

«So, Mama, sieh her», sagte er etwas heftig und hielt ihr seine Hände unter die Nase.

«Oh, Verzeihung», sagte sie.

«Sieh her», sagte er noch einmal. Er hatte seinen Finger gekrümmt und ihn zwischen zwei gekrümmte Finger seiner anderen Hand geschoben. «So als müßten diese beiden Fingerknöchel zusammengehalten werden, siehst du?»

«Ja.»

«Du mußt dir vorstellen, daß ein Loch in diesen Knöcheln ist und daß der Bolzen da hindurchgeht. So etwas wie eine sehr feste Haarnadel. Und wenn sie ganz durchgesteckt ist, dann biegt man die beiden Enden weit auseinander – so...» Er hielt Daumen und Zeigefinger zusammen und spreizte sie dann so weit auseinander, wie er konnte. «Verstehst du das?»

«Nicht ganz, aber das macht nichts.»

«Nun laß schon, Andrew», sagte sein Vater.

«Streng dich nicht weiter an, Mama», sagte Andrew. «Es ist eben ein Stift, der zwei Teile zusammenhält – in diesem Fall den Lenkmechanismus –, das, womit man das Auto lenken kann. Und...»

«Ja, ich verstehe schon», erklärte sie ungeduldig.

«Gut, Mama. Und dieser Bolzen nun, der den Lenkmechanismus unter dem Auto zusammenhält, dort, wo man ihn gar nicht sehen kann, der war herausgefallen. Sie konnten ihn nirgends finden, obgleich sie die Unfallstelle genau abgesucht haben und auch noch die Straße etwa hundert Meter weit; sie sind sogar mit einem feinen Kamm über den Boden gefahren. Und deshalb glauben sie, daß der Bolzen sich schon ein ganzes Stück vorher gelockert hat und herausgefallen ist – möglicherweise sogar ein paar Meilen vorher, obgleich es wahrscheinlich nicht einmal so weit war. Denn sie haben mir gezeigt», und dabei schob er wieder seine Fingerknöchel so ineinander, daß sie es sehen konnte, «daß die beiden Teile auch ohne diesen Stift noch zusammenhalten können», er bog die Knöchel, «und daß man weiterfahren kann, ohne auch nur zu ahnen, daß irgend etwas nicht in Ordnung ist, sofern die Straße einigermaßen glatt ist und man das Lenkrad nicht zu drehen braucht. Wenn man aber in ein Loch auf der Straße oder in eine Furche gerät oder gegen einen Stein stößt oder wenn man das Lenkrad plötzlich scharf herumdrehen muß, dann biegen sich die Teile auseinander, und man verliert die Kontrolle über den Wagen.»

Mary schlug die Hände vors Gesicht.

«Sie glauben nun, daß er mit einem der Vorderräder gegen einen losen Stein gestoßen ist, und durch die Erschütterung muß der Wagen sich ruckartig gedreht haben. Denn unten im Graben haben sie einen Stein gefunden, halb so groß wie mein Kopf, und auf dem waren Radspuren zu sehen und er war stark angekratzt. Sie haben ihn mir gezeigt. Sie glauben, daß ihm das Lenkrad durch die unerwartete Drehung aus den Händen gerissen und er nach vorn geworfen wurde, so daß er mit dem Kinn heftig auf das Lenkrad aufschlug. Und dieser Schlag muß ihn auf der Stelle getötet haben. Denn er wurde einfach aus dem Wagen geschleudert, während dieser von der Straße herunterrollte. Ich habe noch nie etwas Ähnliches gesehen. Wißt ihr, was geschehen ist? Als das Auto sich auf die Seite legte und von der Straße etwa fünf Fuß tief hinunterrollte in diesen weiten, flachen Graben, fiel er heraus; dann fuhr der Wagen weiter und eine acht Fuß hohe Böschung hinauf. Sie haben mir die Spuren gezeigt, die hinaufführten, fast bis ganz nach oben. Dort kippte der Wagen dann nach rückwärts über, fiel seitlich hinunter und blieb direkt neben ihm liegen, ohne ihn auch nur zu streifen.»

«Mein Gott!» flüsterte Mary. «Tst», machte Hannah.

«Woher wissen sie so genau, daß es – augenblicklich war, Andrew?» fragte Hannah.

«Nun, erstens wäre er bestimmt nicht aus dem Wagen geschleudert worden, wenn er bei Bewußtsein gewesen wäre. Er hätte sich an das Lenkrad geklammert oder auch die Handbremse gezogen und versucht, die Gewalt über den Wagen zu behalten. Aber dafür war keine Zeit mehr. Er konnte gar nichts mehr tun. Er kann allerhöchstens für einen winzigen Bruchteil einer Sekunde den Stoß gespürt haben, als ihm das Lenkrad aus den Händen gerissen und er nach vorn geschleudert wurde. Der Doktor sagt, daß er wahrscheinlich gar nicht gewußt hat, gegen was er da aufschlug – ja, er hat den Aufprall kaum gefühlt, weil er so schnell und heftig war.»

«Er kann schon ohnmächtig gewesen sein», stöhnte Mary hinter ihren Händen hervor. «Oder bei Bewußtsein und – gelähmt; nicht imstande, zu sprechen, kaum zu atmen. Wenn der Arzt wenigstens sofort dagewesen wäre, dann hätte er vielleicht...»

Andrew streckte den Arm an seiner Mutter vorbei und berührte Marys Knie. «Nein, Mary», sagte er, «der Doktor hat mir sein Wort darauf gegeben. Er sagt, daß einzig eine Gehirnerschütterung den Tod verursacht haben kann. Und er sagt, daß in einem solchen Fall der Tod entweder sofort eintritt – oder daß es mehrere Tage oder Wochen dauert. Ich habe mich sehr eingehend danach bei ihm erkundigt, weil – weil ich wußte, du würdest ganz genau wissen wollen, wie es geschehen ist. Natürlich habe ich dieselbe Frage gestellt wie du. Er erklärte mir, es sei ausgeschlossen, daß er zuerst ein paar Sekunden bewußtlos gewesen ist und dann erst der Tod eintrat, einfach weil nach diesem ersten Schlag nichts mehr passiert ist, was dazu hätte führen können. Er sagt, es geht sogar noch schneller als bei einem elektrischen Schock. Es ist wie ein ungeheurer Schlag gegen das Gehirn. Der schnellste Tod, den es gibt.» Er wandte sich wieder seiner Mutter zu. «Verzeihung, Mama», sagte er, «aber Mary meinte, daß Jay vielleicht nur bewußtlos gewesen ist. Und daß er vielleicht hätte gerettet werden können, wenn der Arzt sofort dagewesen wäre. Und ich sagte ihr, daß das nicht der Fall ist. Denn ich habe den Doktor genau gefragt. Und er sagt, nein. Er sagt, wenn eine

Gehirnerschütterung – tödlich ist – dann ist es der schnellste Tod, den es gibt.»

Er sah die Anwesenden einen nach dem anderen an. In einem fast rachsüchtigen Ton erzählte er weiter: «Er sagt, es sei ein Fall, wie er bei einer Million von Unfällen nur einmal vorkommt.»

«Andrew, ich bitte dich!» sagte sein Vater.

«Es muß ein ganz bestimmter Punkt in einem ganz bestimmten Winkel und mit einer ganz bestimmten Wucht getroffen werden. Wenn Jay nur einen halben Zentimeter weiter seitlich aufgeprallt wäre, würde er jetzt noch am Leben sein.»

«Hör auf, Andrew», fiel ihm sein Vater barsch ins Wort; denn bei Andrews letzten Worten hatte sich Marys eine seltsame Erregung bemächtigt: es hatte sie fast von ihrem Platz hochgerissen, daß sie plötzlich dastand und viel größer aussah, als sie wirklich war, und dann war sie zusammengesunken und in verzweifeltes Schluchzen ausgebrochen.

«O Mary!» stöhnte Andrew auf und eilte zu ihr, während die Mutter Marys Kopf faßte und gegen ihre Brust drückte. «Es tut mir so leid! Mein Gott, was ist bloß in mich gefahren! Ich muß ja verrückt gewesen sein!» Hannah und Joel waren von ihren Stühlen aufgestanden und standen daneben, unfähig, ein Wort zu sagen.

«Hab doch nur – ein bißchen Mitleid», schluchzte Mary, «nur ein bißchen Mitleid!»

Andrew konnte nur immer wieder stammeln: «Verzeih mir, Mary, es tut mir so leid!» Dann versagten auch ihm die Worte.

«Laß sie weinen», sagte Joel ruhig zu seiner Schwester, und sie nickte. Als ob irgend etwas auf der Welt sie jetzt zum Aufhören bringen könnte, sagte sie zu sich selber.

«O Gott, vergib mir!» stöhnte Mary. «Vergib mir! Vergib mir! Es ist einfach mehr, als ich ertragen kann! Mehr als ich ertragen kann! Vergib mir!» Und Joel drehte sich mit offenem Mund zu seiner Schwester und starrte sie an. Sie vermied seinen Blick und sagte zu sich selber: *Nein, nein!* und: *Beschütze sie, o Gott, beschütze dein armes Kind und gib ihr Kraft!* Und Andrew, dessen Gesicht verzerrt war wie das Antlitz eines Mörders, bemühte sich, die wilden, entsetzlichen Worte, die aus ihm herausbrechen wollten, zu unterdrücken, und stöhnte innerlich: «Gott, wenn es dich gibt, dann komm her, damit ich Dir ins Gesicht spucken kann! Jawohl, vergib ihr!»

Dann schob Hannah ihn beiseite, trat vor Mary hin, beugte sich herab, faßte sie bei den Armen und redete eindringlich in ihre zitternden Hände hinein: «Mary! Jetzt hör mir einmal zu, Mary! Es gibt nichts, wofür du um Vergebung bitten müßtest. Es gibt nichts, wofür du um Vergebung bitten müßtest, Mary. Hörst du mich? Verstehst du mich, Mary?» Mary nickte in ihre Hände. «Gott würde nie von dir verlangen, daß du nicht trauerst oder weinst. Hörst du? Was du tust, ist völlig natürlich, völlig richtig. Hörst du? Du wärst kein Mensch, wenn du dich anders verhalten würdest. Hörst du mich, Mary? Es ist nicht menschlich, wenn du Ihn um Vergebung bittest. Du irrst dich, es ist ein schrecklicher Irrtum. Hörst du mich, Mary? Hörst du mich?»

Während Hannah auf sie einsprach, nickte Mary hinter ihren vorgehaltenen Händen oder schüttelte den Kopf, immer im Widerspruch zu dem, was ihre Tante sagte. «Es ist nicht so, wie du denkst», sagte sie dann. «Ich habe zu Ihm gesprochen, als hätte Er kein Mitleid!»

«Andrew? Andrew hat doch gera...»

«Nein, zu Gott. Als wolle er mir eins auswischen. Mich quälen. Dafür habe ich Ihn um Vergebung gebeten.»

«Ja, Mary», sagte ihre Mutter. Sie hatte nichts von alldem, was die beiden Frauen gesagt hatten, hören können, aber sie fühlte, daß der Tränenausbruch vorüber war.

«Hör zu, Mary», sagte Hannah, und sie beugte sich so nahe zu ihr herunter, daß sie hätte flüstern können. «Unser Herr am Kreuz», sagte sie so leise, daß nur Mary und Andrew sie hören konnten. «Erinnerst du dich?»

«Mein Gott, mein Gott, warum hast du mich verlassen?»

«Ja. Und hat Er dann um Vergebung gebeten?»

«Er war Gott. Er brauchte es nicht zu tun.»

«Er war auch ein Mensch. Und er hat nicht um Vergebung gebeten. Es wurde auch nicht von ihm verlangt, und noch viel weniger wird es von dir verlangt. Und deshalb solltest du es auch nicht tun. Was hat Er statt dessen gesagt? Wie lauteten Seine nächsten Worte?»

«Vater, in Deine Hände befehle ich meinen Geist», sagte Mary. Sie nahm die Hände vom Gesicht und sah schüchtern zu ihrer Tante auf.

«In Deine Hände befehle ich meinen Geist», wiederholte ihre Tante.

«Ja, mein Liebes», sagte ihre Mutter, und Mary richtete sich auf und sah gerade vor sich hin.

«Bitte, mach dir keine Vorwürfe, Andrew», sagte sie. «Es ist ganz richtig von dir, daß du mir alles erzählst, was du weißt. Ich will es wissen – alles. Es war nur – es hat mich nur für eine Minute überwältigt.»

«Ich hätte dir nicht soviel auf einmal erzählen sollen.»

«Doch, es ist besser so. Besser als wenn ich immer wieder etwas hören müßte – irgendwelche schrecklichen Einzelheiten, gerade wenn ich denke, daß ich nun das Schlimmste gehört habe und mich langsam an den Gedanken gewöhne.»

«Sehr richtig, Poll», sagte ihr Vater.

«So, und nun erzähl weiter. Alles, was es zu erzählen gibt. Und wenn ich noch einmal zusammenbreche, mach dir keine Vorwürfe. Denk daran, daß ich dich ausdrücklich darum gebeten habe. Aber ich werde versuchen, mich zusammenzunehmen. Und ich glaube, es wird schon gehen.»

«Gut, Mary.»

«Recht so», sagte ihr Vater. Sie setzten sich alle wieder hin.

«Und, Andrew, ich hätte gern noch ein Glas Whisky. Könntest du mir noch eins einschenken?»

«Ja, natürlich.» Er hatte die Flasche mit hereingebracht und nahm jetzt ihr Glas vom Tisch.

«Nicht ganz so stark wie der letzte, bitte. Ziemlich stark, aber nicht ganz so.»

«Ist es so recht?»

«Noch ein bißchen Whisky, bitte.»

«Gern.»

«Jetzt ist es wohl richtig.»

«Fühlst du dich auch wohl, Poll?» fragte ihr Vater. «Steigt er dir nicht zu sehr zu Kopf?»

«Aber nein, ich merke überhaupt nichts.»

«Dann ist es ja gut.»

«Ich dächte, es wäre vielleicht besser, wenn wir – diese Diskussion für heute abend abbrechen», sagte Catherine in ihrer reizend wohlerzogenen Art und tätschelte Marys Knie. Alle blickten sie erstaunt an, und plötzlich begannen Mary und Andrew zu lachen, und dann stimmte auch Hannah ein, und Joel sagte: «Was ist denn los? Was habt ihr alle zu meckern?»

«Wegen Mama», prustete Andrew heraus, und er und Hannah erklärten, daß sie soeben in vollendeter Manier vorgeschlagen habe, die Diskussion zu verschieben, als sie gerade darüber gesprochen hätten, wieviel Whisky Mary vertragen könne, und daß es geklungen habe, als meinte sie, daß Mary viel zu durstig sei, um noch länger warten zu können. Joel gab ein belustigtes Grunzen von sich, und gleich darauf wurde er von diesem fast hysterischen Gelächter angesteckt, und sie alle wieherten und lachten aus vollem Hals, während Catherine dasaß und sie ansah und diese unpassende Leichtfertigkeit mit Mißfallen beobachtete und voller Unbehagen vermutete, daß man über sie lachte. Aber dabei lächelte sie höflich und vorwurfsvoll und hob in Erwartung, daß man ihr den Grund der allgemeinen Heiterkeit erklären werde, ihr Hörrohr. Aber sie achteten gar nicht auf sie; sie schienen ihre Anwesenheit kaum zu bemerken. Sie beruhigten sich ein wenig, stöhnten und atmeten tief und wischten sich die Augen; und dann fiel Mary wieder ein, wie ihre Mutter mit ihrer beringten Hand ihr Knie getätschelt hatte, und sie ahmte die Geste nach, oder Andrew machte die Betonung vor, mit der sie das Wort ‹Abbrechen› ausgesprochen hatte, oder ein anderer kostete im Geist irgendeine besonders reizvolle Mischung von

Absurdität, Entsetzen, Grausamkeit und Erleichterung nach oder warf auch nur einen kurzen Blick auf die lächelnde Catherine mit ihrem Hörrohr, und plötzlich begann er wieder zu prusten und zu gurgeln, bis das Gelächter aus ihm heraussprudelte, ein anderer wurde davon angesteckt, und alle fielen ein und es fing wieder von vorn an. Es kam so weit, daß sie sich absichtlich bemühten, lauter oder länger zu lachen oder das Gelächter von neuem zu beleben, wenn es abzuebben drohte; dann wieder bemühten sie sich ebenso krampfhaft, mit dem Lachen aufzuhören oder, wenn es einmal abgebrochen war, nicht wieder von neuem zu beginnen. Schließlich fanden sie heraus, daß sie um so heftiger lachten, je verzweifelter sie sich bemühten, nicht zu lachen, und nun machten sie sich diesen Trick zunutze. Sie lachten, bis sie Bauchschmerzen hatten und völlig erschöpft waren. Dann waren sie endlich imstande, sich ein wenig klarer zu machen, über was für einen armseligen Scherz sie gelacht hatten, und das Mißverhältnis zwischen der Dürftigkeit des Anlasses und der Gewalt ihres Gelächters veranlaßte sie zu neuem Gewieher. Aber schließlich beruhigten sie sich doch, denn sie hatten einfach nicht mehr die Kraft weiterzulachen, und in diese nervöse und fast gefährliche Stille hinein sagte Catherine: «Also, in meinem ganzen Leben war ich noch nie so empört und erstaunt», und alles fing noch einmal von vorn an.

Allmählich aber waren sie wirklich nicht mehr fähig weiterzulachen. Nun begann das Bild dieses toten Körpers neben dem umgestürzten Wagen in ihren Gedanken aufzuzucken, wurde kalt, riesengroß und reglos, und gleichzeitig wurde ihnen voll bewußt, wie häßlich sie die schwerhörige Frau behandelt hatten.

«O Mama!» riefen Mary und Andrew wie aus einem Mund, und Mary umarmte sie und Andrew küßte sie auf Mund und Stirn. «Es war abscheulich von uns», sagte er. «Du mußt versuchen, uns zu verzeihen. Wir waren einfach ein bißchen hysterisch.»

«Erzähl es ihr lieber, Andrew», sagte sein Vater.

«Ja, die Ärmste», sagte Hannah. Und Andrew versuchte ihr so freundlich wie möglich zu erklären, daß sie eigentlich gar nicht über sie oder über den Witz selbst gelacht hatten, der ja, er mußte es zugeben, durchaus nicht so überwältigend komisch war, sondern daß es für sie einfach eine Art Gottesgeschenk gewesen war, daß es überhaupt etwas zu lachen gab.

«Ich verstehe», sagte sie (Ich sehe, sagte der Blinde, dachte Andrew) und ließ ihr höfliches, leise klingendes und erstauntes Lachen hören. «Aber ich meinte natürlich nicht die – die Frage des Alkohols. Ich meinte nur, daß es für unsere arme Mary vielleicht besser wäre, wenn…»

«Aber natürlich!» fiel Andrew ein. «Wir wissen, was du gemeint hast, Mama. Aber Mary möchte es jetzt hören. Sie hat es selber gesagt.»

«Ja, Mama», rief Mary fast schreiend und beugte sich zu ihrem ‹guten› Ohr.

«Nun, in diesem Fall wäre es netter gewesen, wenn ihr es mir erklärt hättet», sagte Catherine etwas steif.

«Es tut mir schrecklich leid, Mama», sagte Andrew. «Aber wir hätten es getan. Ganz bestimmt. Wir wollten es gerade tun.»

«Na schön», meinte Catherine. «Macht nichts.»

«Wirklich, wir wollten es tun, Mama», beteuerte Mary.

«Gut, gut», sagte Catherine. «Es war eben nur ein kleines Mißgeschick. Ich weiß ja, ich mache es euch recht schwer. Das möchte ich nicht.»

«Aber nein, Mama!»

«Nein, ich bin gar nicht beleidigt. Ich möchte nur vorschlagen, daß ihr jetzt keine Rücksicht mehr auf mich nehmt, denn das ist bestimmt bequemer für alle. Joel kann mir ja dann hinterher alles erzählen.»

«Sie meint es ehrlich», sagte Joel. «Sie ist nicht mehr beleidigt.»

«Das weiß ich», erklärte Andrew. «Und gerade deshalb will ich sie um keinen Preis ausschließen. Nein, wirklich,

Mama», fuhr er zu ihr gewendet fort, «ich werde es dir erzählen; so können es alle hören. Meinst du nicht auch?»

«Ja, wenn du das tun möchtest, bin ich dir natürlich sehr dankbar. Danke schön!» Sie neigte lächelnd den Kopf und hob ihr Hörrohr.

Diese Geste erheischte sofortigen Beginn. Das Hörrohr ist wie ein Pelikanschnabel, dachte er. Wirf einen Fisch hinein! «Tut mir leid, Mama», sagte er. «Aber ich muß erst mal meine Gedanken sammeln.»

«Da hast du ganz recht», bestätigte seine Mutter.

Wo war ich denn – ach ja, der Doktor.

«Ich erzählte euch gerade, was der Doktor gesagt hat.»

Mary nahm einen Schluck Whisky.

«Ja», erwiderte Catherine mit ihrer hellen Stimme. «Du sagtest gerade, daß es ein unglaublicher Zufall war, die Art, wie er auf das Lenkrad geschlagen ist, ein Zufall, wie er in einer Million von...»

«Ja, Mama. Es ist beinahe unglaublich. Aber es ist so.»

Mary trank.

«Das-geht-doch-mit-dem-Teufel-zu», sagte Joel. Er dachte an Thomas Hardy. Das ist ein Mann, der weiß, wie die Dinge stehen, dachte er. (Und *sie* bittet Gott, *ihr* zu vergeben!) Er schnaufte unwillig.

«Was hast du, Papa?» fragte Mary ruhig.

«Nichts», antwortete er. «Ich dachte nur, wie so etwas zugeht. Wie Fliegen für mutwillige Jungen. Schon gut.»

«Was meinst du damit?»

«Wie Fliegen für mutwillige Jungen sind wir für die Götter. Sie töten uns, um sich einen Spaß zu machen.»

«Nein», widersprach Mary und schüttelte den Kopf. «Nein, Papa. So ist es nicht.»

Er fühlte, wie es gleich kochender Säure in ihm aufbrodelte; er mußte sich zusammennehmen. Wenn sie mir jetzt erzählen will, daß es Gottes unerforschliche Gnade war, sagte er zu sich selber, dann muß ich rausgehen. «Lassen wir das, Poll», sagte er. «Keiner von uns hat auch nur die leiseste Ahnung davon. Ich am allerwenigsten. Deshalb halte ich lieber meinen Mund.»

«Aber ich kann es nicht ertragen, wenn du so etwas auch nur denkst, Papa.»

Andrew preßte die Lippen zusammen.

«Mary», sagte Hannah.

«Ich glaube, das kann niemand von einem andern verlangen – und er kann auch nichts daran ändern», sagte ihr Vater.

«Ja, Mary», bestätigte Hannah.

«Aber das kann ich dir versichern, Poll. Ich habe nur sehr wenig eigene Gedanken darüber, und um keinen davon lohnt sich eine Diskussion.»

«Ist da vielleicht etwas, was ich auch hören müßte?» fragte Catherine.

Sie schwiegen einen Augenblick. «Nichts, Mama», sagte Andrew dann. «Nur eine Abschweifung. Wenn es wichtig gewesen wäre, hätte ich es dir gesagt.»

«Du wolltest gerade weitererzählen, was der Doktor dir gesagt hat.»

«Ja, das wollte ich. Er hat mir noch allerhand erklärt, und ich kann euch versichern – so schlimm es klingt, es ist doch ein schwacher Trost.»

Mary sah ihm in die Augen.

«Er sagte, bei so einer Art Unfall war dieser Ausgang bestimmt das Beste. Denn nach einer solchen Gehirnerschütterung kann ein Mensch höchstwahrscheinlich nur noch als ein unheilbarer Idiot weiterleben.»

«O Andrew!» sagte Mary entsetzt.

«Ja, für den Rest seines Lebens, und das kann dann durchaus noch weitere 40 Jahre dauern. Oder vielleicht auch nur als halber Invalide, der immer wieder bettlägerig wird, schreckliche Anfälle von Kopfschmerzen oder von Gedächtnisschwund oder sogar von Schwachsinn hat. Das ist ihm alles erspart geblieben, Mary», erzählte er verzweifelt weiter. «Ich glaube, es ist richtig, wenn ich das jetzt alles sage, damit es klar und erledigt ist.»

«Ja», sagte sie hinter ihren Händen. «Ja, du hast recht. Sprich weiter, Andrew. Komm zu Ende damit.»

«Er hat mir erklärt, was geschehen wäre, wenn er bei Bewußtsein geblieben und nicht einfach aus dem Auto geschleudert worden wäre. Er wäre mit dem Wagen, der sich nicht mehr lenken ließ, in rasendem Tempo die acht Fuß hohe Böschung hinaufgefahren und mit ihm hinuntergefallen. Er wäre zerquetscht worden, Mary. Entsetzlich verstümmelt. Wenn er daran gestorben wäre, so wäre es ein langsamer, qualvoller Tod gewesen. Und wenn er am Leben geblieben wäre, dann wahrscheinlich als Krüppel.»

«Entsetzlich!» rief Catherine.

«Als Idiot, als Krüppel oder gelähmt», fuhr Andrew fort. «Denn eine Gehirnerschütterung kann auch eine Lähmung zur Folge haben. Unheilbar. Solch ein Schicksal kannst du keinem Menschen an Stelle des Todes wünschen. Und am wenigsten einem Mann wie Jay, einem Mann von einer solchen körperlichen und geistigen Vitalität, von solchem Unabhängigkeitsdrang, einem Menschen, der es haßte, auch nur einen Tag im Bett liegen zu müssen. Du erinnerst dich doch, wie schwer es war, ihn ruhig zu halten, als er sich den Rücken verstaucht hatte.»

«Ja», sagte sie. «Ja, ich erinnere mich.» Ihre Hände lagen noch immer vor ihrem Gesicht, und sie preßte die Finger fest gegen die Augen.

«Statt dessen...» begann Andrew, und er sah wieder das Gesicht des Toten vor sich, er sah ihn vor sich, wie er im hellen Licht auf dem Tisch gelegen hatte. «Statt dessen, Mary, ist er den schnellsten und schmerzlosesten Tod gestorben, den es gibt. Einen Augenblick vorher war er noch vollkommen lebendig. Vielleicht lebendiger als je zuvor, denn es war plötzlich irgend etwas geschehen, und sein ganzes Wesen war in wildem Aufruhr und darauf versessen, dieses Hindernis zu beseitigen – du kennst das an Jay, Mary, wahrscheinlich besser als sonst ein Mensch. Er wußte nicht, was Angst ist. Gefahr machte ihn nur wütend – und unheimlich gespannt.

Dann wurde er mit jeder Faser zu dem Mann, der er wirklich war. Und im nächsten Augenblick schon war alles vorüber. Er hatte nicht einmal Zeit, zu begreifen, daß es hoffnungslos war, Mary. Und nicht einen Augenblick lang hat er einen Schmerz gefühlt, denn diese Art Schlag ist viel zu heftig, um Schmerz zu verursachen. Unmittelbaren Schmerz. Nur ein Augenblick der Überraschung, in dem jede Fähigkeit aufs äußerste gespannt ist, dann ein ungeheurer, vernichtender Stoß, und dann nichts mehr. Verstehst du, Mary?»

Sie nickte.

«Ich habe sein Gesicht gesehen, Mary. Es sah nur erstaunt aus, erstaunt und entschlossen, und unglaublich konzentriert. Nicht eine Spur von Angst oder Schmerz.»

«Er hätte sich in keinem Fall gefürchtet», sagte sie.

«Ich habe ihn auch dann gesehen – ausgezogen, beim – beim Bestatter», erzählte Andrew weiter. «Mary, an seinem ganzen Körper war keine Verletzung zu sehen. Nur dieser eine kleine Schnitt am Kinn. Und eine kleine Schwellung an der Unterlippe. Sonst nichts. Er hatte den schönsten Körper, den ich je gesehen habe.»

Eine Zeitlang sprach keiner ein Wort. Dann sagte Andrew: «Ich kann euch eines versichern: wenn meine Stunde einmal kommt, kann ich nur hoffen, daß ich einen halb so leichten Tod habe.»

Sein Vater nickte, Hannah schloß die Augen und neigte den Kopf.

Catherine wartete geduldig.

«In seiner Kraft», sagte Mary. Sie nahm die Hände vom Gesicht. Ihre Augen waren noch immer geschlossen. «So wurde er uns genommen», fuhr sie in zärtlichem Ton fort, «in seiner Kraft. Singend vielleicht –» ihre Stimme brach bei diesem Wort – «glücklich, ganz allein, in rasender Fahrt nach Hause, denn er fuhr so gern schnell, und er konnte es nur, wenn er allein war, und er wollte seine Kinder nicht enttäuschen. Und dann kam es genau so, wie du gesagt hast, Andrew. Nur ein Augenblick der Aufregung, etwas, das Gefahr sein konnte – und es auch war: es war der Tod selber –, und sein ganzes Wesen spannte sich, um dieses Etwas zu besiegen, zu bezwingen, aber nicht in Angst. Tapfer, edel und zornig und in vollem Vertrauen, daß er es schaffen würde. So hat er dem Tod ins Gesicht gesehen. Ja, so hat er es getan. In seiner Kraft! Das sind die Worte, die auf seinem Grabstein stehen sollen, Andrew.»

Daran denken sie jetzt, an den Grabspruch! begriff Joel jählings. So könnt ihr euch einbilden, ihr hättet Gewalt über den Tod gewonnen! Ihr nehmt ihn in Besitz, ihr wählt einen Namen für ihn. Und aus demselben Grund wollt ihr so genau wissen, wie es geschehen ist. Und ihr versucht, es euch vorzustellen.

So wie Mary. Und auch Andrew. Mit jeder erbärmlichen Ausflucht kann man sich behelfen; man heißt sie willkommen.

«Meint ihr nicht auch?» fragte Mary schüchtern, denn Andrew hatte nicht geantwortet.

«Ja, das meine ich auch», sagte er, und Hannah sagte: «Ja, Mary», und Joel nickte.

Hannah: ich möchte es *wissen*, wenn ich sterben muß, und bestimmt nicht aus religiösen Gründen.

«Mama», rief Mary und zog sie am Arm. Ihre Mutter wandte sich dankbar und eifrig mit dem Hörrohr zu ihr herum. «Ich sagte eben zu Andrew», erklärte Mary, «daß ich weiß, welche Worte als Grabspruch auf Jays – auf dem Stein stehen sollen.» Ihre Mutter neigte höflich lauschend den Kopf. «In seiner Kraft», sagte Mary. Ihre Mutter blickte noch höflicher drein. «In – seiner – Kraft», wiederholte Mary etwas lauter. Lieber Gott, das halte ich nicht mehr aus! dachte Andrew. «Denn genauso ist es geschehen, Mama. So plötzlich, ohne Warnung, ohne Leiden oder Schwäche oder Krankheit. Auf der Stelle. Auf der Höhe seines Lebens. Verstehst du?»

Ihre Mutter tätschelte Marys Knie und ergriff ihre Hand.

«Sehr passend, mein Kind», sagte sie.

«Ja, das finde ich», bestätigte Mary. Sie wünschte, sie hätte nicht davon gesprochen.

«Ja, du hast recht, Mary», versicherte Andrew ihr.

«Warum hast du nicht geantwortet, als ich dich fragte?»

«Ich dachte gerade an ihn.»

Es entstand eine Pause. Catherine, die noch immer erwartungsvoll ihr Hörrohr hinhielt, wandte sich ab.

«Er war 36 Jahre alt», sagte Mary. «36 Jahre, einen Monat und einen Tag.»

Keiner sprach.

«Und gestern nacht – großer Gott, es war wirklich erst gestern nacht! Wenn man das bedenkt! Vor weniger als 24 Stunden klingelte dieses schreckliche Telefon, und dann saßen wir zusammen in der Küche – und dachten an seinen Vater. Wir beide dachten, daß es sein Vater wäre, dessen letzte Stunde gekommen war. Darum ist er hingefahren. Darum ist es geschehen! Und dieser unselige Ralph war so betrunken, daß wir nicht einmal herausbekamen, ob es überhaupt nötig war. Er mußte einfach losfahren – für alle Fälle. Oh, es ist nicht auszudenken!»

Sie trank ihr Glas aus und stand auf, um sich noch einmal einzugießen.

«Gib her, ich mache ihn dir zurecht», sagte Andrew rasch und nahm ihr Glas.

«Nicht wieder so stark», sagte sie. «Danke.»

«Wie ein Schachbrett ist das», sagte ihr Vater.

«Was?»

«Was ihr da sagt. Man denkt, daß alles auf den Tod eines Menschen hinweist, und es stirbt ein ganz anderer. Im einen Augenblick sieht man die schwarzen Quadrate vor den roten und im nächsten die roten vor den schwarzen.»

«Ja», stimmte Mary zu, aber ihre Stimme klang fast so unsicher wie die ihrer Mutter.

«Keiner von uns weiß, was wir in irgendeinem gegebenen Augenblick tun werden.»

Ich begreife nicht, wie du es fertigbringst, keinen religiösen

Glauben zu haben, hätte Hannah beinahe zu ihm gesagt. Aber sie schwieg.

«Ein Märchen, das ein Idiot erzählt... ohne jede Bedeutung.»

«Es hat doch eine Bedeutung», widersprach Andrew. «Wir kennen sie nur nicht.»

«Auch möglich. Eine Wahl zwischen Klapperschlange und Skunk.»

«Jay kennt die Bedeutung. Jetzt», sagte Mary.

«Nun ja, ich will keinen Eid darauf leisten, daß er sie nicht kennt», räumte ihr Vater ein.

«Er kennt sie, Mary», bestätigte ihre Tante.

«Natürlich tut er es», bekräftigte Mary noch einmal.

Kind, es wäre besser, du glaubtest es, dachte ihre Tante, die diesem ‹natürlich› mißtraute.

«Ich überlege eben...» begann Catherine. Alle wandten sich ihr zu. «Marys Vorschlag – für – einen Grabspruch – ist sehr hübsch und passend, aber ich überlege mir, ob die Leute ihn richtig – verstehen werden.»

«Ohhh!» stöhnte Joel.

«Und wenn sie ihn nicht verstehen?» fragte Andrew.

Mary beugte sich zu ihr.

«Eben, Mama! Was macht es, wenn sie ihn nicht verstehen! *Wir* verstehen ihn. *Jay* versteht ihn. Was kümmert es uns, ob die anderen ihn verstehen!»

Catherine war überrascht und ein wenig verletzt durch diese heftige Entgegnung. «Ich fand nur, man sollte das bedenken», erklärte sie würdevoll. «Immerhin wird der Stein an einem öffentlichen Ort stehen. Und nicht nur wir werden ihn sehen, sondern auch viele andere Leute. Ich war immer der Ansicht, daß *Worte* dazu da sind, etwas – zu *übermitteln – klar und deutlich*.»

«Aber Mama, nun sei doch nicht so!» fuhr Mary auf. «Ich verstehe dich schon. Und es ist auch ganz richtig, daß du uns das zu bedenken gibst. Ich kann nur nicht einsehen, daß man sich bei einem – in diesem besonderen Fall darüber ernsthafte

Gedanken machen kann. Uns kommt es auf Jay an, nicht auf die Leute.»

«Ja, ja, vielleicht hast du recht. Vielleicht hätte ich lieber nicht...»

«Wir sind dir sehr dankbar, daß du uns darauf aufmerksam gemacht hast, Mama. Wirklich. Ich war gar nicht darauf gekommen, und dabei hätte ich doch eigentlich daran denken sollen. Nur, weißt du, selbst jetzt, wo du es gesagt hast, bin ich noch immer der Ansicht, daß mein Vorschlag von vorhin richtig ist.»

«Laß es sein, um Himmels willen, Catherine, laß es auf sich beruhen!» Joel sagte es ganz leise. Aber jetzt nickte sie schon und gab sich zufrieden.

«Ich möchte Mamas Gefühle wirklich nicht verletzen», sagte Mary, «aber trotzdem...»

«Ist schon recht so», fiel Andrew ein.

«Laß es jetzt, Mary», riet ihr Vater.

«Ja, ja», seufzte Mary. Sie nahm einen Schluck. «Wir müssen sie benachrichtigen», sagte sie dann. «Seine Mutter. Wir müssen Ralph anrufen. Andrew, würdest du das wohl tun?»

«Selbstverständlich.» Er stand auf.

«Sag ihnen bitte, es täte mir leid, aber ich könnte nicht ans Telefon kommen. Bitte, Andrew, ja? Sie werden es schon verstehen.»

«Natürlich werden sie das.»

«Sag ihnen – wie es geschehen ist. Und sag Ralph, daß ich seine Mutter herzlich grüßen lasse.» Er nickte. «Und Andrew, bitte frag, wie es Jays Vater geht.» Er nickte. «Und sag ihnen, wann – ach so, wir wissen es ja selber noch nicht. Oder weißt du es? Wann die – an welchem Tag – die Beerdigung ist, Andrew.»

«Noch nicht genau. Ich habe abgemacht, daß ich morgen früh hinkomme, um alles zu besprechen.»

«Gut, dann mußt du ihnen eben sagen, daß wir es ihnen so bald wie möglich mitteilen werden. Damit sie noch genug Zeit haben. Um herzukommen, meine ich.»

«Welche Nummer, Mary?»

«Nummer?»

«Wie ist Ralphs Telefonnummer?»

«Ich – kann mich nicht erinnern. Ich weiß sie nicht genau. Du mußt bei der Zentrale nachfragen. Jay hat sonst immer angerufen.»

«Gut.»

«Es ist in LaFolette», rief sie hinter ihm her, während er in die Diele ging.

«Gut, Mary.» Er ging hinaus.

«Und, Andrew...?»

«Ja, Mary?» Er steckte den Kopf durch die Tür.

«Sprich bitte so leise, wie du irgend kannst. Damit die Kinder nicht aufwachen.»

«Ja, Mary.»

«Wie dumm, daß ich die Nummer nicht weiß», sagte sie zu den anderen. «Aber sonst hat immer Jay dort angerufen.»

«Sag deiner Mutter, um was es geht», ermahnte ihr Vater sie, denn Catherine schaute schon wieder fragend umher.

Mary beugte sich zu ihr hinüber.

«Badezimmer?» flüsterte ihre Mutter diskret.

«Nein, Mama. Er will Jays Bruder anrufen.»

Ihre Mutter nickte und hielt ihr noch immer das Hörrohr entgegen, aber Mary hatte nichts mehr zu sagen.

«Ich hoffe, er wird ihnen unser herzlichstes – Beileid aussprechen», sagte Catherine.

Mary nickte verständnisvoll. «Ich habe ihn darum gebeten», log sie.

Ein paar Augenblicke später gab Catherine es auf und ließ das Hörrohr aus ihren welken Händen in den Schoß sinken.

12. Kapitel

Andrew hatte die Tür geschlossen, aber obgleich er sich bemühte, leise zu sprechen, konnten sie ihn trotzdem hören. Er sprach wirklich sehr leise, direkt in die Hörmuschel, und er hielt auch noch die Hand davor, aber selbst so konnten Mary und Hannah fast alles verstehen, was er sagte. Sie wollten gar nicht zuhören, sondern taten es unwillkürlich.

Er sagte: «Ich möchte ein Ferngespräch anmelden, bitte», und die Verhaltenheit seiner Stimme ließ sie nur noch angestrengter lauschen. Sie war wie eine versteckte Gefahr.

«Hallo? Hallo, ist dort das Fernamt? Ich hätte gern ein Ferngespräch mit Ralph Follet, F, O, L, L, E, T. Nein – F, O – haben Sie verstanden? – L, L, E, T. FOLLET. In LaFolette, Tennessee. Nein, die habe ich nicht. Danke.»

«Ich weiß nicht, wie seine Mutter das überstehen soll», sagte Mary leise. «Ich sagte, ich weiß nicht, wie Jays Mutter das überstehen soll», erklärte sie ihrer Mutter.

«Ihr eigener Mann liegt im Sterben», fuhr sie dann, zu Hannah gewendet, fort, «und jetzt das. Und sie hat ihn vergöttert, er war ihr ein und alles.»

«Sie ist eine unerhört mutige Frau», meinte Hannah.

«Hallo? Ralph? Ist dort Ralph Follet?»

«Wenn sie ihren Mut nicht hätte, wäre sie heute nicht mehr am Leben», sagte Mary.

«Ralph, hier ist Andrew Lynch.»

Sie saßen still da und taten nun nicht mehr so, als wollten sie nicht zuhören.

«Ja, Andrew. Ralph, ich muß dir etwas wegen Jay sagen.»

Hannah und Mary sahen einander an. Bei jedem Wort, das Andrew aussprach, begriffen sie auf eine ganz neue Art, daß es wirklich geschehen war und daß es endgültig war.

«Jay ist heute abend gestorben, Ralph. Er ist tot. Er starb bei einem Autounfall, auf der Heimfahrt, in der Nähe von Powell Station. Er war augenblicklich tot.»

Mary sah in ihr Whiskyglas und begann zu zittern.

«Augenblicklich. Ein Arzt hat es mir bestätigt. Er hat nicht einmal mehr bemerkt, was mit ihm geschah. Es war eine Gehirnerschütterung, Ralph. Gehirn-erschütterung. Ein so heftiger Schlag gegen sein Gehirn, daß er auf der Stelle tot war.»

«Sie dürfen es seinem Vater nicht erzählen», sagte Mary plötzlich. «Es würde ihn umbringen.»

«Ich wüßte nicht, wie sie es vermeiden könnten», meinte Hannah. «Mary meint, sie dürfen es seinem Vater nicht sagen», erklärte sie ihrem Bruder. «Bei seinem augenblicklichen Zustand könnte die Nachricht sein Tod sein. Ich sagte ihr, daß ich einfach nicht weiß, wie sie es vermeiden können. Schließlich müssen sie ihm einen Grund angeben, wenn sie zur Beerdigung hierher fahren.»

«Sie brauchen ihm ja nur zu sagen, daß er verletzt ist», meinte Joel.

Mary lief schnell in die Diele. «Andrew», flüsterte sie eindringlich. Er zog eine Grimasse, die sie erschreckte, und schlug mit der Hand abwehrend durch die Luft, als sei sie eine Mücke. «Nur an einer einzigen Stelle, an der Kinnspitze», sagte er eben. Er wandte sich zu Mary, aber die Stimme im Hörer veranlaßte ihn, sich wieder umzudrehen. «Möglicherweise ist er schon meilenweit so gefahren. Das weiß man nicht. Sie haben überall gesucht, ein ganzes Stück die Straße hinunter – ja, natürlich mit Taschenlampen –, und sie konnten nichts finden.» Wieder hörte sie die Stimme, die schwirrte wie ein gespannter Draht. «Nein, sie haben keine Ahnung. Nur daß es auf diesen Straßen ein paar sehr schlechte Strecken gibt und daß Jay sehr schnell fuhr. Einen Augenblick, Ralph.» Er legte die Hand über die Hörmuschel. «Was ist, Mary?»

Sie konnte die unangenehm quäkende Stimme hören. Wie ein Wurm am Angelhaken, dachte sie. Der arme, eklige, dicke Kerl! «Sag Ralph, daß er es seinem Vater nicht erzählen soll», flüsterte sie. «Bei seinem Zustand könnte es sein Tod sein. Wenn sie ihm überhaupt etwas sagen müssen – ich meine, wenn sie hierher fahren –, dann sollen sie sagen, er sei verletzt.» Andrew nickte.

«Ralph», begann er wieder. «Geh weg», flüsterte er, da sie noch immer unschlüssig neben ihm stand. «Wir wollten dich nur darauf aufmerksam machen, daß es für deinen Vater sehr gefährlich sein könnte –» nun hörte Mary ihn wieder durch die Tür; sie setzte sich auf das Sofa – «wenn er es jetzt erfährt. Natürlich werden deine Mutter und du am besten wissen, wie ihr es ihm nötigenfalls beibringen müßt – falls ihr ihm erklären wollt, warum ihr zur Beerdigung fahrt. Vielleicht wäre es besser, wenn ihr ihm sagtet, daß Jay verletzt ist, aber nicht lebensgefährlich. Meinst du nicht auch? Wie sagtest du?

Aber nein, wir... Er ist bei Roberts. Ich habe ihn heute abend hingebracht. Aber ich dachte doch, daß...»

«Lieber Gott!» sagte Mary so laut, daß ihr Vater auffuhr. «Ralph ist Bestatter!»

«Natürlich verstehe ich deinen Standpunkt, Ralph.

Nein. Noch nicht.

Aber auf die Unkosten kommt es doch bei dieser...

Hör zu, Ralph, würdest du bitte... Würdest du bitte eine Minute am Telefon bleiben? Ich finde, wir sollten das Mary entscheiden lassen, meinst du nicht auch?

Natürlich tut sie das. Du doch auch. Ich...

Das bezweifle ich ja gar nicht.

Nein, ich bin dir sehr dankbar, Ralph, und Mary bestimmt

auch, aber laß sie mich doch bitte erst einmal fragen, was sie möchte. Einen Augenblick.»

Sie hörten seine raschen Schritte und dann steckte er sein wütendes Gesicht durch den Türspalt.

«Ralph ist Leichenbestatter», verkündete er. «Ihr könnt euch wahrscheinlich vorstellen, was er will. Ich habe ihm gesagt, daß du das entscheiden müßtest.»

«Du lieber Gott!» rief Joel.

«Andrew, bitte sag ihm, daß ich – daß ich das einfach nicht kann.»

«Er klagt sich selbst an wegen Jays... Er will versuchen, etwas wiedergutzumachen.»

«Aber wie kommt er denn dazu, sich selbst anzuklagen?»

«Weil er Jay eigenmächtig angerufen hat.»

«Was für ein Unsinn!» sagte Hannah.

«Aber Jay ist doch schon bei Roberts...»

«Ralph sagt, das ließe sich leicht arrangieren. Er könnte gleich morgen früh herkommen.»

«Na ja, aber wir können das trotzdem nicht machen. Und wir werden es auch nicht tun, unter keinen Umständen. Sag ihm, ich fände seinen Vorschlag rührend und dankte ihm sehr dafür, aber ich könnte ihn nicht annehmen. Oder sag ihm, daß ich nicht mehr die Kraft habe, noch etwas zu ändern. Es ist mir gleich, was du zu ihm sagst, Andrew, nur sieh, daß du ihn loswirst.»

«Ich werde ihn schon abwimmeln.» Er ging wieder hinaus.

«Das wirkt ja geradezu blutschänderisch», meinte Joel.

Seine Schwester lachte grell auf.

«Nichts Wichtiges, Mama», sagte Mary. «Nur – Besprechungen wegen der Beerdigung.»

Nichts Wichtiges! Man kann so etwas nur überstehen, wenn man mindestens die Hälfte der Zeit über die Augen fest zumacht. Nein: jetzt mußte sie es wieder Catherine erklären.

«Wann wird die Zeremonie denn stattfinden?»

Hannah unterdrückte ein Lachen, aber Joel konnte es nicht. Mary kämpfte mühsam gegen ein Lächeln an.

«Das wissen wir noch nicht. Es ging jetzt um die Frage, wo es sein sollte. Hier oder in LaFolette.»

«Ich möchte doch annehmen, daß er in Knoxville zu Hause war.»

«Das fanden wir auch. Die Sache ist jetzt so geregelt.»

«Nun, dann ist es ja gut.»

Andrew kam herein. «Ich mußte mich zwischen Ralph und dir entscheiden», sagte er. «Da habe ich dich vorgezogen.»

«O Andrew, du hast ihn sicher beleidigt.»

«Eine andere Möglichkeit gab es nicht. Er wollte sich auf unser Nein nicht einlassen.»

«Und jetzt wird er seiner Mutter deswegen eine schreckliche Szene machen.»

«Wenn er es nicht lassen kann...»

«Sie ist eine vernünftige Frau, Mary», wandte Hannah ein.

«Ich muß etwas zu trinken haben», sagte Andrew. Dann stöhnte er: «Du lieber Gott! Wenn man diesem Menschen etwas plausibel machen will, kann man genausogut versuchen, einem Tintenfisch Socken anzuziehen.»

«Aber Andrew!» lachte Mary. Sie hatte diesen Ausdruck nie gehört. «Ich bin dir sehr dankbar», sagte sie dann. «Du mußt ja völlig erledigt sein.»

«Das sind wir alle», erklärte Hannah. «Und du am allermeisten, Mary. Wir sollten jetzt daran denken, daß wir ein bißchen Schlaf bekommen.»

«Ja, das müssen wir wohl, nur habe ich wirklich nicht das Gefühl, als könnte ich schlafen. Aber ihr solltet es tun.»

«Wir sind ganz munter», sagte Andrew. «Außer Mama vielleicht. Und du, Papa, willst sicher...»

«Ich schlafe nie vor zwei Uhr morgens ein», versicherte Joel. «Das weißt du doch.»

«Ich werde dir einen schönen heißen, steifen Grog machen», sagte Hannah. «Danach kannst du bestimmt schlafen.»

«Ich habe eher den Eindruck, daß er mich noch wacher macht.»

«Heiß.»

«Vielleicht nur etwas heiße Milch. Nein, die will ich auch nicht!» rief Mary plötzlich, und die Tränen schossen ihr in die Augen.

Die anderen sahen sie an und blickten dann schnell weg. Nach ein paar Sekunden hatte sie ihre Fassung wiedergewonnen.

«Das war eines der letzten Dinge, die Jay für mich getan hat», erklärte sie. «Ganz früh am Morgen, bevor er – fortfuhr. Er hat mir eine Tasse Milch heißgemacht, damit ich besser einschlafen konnte.» Sie fing wieder an zu weinen. «Der Gute», schluchzte sie, «der Liebe, Gute!

Wißt ihr, was er zu allerletzt noch zu mir gesagt hat? Ich sollte mir überlegen, was ich mir zum Geburtstag wünsche. ‹In vernünftigen Grenzen›, sagte er dabei – natürlich im Scherz. Und dann sagte er noch, ich sollte nicht mit dem Abendessen auf ihn warten, aber er – er würde bestimmt versuchen, dazusein, bevor die Kinder im Bett wären.»

Es würde ihr später lieber sein, wenn sie ein paar von diesen Dingen für sich behalten hätte, dachte Joel.

Würde es ihr wirklich lieber sein? Mir bestimmt. Aber ich bin nicht Poll.

«Rufus wollte – einfach nicht nachgeben. Er wollte nicht schlafen gehen. Er war so stolz auf die Kappe, Tante Hannah. Und er wollte sie so gern seinem Vater zeigen.»

Hannah kam herüber, beugte sich zu ihr herab und legte einen Arm um ihre Schulter.

«Sprich nur darüber, wenn du möchtest, Mary», sagte sie. «Wenn du meinst, daß es dir guttut. Aber denk daran, daß du diese Dinge auch nicht breittreten darfst.»

«Und ich war so ärgerlich auf ihn, erst vor ein paar Stunden, weil er den ganzen Tag nicht angerufen hatte, und auch wegen Rufus. Ich hatte ein so gutes Abendessen gemacht, und ich habe *doch* auf ihn gewartet, und...»

«Er konnte ja nicht wissen, daß es ein so gutes Essen war», warf Hannah ein.

«Natürlich konnte er es nicht wissen, und ich sollte ja auch gar nicht warten, aber ich habe es doch getan, und ich war so ärgerlich auf ihn – und ich habe sogar – ich habe...»

Aber das, so meinte sie plötzlich, konnte sie ihnen doch nicht erzählen. Ich habe sogar gedacht, er hätte sich betrunken, gestand sie sich ein. Und wenn er es wirklich getan hätte, nun, das wäre schließlich auch kein Unglück gewesen. Wenn er betrunken war, dann kann man nur hoffen, daß es ihm Freude gemacht hat. Gott segne ihn. Immer und ewig.

Und nun kam ihr plötzlich ein entsetzlicher Gedanke, und sie sah zu Andrew hinüber. Nein, dachte sie, er hätte mich nicht angelogen, wenn es so gewesen wäre. Nein, ich will ihn auch nicht fragen. Ich will es mir auch gar nicht erst vorstellen. Ich wüßte nicht, wie ich weiterleben sollte, wenn es so wäre. Aber immerhin, er war den ganzen Tag mit Ralph zusammen gewesen. Er mußte getrunken haben. Nun ja, und wahrscheinlich hatte er es auch getan. Das lag außerhalb seines Versprechens. Aber nicht wirklich *betrunken*. Nicht so, daß er nicht mehr steuern konnte. Richtig fahren.

Nein. Oh, nein!

Nein, ich will sein Andenken nicht einmal durch eine Frage entehren. Ich will auch Andrew nicht insgeheim fragen. Nein, das will ich nicht.

Und sie dachte so intensiv und mit solcher Liebe an das Gesicht ihres Mannes, an seine Stimme, an seine Hände und an sein Lächeln, das so warm und freundlich war, obgleich seine Augen fast nie ihren traurigen Ausdruck verloren, daß es ihr gelang, jeden anderen Gedanken aus ihrem Kopf zu verbannen.

«Pst!» flüsterte Hannah.

«Was ist denn?»

«Pst! Hört doch!»

«Was ist los?» fragte Joel.

«Sei ruhig, Joel, bitte! Da ist irgend etwas.»

Sie lauschten gespannt.

«Ich kann nichts hören», flüsterte Andrew.

«Aber ich», sagte Hannah leise. «Hören oder auch fühlen. Da ist irgend etwas.»

Und wieder schwiegen sie und lauschten.

Jetzt schien es Mary, ebenso wie Hannah, als sei noch irgend jemand außer ihnen im Haus. Sie dachte an die Kinder; möglicherweise waren sie aufgewacht. Doch während sie so angespannt wie möglich lauschte, war sie auf einmal nicht mehr sicher, ob sie wirklich ein Geräusch vernahm. Und wer oder was es auch sein mochte, bestimmt war es kein Kind, denn sie fühlte in diesem Etwas eine so zwingende Kraft, eine so erschreckende Besorgtheit und Widerspenstigkeit zugleich, wie sie von einem Kind nie ausgehen kann.

«Da ist tatsächlich etwas», flüsterte Andrew.

Was es auch sein mochte, es blieb auch nicht einen Augenblick lang ruhig an einer Stelle. Es war im Nebenzimmer, in der Küche, im Eßzimmer.

«Ich gehe hinaus und sehe nach.» Andrew stand auf.

«Warte, Andrew! Noch nicht!» flüsterte Mary. «Nein, nein!» Jetzt geht es die Treppe hinauf, dachte sie, den Flur entlang, jetzt ist es im Kinderzimmer. Jetzt in unserem Schlafzimmer.

«Ist irgend jemand ins Haus gekommen?» fragte Catherine plötzlich mit heller Stimme.

Andrew spürte, wie es ihm kalt den Rücken hinunterlief. Er beugte sich zu ihr. «Wie kommst du darauf, Mama?» fragte er ruhig.

«Es ist hier bei uns im Zimmer», sagte Mary mit kalter Stimme.

«Ach, wie dumm von mir! Ich dachte, ich hätte etwas gehört. Schritte!» Catherine lachte ihr kurzes, klingendes Lachen. «Ich werde doch allmählich alt und wunderlich.» Sie lachte wieder.

«Pst!»

«Es ist Jay», flüsterte Mary. «Ich weiß es jetzt. Ich habe so krampfhaft überlegt, was in aller Welt... Jay. Liebster. Mein Herz, kannst du mich hören?

Kannst du mir sagen, ob du mich hörst, Liebster?

Kannst du es?

Kannst du es nicht?

Oh, versuch es doch, Liebster. Versuch, so sehr du kannst, es mich wissen zu lassen!

Du kannst es nicht, nein? Du kannst es nicht, so sehr du dich auch anstrengst.

Aber hör du mich wenigstens, Jay! Ich bitte Gott von ganzem Herzen, daß du mich hören kannst. Ich möchte dich so gern beruhigen.

Reg dich nicht auf, Liebster. Mach dir keine Sorgen. Bleib in unserer Nähe, wenn du kannst. So lange du kannst. Aber mach dir das Herz nicht schwer. Es geht uns allen gut, mein Liebster, mein Mann. Ich komme schon zurecht. Mach dir keine Sorgen. Wir schaffen es schon. Sei ruhig, mein Liebster. Ruh dich aus. Ruh dich nur aus, mein Herz. Du brauchst dir nie wieder Sorgen zu machen. Nie wieder, mein Schatz. Nie, nie wieder.»

«Mögen die Seelen der Gläubigen durch Gottes Gnade in Frieden ruhen», flüsterte Hannah. «Gesegnet seien die Toten.»

«Mary!» flüsterte ihr Bruder. Er weinte.

«Jetzt ist er nicht mehr hier», sagte sie. «Wir können reden.»

«Mary, um Gottes willen, was war das?»

«Es war Jay, Andrew.»

«Es war irgend etwas. Daran ist nicht zu zweifeln, aber – mein Gott, Mary!»

«Es war Jay, bestimmt. Ich weiß es. Wer sonst würde heute nacht hierherkommen, so schrecklich bekümmert, so schrecklich besorgt um uns, und so ruhelos! Und außerdem, Andrew, es – es fühlte sich einfach so an wie Jay.»

«Du meinst...»

«Ich meine, es fühlte sich so an wie seine Gegenwart.»

«Für mich auch», bestätigte Hannah.

«Ich möchte euch nicht gern stören», ließ Joel sich vernehmen, «aber könntet ihr mir nicht bitte sagen, was hier vorgeht?»

«Hast du es auch gefühlt, Papa?» fragte Mary eifrig.

«Gefühlt? Was?»

«Erinnerst du dich, daß Tante Hannah vorhin sagte, irgend etwas sei hier, irgend jemand oder irgend etwas, hier im Haus?»

«Ja. Und dann hat sie mir gesagt, ich solle den Mund halten, und ich habe es getan.»

«Ich habe dich nur gebeten, dich ruhig zu verhalten, Joel, weil wir versuchten, etwas zu hören.»

«Na schön, und was habt ihr gehört?»

«Ich weiß nicht, ob ich wirklich etwas gehört habe, Joel. Ich bin mir nicht sicher. Ich glaube, nicht. Aber gefühlt habe ich etwas, ganz deutlich. Und Andrew auch.»

«Ja, das habe ich, Papa.»

«Und Mary.»

«Oh, und wie deutlich!»

«Was meint ihr damit, daß ihr etwas gefühlt habt?»

«Dann hast du also nichts gefühlt, Papa?»

«Doch, ich hatte plötzlich das Gefühl, als wäre eine Art Spannung im Zimmer, als wäre irgend etwas mit euch los. Mary sah aus, als hätte sie einen Geist gesehen, und ihr alle...»

«Das hat sie», versicherte Andrew. «Das heißt, eigentlich gesehen hat sie nichts, aber sie hat es gefühlt. Sie wußte, daß etwas hier war. Sie sagt, es war Jay.»

«Waas?»

«Jay. Tante Hannah glaubt es auch.»

«Hannah?»

«Ja, das tue ich, Joel. Ich bin nicht so sicher wie Mary, aber es war ihm ähnlich.»

«Was für ein ‹es›?»

«Dieses Etwas, Papa, was es auch gewesen sein mag. Das, was wir alle gefühlt haben.»

«Gefühlt? Wie fühlte es sich an?»

«Nun eben wie...»

«Du meinst, es war Jay?»

«Nein, ich hatte keine Ahnung, was es sein könnte. Aber ich weiß, daß es *etwas* war. Mama hat es auch gefühlt.»

«Catherine?»

«Ja. Und von uns konnte sie es nicht haben, denn sie wußte gar nicht, was wir sagten und taten. Plötzlich fragte sie: ‹Ist jemand ins Haus gekommen?›, und als ich wissen wollte, warum sie das annähme, sagte sie, sie habe gemeint, Schritte zu hören.»

«Das kann Gedankenübertragung gewesen sein.»

«Keiner von uns anderen hat geglaubt, er höre Schritte.»

«Das macht nichts. Aber das, was ihr denkt, kann es nicht gewesen sein.»

«Ich weiß nicht, was es war, Papa, aber wir alle vier sind ganz unabhängig voneinander überzeugt, daß hier etwas war.»

«Joel, ich weiß, daß Gott persönlich dich nicht überzeugen würde», sagte seine Schwester. «Und wir wollen auch gar nicht versuchen, dich zu überzeugen. Doch da du nun einmal so logisch und vernünftig bist, sei bitte auch logisch genug, anzuerkennen, daß wir das, was wir erlebt haben, tatsächlich erlebt haben.»

«Ich kann höchstens die Tatsache anerkennen, daß drei Menschen eine Halluzination gehabt haben, und ich kann ihren Glauben daran achten. Ja, das kann ich wohl auch noch. Ich glaube dir, soweit es sich um deinen eigenen Glauben handelt, Hannah. Euch allen. Aber um überzeugt zu sein, müßte auch ich die gleichen Halluzinationen gehabt haben. Und selbst dann hätte ich noch meine Zweifel.»

«Aber woran um Himmels willen könntest du noch zweifeln, Papa, wenn du es selber erlebt hättest?»

«Ich hätte den Verdacht, daß es eben nur eine Halluzination war.»

«Lieber Gott! Und wenn du nun genau gespürt hättest, wie es kam und ging?»

«‹Ist das ein Dolch, was ich vor mir erblicke?› Es war keiner, das ist sicher. Aber man hätte Macbeth nie davon überzeugen können, daß es keiner war.»

«Andrew», fiel Mary jetzt ein, «erzähl es Mama. Sie stirbt ja schon vor Neugier, was wir...» Sie beendete den Satz nicht. Ich muß verrückt sein, dachte sie. *Sie stirbt!* Und voller Staunen und Abscheu begann sie darüber nachzudenken, wie sie hier alle gesprochen hatten – vor allem sie selber. Wie können wir es nur ertragen, in ganz normalem Ton weiterzureden! überlegte sie. Wie können wir banale Worte in den Mund nehmen, ja, wie können wir überhaupt ein Wort aussprechen! Und nun zerhackten sie seine arme, gequälte Seele in Stücke; wie eine Hühnerschar, die sich um einen – das Wort ‹Wurm› fiel ihr ein, und entsetzt schlug sie die Hände vors Gesicht. Sie hörte ihre Mutter sagen: «Aber Andrew, das ist ja wirklich außerordentlich!», und dann hörte sie, wie Andrew die Mutter fragte, ob sie irgendein bestimmtes Gefühl oder eine Ahnung gehabt habe, was für eine Art Person oder Ding es war, das heißt, ob es still oder lebhaft, alt oder jung, aufgeregt oder ruhig und was es überhaupt gewesen war, und ihre Mutter antwortete, sie habe keinerlei besonderen Eindruck gehabt, sondern nur das Gefühl, daß sich außer ihnen noch jemand im Haus befinde, und zwar nicht die Kinder – jemand Erwachsenes, eine Art Eindringling; aber als dann niemand hinausging, um nachzusehen, sei sie überzeugt gewesen, daß es eine Halluzination gewesen sein müsse – um so mehr als sie gemeint hatte, sie habe tatsächlich jemanden *gehört*, während dies doch bei ihren armen alten Ohren (hier lachte sie leise) selbstverständlich ganz ausgeschlossen war. Oh, ich wünschte, sie ließen ihn in Frieden, dachte Mary. Etwas so Wundervolles! Ein so überzeugender Beweis! Warum können wir nicht einfach ehrfürchtig schweigen! Aber nun fragte Andrew ihre Mutter weiter aus. Hatte sie ein wenig später immer noch das Gefühl gehabt, daß jemand da sei oder nicht? Und sie erklärte, daß sie allerdings diesen Eindruck gehabt habe. Wo? Ja, das könnte sie nicht sagen, nur daß dieser Eindruck sogar noch stärker gewesen sei als zuvor – aber zu diesem Zeitpunkt habe sie sich schon gesagt, daß es eine Halluzination sein müsse. Aber wenn die anderen es auch gefühlt hatten? Wie unheimlich!

«Mary glaubt, daß es Jay war», sagte Andrew zu ihr.

«Wieso? Ich...»

«Und Tante Hannah glaubt es auch.»

«Aber das... ist ja wirklich außerordentlich, Andrew!»

«Sie meint, er hätte sich Sorgen gemacht, weil...»

«Andrew!» schrie Mary plötzlich auf. «Andrew! Bitte, wir wollen nicht weiter darüber sprechen! Bitte hör auf damit!»

Er sah sie an, als habe sie ihn auf den Mund geschlagen. «Ja gern, Mary, natürlich.» Er erklärte es seiner Mutter: «Mary möchte nicht, daß wir noch weiter darüber sprechen.»

«Nein, so meine ich es nicht, Andrew. Nur, es – bedeutet so unendlich viel mehr als alles, was wir darüber sagen oder auch nur denken können. Ich habe das Bedürfnis, einfach still dazusitzen und eine Weile darüber nachzudenken. Verstehst du? Mir ist, als trieben wir ihn fort, während er doch so gern hier unter uns, bei uns sein möchte. Aber so kann er es nicht.»

«Es tut mir schrecklich leid, Mary, wirklich. Natürlich verstehe ich dich. Es ist eine Art Sakrileg.»

Sie setzten sich ruhig hin, und als alles still war, begannen sie wieder zu lauschen. Zuerst spürten sie nichts, aber nach ein paar Minuten flüsterte Hannah: «Er ist da», und Andrew fragte leise: «Wo?», und Mary sagte ruhig: «Bei den Kindern.» Dann stand sie auf und ging rasch aus dem Zimmer. Als sie durch die Tür des Kinderzimmers trat, fühlte sie seine Gegenwart so machtvoll im ganzen Raum, als habe sie die Tür eines Backofens geöffnet: die Gegenwart seiner Stärke, die Gegenwart von Männlichkeit, von Hilflosigkeit und von absoluter Ruhe. Sie fiel mitten im Zimmer auf die Knie und flüsterte: «Jay. Mein Lieber. Mein Liebster. Geht es dir nun gut, mein Schatz? Nicht wahr, du machst dir jetzt keine Sorgen mehr, mein Herz? Gar keine mehr. Nie wieder, Liebster. Ich kann fühlen, wie es um dich steht. Ich weiß es, mein Liebster. Es ist schrecklich, weggehen zu müssen. Du willst es nicht. Natürlich willst du es nicht. Aber du mußt gehen. Und du weißt auch, daß wir alle zurechtkommen werden. Alles wird gut werden, mein Schatz. Gott hat dich fortgenommen. Er hat dich zu sich genommen, mein Liebster, du. Gott hat Sein Licht auf dich scheinen lassen.» Und während sie dies flüsterte, wurde das Gefühl seiner Gegenwart immer schwächer, und in einer Aufwallung entsetzlicher Angst schrie sie: «Jay!» und stürzte an das Gitterbett ihrer Tochter. «Bleib nur noch eine Minute bei mir», flehte sie, «nur eine Minute, mein Liebster!» Und nun fühlte sie ihn wieder deutlicher: er kehrte zurück, stand neben ihr und blickte auf sein Kind. Catherine schlief fest, mit finsterem Gesicht, den Daumen tief im Mund. «Danke, Kind», flüsterte Mary lächelnd, strich über die heiße Stirn, um sie zu glätten, und die Kleine knurrte im Schlaf. «Gott segne dich, Gott erhalte dich», flüsterte die Mutter und trat dann leise an das Bett ihres Sohnes. Neben dem Bett lag auf dem Fußboden die in Seidenpapier gewickelte Kappe; er schlief nicht so tief wie seine Schwester, mit vorgerecktem Kinn und zurückgeworfenem Kopf; er sah ernst, ruhig und erwartungsvoll aus.

«Bleib bei uns, solange du kannst», flüsterte sie. «Dies ist der Abschied.» Und wieder sank sie auf die Knie. Lebwohl sagte sie, ohne die Lippen zu bewegen; aber sie war nicht imstande, irgend etwas klar und eindeutig zu fühlen. «Gott, hilf mir, es zu begreifen», flüsterte sie und faltete die Hände vor ihrem Gesicht. Doch sie begriff nur, daß er langsam entschwand, daß es wirklich der Abschied war und daß sie in diesem Augenblick unfähig war, diese Tatsache in ihrer ganzen Tragweite zu erfassen.

Und jetzt war er endgültig aus dem Zimmer, aus dem Haus, aus dieser Welt verschwunden.

«Auf bald, Jay. Auf bald, mein Lieber», flüsterte sie. Aber sie wußte, daß es nicht so bald sein würde. Sie wußte, daß ein langes Leben vor ihr lag, denn die Kinder mußten großgezogen werden, und Gott allein konnte wissen, welchen Zufällen und Schicksalsschlägen sie alle noch ausgesetzt sein würden, bevor sie ihn wiedersah. Sie fühlte plötzlich eine ruhige und betäubende Leere und zugleich eine kühle und überwältigende Fülle.

«Gott helfe uns allen», flüsterte sie. «Möge Gott uns alle in Seiner liebenden Güte beschützen.»

Sie bekreuzigte sich und verließ das Zimmer.

Sie sieht aus, als habe sie gerade empfangen, dachte Hannah, während Mary hereinkam und ihren alten Platz auf dem Sofa wieder einnahm. Denn Mary bemühte sich mit Erfolg, ihre Niedergeschlagenheit zu verbergen, und in dieser stillen Runde fühlte sie sich auch schon ein wenig zuversichtlicher. Immerhin *war er hier*, sagte sie sich. Sogar noch deutlicher und lebendiger als früher, wenn er hier mit mir saß. Immerhin. Und sie war den anderen dankbar für ihr Schweigen.

Endlich sagte Andrew: «Tante Hannah hat eine Vermutung, Mary.»

«Vielleicht möchtest du lieber nicht darüber sprechen», wandte Hannah ein.

«Nein, nein, mir ist es ganz recht. Ich möchte es.» Und in stillem Erstaunen stellte sie fest, daß es wirklich so war.

«Nun ja, ich dachte nur an die alten Geschichten und an all das, was man über die Seelen der Menschen sagt, die einen plötzlichen oder gewaltsamen Tod sterben. Oder, wie Joel es ausdrücken würde, nicht die Seelen, sondern einfach ihre Lebenskraft. Ihr Bewußtsein. Ihr Leben selbst.»

«Es ist ganz gleich, wie man das ausdrückt», meinte Joel. «Hannah sprach davon, daß in diesem Augenblick alles Wesentliche den Körper verläßt. Und der Meinung bin ich natürlich auch.»

«Ja», stimmte Hannah zu. «Gleichgültig ob man an ein Leben nach dem Tode glaubt oder nicht und ob man die Seele für etwas Lebendiges, Unsterbliches hält, jedenfalls ist es durchaus glaubhaft, daß diese Kraft, dieses Leben noch ein Weilchen dableibt. Daß sie verweilt.»

«Das klingt zwar höchst unwahrscheinlich, aber es wäre denkbar.»

«Es ist so, wie wenn man ins Licht sieht und dann die Augen schließt. Nein, nicht ganz so, aber – aber es bleibt eben auch etwas. Vor allem, wenn es ein sehr kraftvoller, sehr vitaler Mensch war, jemand, der nicht durch hohes Alter oder eine lange Krankheit oder so etwas erschöpft war.»

«Ja, genau so», stimmte Andrew zu. «Dann kommt dieses Etwas ungeschwächt heraus, weil alles so schnell ging.»

«Nun ja, das ist so ein alter Glaube, alt wie die Berge.»

«Ich könnte mir denken, daß er so alt ist wie der Tod und das Leben selber», meinte Andrew.

«Und ich glaube, diese Seelen können nicht sofort zu Gott eingehen», sagte Hannah. «Ihnen ist etwas so Gewaltsames widerfahren, ein solcher Schock, daß es eine Weile dauert, bis sie wieder völlig beieinander sind.»

«Deshalb hat er auch so lange gebraucht, bis er kommen konnte», sagte Mary. «Es war, als wäre seine Seele ohnmächtig geworden.»

«Das ist schon möglich.»

«Und vor allem bei einem Mann wie Jay, einem jungen Mann, der Frau und Kinder hatte, der nicht im Traum daran dachte, daß ihm so etwas zustoßen könnte und gar keine Zeit hatte, seine Gedanken und Gefühle diesem Ereignis anzupassen oder sich darauf vorzubereiten.»

«Genauso ist es», sagte Andrew, und Hannah nickte.

«Ja, sicher hat er gedacht oder gefühlt: ‹Wie schrecklich! Das ist zu schnell und unerwartet gekommen. Und dabei gibt es doch noch so vieles, was ich tun wollte. Ich kann sie doch nicht einfach so verlassen.› Wie konnte er das auch! Und genauso war er auch, so haben wir ihn hier gefühlt. So bekümmert. So schrecklich besorgt und beunruhigt. Ja, ja, ganz genauso war es!

Und erst wenn sie überzeugt sind, daß man weiß, wie sehr sie sich sorgen, wenn sie merken, daß alles gut und ordnungsgemäß weitergeht, so gut wie irgend möglich, erst dann können sie aufhören, sich zu ängstigen, und ihre Ruhe finden.»

Sie nickten, und eine Minute lang schwiegen alle.

Dann begann Mary wieder zu sprechen, und ihre Stimme klang sanft und zärtlich: «Wie entsetzlich, wie unsagbar schwer muß es sein, wenn man sich so furchtbare Sorgen um andere und ihr Wohlergehen macht und doch nicht imstande ist, etwas zu tun. Wenn man sich nicht einmal mitteilen kann. Wenn man ihnen nicht helfen kann. Die Armen! Und wir müssen ihnen diese Sorgen abnehmen. Sie sehnen sich so sehr nach Ruhe. Ich bin so dankbar, daß ich es ihm sagen konnte. Es ist so schön, daß er nun endlich ausruhen kann. Ich bin so glücklich darüber.» Und ihr Herz war von aller Verzweiflung geheilt und so voll von Wärme und Liebe, daß es fast wieder gesund war.

Wieder versanken sie alle in nachdenkliches Schweigen, und in diese Stille hinein sagte Joel ruhig und langsam: «Ich – weiß es nicht. Ich – weiß es – einfach – nicht. Mein gesunder Menschenverstand sagt mir, daß es unmöglich ist, aber wenn es so etwas gibt, wie ihr es schildert, dann kann man es eben nicht mit dem Verstand wahrnehmen. Ich – weiß es – einfach – nicht.

Wenn ihr recht habt und ich unrecht, dann besteht die Möglichkeit, daß ihr auch in allem anderen recht habt. Ich meine, was Gott und all das Zeug betrifft. Und in diesem Fall wäre ich nichts als ein erbärmlicher Narr.

Aber wenn ich meinem gesunden Menschenverstand nicht trauen kann – ich weiß, es ist nicht viel los damit, Poll, aber mehr ist mir eben nicht gegeben. Wenn ich dem nicht trauen kann, ja, worauf in drei Teufels Namen kann ich dann noch vertrauen?

Auf Gott, würdet ihr sagen, Hannah und du. Aber was mich betrifft, kommt das nicht in Frage.»

«Warum nicht, Joel?»

«Ihr beide scheint darin keinen Widerspruch zu eurem gesunden Menschenverstand zu sehen, und ich will euch deswegen auch gar keinen Vorwurf machen. Denn ihr habt Verstand genug. Ich kann nur nicht begreifen, wie ihr diese zwei Dinge in Einklang bringen könnt.»

«Dazu bedarf es des Glaubens, Papa», sagte Mary ruhig.

«Da haben wir's! Das ist das Wort, das für mich alles zunichte macht. Es springt einfach heraus, wie der Teufel aus der Schachtel, und löst jeden Widersinn.

Aber für mich bringt es keinerlei Lösung, denn ich habe keinen Glauben.

Ich hätte nichts dagegen, wenn ich einen Glauben hätte. Aber ich schaffe es nicht. Es ist nichts für mich. Für euch und jeden, der glauben kann, ist es gut und schön. Es verschafft euch sogar einen Vorteil. Ich wäre vielleicht froh, wenn ich selbst glauben könnte. Aber ich kann eben nicht.

Ich bin kein richtiger Atheist, müßt ihr wissen. Wenigstens nehme ich das nicht an. Mir scheint es ebenso unbegründet, zu behaupten, daß es keinen Gott gibt, wie daß es einen gibt. Man kann weder das eine noch das andere beweisen. Aber das ist es eben: ich brauche einen Beweis. Und es ist mir glattweg unmöglich, auf etwas zu setzen, das nicht bewiesen werden kann. Ich kann nur eines dazu sagen: ich möchte annehmen, daß ihr unrecht habt, aber ich weiß es nicht sicher.»

«Ich auch nicht», sagte Andrew. «Aber ich hoffe, daß es so ist.»

Er bemerkte, wie Mary und Hannah ihn hoffnungsvoll ansahen.

«Ich meine nicht alles, die ganze Sache», sagte er rasch. «Darüber weiß ich überhaupt nichts. Ich meine nur das von heute abend.»

Man kann seinen Kuchen nicht essen und gleichzeitig behalten, dachte sein Vater.

Als ob ich einem Kind eine Ohrfeige gegeben hätte, dachte Andrew. Er hatte sich derber ausgedrückt, als er beabsichtigt hatte.

Aber Andrew, mein Lieber, wollte Mary sagen; doch

dann hielt sie sich zurück. Über so etwas läßt sich doch nicht diskutieren, dachte sie; und ausgerechnet jetzt sollten wir uns nicht darum zanken!

Jeder spürte, daß die anderen etwas Ähnliches dachten, und für eine Weile sprach keiner mehr ein Wort. Schließlich tat Andrew den Mund auf: «Es tut mir leid», sagte er.

«Aber das macht doch nichts», erwiderte seine Schwester. «Schon gut, Andrew.»

«Jeder von uns glaubt eben das, was er glauben kann», meinte Hannah nach einer kurzen Pause. «Auch du, Joel. Du glaubst an deine Vernunft. An deinen Verstand.»

«Nicht allzusehr: nur soweit ich welchen habe. Ich glaube nur an das, worauf ich mich verlassen kann.»

«Das meine ich ja.»

«Wir wollen nicht mehr darüber sprechen», sagte Mary. «Heute abend», setzte sie dann hinzu; es war ein Versuch, ihre Bitte weniger endgültig erscheinen zu lassen.

Sie alle empfanden das Wort als Vorwurf, und er traf sie viel schwerer, als Mary beabsichtigt hatte. Sie fühlten auch das, und um ihr jede Verlegenheit zu ersparen, sagten sie rasch in freundlichem Ton und so, als seien sie gar nicht verletzt: «Nein, das wollen wir nicht.»

Dann war es ihnen peinlich, daß sie alle gleichzeitig gesprochen hatten. Hilflos und bekümmert saßen sie da und wußten nur, daß dieses Schweigen, so sehr es auch auf ihnen und Mary lastete, immer noch weniger mißverständlich war als jeder Versuch, die Unterhaltung fortzusetzen. Mary wünschte, sie könnte es ihnen leichter machen; sie fühlte, daß dieses anhaltende Schweigen ihre Selbstvorwürfe nur noch verstärkte. Aber auch ihr war bewußt, daß eine Wiederaufnahme des Gesprächs noch schlimmer sein würde als das Schweigen.

Inmitten der Stille saß Catherine, lächelte höflich und hielt ihr Hörrohr ans Ohr, für den Fall, daß jemand etwas sagen wollte. Sie merkte, daß keiner sprach, und gewöhnlich hatte sie in solchen Augenblicken das befreiende Gefühl, daß sie reden konnte, ohne jemanden zu unterbrechen. Aber diesmal fürchtete sie, daß jedes Wort, das sie sagte, ein Gewebe von Gedanken und Gefühlen jäh und unpassend zerreißen könne, und sie spürte eine Spannung im Raum, von der sie nur sehr wenig begriff.

Nach einer Weile fiel ihr ein, daß es aussehen könnte, als wolle sie jemanden zum Sprechen auffordern, wenn sie ihr Hörrohr hochhielt, und so ließ sie es in ihren Schoß sinken. Aber damit niemand meinen sollte, daß in dieser Geste ein Vorwurf enthalten sei, und um den anderen jede Regung des Mitleids zu ersparen, behielt sie ihr höfliches Lächeln bei und fühlte doch, wie töricht, wie unendlich töricht es war, hierzusitzen und zu lächeln.

Sie lächelt den Kummer an, dachte Joel. Er überlegte, ob seine Schwester, sein Sohn und seine Tochter, falls sie überhaupt etwas dachten, dieses Lächeln wohl so verstanden, wie er es seiner Ansicht nach ganz richtig verstand. Er hatte den Wunsch, ihre Hand zu streicheln. Bei Gott, das sollten sie tun, dachte er.

Andrew konnte das Bild seines Schwagers, so wie er ihn an diesem Abend zuerst gesehen hatte, nicht aus seinem Kopf bannen. Schon an der scheuen, untätigen Art, wie die Männer, als er und Walter hereinkamen, zwischen ihnen und Jay herumstanden, hatte er es augenblicklich, noch bevor einer ein Wort sprach, begriffen: «Er ist tot.» Irgend jemand hatte verlegen etwas von einer Identifizierung gemurmelt, und er hatte in scharfem Ton erwidert, daß sie es ja schließlich geschafft hätten, die Familie anzurufen. Dann hatten sie wieder verlegen gemurmelt, und er schämte sich über den barschen Ton, den er angeschlagen hatte. Und dann hatte einer der Männer im Licht der einen Birne vorsichtig das Laken zurückgeschlagen (etwas später hatte er herausbekommen, daß die Frau des Schmieds, als sie den Leichnam mit einer stinkenden Pferdedecke zugedeckt sah, rasch eines ihrer Laken geholt hatte). Und da lag er, und Andrew nickte und sagte schwerfällig: «Ja», und er hörte an seiner Schulter Walters tiefe, ruhige Atemzüge, und er hörte ihn sagen: «Ja», und dann trat er ein wenig beiseite, um Walter Platz zu machen, und sie standen schweigend nebeneinander und sahen auf den Kopf. Über die Stirn zog sich noch eine tiefe, zornige Falte, doch während sie ihn betrachteten, kam es ihnen vor, als verschwände sie allmählich. Schon hatte das Fleisch sich den Konturen des Schädels angepaßt: Schläfen, Stirn und Augenhöhlen erschienen weicher gewölbt, als sie es zu Jays Lebzeiten gewesen waren, und die Nase war feiner gebogen. Das Kinn war fast stolz und ungeduldig hochgereckt, und der kleine Schnitt an seiner Spitze war so sauber und blutleer, als sei es der Einschnitt eines Meißels in weichem Holz. Sie betrachteten ihn mit jenem Staunen, das man in Gegenwart von etwas Neuem und Großem empfindet oder auch – eine Zeitlang jedenfalls – überall da, wo sich kürzlich Gewaltsames ereignet hat. Und während sie auf diesen ruhig daliegenden Kopf starrten, spürten sie eine eigenartige Kraft, die in der Luft zu liegen schien. Ohne den Kopf zu wenden, spürte Andrew, daß Tränen über Walters Wangen liefen. Er selber stand da, durchkältet, erbittert und ehrfürchtig, aber er konnte nicht weinen. Nach einer halben Minute etwa sagte er hart: «Ja, das ist er.» Dann zog er die Decke über Jays Kopf und wandte sich schnell ab. Walter trocknete sich das Gesicht und die Brille. Andrew hatte ein unbestimmtes, störendes Gefühl und blickte rasch hinab auf einen krummen, verbeulten Amboß; er preßte die Hand gegen das kalte, harte Eisen, und ihm war, als übermittle seine Stirn der Hand den betäubenden Nachhall jedes Schlags, den dieser Amboß je empfangen hatte.

Jetzt schichteten sich diese Bilder mit Sekundenschnelle übereinander und gruppierten sich um ihren festen Mittelpunkt, das stolze, eingeschnittene Kinn, und sie ließen sich einzig durch zwei andere aus seinem Kopf vertreiben: das Bild Jays, so wie er fast meinte, ihn selbst gesehen zu haben, direkt nach dem Unfall (sie hatten es ihm geschildert), ruhig und ohne jede sichtbare Verletzung, neben dem Wagen liegend, die toten Augen im Schimmer des Sternenlichts und die

Hand ausgestreckt, wie bereit, etwas zu ergreifen oder niederzuringen – und das andere Bild: Jay, so wie er ihn wirklich zuletzt gesehen hatte, nackt auf dem kahlen Tisch, eine Stütze unter dem Nacken.

Irgend jemand stieß einen tiefen Seufzer aus. Er blickte auf: es war Hannah. Sie schauten alle nach unten oder zur Seite. Das Gesicht seiner Schwester hatte sich während dieser Pause des Schweigens seltsam verändert; es war schmal und scheu geworden, fast bräutlich. Er dachte an ihre Hochzeit in Panama; es war beinahe derselbe Ausdruck. Er blickte weg.

«Tante Hannah, würdest du wohl bitte heute nacht bei mir bleiben?» fragte Mary.

Mama, dachte Andrew, und sein Herz schwoll an, während er auf ihr taubes, förmliches Lächeln blickte.

«Aber natürlich, Mary.»

Joel beschloß, nicht auf seine Uhr zu sehen. Andrew schaute verstohlen zur Kaminuhr. Es war...

«Ich hoffe, Mama wird es mir nicht übelnehmen. Ich hoffe, sie wird es verstehen. Die Arme. – Mama», rief sie plötzlich und legte ihre Hand auf die Hand ihrer Mutter und das Hörrohr. Ihre Mutter hob es interessiert ans Ohr. «Ich finde, es wäre Zeit, daß wir alle versuchen, ein wenig zu schlafen.» Ihre Mutter nickte und wollte offenbar etwas sagen. Mary drückte ihre Hand, um sie zum Schweigen zu bringen, und fuhr fort: «Mama, ich habe Tante Hannah gebeten, heute nacht bei mir zu bleiben.» Ihre Mutter nickte, und wieder schien es, als wolle sie etwas sagen. Noch einmal drückte Mary ihre Hand: «Ich wäre froh, wenn du es könntest, aber ich weiß, wie sehr es deine Tageseinteilung durcheinanderbringen würde.»

«Oh», rief ihr Vater. «Und ich wollte gerade... Sag es ihr richtig, Poll!»

«Ja, Mama. Ja, es ist eben – ich hoffe, du wirst es verstehen und es mir nicht übelnehmen, Mama –, es wäre doch so schwierig für uns, leise zu sprechen – ich meine, wegen der Kinder –, und deshalb dachte ich...»

«Aber natürlich, Mary», unterbrach ihre Mutter sie mit klingender Stimme. «Ich bin ganz deiner Meinung. Ich finde es sehr schön, daß Hannah hierbleiben kann.» Sie sagte es, als seien Mary und Hannah noch Kinder, kleine Mädchen.

«Mama, ich hoffe doch, du weißt, wie sehr ich... Ich hoffe, du nimmst es mir nicht übel. Ich fände es nur so, ich...»

Ihre Mutter tätschelte ihre Hand. «Es ist ganz richtig so, Mary. Sehr vernünftig.» Sie lächelte.

Mary legte einen Arm um sie und drückte sie an sich. Die Mutter wandte ihr das alternde Gesicht zu und lächelte, und Mary konnte die Tränen in ihren Augen sehen. Sie konnte kein Wort hervorbringen, und ihr Kopf zitterte vor Anstrengung, während sie sich bemühte, der Tochter die Fülle ihrer Liebe und ihres Mitgefühls zu zeigen. «*Alles*, was ich tun kann, liebes Kind», sagte sie nach ein paar Sekunden. «Alles.»

«Danke, Mama.»

«Wie bitte?»

«Ich sagte, danke, Mama.»

Catherine tätschelte Marys Handrücken und lächelte noch krampfhafter.

Ich liebe dich so sehr! sagte Mary bei sich.

«Vielleicht die Kinder», begann Catherine wieder. «Ich könnte auf die Kinder aufpassen, wenn – es richtiger wäre, daß...»

«Ach, ich finde, wir sollten sie nicht aufwecken», sagte Mary.

«Sie meint nicht...» begann Andrew.

«Morgen», fiel ihre Mutter ein. «Vielleicht, während – der Zwischenzeit...»

«Das wäre großartig, Mama, ja, das wäre genau das Richtige. Es wäre mir sehr lieb, und ich bin dir äußerst dankbar dafür. Nur, weißt du, mir dreht sich einfach der Kopf; es ist wohl noch zu früh, alles zu übersehen und Pläne zu machen. Aber jedenfalls morgen.»

«Morgen also.»

«Vielen Dank, Mama.»

«Aber das ist doch selbstverständlich, Kind.»

«Trotzdem, ich danke dir.»

Ihre Mutter lächelte und schüttelte den Kopf.

Joel und seine Schwester standen auf.

«Mary, bevor wir gehen ...» sagte Andrew.

«Ja?»

«Nein, es ist schon zu spät jetzt, Mary, du bist viel zu müde.»

«Nicht, wenn es wichtig ist, Andrew.»

«Wir wollen es auf morgen verschieben.»

«Um was handelt es sich denn, Andrew?»

«Na ja – es gibt viele Dinge, die wir möglichst bald besprechen müssen.» Er holte tief Atem und fuhr mit lauter Stimme fort: «Wir müssen eine Grabstelle besorgen, alles für die Beerdigung vorbereiten, uns nach einem Grabstein umsehen. Aber laß uns damit bis morgen warten.»

Erde, ein Grabstein, ein Sarg. Das unheimliche Gewerbe der Leichenbestatter wurde Wirklichkeit – greifbare Wirklichkeit, und ihr war, als berührten sie eisige Hände. Mit starren Augen sah sie ihren Bruder an.

«Dafür ist noch genug Zeit, Mary», hörte sie Hannah sagen.

«Ja, natürlich», stimmte Andrew bei. «Es war dumm von mir, heute abend überhaupt davon anzufangen.»

«Ja, wenn noch Zeit ist ...» sagte sie leise. «Wenn wirklich noch Zeit ist, Andrew», fuhr sie deutlicher fort, «dann wäre es mir schon lieber, wir schöben es noch auf – falls es dir recht ist. Bis morgen früh.» Sie warf einen Blick auf die Uhr. «Du lieber Gott, *heute* früh!» rief sie.

«Aber natürlich», meinte Andrew. Er wandte sich seiner Tante zu und sagte leise, so wie man in Gegenwart eines Kranken spricht: «Laß sie erst einmal schlafen, wenn sie kann. Du rufst mich dann an.»

Hannah nickte.

«Ich habe wohl...» begann Joel und ging in die Diele.

«Was sucht er denn?» fragte Hannah.

«Seinen Hut wahrscheinlich. Ich habe meinen auch draußen.»

Andrew verließ das Zimmer. In der Diele traf er seinen Vater, der seinen eigenen Hut, den seiner Frau und Andrews Hut geholt hatte.

«Wir hatten sie in der Küche gelassen», sagte er.

«Danke, Papa.» Andrew nahm seinen Hut.

Catherine stand unschlüssig mitten im Zimmer, hielt ihr Hörrohr und ihre Tasche in der Hand und blickte zur Dielentür. «Vielen Dank, Joel», sagte sie. Sie setzte sich den Hut auf und steckte ihn fest – er saß ein bißchen schief – und sah fragend auf Hannah.

«Schon recht so, Catherine», sagte ihr Mann.

Andrew beobachtete seine Schwester. Es kam ihm vor, als versetzten diese Vorbereitungen sie in eine lautlose Panik. Vielleicht sollten wir lieber dableiben, dachte er. Die ganze Nacht. Ich könnte es schon. Aber Marys Blicke galten vor allem der Mutter und der umständlichen Art, wie diese ihren Hut aufsetzte. Nein, es ist die Langsamkeit, die sie nervös macht, korrigierte er sich. Je eher, desto besser.

«Also, Mary», sagte er, trat auf sie zu und umarmte sie. Er bemerkte, daß ihre Augen gesprenkelt waren; es sah aus, als sei die Iris in viele kleine Teilchen zersplittert; und in ihren Augen und ihrer Haltung fühlte er etwas von jener erschreckenden Kraft, die auf so sonderbare Weise von dem toten Körper ausgegangen war. Sie war neu, verändert. Ich kann gar nichts tun, dachte er.

«Ich danke dir für alles», sagte sie. «Und es tut mir so leid, daß du es tun mußtest.»

Er fand keine Antwort, und er konnte ihr auch nicht länger in die Augen sehen; er drückte sie noch fester an sich. «Mary», sagte er schließlich.

«Es geht mir ganz gut, Andrew», sagte sie ruhig. «Ich muß mich zusammennehmen.»

Er nickte heftig.

«Du kommst morgen früh her. Dann – wollen wir alles besprechen.»

«Schlaf, wenn du kannst.»

«Nein, es ist wichtiger, daß du kommst. Ich weiß, es gibt schrecklich viel zu tun, und wir haben nicht viel Zeit.»

«Gut.»

«Gute Nacht, Andrew.»

«Gute Nacht, Mary.»

«Mein Liebes!» rief ihre Mutter so heftig, daß es fast klang wie ein Fluch. Sie umarmte ihre Tochter mit aller Kraft, klopfte ihr mit beiden Händen auf den Rücken und dachte dabei: wie jung! Und wie sie duftet!

Sie möchte mir so gern helfen, wurde es Mary bewußt. Sie möchte dableiben! In der Umarmung fühlte sie die harten, runden Schultern und das scharfe, vom Alter gekrümmte Rückgrat. Sie lehnte sich in den Armen ihrer Mutter ein wenig zurück, rückte ihr den Hut gerade, blickte in das zitternde Gesicht und küßte sie kräftig auf den Mund. Ihre Mutter gab den Kuß zweimal zurück, trat dann zur Seite und raffte ihren langen Rock, um die Verandatreppe hinunterzugehen.

«Poll», sagte ihr Vater. Sie fühlte den Bart an ihrer Wange und hörte sein Flüstern: «Mein gutes Kind! Bleib tapfer!» Sie nickte.

«Gute Nacht», sagte Hannah.

«Gute Nacht, Tante Hannah», antwortete Andrew.

«Nacht, Hannah», sagte ihr Bruder. Er faßte Catherines einen Ellbogen, und Andrew nahm den andern. So gingen sie auf die Veranda.

«Licht!» rief Mary.

«Was?» fragten Andrew und Hannah erschrocken.

Mary drehte das Licht auf der Veranda an. «Schon gut, schon gut», sagte ihr Vater leicht verärgert. «Vielen Dank», rief ihre Mutter höflich mit melodischer Stimme. Mary und Hannah standen in der Tür, während die drei vorsichtig die Verandastufen hinunterstiegen, und sie sahen ihnen nach, bis sie die Ecke erreicht hatten, und dann noch, bis sie sicher auf der anderen Straßenseite angelangt waren. Unter der Laterne an der Ecke wandte Andrew den Kopf, hob seine Hand zu einer winkenden Geste und ließ sie wieder fallen. Die beiden anderen drehten sich nicht um; und nun hatte auch Andrew sich wieder abgewandt, und sie gingen langsam den Bürgersteig entlang. Dann konnte Hannah sie nicht mehr sehen, und nach ein paar Sekunden gab sie es auf, vorzutäuschen, daß sie ihnen noch immer nachblickte. Sie betrachtete Mary, die den dreien so angespannt nachstarrte, daß es Hannah vorkam, als sei es für Mary die wichtigste Aufgabe auf der Welt, ihre Eltern so lange zu sehen wie irgend möglich. Und Mary konnte sie wirklich noch sehen, drei dunklere Schatten von ungleicher Höhe, die sich gegen die Dunkelheit abhoben, immer kleiner wurden – und schließlich war es nicht das Dunkel, das es ihr unmöglich machte, ihnen noch weiter mit den Augen zu folgen, sondern die vorspringende Ecke von Biddles Haus.

Sie waren verschwunden. Aber noch immer blickte sie die Straße hinauf und hinab, soweit sie sehen konnte. Da war die starke Karbidlampe an der Ecke und dort, an einer weiter nach Westen zu liegenden Ecke, der Schimmer einer unsichtbaren Lichtquelle und nach Osten zu ein anderer, der noch weiter entfernt war. Man hörte keinen Laut, und in keinem der Häuser brannte Licht. Die Luft strich mild über ihre Stirn. Sie wandte sich um und bemerkte, daß ihre Tante sie beobachtete. Sie sah ihr in die Augen.

«Zeit, schlafenzugehen», sagte sie.

Sie schloß die Tür. Die beiden sahen sich noch immer an. «Es war genau um diese Zeit letzte Nacht», sagte sie.

Hannah seufzte leise. Einen Augenblick darauf berührte sie Marys Hand. Sie standen da und blickten sich an.

«Ja, genau um diese Zeit», flüsterte Mary mit seltsamer Stimme. Durch die Stille drang das Ticken der Küchenuhr zu ihnen. «Wir wollen gar nicht erst versuchen, noch weiterzureden», schlug Mary vor. «Wir sind alle beide zu erledigt.»

«Ich mache dir noch einen guten heißen Grog zurecht», meinte Hannah. «Damit du schlafen kannst.»

«Ich glaube gar nicht, daß ich einen nötig habe, Tante Hannah.»

Ich mache dir auf jeden Fall einen, und dann trinkst du ihn oder auch nicht, wie du willst, wollte Hannah sagen. Aber dann merkte sie plötzlich: ich will mir ja nur einbilden, daß ich ihr irgendwie von Nutzen sein kann. Sie schwieg.

Eine sonderbare Befangenheit oder Spannung war auf einmal zwischen ihnen, die sie sich beide nicht erklären konnten. Wieder blieben sie stehen, mitten im Wohnzimmer. Jede von ihnen empfand dieses Schweigen um der anderen willen als peinlich. Ob sie wirklich möchte, daß ich dableibe? fragte sich Hannah. Ich kann ihr ja doch nicht helfen. Ob sie wohl glaubt, daß ich sie nicht hierbehalten möchte? überlegte Mary. Nur weil ich jetzt nicht sprechen kann? Aber nein, sie ist ja sonst auch nicht gesprächig.

«Ich kann jetzt einfach nicht weiterreden», sagte sie.

«Natürlich nicht, Kind.»

Hannah fühlte, daß sie jetzt eigentlich alles Weitere in die Hand nehmen sollte, aber noch deutlicher war sie sich bewußt, daß sie sich Marys Wünschen fügen mußte. Und selbst wenn Mary jetzt gar keine Wünsche hatte, mußte sie doch wenigstens zur Verfügung sein.

Ich kann sie doch nicht einfach zu Bett schicken, dachte Mary. «Es ist alles fertig», sagte sie plötzlich und, wie sie fürchtete, recht unbarmherzig. Dann ging sie rasch hinüber zu der Tür des unteren Schlafzimmers und öffnete sie. «Da, siehst du?» Sie trat ins Zimmer, schaltete das Licht ein und sah ihre Tante an. «Ich hatte es für Jay zurechtgemacht», sagte sie und strich abwesend über das Kissen. «Ja, das habe ich.»

«Du mußt jetzt unbedingt zu Bett gehen, Mary», erklärte Hannah. «Laß mich dir helfen, falls ich...»

Mary ging in die Küche; dann hörte Hannah sie in der Diele, und einen Augenblick später kam sie wieder herein. «Hier ist ein frisches Nachthemd», sagte sie, «und ein Morgenrock.» Sie drückte ihrer Tante die Sachen in die widerstrebenden Hände. «Ich fürchte, er wird ein bißchen zu groß sein, der Morgenrock; er gehört – er gehörte Jay, aber wenn du die Ärmel aufschlägst, wird es für den Notfall schon gehen.» Dann ging sie an Hannah vorbei ins Wohnzimmer.

«Laß doch, Mary, das mache ich schon.» Hannah eilte ihr nach. Mary stellte bereits die Gläser auf ein Tablett.

«Großer Gott!» rief sie und hob die Flasche in die Höhe. «Soll das etwa heißen, daß *ich* das alles getrunken habe?»

Die Flasche war zu drei Viertel leer.

«Nein. Andrew hat etwas getrunken, und ich und auch J – dein Vater.»

«Aber ihr hattet jeder nur ein Glas, Tante Hannah. Ich muß es getrunken haben. Fast alles.»

«Es hat aber gar keine Wirkung gehabt.»

«Wie sollte es auch!» Sie hielt die Whiskyflasche vor ihre Augen und blickte so angestrengt darauf, als wolle sie eine Nadel einfädeln. «Nein, ich brauche bestimmt keinen Grog. So etwas hätte ich nicht für möglich gehalten», meinte sie dann kopfschüttelnd.

«Vielleicht ein Aspirin?»

«Aspirin?»

«Sonst wachst du mit Kopfschmerzen auf.»

«Nicht unbedingt. Papa sagt, daß es manchmal nicht wirkt, wenn man in einem Schockzustand ist oder so... Tante Hannah?» rief sie auf einmal lauter. «Tante Hannah?» Ich darf die Kinder nicht aufwecken, erinnerte sie sich. Sie wartete. Ihre Tante kam mit einem Glas Wasser und zwei Aspirintabletten aus der Diele herein.

«Hier», sagte sie, «die nimmst du jetzt.»

«Aber ich...»

«Schluck sie herunter. Du willst doch nicht mit Kopfschmerzen aufwachen, und außerdem werden sie dir helfen, einzuschlafen.»

Sie schluckte gehorsam die Tabletten. Hannah belud das Tablett und trug es weg.

13. Kapitel

Auf der Laurel Avenue war es noch finsterer. Schwere Blätter verdunkelten die einzige Straßenlaterne in der Nähe. Andrew konnte nichts hören als ihre Schritte, und seine Eltern, so dachte er bei sich, konnten nicht einmal die hören. Wie still wir heut sie sehn. Ja, und zwischen den Baumwipfeln das blasse Schnitzwerk an den Häusern und Veranden, und dunkle Fenster, die an ihrem Weg langsam vorüberzogen, und in keinem Haus ein Licht, und so über Meilen hin, in allen Wohn- und Geschäftsstraßen. Hoch über traumlos tiefem Schlaf die fernen Sterne gehen.

Er half seiner Mutter vom Bordstein herunter; dies langsame und unregelmäßige Scharren ihrer kleinen Füße.

Die Sterne sind nun auch müde geworden. Die Nacht ist fast vorüber.

Er half ihr auf den Bordstein der anderen Straßenseite.

Die Luft auf ihren Gesichtern war so wunderbar rein, fern und weich; und das Schweigen der späten Nacht in der Stadt und die Sterne, sie waren geheimnisvoll und majestätisch, weit herrlicher noch als die Nacht auf dem weiten Land. Kleine Häuser, größere, verschnörkelte und geräumige Holzveranden, dunkle Fenster, die Blätter an den Bäumen schon in der Fülle des Mai, Heimstätten, Zimmer, in denen der Schlaf eingeschlossen war wie eingesammelter Honig, trieben an ihrem langsamen Gehen vorüber und blieben zurück, und in keinem Haus ein Licht. Die Laurel Avenue entlang war es noch dunkler. Die Laterne hinter ihnen warf ihre Schatten nicht mehr auf die Straße; im Licht der Laterne vor ihnen sah ein kleines Stück des Pflasters wie kahlgebrannt aus, ein paar Blätter verwandelten sich in eine bittere Flamme, die Holzschnörkel und die gedrehten Pfosten einer Veranda waren starres Weiß. Andrew, der seine Mutter durch das Dunkel geleitete, ging viel langsamer als sonst, so daß alle diese Dinge ruhig in ihn einsanken und ihn durchdrangen. Sein Herz war voll, doch er fühlte, daß nicht nur der Gedanke an den Tod ihn bewegte, sondern mindestens ebensosehr die Lieblichkeit und Unbekümmertheit dieser Frühlingsnacht. Ihm wurde bewußt, daß er eigentlich gar nicht mehr traurig war, aber das störte ihn nicht. Er wußte, daß der Kummer in ihm saß, und er empfand Dankbarkeit gegenüber dieser Nacht und dieser Stadt, die ihm sonst so wenig bedeutete. *Wie still wir heut sie sehn*, hörte er in seinen Gedanken. Er sagte sich, ohne die Lippen zu bewegen, die Worte noch einmal vor und hörte die Melodie; eine Kinderstimme, seine eigene, sang sie in seinem Kopf. *Hm.*

Er versuchte sich zu erinnern, wann er zum letztenmal zu solcher Stunde durch die Nacht gegangen war. Er konnte es kaum sagen… mein Gott, Jahre waren das her! Sieben – ja, etwa sechzehn war er gewesen, als er in den Fluß geschaut und gemeint hatte, er sei Shelley. Er hatte sich über das Brückengeländer gelehnt und buchstäblich ein Gebet gesprochen aus Dankbarkeit dafür, daß er leben durfte.

Instinktiv wandte er den Kopf ab, so daß seine Eltern sein Gesicht nicht sehen konnten.

Ich selber möchte es auch nicht sehen, dachte er.

Jay hatte sich damals privat mit juristischen Studien befaßt.

Hoch über traumlos tiefem Schlaf die fernen Sterne gehn.

Die Worte hatten ihn immer berührt; aus irgendeinem Grund erweckten sie jedes Jahr ein weihnachtliches Gefühl in ihm. Jetzt erschienen sie ihm als die schönste Gedichtzeile, die er je gekannt hatte.

Ganz langsam und ruhig sprach er sie sich noch einmal vor: einfach wie eine Feststellung, eine Bestätigung.

Ja, sie tun es wirklich, dachte er und blickte empor. Sie tun es wirklich. Und, mein Gott, wie müde sehen sie aus!

Nachtzeit.

Die fernen Sterne gehn. Er sagte es laut, nicht flüsternd, aber so ruhig, daß er sicher war, sie hörten es nicht.

Seine Augen waren auf einmal voller Tränen, seine Kehle und seine Brust krampften sich zusammen in einem tiefen Schluchzen, das er unterdrückte, und dann brannten die Tränen auf seinen Wangen.

Auf deinen Straßen leuchtet, sang er in Gedanken, fast verzweifelt. *Der ewigliche Schein!* Und nach diesen Worten stieg ein Schluchzen in ihm auf, das sich nicht mehr unterdrücken ließ. Er konnte nur hoffen, daß sie es nicht gehört hatten.

Sie bemerkten es nicht.

Das ist doch Wahnsinn! wehrte er sich innerlich. Sinnlos ist das!

Der ewigliche Schein!

Und Lust und Qual, fuhr die Stimme in ihm ruhig und unerbittlich fort; er sprach es leise: *der Jahre all.*

Sie gehen in dich ein, flüsterte er. Und inmitten einer weiten Ebene, inmitten der dunklen und schweigenden Nacht, begraben unter schattenlosem Licht, sah er den toten Mann, und er schlug, so hart er konnte, mit den Fäusten gegen seine Schenkel.

Das einzige, was er auf dieser Welt hören konnte, waren ihre Schritte; Vater und Mutter, so sagte er sich, konnten nicht einmal die hören.

Er half ihr vom Bordstein herunter; dies langsame und unregelmäßige Scharren ihrer kleinen Füße; und quer durch den Raum voll bitteren Lichts.

Er half ihr auf den Bordstein der anderen Straßenseite; sie folgten ihren grotesken Schatten, bis alles nur noch ein einziger Schatten war.

Keiner von ihnen sprach ein Wort auf diesem Weg; als sie

die Straßenecke erreichten, an der sie einbiegen mußten, um zu ihrem Haus zu gelangen, war es, als sprächen sie angesichts der Tatsache alle drei auf einmal: denn jeder der beiden Männer drückte liebevoll den Ellbogen der Frau, und sie senkte den Kopf und preßte die Hände der Männer an sich. Noch langsamer als bisher, mit steifen Knien, gingen sie den steilen Abhang hinunter. Sie erblickten das eine Licht, das sie brennen gelassen hatten, und leise, wie Diebe, betraten sie durch die Hintertür ihr Haus.

Am Fuß der Treppe blieben sie stehen.

«Kann ich noch irgend etwas für dich tun, Mary?» fragte Hannah.

Sie möchte mit mir hinaufkommen, dachte Mary. «Ich glaube, ich möchte jetzt lieber allein sein», erwiderte sie. «Aber ich danke dir. Vielen Dank, Tante Hannah.»

«Du brauchst nur zu rufen, wenn ich kommen soll. Du weißt, ich habe einen leichten Schlaf.»

«Ich fühle mich ganz wohl – es wird schon gutgehen.»

«Und morgen früh ruhst du dich aus. Ich kümmere mich um die Kinder.»

Mary sah sie mit festem Blick an und sagte: «Tante Hannah, ich werde es ihnen sagen müssen.»

Hannah nickte. «Ja», sagte sie seufzend. «Gute Nacht also.» Sie küßte ihre Nichte. «Gott segne dich», setzte sie mit zitternder Stimme hinzu.

Mary sah sie sorgenvoll an und sagte: «Gott helfe uns allen.» Sie wandte sich um und ging die Stufen hinauf, und bevor sie verschwand, lehnte sie sich noch einmal lächelnd über das Geländer und flüsterte: «Gute Nacht.»

«Gute Nacht, Mary», flüsterte Hannah zurück.

Sie drehte das Licht in der Diele und im Wohnzimmer aus und ging in das erleuchtete Schlafzimmer, ließ die Jalousie herab und schloß die Türen zur Küche und zum Wohnzimmer. Sie zog ihr Kleid aus, hängte es über eine Stuhllehne und setzte sich dann auf den Bettrand, um ihre Schuhbänder zu lösen. Dann hielt sie inne und überlegte, bis sie sich deutlich erinnerte, daß sie auch in der Küche und im Badezimmer das Licht ausgedreht hatte. Sie zog das Nachthemd über, ohne in die Ärmel zu schlüpfen, und zog ihre Unterwäsche unter dem Nachthemd aus. Es war zu lang für sie, und sie raffte es zusammen und hob es ein wenig hoch. Sie kniete neben dem Bett nieder, sprach ein Vaterunser und ein Ave Maria und stellte fest, daß ihr Herz und ihr Kopf leer waren und sie nicht imstande war, ein weiteres Gebet zu sprechen oder auch nur zu fühlen. Mögen die Seelen der Gläubigen... begann sie; sie preßte die Zähne zusammen, und dann, nach einem kurzen Augenblick, betete sie ingrimmig: mögen die Seelen all derer, die je im Glauben oder auch außerhalb des Glaubens lebten und starben, in Frieden ruhen. Und seine Seele vor allem!

Wirf mich nieder, dachte sie. Schleudere deinen Blitzstrahl auf mich. Es kümmert mich nicht. Es kann mich nicht kümmern.

Vergib mir, wenn ich im Unrecht bin, dachte sie. Wenn Du kannst. Wenn Du willst. Aber so fühle ich nun einmal, und ich kann es nicht ändern.

Wieder waren ihr Herz und ihr Kopf leer. Doch auch jetzt, da sie wieder den Hauch aus dem Abgrund spürte, konnte sie nicht anders empfinden und auch keine Furcht verspüren. Herr, ich glaube. Hilf Du meinem Unglauben.

Aber ich weiß nicht, ob ich es wirklich so meine.

Ich kann nicht beten, Gott. Nicht jetzt. Versuch mir zu vergeben. Ich bin einfach viel zu müde und viel zu erschüttert. Sechsunddreißig Jahre alt. Sechsunddreißig.

Und warum nicht? Warum sollte ein Lebensalter schlimmer sein als ein anderes? Gott weiß es, diese Reise ist kein Spaziergang, und es war auch nie so gemeint.

In Deine Hände befehle ich meinen Geist.

Sie bekreuzigte sich, schob die Jalousie hoch, öffnete das Fenster und legte sich zu Bett. Als ihre nackten Füße über das kühle, saubere Leinen glitten und sie die kühle, saubere Weiche über und unter sich spürte, durchschauerte sie kurz ein

Gefühl der Einsamkeit – es war genau wie damals, als sie die Wange ihrer toten Mutter berührt hatte.

Oh, warum bin ich am Leben?

Sie nahm ihre Brille ab, legte sie sorgsam in Reichweite unter die Lampe und drehte das Licht aus. Sie streckte sich aus, faltete die Hände über der Brust und schloß die Augen.

Ich kann mir heute nacht über nichts mehr Sorgen machen, dachte sie. ER muß die Sorge für uns übernehmen.

Bis morgen früh.

Mary drehte das Licht gar nicht erst an; sie konnte in dem Schein, der durch die Fenster hereinkam, genug sehen. Sie zog ihr Nachthemd über, entkleidete sich darunter, sah nach, ob die Tür zum Kinderzimmer auch offenstand, und stieg ins Bett, bevor sie sich noch klarmachen konnte, daß dies dasselbe Bettlaken war wie gestern nacht, und bevor ihr einfiel, daß sie ihre Gebete nicht gesprochen hatte. Und dabei hatte sie sich schon so lange danach gesehnt, allein zu sein, nur darum!

Es ist gut so, flüsterte sie sich zu; es ist gut so, wiederholte sie noch einmal lauter. Sie hatte ursprünglich damit gemeint, Gott würde bestimmt verstehen, warum sie jetzt nicht beten konnte, und er würde ihr verzeihen; aber jetzt wurde ihr bewußt, daß sie gleichzeitig noch etwas anderes meinte: es war wirklich gut so, alles und jedes, wirklich gut. Dein Wille geschehe. Es war gut so. Wirklich. Sie lag gerade auf dem Rücken, die offenen Hände zu beiden Seiten ihres Körpers, und in der Dunkelheit, die sich schon leise lichtete, konnte sie einen vertrauten Fleck an der Decke erkennen, der sie manchmal an eine Felsklippe erinnert hatte, an ein Segelschiff, einen Fisch oder ein nachdenkliches Gesicht. Heute nacht war es nur ein Fleck mit einem ausdruckslosen Auge darin. Sie hatte das Gefühl, ausgestreckt nach rückwärts und hinunter zu fallen, durch eine ganze Ewigkeit; aber sie empfand keine Angst dabei. Und ohne Angst hörte sie, wie eine Stimme in ihr ertönte: aus der Tiefe hab ich zu dir gerufen, o Herr; Herr, höre meine Stimme, fiel sie ein. Oh, laß Deinen Ohren die Stimme meiner Klage wohlgefällig sein. Und nun verstummte die erste Stimme, und Mary, die sich ihrer schweigenden Gegenwart bewußt war, fuhr laut flüsternd fort: Wenn Du, o Herr, so streng sein wolltest, unsere Verfehlungen anzumerken, o Herr, wer könnte es ertragen? Und bei diesen letzten Worten begann sie still und wie erlöst zu weinen, und ihre Hände drehten sich nach unten und bewegten sich weit über das Bett.

O Jay! Jay!

Unter dem Deckel des großen Kessels war das Wasser noch lauwarm, eines nach dem andern schoben sich die letzten Luftbläschen an der gekrümmten Fläche entlang, zersprangen und verschwanden.

Hannah lag mit gefalteten Händen ausgestreckt auf dem Rücken: ihre Augäpfel unter den dünnen Häutchen der Lider, in den tiefen Augenhöhlen, waren kugelrund. Keine Falte mehr war in ihrem Gesicht; man hätte sie für eine junge Frau halten können. Ihre Lippen waren leicht geöffnet und jeder Atemzug war ein sanfter Seufzer.

Mary lag im Bett und schaute zur Decke empor: Wer könnte es ertragen? flüsterte sie.

Schweigend.

Eines nach dem andern, eine Million nach der andern, regte sich im Vorahnen des Morgens jedes Blatt in diesem Teil der Welt.

Eine beträchtliche Anzahl von Kindern aus der Nachbarschaft kamen auf ihrem Schulweg an Rufus' Haus vorüber. Wenige Minuten nachdem sein Vater zum letztenmal gewinkt hatte und dann verschwunden war, bot die Straße einen anderen aufregenden Anblick: die Jungen und Mädchen, die schon alt genug waren, um zur Schule zu gehen, kamen vorbei. Anfänglich hatte er sich damit begnügt, sie von den vorderen Fenstern aus zu betrachten; sie waren Geschöpfe einer völlig unvorstellbaren Welt; er persönlich kannte noch nicht einmal ein Kind, das schon den Kindergarten besuchte. Später spürte er eine stärkere Verwandtschaft mit ihnen, mehr Neugier, Neid und Ehrfurcht. Es kam ihm noch nicht in den Sinn, daß auch er einmal älter werden und zu ihnen gehören würde, aber er begann zu fühlen, daß er und sie irgendwie Geschöpfe von der gleichen Rasse waren. Er wagte sich in den Vorgarten hinaus, auf den Bürgersteig und mit der Zeit sogar bis an die Straßenecke, an der er sie gleichzeitig von drei Seiten her kommen sehen konnte. Er war fasziniert von ihrem Aussehen: die Jungen waren so wunderbar angezogen, und die Mädchen fast so hübsch, als gingen sie zu einer Kindergesellschaft. Fast alle kamen sie zu zweien oder dreien daher, und oft riefen die Mitglieder einer Gruppe denen anderer Gruppen etwas zu. Man konnte sehen, wie gut sie alle einander kannten, eine ungeheure Anzahl, eine ganze Welt. Und sie alle trugen Bücher von verschiedener Farbe und Dicke und Frühstücksbrot, in Büchsen oder Schachteln verpackt, und Bleistifte, die wieder in anderen Behältern waren. Oder sie trugen all dies miteinander in einer Schulmappe. Er war begeistert von der Art, wie sie diese Dinge trugen, es schien ihnen wundervolle Würde und Größe zu verleihen, ein Zeichen, daß sie einer privilegierten Welt angehörten. Besonders bewunderte und beneidete er die Jungen, die ihre Bücher in braunen Leinengurten trugen und sie durch die Luft schwingen konnten – er mochte es nur nicht, wenn dieser Schwung gegen seinen Kopf gezielt war. Dann war er gleichzeitig erschrocken und äußerst überrascht, und der Junge, der so getan hatte, als wolle er ihn treffen, und alle anderen, die es beobachtet hatten, lachten, wenn sie diesen ängstlichen und überraschten Ausdruck auf seinem Gesicht sahen, und er war verstört und unglücklich über dieses Gelächter.

Aber so etwas geschah nicht so oft, daß er dadurch entmutigt worden wäre, und darum wurde es direkt zu einer Gewohnheit für ihn, zweimal täglich zur Straßenecke zu gehen: einmal, wenn die Kinder zur Schule gingen, und dann noch einmal, wenn er sie zurückerwarten konnte; und es war auf seine Weise fast ebenso herrlich und aufregend wie die Stunde am späten Nachmittag, wenn er darauf lauerte, den Vater zu erspähen. Manchmal, wenn er einen Blick erhaschte, wagte er sogar ein «Hallo!», ebensosehr aus Verlegenheit wie aus dem Wunsch heraus, eine Beziehung mit ihnen anzuknüpfen. Natürlich bekam er nur selten eine Antwort; die Jungen starrten lediglich eine oder zwei Sekunden zu ihm herüber, wobei ihr Blick sich zuweilen ein wenig erwärmte, meistens aber abweisend und kühl wurde, und die Mädchen, je nach Alter und Veranlagung, kicherten entweder auf eine Art, die ihn veranlaßte, schnell wegzublicken, oder sie taten, als hätten sie ihn weder gesehen noch gehört. Aber da er ja im Grunde gar keine Antwort erwartete, war es doch wunderschön, wenn ihn gelegentlich ein älterer Junge anlächelte und sagte: «Hallo, du da.» Ein paarmal streckte so ein Junge sogar die Hand aus und verstrubbelte sein Haar. Und ein anderes Mal, als er zu ein paar älteren Mädchen «Hallo» gesagt hatte, rief eine von ihnen in jenem sonderbar süßlichen Ton, den er auch schon bei erwachsenen Frauen gehört hatte: «Oh, seht doch nur diesen reizenden kleinen Jungen!»

Einen Augenblick lang war er zwar verlegen, aber doch ein wenig erfreut und geschmeichelt. Dann hörte er, wie einige Jungen diese Worte wiederholten, aber sie sagten es so quiekend, und es klang so unaufrichtig und zugleich spöttisch und gehässig, daß er sehr erschrak und sich am liebsten in ein Mauseloch verkrochen hätte.

Er erfuhr nie, wie die großen Jungen hießen – höchstens zwei oder drei Namen kannte er –, denn die meisten von ihnen wohnten mehrere Häuserblöcke weiter; aber mit der Zeit wußten eine ganze Menge von ihnen, wie er hieß. Sie stellten ihm nämlich fast jeden Tag dieselbe Frage: «Wie heißt du?» Es kam ihm seltsam vor, daß sie seinen Namen nicht von einem Tag zum andern behalten konnten, denn er sagte ihn immer sehr deutlich, aber andererseits, so meinte er, wenn sie ihn wirklich vergessen hatten und ihn wieder danach fragten, mußte er ihn auch noch einmal sagen. Und jedesmal, wenn er ihnen höflich seinen Namen genannt hatte, fingen sie an zu lachen. Nach einiger Zeit wurde ihm klar, daß sie ihn nur Tag für Tag nach seinem Namen fragten, um ihn zu necken, aber nicht, weil sie ihn tatsächlich vergessen hatten, und darum wurde er etwas vorsichtiger. Wenn sie ihn fragten: «Wie heißt du?», wurde er verlegen und antwortete: «Ach, ihr wißt doch meinen Namen, ihr wollt mich nur necken.»

Einige fingen dann gewöhnlich an zu kichern, aber derjenige, der die Frage gestellt hatte, erklärte unweigerlich mit ernster Miene und in höflichem Ton: «Aber nein, ich weiß deinen Namen nicht, du hast ihn mir nie gesagt», und er begann zu überlegen, ob er es nun getan hatte oder nicht. «Doch, natürlich habe ich ihn dir gesagt», behauptete er dann, «ich kann mich genau erinnern. Erst vor drei Tagen.» Und wieder wurde irgendwo ein Kichern laut, aber der Fragesteller blickte noch ernster und freundlicher auf ihn, und die Jungen neben ihm machten ebenso ernste Gesichter, und der andere sagte: «Nein, bestimmt nicht, Ehrenwort, ich kann es nicht gewesen sein. Ich weiß nicht, wie du heißt.» Und einer von den anderen Jungen erklärte durchaus einleuchtend: «Aber wenn er deinen Namen wüßte, würde er dich doch nicht danach fragen. Siehst du das nicht ein?»

Und Rufus sagte: «Ach wo, ihr wollt mich nur necken. Ihr wißt alle ganz genau, wie ich heiße.»

Und dann sagte einer der anderen Jungen: «Ich hab's vergessen. Ich wußte es, aber ich hab's glattweg vergessen. Ich würd's ihm ja sagen, aber ich kann mich einfach nicht daran erinnern.»

Und auch dieser Junge machte ein ehrliches Gesicht. Und dann sagte der erste wieder, fast bittend und sehr freundlich: «Na los, sag uns schon, wie du heißt. Es kann ja sein, daß du es schon mal gesagt hast, aber er kann sich nicht mehr darauf besinnen. Wenn er es könnte, würde er es mir ja bestimmt sagen, nicht wahr? Das würdest du doch, was?»

«Na klar würde ich dir's sagen, wenn ich mich erinnern könnte. Warum willst du es uns denn nicht noch mal sagen?» Und ein paar andere Jungen stimmten in diesen Ton ein, und es klang so freundlich und höflich und interessiert, wenn sie baten: «Nun los, sag uns doch, wie du heißt!»

Und er war ganz verblüfft über dieses freundliche Interesse. So nett waren sie noch nie zu ihm gewesen – und doch kam es ihm nicht recht geheuer vor. Er dachte einen Augenblick nach, sah dann den Jungen, der seinen Namen vergessen hatte, ernst und prüfend an und fragte: «Ist es wirklich wahr, daß du es vergessen hast?»

Und der Junge sah ihn ebenso ernst an und sagte: «Ehrenwort, Hand aufs Herz», und er legte seine Hand auf die Brust.

Wieder fing einer in der Runde an zu kichern, und Rufus merkte, daß einige Jungen ganz sicher die Absicht hatten, ihn zu necken; aber das machte ihm nichts aus, wenn nur die anderen es nicht auch wollten. Darum achtete er gar nicht auf das Kichern und fragte jeden der freundlich und ernst blickenden Jungen: «Du versprichst mir, daß du mich diesmal nicht aufziehen willst?», und sie versprachen es. Dann sagte er: «Wenn ich euch heute noch einmal sage, wie ich heiße, versprecht ihr mir, daß ihr euch Mühe gebt, es zu behalten, und daß ihr mich nicht wieder fragt?» Die Jungen versicherten, daß sie es bestimmt nicht wieder vergessen würden, und legten die Hand aufs Herz. Im letzten Augenblick, wenn er eben den Mund auftun und es ihnen sagen wollte, überfiel ihn dann plötzlich ein so heftiger Zweifel an ihrer Ehrlichkeit, daß er es am liebsten wieder unterlassen hätte, aber dann dachte er gleichzeitig: vielleicht meinen sie es wirklich ehrlich, und in diesem Fall wäre es gemein, ihnen nicht zu sagen, wie ich heiße. Und darum nannte er ihnen doch immer wieder seinen Namen. «Also gut», sagte er jedesmal sehr zögernd, und dann brachte er es sonderbar undeutlich und schüchtern heraus (er hatte allmählich fast das Gefühl, daß sein Name selber verletzt worden war, und er wollte ihm nicht wieder weh tun): «Also gut, ich heiße Rufus.»

Kaum aber hatte er es ausgesprochen, wußte er, daß er sich wieder einmal hatte anführen lassen und daß nicht ein einziger von all den Jungen es ehrlich mit ihm gemeint hatte, denn im selben Augenblick brachen sie alle in ein wildes Freudengeschrei aus. Es war, als explodiere eine fest geballte Masse und schleudere ihre Bestandteile über die ganze Nachbarschaft. Sie schrien seinen Namen voller Vergnügen und offensichtlich auch mit Verachtung, und einige von ihnen grölten dazu einen Vers, den sie anscheinend sehr komisch fanden, obgleich Rufus nicht verstehen konnte, warum.

«Uh-Rufus, Uh-Rastus, Uh-Johnson, Uh-Smith,
Was willst du denn tun, wenn die Pacht fällig is?»,

und andere schrien: «Niggername, Niggername!» und sangen einen Vers, den er schon oft gehört hatte, wenn er hinter farbigen Kindern und sogar Erwachsenen hergerufen wurde:

«Nigger, Nigger, kraus von Haaren
Wollte mit der Trambahn fahren,
Trambahn brach in tausend Stück,
Nigger wollt sein Geld zurück.»

Drei oder vier Jungen aber liefen nicht weg, sondern blieben stehen, schrien seinen Namen und grölten diesen Vers, brüllten immer wieder «Nigger!», hüpften herum und stießen ihm mit ihren Fingern gegen die Brust, in den Magen und ins Gesicht, während er beschämt und verlegen dastand und schließlich, gefolgt von dieser Horde, unglücklich nach Hause trottete.

Er konnte es einfach nicht fassen. Wenn sie genau wußten, wie er hieß – und das war doch offensichtlich so –, warum fragten sie ihn dann immer wieder nach seinem Namen, als ob sie ihn nie gehört hätten oder sie sich nicht mehr daran erinnern könnten? Sie wollten ihn eben aufziehen. Aber warum wollten sie das? Was machte ihnen dabei so viel Spaß? War es denn ein solches Vergnügen für sie, so zu tun, als seien sie wirklich nett und interessiert, und es so gut vorzutäuschen, daß man ihnen wider Willen glauben mußte, nur damit er wieder einmal auf sie hereinfiel? Denn wenn jemand es ehrlich mit ihm meinte, konnte er sich nicht weigern, ihm das zu sagen, was er offenbar so gern wissen wollte. Und wenn einige von den Jungen ihn fragten und andere ihn foppten oder auch nur ansahen, warum lag dann eine so seltsam geballte Kraft rings um sie in der Luft, so daß es ihm vorkam, als gehörten die anderen alle zusammen und nur er selber sei ganz allein, während er doch so gern zu ihnen gehören wollte und sich so sehr wünschte, daß sie ihn gern hatten? Warum glaubte er ihnen immer wieder? Es passierte wieder und wieder, und jedesmal meinte er, sie hätten noch nie so interessiert und freundlich ausgesehen, und doch stellte sich hinterher immer wieder heraus, daß sie es überhaupt nicht so gemeint hatten. Die einzigen, die wirklich nett zu ihm waren, die einzigen, die ihn nie anführten oder neckten, waren ein paar von den viel größeren Jungen. Sie benahmen sich ihm gegenüber nie besonders aufmerksam und freundlich, sondern sagten nur: «Hallo, du da», und lächelten ihm zu, wenn sie vorbeigingen, und gelegentlich verstrubbelten sie sein Haar oder gaben ihm einen kleinen Schubs, aber nur im Spaß, nicht um ihm weh zu tun oder ihn zu erschrecken. Sie waren ganz anders als die kleineren Jungen, sie schenkten ihm niemals soviel Beachtung und sahen ihn niemals besonders freundlich an, und doch waren sie die netten und die anderen die gemeinen. Und trotzdem erging es ihm immer wieder gleich. Wenn sie anfingen, war er stets felsenfest davon überzeugt, daß sie ihn nur necken wollten, und er war stets fest entschlossen, diesmal nicht auf sie hereinzufallen. Aber wenn sie dann immer weiterredeten, wurde er unsicherer. Er wurde unsicherer und doch gleichzeitig noch sicherer, aber gerade das verwirrte und quälte ihn, und je sicherer er war, daß diese scheinbare Freundlichkeit nur Betrug und Gemeinheit war, um so angespannter beobachtete er ihre Gesichter, in der Hoffnung, daß sie es diesmal ehrlich meinten. Je weniger er ihnen glaubte, um so mehr drängte es ihn, ihnen zu glauben, und um so leichter fiel es ihm, ihnen zu glauben. Je einsamer er sich fühlte, um so mehr wünschte er sich, nicht allein zu sein, sondern zu ihnen zu gehören. Und jedesmal, wenn er zum Schluß nachgab, wurde er direkt vorher sogar ein wenig sicherer, daß er sich nicht noch einmal hereinlegen lassen würde. Und wenn er dann endlich seinen Namen nannte, sagte er ihn jedesmal etwas schüchterner, etwas verlegener, bis er beinahe begann, sich dieses Namens zu schämen. Die Art, wie die anderen ihn schrien und dann den Vers grölten, über den sie so lachten, vermittelte ihm allmählich das Gefühl, daß mit seinem Namen irgend etwas nicht in Ordnung sein müsse, und manchmal, wenn seine Mama ihn ansprach und er ihn plötzlich unerwartet hörte, verspürte er einen dunklen, stechenden Schreck und eine gewisse Beschämung. Aber als er sie einmal fragte, ob Rufus denn wirklich ein Niggername sei und warum alle darüber lachten, sah sie ihn streng an und fragte ihn in scharfem Ton, als wolle sie ihn auszanken: «Wer hat dir das gesagt?» Und als er ängstlich erwiderte, er wisse es nicht mehr, sagte sie: «Auf so etwas darfst du gar nicht achten. Es ist ein sehr schöner alter Name. Manche Farbige heißen auch so, aber das ist ganz in Ordnung, und es gibt keinen Grund, warum sie oder die weißen Leute, *die so heißen, sich deswegen schämen müßten. Du hast diesen Namen bekommen, weil dein Urgroßvater Lynch so hieß, und es ist ein Name, auf den du stolz sein kannst. Und noch etwas, Rufus: du darfst nie wieder ‹Nigger› sagen.»*

Aber wenn sie auch vielleicht stolz auf diesen Namen war, er war es nicht. Wie konnte er stolz sein auf einen Namen, über den alle lachten? Einmal, als die anderen Jungen nicht so laut schrien und nur einer von ihnen ruhig zu ihm sagte: «Das ist ein Niggername», hatte er versucht, sich stolz zu erweisen, und gesagt: «Das ist er nicht. Es ist ein sehr schöner alter Name, und ich habe ihn von meinem Ur-Opa Lynch.» Aber da schrien sie: «Dann ist dein Opa auch ein Nigger», und sie liefen die Straße hinunter und grölten: «Rufus ist ein Nigger, Rufus' Opa ist ein Nigger, er ist ein Nigger, ein Nigger», und er rief hinter ihnen her: «Das ist er nicht! Erstens war es mein Ur-Opa, und der war keiner!» Doch nach diesem Tag begannen sie manchmal die Unterhaltung mit den Worten: «Wie geht's denn deinem Nigger-Opa?», und er mußte ihnen immer und immer wieder erklären, daß es sich ja um seinen Ur-Opa handle und daß der kein Farbiger gewesen sei – aber das war ihnen offenbar ganz gleichgültig.

Er konnte nicht verstehen, was ihnen bei diesem Spiel so viel Vergnügen machte und warum sie immer so freundlich und interessiert taten, nur um ihn wieder so weit zu bringen, daß er etwas sagte, was sie doch genau wußten. Aber allmählich wurde ihm klar, daß sie immer etwas Häßliches im Schilde führten, wie freundlich sie sich auch stellten, und daß die einzige Möglichkeit, sich davor zu schützen, darin bestand, ihnen nichts mehr zu glauben und nie mehr zu tun, worum sie ihn baten. Und mit der Zeit ließ er sich nicht mehr von ihnen täuschen und nannte ihnen seinen Namen nicht mehr, und wenn sie noch so nett danach fragten. Danach war ihm viel wohler zumute, aber andererseits schienen die Kinder sich nun nicht mehr für ihn zu interessieren. Er wollte gar nicht, daß sie einfach vorbeigingen, ohne ihn anzusehen, und er hatte nicht einmal etwas dagegen, daß sie ihm eine spöttische Bemerkung zuriefen oder ihn erschreckten, indem sie die Riemen mit den Schulbüchern gegen ihn schwangen, so daß er sich ducken mußte. Er wollte nur, daß sie ihn nicht mehr foppten und sich über ihn lustig machten; er wollte nur, daß sie nett zu ihm waren und ihn gern hatten. Und darum war er noch immer bereit, alles zu tun, womit er sich vielleicht ihre Zuneigung erwerben konnte – nur seinen Namen sagte er ihnen nicht mehr, und dagegen konnten sie doch eigentlich nichts haben. Und solange sie ihn nicht nach seinem Namen fragten (und sie hatten bald gemerkt, daß dieser Scherz nicht mehr wirkte), hoffte er noch immer verzweifelt, daß sie ihn in anderen Dingen nicht foppen oder zum besten haben wollten. Jetzt hatten die älteren Jungen sich angewöhnt, ihn im Vorbeikommen ernsthaft anzusehen und ihn zu fragen, so als sei das eine sehr wichtige Frage:

«Rufus Rastus Johnson Smith,
Was willst du denn tun, wenn die Pacht fällig is?»

Wenn sie diese Frage stellten, fühlte er, daß sie ihn noch immer wegen seines Namens neckten. An dem Ton, in dem sie das Wort «Rastus» aussprachen, erkannte er, daß sie beide Namen nicht mochten und beide verachteten, und er konnte auch nicht verstehen, warum sie ihm so viele Namen gaben, während nur einer davon sein wirklicher Name war und er außerdem mit Nachnamen doch Follet hieß. Aber wenigstens kannten sie jetzt seinen Namen, auch wenn die meisten nicht «Rufus», sondern «Ruf-aas» sagten. Wenigstens taten sie jetzt nicht mehr, als wüßten sie ihn nicht, und das war immerhin ein Fortschritt. Und in Wirklichkeit stellten sie ihm eigentlich nur eine Frage: «Was willst du tun, wenn die Pacht fällig is?» Obgleich sie das immer wieder fragten und ihm diese Frage ziemlich sinnlos vorkam. Er hatte den Eindruck, als wollten sie es wirklich wissen, und er meinte, wenn er ihnen diese Frage beantworten könnte, dann würde er ihnen tatsächlich etwas sagen, was sie nicht wußten, und vielleicht würden sie ihn dann wirklich gern haben und ihn nicht mehr necken. Aber dann merkte er doch wieder, daß sie ihn auch damit nur aufziehen wollten. In Wirklichkeit wollten sie es gar nicht wissen. Wie sollten sie auch, wenn die Frage doch sinnlos war? Was war das: die Pacht? Und wie sah es aus, wenn sie fällig war? Wahrscheinlich recht häßlich, oder vielleicht auch hübsch, aber dann, wenn man es wußte, wurde es häßlich. Und was tat man nun wirklich, wenn sie fällig wurde? Was konnte man tun, wenn man nicht einmal wußte, was das alles bedeutete? Oder ob es vielleicht etwas war, das sie nur erfunden hatten, etwas, das es gar nicht gab, nur ein Märchen? Er hätte gern gefragt, was eine Pacht sei, aber er vermutete, daß sie gerade das beabsichtigten: er sollte sie danach fragen, und wenn er das getan hatte, würde sich herausstellen, daß das Ganze nur irgendeine Falle gewesen war, ein Scherz, und daß er damit, daß er fragte, etwas ganz Dummes und Lächerliches getan hatte. Aber er war jetzt klug genug, dies nicht zu tun: er fragte sie nie, was eine Pacht sei, und obendrein hatte er das Gefühl, es wäre besser, auch Vater oder Mutter nicht danach zu fragen. Wenn die Jungen nun auf ihn zukamen, wußte er immer, daß sie ihm gleich diese dumme Frage stellen würden, und wenn sie sie stellten, stand er verstockt und schüchtern da, fest entschlossen, sie nicht zu fragen, was eine Pacht sei. Und einmal, als sie ihm ihre übliche Frage gestellt hatten und ihn dann mit einem so sonderbaren, kalten Blick musterten, als seien sie hungrig, sah er sie an und hielt ihrem Blick so lange stand, bis er allzu verlegen wurde. Da bemerkte er, wie sie zu lächeln anfingen, und zwar auf eine Weise, die häßlich gemeint sein konnte, aber vielleicht auch freundlich, und auf die Möglichkeit hin, daß es freundlich gemeint war, lächelte auch er etwas unsicher, sah zu Boden und murmelte: «Das weiß ich nicht.» Diese Antwort schien sie fast ebenso zu amüsieren wie seinerzeit sein Name, wenn er ihn ihnen sagte, obgleich sie nicht so laut schrien wie damals. Von da an ging er manchmal einfach weg, und eine Weile später wurde ihm klar, daß er diese Frage ebensowenig beantworten durfte wie die Frage nach seinem Namen.

Wenn er wegging, oder wenn er sich weigerte zu antworten, hatte er immer das Gefühl, als hätte er sie irgendwie besiegt, aber gleichzeitig fühlte er sich auch unglücklich und einsam, und manchmal kehrte er deshalb wieder um, wenn er ein Stückchen weggegangen war, und dann kamen sie auch wieder und stellten sich um ihn herum. Wenn er jedoch weiterging, fühlte er sich nur noch einsamer und unglücklicher, so sehr, daß er zwischen den Häusern hindurch bis in den Hintergarten ging und dort eine Weile blieb, weil er von niemandem gesehen werden wollte, nicht einmal von seiner Mutter. Schon auf dem Weg zur Ecke fühlte er sich zugleich unglücklich und hoffnungsfreudig, und manchmal ging er gar nicht erst hin. Aber wenn er einmal nicht hingegangen war und dann wieder hinkam, fragten sie ihn, wo er denn gewesen sei und warum er sich gestern nicht habe blicken lassen. Er wußte zwar nicht, was er darauf antworten sollte, aber die Frage der Jungen gab ihm doch wieder Mut, denn sie klang so, als läge ihnen wirklich etwas daran, ihn zu treffen. Während der nächsten Tage blieb es dann so. Die älteren und klügeren Jungen merkten wohl, daß der Charakter dieses Spiels sich ein wenig verschoben hatte und daß sie sehr viel freundlicher zu ihm sein mußten, wenn sie wollten, daß er wiederkäme, damit sie sich weiterhin über ihn lustig machen konnten. Und die dümmeren Jungen erkannten die Wirksamkeit dieser Methode und machten es den anderen nach, so gut sie konnten. Rufus wurde den allzu offenkundigen und übertriebenen Freundschaftsbezeigungen gegenüber schnell argwöhnisch, aber die gescheiteren Jungen fanden zu ihrem höchsten Entzücken bald heraus, daß sie ihn fast immer hinters Licht führen konnten, wenn sie nur ihr Verhalten, den Köder, den sie auswarfen, von Zeit zu Zeit ein wenig änderten. Rufus war immer so gern bereit, ihnen einen Gefallen zu tun. Wie es eigentlich angefangen hatte, wußte keiner von ihnen mehr, und sie dachten auch nicht darüber nach, aber sie wußten, daß sie sich nur geschickt zu verhalten brauchten, damit er ihnen sein Lied vorsang, und daß er dumm genug war, zu glauben, es gefiele ihnen tatsächlich. Sie sagten: «Sing uns doch ein Lied vor, Ruf-aas», und dann sah er sie an, als wüßte er, daß sie ihn nur zum besten haben wollten, und antwortete: «Ach wo, ihr wollt es ja gar nicht hören.»

Daraufhin versicherten sie ihm, daß sie es bestimmt sehr gern hören würden, daß es ein wirklich hübsches Lied sei, viel hübscher als irgendeins, das sie singen konnten, und daß sie es besonders gern hätten, wenn er zu seinem Gesang auch noch tanzte. Und da sie sehr bald geübt darin waren, seinem Gesang mit anerkennender und erfreuter Miene zu lauschen, ließ er sich leicht und schnell überreden. Es kam ihm zwar alles seltsam und dumm vor, aber nicht weil er der Meinung war, sie wollten ihn wirklich aufziehen oder über ihn lachen, sondern nur weil er sich bei jeder dieser öffentlichen Darbietungen immer törichter vorkam und gar nicht mehr so sicher war, daß sein Lied wirklich so hübsch und nett war, wie er gemeint hatte. Er warf noch einen ängstlichen Blick auf sie, der die anderen immer besonders zum Lachen reizte, und dann hob er seine Arme hoch, drehte sich immerzu im Kreis und sang dazu:

> *«Bin ein fleißig Bienelein, Bienelein, Bienelein,*
> *bin ein fleißig Bienelein, summ, summ, summ im Klee.»*

Während er so sang und tanzte, hörte er zwischen seinen eigenen Versen zuweilen ein verhaltenes Kichern, aber fast alle die Gesichter, die um ihn herumwirbelten, und zwar besonders die der älteren Jungen, lächelten angespannt und aufmerksam, und das entschädigte ihn für die Verachtung, die er auf den Gesichtern der kleineren Jungen las. Wenn er dann fertig war und hoch aufatmend dastand, klatschten die älteren Jungen voll ehrlicher Anerkennung in die Hände und sagten: «Das ist ein wunderschönes Lied, Rufus, von wem hast du das gelernt?»

Wieder argwöhnte er eine versteckte boshafte Absicht hinter diesen Worten und weigerte sich, es ihnen zu sagen, bis sie ihm so lange zugesetzt hatten, daß es herauskam: «Von mei-

ner Mama.» In diesem Augenblick hätten die kleineren Jungen durch ihr Aufquietschen und Lachen oft beinahe alles verdorben, aber meistens konnten die älteren Jungen die Situation noch retten, indem sie sie streng anfuhren: «Ruhe! Ihr wißt wohl nicht, was für ein schönes Lied das ist?» Und dann wandten sie sich zu ihm und taten, als lehnten sie diese Jungen ganz ab, während sie Rufus in ihren eigenen Kreis einbezogen, und sie sagten zu ihm: «Kümmere dich nicht um sie, Rufus, sie sind eben dumm und verstehen nichts. Sing du nur dein Lied.» Und ein anderer stimmte zu und sagte: «Ja, Rufus, sing es noch einmal. Das ist wirklich ein hübsches Lied», und ein dritter rief: «Aber du mußt auch dazu tanzen!» Und für dieses kleine, aber auserwählte Publikum sang und tanzte er noch einmal.

Und gewöhnlich sagte dann irgendeiner der Jungen plötzlich: «Los, wir müssen weiter», und er hatte auf einmal das Gefühl, als werde ein Stuhl unter ihm weggezogen. Er blieb allein zurück, und sie klatschten kaum noch einmal in die Hände, bevor sie gingen. Aber einige von den nettesten Jungen gaben sich doch die Mühe, noch schnell zu ihm zu sagen: «Danke schön, Rufus, das war wunderhübsch!» Und dann fügten sie hinzu: «Denk daran, daß du morgen wieder hier sein mußt!» Und diese Worte entschädigten ihn vollauf für diesen Abschluß, der ihn immer wieder aus der Fassung brachte. Warum gingen sie nur immer so plötzlich weg? Und warum drehten sie sich dauernd nach ihm um und lachten so sonderbar? Sie steckten die Köpfe zusammen, tuschelten miteinander, und dann brachen sie auf einmal in ein wieherndes Gelächter aus. Fast kam es ihm vor, als lachten sie über ihn. Und einmal, als einer von den größeren Jungen plötzlich die Arme in die Höhe warf, sich im Kreis drehte und dabei mit einer hohen, quiekenden Stimme piepste: «Bin ein fleißig Bienelein», war er ganz sicher, daß ihnen sein Lied gar nicht wirklich gefallen hatte, und auch nicht die Art, wie er es sang. Aber wenn es so war, warum baten sie ihn dann, es zu singen? Und einmal hörte er, wie einer von ihnen weit unten auf der Straße kreischte: «Von meiner Mama!», und ihm war, als stäche ihm irgend etwas mitten durch den Magen. Die anderen lachten, und er war überzeugt, daß alles, zumindest für diese Jungen dort, nur ein gemeiner Spaß war. Aber dann fiel ihm wieder ein, wie nett die Jungen gewesen waren, die er am liebsten mochte und denen er am meisten vertraute, und er war sicher, daß sie wenigstens sich nicht über ihn lustig machten.

Nach einiger Zeit jedoch begann er sich auch über sie Gedanken zu machen. Vielleicht waren sie so nett zu ihm, weil sie ihn dazu bringen wollten, Dinge zu tun, die er nie tun würde, wenn sie nur zu Anfang nett gewesen wären und dann über ihn gelacht hätten. Aber da sie die ganze Zeit über unverändert nett waren, mußten sie es doch eigentlich ehrlich meinen. Und doch war die Art, wie die anderen lachten, ein Beweis dafür, daß das, was er tat, irgendwie falsch oder dumm war. Er mußte sich noch viel mehr vorsehen. Er mußte genau aufpassen, damit er nicht alles tat oder sagte, was die anderen von ihm verlangten, sofern er nicht absolut sicher war, daß sie wirklich nett waren und es wirklich so meinten. Jetzt beobachtete er auch die Jungen, die er am liebsten mochte, mit besonderer Aufmerksamkeit, und sie merkten, daß sie sehr schlau und vorsichtig sein mußten, wenn sie sich den Spaß nicht wieder verderben wollten. Sie fingen an, ihm Geschenke zu versprechen: ein Stück Kaugummi, einen Bleistiftstummel, ein Stück Kreide oder ein Bonbon, und das schien ihn zu überzeugen. Die weniger gewitzten Jungen gaben ihm oft nicht das versprochene Geschenk, und das war für sie natürlich ein doppelter Spaß, aber die klügeren hielten immer ihr Wort, so daß er ihnen nie etwas abschlug. Eigentlich war das alles so einfach, daß es sie zu langweilen begann. Sie fanden allmählich Gefallen an den Streichen, die die kleineren Jungen ihm spielten, zum Beispiel, wenn einer hinter Rufus trat, während er tanzte und ein anderer diesem einen Schubs gab, damit Rufus das Gleichgewicht verlor und hinfiel; aber sie waren schlau genug, niemals mitzumachen, sondern immer so zu tun, als seien sie ehrlich entrüstet. Sie halfen ihm immer wie-

der auf die Füße, bürsteten ihn ab und trösteten ihn, wenn er sich weh getan hatte und weinte. Und immer gelang es ihnen, Rufus zu verbergen, wie sehr sie sich über seine ewige Verblüfftheit und Leichtgläubigkeit lustig machten und wie unendlich verächtlich sie es fanden, daß er überhaupt keinen Versuch machte, sich gegen seine Peiniger zur Wehr zu setzen, ja daß er offenbar nicht einmal imstande war, ernsthaft wütend zu werden. Und weil diese größeren Jungen immer da waren und stets auf seiner Seite zu stehen schienen, konnten sie Rufus immer wieder soweit bringen, Dinge zu tun, die kein Mensch, der seine fünf Sinne beisammen hatte, je tun würde.

Die ältesten Jungen fanden diese Unterhaltung allmählich langweilig, und zugleich überkam sie ein unbestimmtes Schamgefühl. Schließlich waren sie ja alle viel älter und klüger als er – sogar der jüngste Schuljunge war noch ein paar Jahre älter als Rufus. War es dann ein Wunder, daß er sich immer wieder hereinlegen ließ und sich niemals wehrte? Dieses kleine Lied zum Beispiel war doch im Grunde viel zu albern und kindisch, um ihnen auf die Dauer Spaß zu machen. Sie hatten das Gefühl, daß eigentlich etwas Gewaltsameres geschehen müßte. Aber sie selber konnten so etwas nicht in die Wege leiten. Wenn sie ihn merken ließen, daß sie nicht auf seiner Seite standen, war der Spaß verdorben. Und selbst wenn er es nicht merken würde, so war es doch unfair, einem so viel Jüngeren und Schwächeren etwas anzutun, das normalerweise eine unmittelbare und gewaltsame Gegenwehr herausforderte – auch mit einem so unglaublichen Trottel wie Rufus durfte man so etwas nicht machen. Außerdem hatten sie genug Anlaß, zu glauben, daß er sich niemals gegen sie zur Wehr setzen würde, auch wenn er dazu getrieben würde. Wahrscheinlich würde er nicht einmal merken, was von ihm erwartet wurde. Sie waren neugierig, was geschehen würde. Sie überließen die Initiative immer mehr den kleineren, grausameren und primitiveren Jungen. Aber das führte auch zu nichts. Rufus sah sie nur schmerzlich überrascht und vorwurfsvoll an und ging weg, und wenn einer der älteren Jun-

gen, die doch immer nett zu ihm waren, ihn allzu aufdringlich tröstete, brach er in Tränen aus, und das war zwar sehr komisch, aber auch abstoßend.

Schließlich kamen sie auf den richtigen Trick. Sie wollten ein paar Jungen, die ebenso klein waren wie er, dazu verleiten, ihm einen Streich zu spielen, den keiner der größeren Jungen ihm hätte spielen dürfen.

Nach dem Mittagessen wurden die Babies und alle kleineren Kinder außer Rufus zu Bett gebracht, damit sie ihr Mittagsschläfchen hielten, und seine Mutter meinte, er solle sich auch hinlegen, aber sein Vater sagte nein, das sei doch nicht nötig, und deshalb durfte er aufbleiben. Er blieb bei den Männern draußen auf der Veranda. Sie waren so satt und schläfrig, daß sie kaum ein Wort redeten, und ihm ging es nicht anders. Im matten Dämmerlicht stand er dösend zwischen den Knien seines Vaters, versuchte die Augen offenzuhalten und hörte mit halbem Ohr auf das sanfte, träge Grollen ihrer Stimmen und auf die helleren und eifrigeren Stimmen der Frauen hinten in der Küche. Sie schwatzten munter drauflos, bemühten sich jedoch, leise zu sprechen, um die Kinder nicht zu wecken. Er hörte das Klirren der Teller, die sie abwuschen, und hin und wieder ihre Schritte auf dem Küchenfußboden. Mit halb geschlossenen Augen, die vor Schläfrigkeit keinen Gegenstand mehr richtig wahrnehmen konnten, starrte er in die schweren Blätter an den Bäumen, die sich zu Tausenden langsam und funkelnd bewegten, auf das sanfte Schimmern der Kornähren, auf die Hennen, die in der Nähe auf dem schmutzigen Boden des Hühnerhofs herumpickten, und auf den ausgezackten Rand des Verandabodens, und alles das schwamm traumverloren in einem schimmernden Silberdunst, und ein langgestreckter niedriger Hügel aus Silberblau schloß den Rest der Welt gegen einen blauweißen Himmel ab. Und er lehnte sich zurück an die Brust seines Vaters, und er konnte hören, wie das Herz seines Vaters klopfte und sein Magen rumorte, und er konnte seine harten Knie an den Seiten fühlen, und als er dann wieder die Augen aufschlug, sah er in das Gesicht seiner Mutter, und er lag auf einem Bett, und sie sagte, es sei nun Zeit für ihn, aufzuwachen, weil sie alle fortfahren und seine Ur-Ur-Großmutter besuchen wollten, und die würde sich ganz besonders freuen, ihn zu sehen, weil er ihr ältestes Ur-Ur-Enkelkind sei. Und er und sein Vater und seine Mutter und Catherine kamen auf die Vordersitze, und sein Opa Follet und Tante Jessie und ihr Baby, Jim-Wilson, Ettie Lou, Tante Sadie und ihr Baby auf die Rücksitze, und Onkel Ralph stellte sich auf das Trittbrett, weil er meinte, er könne sich bestimmt noch an den Weg erinnern, und weil für ihn auch kein Platz mehr im Wagen war. Und dann fuhren sie langsam und vorsichtig den schmalen Weg hinunter, damit es nicht zu sehr rüttelte, und noch bevor sie an die breite Straße kamen, bat seine Mutter den Vater, noch einmal anzuhalten, und sie bestand darauf, Ettie Lou mit auf den Vordersitz zu nehmen, damit hinten ein bißchen mehr Platz sei, und nachdem sie eine Weile hin und her geredet hatten, gaben die anderen nach; dann fuhren sie wieder los, und sein Vater lenkte den Wagen ganz vorsichtig über die tiefen Querrinnen auf der Straße, die von LaFolette wegführte, so wie Ralph es ihnen sagte («Ja, ich weiß», sagte sein Vater, «ich erinnere mich dunkel daran»). Sie spürten kaum eine Erschütterung, und seine Mutter machte eine Bemerkung darüber, wie gut und vorsichtig sein Vater immer fuhr, wenn er es nicht gerade vergaß und zu schnell fuhr, und sein Vater errötete; nach einigen Minuten machte seine Mutter ein etwas verstörtes Gesicht, so als müsse sie auf die Toilette gehen und wolle es nicht gern sagen, und noch ein paar Minuten später sagte sie: «Jay, es tut mir schrecklich leid, aber ich glaube jetzt wirklich, du hast es vergessen.»

«Vergessen? Was?» fragte sein Vater.

«Ist es nicht ein bißchen zu schnell, Liebster?» fragte sie zurück.

«Das ist eine gute Straße hier», erwiderte er. «Ich muß Zeit gewinnen, solange die Straße gut ist.» Er verlangsamte das Tempo ein wenig. «Aber ich erinnere mich», sagte er, «nach-

her kommen noch ein paar Stellen, die man kaum mit 'nem Maulesel passieren kann. So ist's doch, nicht wahr, Ralph?»

«Du lieber Gott!» rief seine Mutter.

«Ach was, wir ziehen euch doch nur auf», beruhigte er sie. «So schlimm ist es gar nicht. Aber trotzdem ist es besser, wir gewinnen etwas Zeit, solange es geht.» Und er fuhr wieder ein bißchen schneller.

Nach etwa zwei oder drei Meilen sagte Onkel Ralph: «Jetzt müssen wir hinter dieser Kurve auf eine Nebenstraße kommen, und dann müssen wir scharf nach rechts abbiegen», und sie fuhren auf die Nebenstraße und bogen in einen sandigen Waldweg ein. Sein Vater fuhr etwas langsamer, und eine kühle Brise strich über sie hin, und seine Mutter sagte, wie angenehm doch Schatten nach der schrecklich heißen Sonne sei, nicht wahr, und die anderen Erwachsenen murmelten zustimmend, und fast unmittelbar darauf kamen sie wieder aus dem Wald heraus und fuhren über zwei Meilen durch eine verbrannte Landschaft mit Baumstümpfen und zuweilen auch ganzen Baumstämmen, die hart und scharf emporragten, und alles war mit Brombeergestrüpp und Geißblatt überwuchert, und auch ein Hügel war da, der seinen Schatten warf. Und als sie in den Schatten des Hügels kamen, sagte Onkel Ralph leise: «Wenn du jetzt den Hügel erreicht hast, mußt du auf der linken Seite um ihn herumfahren, bis zu der zweiten Kreuzung rechts, und da mußt du einbiegen.» Aber als sie dorthinkamen, ging nur ein Weg nach links ab und keiner nach rechts, und sein Vater bog in diesen Weg ein, und keiner sprach ein Wort; nach einer Minute sagte Onkel Ralph: «Na, eine andere Wahl blieb uns ja auch nicht, was?», und er lachte etwas verlegen.

«Schon gut», sagte sein Vater und lächelte.

«Mein Gedächtnis ist offenbar doch nicht so zuverlässig, wie ich gemeint habe», meinte Ralph.

«Du hast es sehr gut gemacht», widersprach sein Vater, und seine Mutter stimmte ihm bei.

«Ich hätte schwören können, daß nach beiden Seiten Wege

abgingen», sagte Ralph. «Aber es ist jetzt schon fast zwanzig Jahre her, seit ich zum letztenmal hier war.»

«Meine Güte!» sagte seine Mutter. «Für meinen Begriff hast du ein ausgezeichnetes Gedächtnis.»

«Wie lange bist du nicht mehr hier gewesen, Jay?» Er antwortete nicht. «Jay?»

«Ich überlege gerade», sagte er.

«Hier mußt du einbiegen», sagte Ralph pötzlich, und sein Vater mußte das Auto etwas zurücksetzen, um einbiegen zu können.

Nun begann ein langer, langsamer Aufstieg mit vielen Windungen, und Rufus konnte von dem, was die Erwachsenen sagten, nur die Hälfte hören und kaum etwas verstehen. Sein Vater war seit fast dreizehn Jahren nicht mehr hiergewesen, das letzte Mal kurz bevor er nach Knoxville zog. Er war immer ihr Liebling gewesen, sagte Ralph. Ja, bestätigte sein Großvater, das stimmte wohl, sie schien immer einen Narren an Jay gefressen zu haben. Sein Vater erklärte ruhig, daß auch er sie immer sehr gern gehabt habe. Dann stellte sich heraus, daß er von allen Insassen des Wagens derjenige war, der sie zuletzt gesehen hatte. Sie fragten ihn, wie sie denn gewesen sei, so als ob er sie erst vor ein paar Monaten besucht hätte. Sie war in vieler Hinsicht nicht mehr so gut beisammen, erzählte er, vor allem konnte sie nicht mehr viel herumgehen, weil ihr Rheumatismus sie so plagte, aber ihr Kopf war noch so klar und blank wie ein Dollarstück. Allerdings war damit noch nicht gesagt, wie sie sie diesmal vorfinden würden, die gute Alte; das konnte man nicht wissen. Aber sicher, pflichtete Onkel Ralph ihm bei, die Zeit verging so schnell, das war eine Tatsache, nicht wahr? Ehe man sich's versah war schon wieder ein Jahr herum. Sie hatten Jays Kinder noch nie gesehen, und auch nicht Ralphs, Jessies oder Sadies Kinder; sicher würde es eine große Freude für sie sein. Eine Freude und eine Überraschung dazu. Ja, bestimmt, sagte sein Vater, immer vorausgesetzt, daß sie sie noch erkennen konnte. Ob sie wohl gar schon gestorben ist? erkundigte sich seine Mutter. Nein, bestimmt *nicht, erklärten alle Follets, sie hätten es sicher erfahren, wenn sie gestorben wäre. Sie hatten aber nur gehört, daß es schlechter mit ihr geworden war. Manchmal ließ ihr Gedächtnis sie im Stich und sie war ganz durcheinander, die gute Alte. Ja, meinte seine Mutter, die arme alte Frau, das konnte man sich schon vorstellen. Vorsichtig fragte sie, ob sie denn auch gut versorgt würde. Aber ja, versicherte man ihr. Das wurde sie schon. Sadie opferte sich ja förmlich für sie auf. Sadie war Opa Follets älteste Schwester, und die kleine Sadie war nach ihr genannt worden. Sie lebte mit ihr zusammen und tat Tag und Nacht alles, was sie nur für sie tun konnte. Aber das ist doch wunderschön, erklärte seine Mutter. Ja, stimmten die anderen zu, kein Mensch auf der Welt könnte soviel für sie tun. Ihre anderen Kinder waren alle verheiratet und lebten anderswo, und sie wollte zu keinem von ihnen ziehen, so oft sie es ihr auch angeboten hatten; sie wollte ihr Haus nicht verlassen. Hier habe ich meine Kinder großgezogen, hatte sie erklärt, hier habe ich gelebt, seit ich vierzehn Jahre alt war, und hier möchte ich auch sterben. Und es muß schon gut fünfunddreißig, nein, mehr, gut vierzig Jahre her sein, daß Opa starb. Du lieber Gott, rief seine Mutter, und damals war sie doch auch schon eine alte Frau! Und sein Vater nickte und sagte ernst: «Sie ist hundertunddrei Jahre alt. Hundertunddrei oder hundertundvier. Sie konnte nie genau sagen, in welchem Jahr sie geboren wurde. Aber sie weiß, daß es noch vor 1812 war. Und sie meinte immer, daß sie im Jahre 1811 geboren wurde.»*

«Großer Gott, Jay! Ist das dein Ernst?» Er nickte nur und hielt die Augen auf die Straße gerichtet. «Stell dir das nur vor, Rufus», sagte sie. «Stell dir das nur einmal vor!»

«Sie ist eine sehr, sehr alte Frau», sagte sein Vater ernst, und auch Ralph nickte mit ernster und stolzer Miene.

«Was sie alles gesehen haben muß!» meinte Mary nachdenklich. «Indianer. Wilde Tiere.» Jay lachte. «Ich meine gefährliche Tiere, Jay. Bären und Wildkatzen – schrecklich!»

«Ja, Wildkatzen gab es früher hier in den Bergen, Mary –

wir nannten sie Pinscher, das sollte Panther heißen –, und sie waren auch noch hier, als ich ein Junge war. Und Bären gibt es auch heute noch, sagen die Leute.»

«Um Gottes willen, Jay, hast du jemals einen gesehen? Einen Panther?»

«Einmal. Einen, den sie geschossen hatten.»

«Herrgott!» entsetzte sich Mary.

«Ein ziemlich bösartiges Biest.»

«Ich weiß», sagte sie. «Ich meine, ich kann es mir schon vorstellen. Aber das – das kann ich immer noch nicht fassen. Sie ist ja fast so alt wie das Land, Jay.»

«Aber nein», lachte er. «So alt ist keiner. Ich habe irgendwo mal gelesen, daß gerade diese Berge hier die ältesten ...»

«Liebster, ich meinte unsere Nation», erklärte sie. «Die Vereinigten Staaten. Ja, laß mich einmal nachrechnen. Als sie geboren wurde, waren sie kaum erst so alt wie ich jetzt.» Einen Augenblick lang rechneten alle. «Nein, noch nicht einmal so alt», stellte sie dann triumphierend fest.

«Tatsächlich», sagte sein Vater. «Darüber habe ich noch nie nachgedacht.» Er schüttelte den Kopf. «Tatsächlich», sagte er noch einmal, «es stimmt.»

«Abraham Lincoln war gerade erst zwei Jahre alt», murmelte sie. «Na, drei vielleicht», verbesserte sie sich zögernd. «Versuch dir das nur einmal vorzustellen, Rufus», fuhr sie gleich darauf fort. «Über hundert Jahre!» Aber sie sah ihm an, daß er es nicht verstehen konnte. «Weißt du, wer sie ist?» erklärte sie ihm. «Sie ist die Großmutter von Opa Follet.»

«Jawohl, Rufus, das ist sie», bestätigte sein Großvater vom Rücksitz her, und Rufus drehte sich um und sah ihn an. Er war wohl bereit, es zu glauben, aber vorstellen konnte er es sich nicht. Der alte Mann lächelte und blinzelte ihm zu. «Das würdest du doch kaum glauben, wenn du hörtest, wie ich zu jemandem ‹Oma› sage, was?»

«Nein», erwiderte Rufus.

«Aber du wirst es hören», versicherte sein Großvater ihm. «Ich werde es sagen, sobald ich sie sehe.»

Jetzt begann Ralph vor sich hin zu murmeln, zog ein besorgtes Gesicht und sah schließlich seinen Bruder an. «Was ist denn in dich gefahren, Ralph?» fragte sein Vater. «Hast du den Weg verloren?» Und Ralph meinte, er sei nicht sicher, ob er ihn wirklich verloren habe, nein, beschwören könne er es nicht, aber, bei Gott, er könne ebensowenig beschwören, daß dies noch der richtige Weg sei.

«Wie schade, Ralph», sagte Mary freundlich. «Aber mach dir deshalb nur keine Sorgen. Vielleicht finden wir ihn bald wieder. Ich meine, vielleicht kannst du bald an irgend etwas erkennen, wo wir sind, und dann bringst du uns schon wieder auf den richtigen Weg.»

Aber sein Vater, der finster blickte und sich offensichtlich bemühte, seine Geduld zu bewahren, bremste den Wagen einfach und brachte ihn dann an einer schattigen Stelle zum Halten. «Besser, wir sehen uns jetzt gleich um», erklärte er. «Hier kenn ich mich überhaupt nicht mehr aus», meinte Ralph kläglich. «Ich finde, wir sollten vielleicht lieber wieder zurückfahren, solange wir den Weg noch wissen. Dann versuchen wir es an einem anderen Sonntag noch einmal», sagte sein Vater.

«Aber Jay!»

«Mir paßt das auch nicht», sagte sein Vater, «aber wir müssen heute abend wieder in der Stadt sein, vergeßt das nicht. Wir versuchen es lieber an einem anderen Sonntag noch einmal. Dann fahren wir schon früh am Morgen los.» Sie redeten hin und her, und endlich beschlossen sie, doch noch ein Stück weiterzufahren. Sie kamen in ein langes, enges Tal hinunter und fuhren durch Wälder, deren dunkle Ränder sie nur gelegentlich erspähen konnten, und der Weg verlief immer weiter in einer Richtung, von der Ralph fast sicher meinte, sie müsse falsch sein, und sie sahen eine Blockhütte, die, wie sie später meinten, wohl erst vor kurzem aus roh behauenen Stämmen erbaut worden war, und daneben ein kleines Kornfeld, nicht größer als ein gewöhnlicher Feldgarten. Aber die Leute dort waren mürrisch und verschlossen und sagten, sie hätten nie etwas von dem Haus ihrer Urgroßmutter gehört. Und nach-

dem sie ein Stück weitergefahren waren, wurde das Tal ein wenig breiter, und Ralph hatte fast den Eindruck, daß er diese Gegend kannte, obgleich es hier bestimmt nicht mehr so aussah wie seinerzeit, und mit einemmal gelangten sie hinter einer Kurve auf ein mit Bäumen bestandenes Wiesenstück, und durch die wehenden Zweige junger Schößlinge erblickten sie ein graues Haus und Ralph sagte: «Bei Gott!» und noch einmal: «Bei Gott, das ist es! Tatsächlich, das ist es. Wir sind nur von hinten gekommen.» Und auch sein Vater erkannte es wieder, und das Haus wurde immer größer, und sie fuhren in einem Bogen herum, so daß sie es auch von der Vorderseite sehen konnten, und sein Vater, Onkel Ralph und sein Großvater sagten: «Ja, natürlich!», denn nun waren sie ganz sicher, und sie riefen: «Da ist es!», und da war es auch: ein großes graues, aus schweren viereckigen Balken erbautes Blockhaus mit einem hölzernen Obergeschoß, um das ein Schotterweg lief.

Auf dem Platz davor stand eine riesige Eiche, und von einem Ast dieser Eiche hing an einer Kette ein großer eiserner Ring herab, der Felgenkranz eines Wagenrads, und es sah aus, als hätten die Zweige die Kette in sich aufgesogen. Und im Schatten der Eiche, der so groß war wie das ganze Kornfeld, das sie vorhin gesehen hatten, erhob sich eine alte Frau von einem Küchenstuhl, während sie auf den Platz einbogen, um am Rand des Baumschattens zu halten, und eine andere alte Frau blieb reglos auf ihrem Stuhl sitzen.

Die jüngere der beiden alten Frauen war Großtante Sadie; sie erkannte sie auf den ersten Blick, kam direkt auf sie zu und stand bereits neben dem Wagen, noch bevor sie aussteigen konnten. «Großer Gott!» sagte sie mit einer leisen, harten Stimme und legte ihre Hände auf den Rand des Wagens und blickte sie alle der Reihe nach an. Ihre Hände waren lang und schmal und so groß wie Männerhände, und alle Gelenke an ihnen waren geschwollen und rissig. Sie hatte harte schwarze Augen und über die linke Hälfte ihres Gesichts zog sich ein purpurroter Fleck. Sie blickte sie alle nacheinander so scharf und schweigend an, daß Rufus schon meinte, sie sei böse auf sie, und dann fing sie an, ihren Kopf nach vorn und rückwärts zu bewegen. «Großer Gott!» sagte sie noch einmal, und dann: «Tag, John Henry.»

«Tag, Sadie», antwortete sein Großvater.

«Tag, Tante Sadie», sagten sein Vater und seine Tante Sadie.

«Tag, Jay», antwortete sie und sah seinen Vater ernst an. Dann wandte sie sich seinem Onkel Ralph zu, sah ihn ebenfalls so ernst an und sagte: «Tag, Ralph. Und du bist wahrscheinlich Jess, und du bist Sadie», fuhr sie fort. «Tag, Sadie.»

«Das hier ist Mary, Tante Sadie», sagte sein Vater. «Mary, das ist Tante Sadie.»

«Ich freue mich, dich kennenzulernen», sagte die alte Frau und betrachtete seine Mutter mit hartem Blick. «Ich dachte mir schon, daß du das sein mußt», setzte sie hinzu, gerade als seine Mutter sagte: «Und ich freue mich schrecklich, daß ich dich kennenlernen darf.» Nun ergriff wieder sein Vater das Wort: «Und das sind Rufus und Catherine und Ralphs Jim-Wilson und Ettie Lou und Jessies Charlie, der nach seinem Vater heißt, und Sadies Jessie, die nach ihrer Großmutter und ihrer Tante Jessie heißt.»

«Du lieber Gott», unterbrach die alte Frau ihn. «Ist das eine Versammlung!»

«Wie geht es Oma?» fragte sein Vater leise, noch bevor er Anstalten machte, aus dem Wagen zu steigen.

«So gut, wie man es eben erwarten kann», antwortete sie. «Aber ihr dürft euch nicht wundern, wenn sie keinen von euch erkennt. Vielleicht tut sie es, aber vielleicht auch nicht. Oft kann sie nicht einmal mehr mich erkennen.»

Ralph schüttelte den Kopf und schnalzte mit der Zunge. «Die arme, gute Seele», sagte er und blickte zu Boden.

Sein Vater atmete tief aus und blies die Backen auf.

«An eurer Stelle würde ich deshalb ein bißchen vorsichtig sein», sagte die alte Frau. «Ist 'ne Ewigkeit her, seit sie so viele Leute auf einem Haufen gesehen hat. Für mich auch.

Sie könnte erschrecken, wenn ihr alle auf einmal auf sie einstürmtet.»

«Natürlich», bestätigte sein Vater.

«Ach ja», flüsterte seine Mutter.

Sein Vater wandte sich um. «Willst du nicht zuerst hingehen und sie begrüßen, Papa?» fragte er. «Du bist der älteste von uns.»

«Ach was, auf mich legt sie nicht soviel Wert», sagte Großvater Follet. «Die jungen Leute machen ihr mehr Freude.»

«Das stimmt, falls sie überhaupt etwas bemerkt», meinte die alte Frau. «Sie hat sich vor Freude fast umgebracht, als sie von der Geburt deines Jungen hörte, Jay; Mary hin – Mary her», erzählte sie. «Und stolz wie der Teufel war sie! Weil er der erste Ur-Ur-Enkel war.»

«Ja, ich weiß», sagte seine Mutter. «Die fünfte Generation. Das will schon etwas heißen.»

«Hast du ihre Postkarte bekommen, Jay?»

«Was für eine Postkarte?»

«Aber nein!» rief Mary.

«Sie hat mir gesagt, was ich auf die Karte schreiben sollte, und dann sollte ich sie zur Post geben, und das habe ich auch getan. Sie war für euch beide bestimmt. Habt ihr sie nie bekommen?»

Jay schüttelte den Kopf. «Das erste, was ich davon höre», beteuerte er.

«Aber ich habe sie bestimmt zur Post gebracht, das erinnere ich genau. Denn ich habe zuerst den ganzen Weg ins Dorf machen müssen, um die Karte zu kaufen, und dann mußte ich noch einmal hin, um sie zur Post zu bringen.»

«Wir haben sie nie bekommen», erklärte Jay.

«An welche Adresse hast du sie geschickt, Tante Sadie?» fragte Mary. «Denn wir sind vor einiger Zeit umgezogen und...»

«Eine Straße habe ich überhaupt nicht draufgeschrieben», sagte die alte Frau. «Ich wußte nicht, daß das nötig ist, wo Jay doch bei der Post arbeitet.»

«Aber ich arbeite doch längst nicht mehr bei der Post, Tante Sadie. Seit einer halben Ewigkeit nicht mehr.»

«Na, dann liegt es wohl daran. Denn ich habe die Karte einfach an das ‹Postamt in Cristobal, Kanalzone, Panama› geschickt, und ich habe es bestimmt richtig geschrieben ...»

«Ohje!» seufzte Mary.

«Aber Tante Sadie», fiel Jay ein, «ich dachte, du wüßtest das! Wir wohnen doch in Knoxville. Schon zwei Jahre bevor Rufus geboren wurde, sind wir dort hingezogen.»

Sie sah ihn ärgerlich und durchdringend an, hob langsam ihre Hände vom Fensterrand des Autos und ließ sie dann so hart wieder darauffallen, daß Rufus aufsprang. Dann nickte sie mehrere Male, aber sie sprach noch immer kein Wort. Endlich sagte sie trocken: «Na, jetzt können sie mich begraben. Ja, legt mich nur hin und stülpt mir einen Sargdeckel über den Kopf.»

«Aber Tante Sadie!» warf Mary beschwichtigend ein, doch keiner achtete auf sie.

Einen Augenblick später blickte die alte Frau hart in Jays Augen und fuhr in feierlichem Ton fort: «Ich habe es gewußt, so genau wie ich meinen eigenen Namen weiß, und dann ist es mir einfach aus dem Kopf gekommen.»

«Wie schade», meinte Mary mitfühlend.

«Ach was, leid tut es mir nicht», sagte die alte Frau, «mir ist einfach übel.»

«Aber ich meinte ja nicht ...»

«Hier, hier ist mir übel!» Und sie schlug mit ihrer Hand fest auf ihren Magen und legte sie dann wieder auf den Wagenrand. «Wenn es mit mir jetzt auch noch so wird, wer soll dann auf sie aufpassen?» sagte sie zu Jay.

«Aber Tante Sadie, das ist doch nicht schlimm», beruhigte Jay sie. «Jeder Mensch hat mal eine Gedächtnislücke. Mir geht es auch manchmal so, und dabei bin ich noch nicht halb so alt wie du. Und Mary erst!»

«Du lieber Gott, ja!» bestätigte Mary. «Ich habe ein Gedächtnis wie ein Sieb.»

Die alte Frau warf einen kurzen Blick auf Mary und sah dann wieder Jay an. «Das ist nicht etwa das erste Mal», sagte sie, «bei weitem nicht. Erst vor drei Tagen habe ich...» Sie hielt inne. «Es hat noch keinem Menschen geholfen, wenn er über seine Beschwerden redet», erklärte sie dann. «Bleibt mal noch eine Minute hier sitzen.»

Sie wandte sich um und ging hinüber zu der alten Frau, beugte sich tief zu ihrem Ohr herunter und sagte laut, aber nicht schreiend: «Oma, du kriegst Besuch.» Und sie beobachteten die blassen Augen der Alten, die die ganze Zeit über in dem leichten Schatten ihrer Haube auf sie gerichtet gewesen waren, unverwandt, kaum blinzelnd. Sie wollten sehen, ob diese Augen ihren Ausdruck nun verändern würden; aber es trat keinerlei Veränderung ein, und sie bewegte nicht einmal ihren Kopf oder ihre Lippen. «Hörst du mich, Oma?» Die Alte öffnete und schloß ihren eingesunkenen Mund, aber nicht so, als sage sie etwas. «Es sind Jay und seine Frau und die Kinder. Sie sind aus Knoxville hergekommen, um dich zu besuchen», rief Tante Sadie. Und sie sahen, wie die Hände der Alten sich in ihrem Schoß zusammenkrallten und wie ihr Gesicht sich der jüngeren Frau zuwendete, und sie hörten ein dünnes, trockenes Krächzen, keine Worte.

«Sie kann nicht mehr sprechen», sagte Jay leise, fast flüsternd.

«Wie schrecklich!» seufzte Mary.

Aber nun wandte sich Tante Sadie zu ihnen um, und ihre harten Augen glänzten. «Sie erkennt euch», sagte sie ruhig. «Kommt her.» Und sie kletterten langsam und schüchtern aus dem Wagen hinaus auf den saubergefegten Platz. «In ein paar Minuten erzähle ich ihr dann von den anderen», sagte Sadie.

«Ich möchte sie nicht aufregen», erklärte Ralph, und die anderen nickten zustimmend.

Es kam Rufus vor, als sei es ein weiter Weg bis hinüber zu der alten Frau, denn sie alle bewegten sich so scheu und vorsichtig; es war fast wie in der Kirche. «Schreit nicht», wies

Tante Sadie seine Eltern an, «damit erschreckt ihr sie nur. Ihr müßt nur direkt vor ihrem Ohr laut und deutlich sprechen.»

«Ich weiß», erwiderte seine Mutter. «Meine Mutter ist auch halb taub.»

«Ja», bestätigte sein Vater. Und er beugte sich tief zu dem Ohr der Alten hinab. «Oma?» rief er und trat dann einen Schritt zurück, damit sie ihn sehen konnte, während Mary mit einem Kind an jeder Hand abwartend dastand. Die Alte sah gerade in Jays Augen, aber weder ihre Augen noch ihr Gesicht rührten sich: es war ein Blick, als starre sie auf irgendeinen Punkt in weiter Ferne, angespannt und doch gleichzeitig achtlos, so als ob das, was sie dort sah, ihr nicht sehr wichtig sei. Sein Vater beugte sich wieder vor und küßte sie liebevoll auf den Mund, und dann trat er wieder einen Schritt zurück, damit sie ihn sehen konnte, und verzog sein Gesicht zu einem ängstlichen Lächeln. Ihr Gesicht erholte sich von seinem Kuß, so wie Gras, über das man mit leichten Füßen hinweggeschritten ist, aber der Ausdruck ihrer Augen veränderte sich nicht. Ihre Haut sah aus wie braun marmorierter Stein, auf den das Wasser so lange eingewirkt hat, bis er glatt und stumpf ist wie Seife. Er beugte sich wieder zu ihrem Ohr. «Ich bin Jay», sagte er. «John Henrys Junge.» Ihre Hände verkrampften sich in ihrem Rock; man sah alle die weißen Knochen und schwarzen Adern durch die braungefleckte Haut; die runzligen Knöchel waren wie kleine Beutel; sie trug einen roten Gummischutz über ihrem Ehering. Ihr Mund öffnete und schloß sich, und sie hörten ihr leises, trockenes Krächzen, aber ihre Augen blickten noch immer in die Ferne. Sie glänzten im leichten Schatten ihrer Haube, aber dieser Glanz wirkte so unpersönlich, als seien es zwei vorzüglich angefertigte Glasaugen.

«Ich glaube, sie erkennt euch», sagte Sadie ruhig.

«Sie kann nicht sprechen, nicht wahr?» fragte Jay, und nun, da er sie nicht mehr ansah, war es, als sprächen sie über einen Baumstumpf.

«Manchmal kann sie es», antwortete Sadie, «und manch-

mal kann sie es nicht. Sie hat so selten Anlaß zum Reden, und da hat sie wohl auch das Bedürfnis verloren. Aber ich glaube, sie hat euch erkannt, und das freut mich.»

Sein Vater sah sich in dem großen Baumschatten um, und sein Gesicht war traurig und unsicher, und dann blickte er auf Rufus. «Komm her, Rufus», sagte er.

«Geh hin», sagte seine Mutter – aus irgendeinem Grund flüsterte sie. Und sie ließ seine Hand los und stieß ihn freundlich vorwärts.

«Sag nur Oma zu ihr», erklärte sein Vater ihm ruhig. «Beug dich dicht zu ihrem Ohr, wie wenn du mit Oma Lynch sprichst, und sag: ‹Oma, ich bin Rufus.›»

Er ging so leise auf sie zu, als schliefe sie, und es kam ihm so sonderbar vor, daß er er selber war. Dann stellte er sich neben sie, hob sich auf die Zehenspitzen und blickte unter ihre Haube und auf ihr Ohr hinab. Ihre Schläfe war tief eingesunken wie durch einen Hammerschlag und so zart wie der Leib eines jungen Vogels. Ihre Haut war kreuz und quer von messerfeinen Schnitten durchzogen, die unzählige viereckige Runzeln bildeten, und dabei sah jeder dieser Schnitte aus wie ein Riß in einem glatten Stein. Ihr Ohr war wie eine herunterhängende krause Klappe mit einem kleinen goldenen Ring darin. Sie strömte einen zarten und doch durchdringenden Geruch aus, einen Geruch nach frischen Pilzen, alten Gewürzen und Schweiß, wie sein Fingernagel, wenn er sich gekratzt hatte. «Oma, ich bin Rufus», sagte er vorsichtig, und neben ihrem Ohr bewegte sich gelbliches weißes Haar. Er spürte die Kälte, die von ihrer Wange ausging.

«Stell dich hierher, wo sie dich sehen kann», sagte sein Vater, und er trat zurück, hob sich noch höher auf die Zehenspitzen und beugte sich zu ihr herüber, damit sie ihn sehen konnte. «Ich bin Rufus», sagte er noch einmal und lächelte, und plötzlich zuckten ihre Augen ein wenig und richteten sich geradewegs auf die seinen, aber sie blickten dabei noch immer starr und ausdruckslos wie zuvor. Sie schienen nur Farbe: von nahem gesehen war da auf einem Punkt in der Mitte ein

trüber Farbfleck, wie blauschwarzes Öl, und um diesen Punkt herum ein Kreis von so blassem Blau, daß es fast weiß wirkte; es sah aus wie Glas, das in tausend winzige funkelnde Stückchen zersplittert ist – zersplittert und unendlich alt und geduldig. Dann kam ein dunkelblauer Ring, so fein und scharf, wie keine Nadel ihn ziehen konnte, und dann ein geronnenes Gelb voll winziger Blutäderchen, und dann so etwas wie die Rückseite eines bronzeroten Segels und kleine schwarze Wimpern. Verschwommenes Licht funkelte in dem zerstörten Blau der Augen, wie der Zorn eines fernen Vorfahren, und die Traurigkeit der Zeit lag in dem blau-atmenden öligen Mittelpunkt, verloren und einsam und weit weg, tiefer als der tiefste Brunnen. Sein Vater sagte irgend etwas, aber er hörte es nicht. Und nun sprach er wieder, und man spürte, daß er sich bemühte, geduldig zu sein, und Rufus hörte: «Sag ihr: ‹Ich bin Jays Junge.› Sag: ‹Ich bin Jays Sohn Rufus.›» Und wieder beugte er sich hinab in die kalte, duftende Höhle vor ihrem Ohr und sagte: «Ich bin Jays Sohn Rufus», und er fühlte, wie ihr Gesicht sich ihm zuwandte.

«Und jetzt gib ihr einen Kuß», sagte sein Vater, und er zog sich aus dem Schatten ihrer Haube zurück, beugte sich weit vor, daß er wieder in diesen Schatten geriet, und küßte sie auf ihren pergamentenen Mund. Und der Mund öffnete sich, und der kalte, süße Atem, der nach Fäulnis und Gewürzen roch, kam zugleich mit dem trockenen Krächzen daraus hervor, und er fühlte die Hände, die ihn bei den Schultern packten, daß es wie die Berührung von eiskalten Messern und Gabeln durch den Stoff seines Anzugs drang. Sie zog ihn näher heran und sah ihn fast starrend an, so erfüllt war sie mit ernster Intensität. Sie schien an ihrer Unterlippe zu saugen, und ihre Augen füllten sich mit Licht, und dann, so urplötzlich, als habe man auf einen Filmstreifen übergangslos zwei verschiedene Gesichter nebeneinandergesetzt, war sie nicht mehr ernst, sondern lächelte so sehr, daß ihr Kinn und ihre Nase sich fast berührten und ihre tief eingesunkenen kleinen Augen vor Freude zu kichern schienen. Und wieder ertönte das kräch-

zende Gurgeln, mit Lauten, die sicherlich Worte waren, aber unverständliche Worte, und sie hielt ihn noch fester als zuvor an den Schultern gepackt und blickte ihn noch begieriger und verzückter aus ihren kichernden, fast versteckten Augen an, und sie lächelte und lächelte und bog den Kopf auf die Seite, und Rufus, der plötzlich eine heftige Liebe zu ihr verspürte, küßte sie noch einmal. Und er hörte, wie seine Mutter leise, fast flüsternd sagte: «Jay!», und sein Vater sagte mit einer raschen, sanften und doch ein wenig ärgerlichen Stimme: «Laß sie los!» Und als sie ihn schließlich vorsichtig aus ihren Händen befreit hatten und er ein Stückchen zurückgetreten war, konnte er sehen, daß durch den Staub unter ihrem Stuhl etwas Wasser rann, und sein Vater und seine Tante Sadie blickten freundlich und traurig und ein bißchen würdevoll drein, und seine Mutter versuchte ihre Tränen zu verbergen. Und die alte Frau saß da und hatte wohl nur gemerkt, daß man ihr etwas weggenommen hatte; aber sie beruhigte sich bald wieder, und keiner sagte ein Wort darüber.

Spät am Nachmittag kamen aus dem fernen Michigan Onkel Ted und Tante Kate. Tante Kate hatte rote Haare. Onkel Ted trug eine Brille und konnte Gesichter schneiden. Sie brachten ihm ein Buch mit, und das Schönste daran war ein Bild; auf dem war ein dicker Mann zu sehen, der sich ein Tuch um den Kopf gewickelt hatte, auf einem Kissen mit vielen Quasten saß und eine lange Pfeife im Mund hatte, die wie eine Schlange aussah. Und darunter stand:

In Bombay saß ein dicker Herr,
Raucht eine Pfeife, lang und schwer,
Da kam ein Vogel, o Schreck!
Und schnappt die Pfeife ihm weg.
Das wunderte den Dicken sehr.

Auf dem Bild war aber kein Vogel zu sehen. Sein Vater meinte, der Vogel flöge wohl noch irgendwo herum.

Sie waren eigentlich gar nicht sein richtiger Onkel und seine richtige Tante. Es war wie bei Tante Celia, die war auch nur eine Freundin seiner Eltern. Aber Tante Kate war eine Art Kusine von seiner Mutter. Sie war Tante Carries Tochter und Tante Carrie war Omas Halbschwester. Zwei Frauen waren Halbschwestern, wenn sie denselben Vater oder dieselbe Mutter hatten; die beiden hatten dieselbe Mutter.

Sie schliefen auf der neuen Schlafcouch im Wohnzimmer. Am nächsten Morgen standen sie alle auf, noch bevor es hell war, und fuhren zum L & N-Bahnhof. Ein Mann holte sie mit einem Wagen ab, denn zum L & N-Bahnhof fuhr keine Stra-

ßenbahn. Sie hatten so viel Gepäck, daß sogar er eine Schachtel bekam, die er tragen mußte. Dann saßen sie dort in dem großen Raum, der voller Menschen war. Seine Mutter sagte zu seinem Onkel Ted, ihr gefiele es hier viel besser als in dem Warteraum der Southern Railway, denn dort seien immer so viele Leute vom Land, und sein Vater sagte, er fände das auch. Es roch nach Kautabak und Urin und wie in einer Scheune. Einige von den Frauen trugen Sonnenhauben, und viele Männer trugen Strohhüte, aber keine flachen. Eine Frau stillte ihr Kind. Sie mußten lange auf ihren Zug warten; sein Vater sagte: «Verlaßt euch nur auf Mary, dann werdet ihr nie einen Zug verpassen, aber es kann vorkommen, daß ihr noch den Zug vom Vortag erwischt», und seine Mutter sagte: «Aber Jay!», und Onkel Ted lachte. Er hörte den Mann mit seiner hohen, hallenden Stimme mehrere Züge ausrufen, und als er schließlich eine Reihe von Stationen aufzählte, stand sein Vater auf und sagte: «Das ist unser Zug», und sie beluden sich mit ihrem Gepäck, und sowie der Mann dann den Zug selber ausrief, eilten sie im Laufschritt hin und fanden auch zwei Sitzplätze. Sie drehten die Sitze so herum, daß sie sich gegenüberstanden, und unterdessen fuhr der Zug an, und es war heller Tag geworden. Die Erwachsenen waren recht müde und redeten nicht viel, obgleich sie immer wieder den Versuch machten, ein Gespräch zu beginnen, und nach einem Weilchen lehnte Tante Kate ihren Kopf an die Schulter seiner Mutter und schlief ein, und die Männer lachten; doch seine Mutter lächelte und sagte: «Laßt sie nur, die Gute!»

Der Andenkenverkäufer kam durch den Wagen, und obgleich seine Mutter protestierte, kaufte Onkel Ted für ihn eine Glaslokomotive mit kleinen grellbunten Zuckerperlen darin und für Catherine ein Glastelefon, in dem ebensolche Zuckerperlen waren. So etwas hatte sein Vater nie getan. Sein Vater und Onkel Ted verbrachten einen beträchtlichen Teil der Zeit im Raucherabteil, um dort zu rauchen, aber auch, um mehr Platz zu machen. Es wurde heiß und stickig. Nach einiger Zeit jedoch kam sein Vater schnell durch den Mittelgang und sagte zu seiner Mutter, sie solle aus dem Fenster schauen, und sie tat es und fragte: «Ja, was ist denn?» Und er sagte: «Nein – dort oben», und nun schauten sie alle drei hinauf in den Himmel über einem kleineren Hügel. Sie erblickten eine riesengroße graublaue Masse, die so wirkte, als könne man durch sie hindurch das Licht sehen, und dann beschrieb der Zug eine weite Kurve, und die graublaue Masse öffnete sich wie ein Fächer und breitete sich über das ganze Land vor ihnen: hoch und still und voll schattigen Lichts drängte sich eine Schicht über die andere, und er hörte, wie seine Mutter sagte: «Ohhh! Wie wunder-wunderschön!», und sein Vater sagte scheu und feierlich, so als gehöre ihm dies alles und er wolle es ihr schenken: «Das sind sie. Das sind die Smokies, die Rauchberge.» Und wirklich, sie sahen ganz rauchig aus, und als sie näher herankamen, hatte er den Eindruck, als schwebten Rauch und große Schatten um sie herum, aber er wußte, daß es Wolken sein mußten. Eine Weile später konnte er ihre Umrisse etwas deutlicher erkennen, große bronzefarbene Erhöhungen, die wie aufgeblasene Ballons aussahen, und tiefe Einschnitte in schattigem Blau zogen sich von den Gipfeln herunter bis unter die Kammlinie der näher liegenden Hügel, tiefer als er sehen konnte. «Sie sind genau wie große Wogen, Jay», sagte seine Mutter ehrfurchtsvoll, und er antwortete: «Ganz richtig.» – «Erinnerst du dich?» – «Aber natürlich», meinte er. «So wie wenn das Sonnenlicht durch die Wogen fällt, kurz bevor sie überkippen.»

«Ja», stimmte sein Vater zu.

«Kate sollte das nicht verpassen», sagte seine Mutter, und dann rief sie: «Kate!» und faßte Tante Kate bei der Schulter. «Pst!» machte sein Vater und runzelte die Stirn. «Laß sie doch in Ruhe!» Aber Tante Kate war schon aufgewacht, obgleich sie noch immer schlaftrunken war und nicht recht wußte, wo sie sich eigentlich befand.

«Sieh doch nur, Kate!» sagte seine Mutter. «Da draußen!» Tante Kate schaute hinaus. «Siehst du es?» fragte seine Mutter.

«Ja», antwortete Tante Kate.

«Dorthin fahren wir», erzählte seine Mutter.

«Ja», sagte Tante Kate.

«Sind sie nicht herrlich?» fragte seine Mutter.

«Ja», antwortete Tante Kate.

«Also ich finde sie einfach atemberaubend», erklärte seine Mutter.

«Ich auch», sagte Tante Kate und schlief wieder ein.

Seine Mutter zog ein solch komisches Gesicht, wie er es noch nie gesehen hatte. Sie sah seinen Vater völlig verdutzt und überrascht an und kämpfte mit dem Lachen, und sein Vater lachte laut heraus, aber Tante Kate wachte nicht auf. «Genau wie Catherine», flüsterte seine Mutter lachend, und sie alle schauten auf Catherine, die ernst und sehr aufmerksam auf die Berge starrte. Wieder lachten sie, und Catherine sah sie an und merkte, daß man über sie lachte. Sie wurde ganz rot, und das brachte seine Eltern noch mehr zum Lachen, und sogar Rufus stimmte mit ein; sie hörten erst auf, als Catherine ihre Unterlippe vorschob. «Aber Kind», sagte seine Mutter, «du mußt doch lernen, einen Scherz zu vertragen.»

Aber sein Vater erklärte: «Kein Mensch hat es gern, wenn man über ihn lacht», und nahm sie auf den Schoß. Sie zog ihre Unterlippe ein und sah wieder aus dem Fenster. Jetzt konnten sie sogar einzelne Bäume erkennen, die über die Abhänge der Berge verstreut waren wie Reiskörner, in allen Schattierungen von Grün und einige fast schwarz, und nicht lange danach kletterte der Zug langsamer an den federigen Baumwipfeln vorüber, und die hohen Bergrücken und die großen, tiefen Einschnitte drehten sich an ihnen und unter ihnen vorbei, als vollführten sie einen langsamen und feierlichen Tanz zwischen Sonnenlicht, Wolken und beinahe nachtdunklen Schatten; hin und wieder erblickten sie eine winzige Hütte und ein Kornfeld weit hinten am Abhang eines Bergs, und zweimal sahen sie sogar ein winziges Maultier mit einem Mann darauf, und einer von den Männern winkte. Und hoch über ihnen im wechselnden Sonnenlicht drehten sich langsam die Gipfel der

Berge und schoben sich von einer Stelle zur andern. Und nach einer ganzen Weile sagte sein Vater, daß sie jetzt wohl besser anfangen sollten, ihr Gepäck zusammenzusuchen, und kurz danach stiegen sie aus.

Als Rufus an diesem Abend beim Essen noch um etwas Käse bat, sagte Onkel Ted: «Du mußt nach ihm pfeifen, dann springt er vom Tisch herunter auf deinen Schoß.»

«Ted!» rief seine Mutter.

Aber Rufus war begeistert. Er konnte noch nicht sehr gut pfeifen, aber er tat sein Bestes und beobachtete dabei sehr aufmerksam den Käse. Er sprang nicht vom Tisch auf seinen Schoß; er rührte sich überhaupt nicht.

«Du mußt es noch einmal versuchen», ermunterte ihn Onkel Ted. «Streng dich an.»

«Ted!» sagte seine Mutter wieder.

Er bemühte sich aus Leibeskräften, und ein paarmal gelang ihm sogar ein richtiger Pfiff, aber der Käse wollte sich immer noch nicht bewegen. Jetzt merkte er, daß Onkel Ted und Tante Kate sich vor verhaltenem Lachen schüttelten, obgleich er nicht begreifen konnte, was es über einen Käse zu lachen gab, der sich nicht bewegen wollte, wenn er pfiff, zumal Onkel Ted doch gesagt hatte, er würde es tun und er sogar richtig gepfiffen und es nicht nur versucht hatte.

«Warum springt er denn nicht, Papi?» fragte er fast weinend vor Verlegenheit und Ungeduld, und auf diese Worte hin brachen Onkel Ted und Tante Kate in lautes Gelächter aus. Aber sein Vater lachte nicht. Er sah sehr verwirrt, ärgerlich und verlegen aus, und seine Mutter war böse und sagte: «Das genügt jetzt wohl, Ted. Ich finde es sehr gemein, einen kleinen Jungen zu betrügen, dem man beigebracht hat, den Erwachsenen zu vertrauen, und ihm dann noch ins Gesicht zu lachen.»

«Aber Mary!» sagte sein Vater, und Onkel Ted machte ein ganz überraschtes Gesicht, und Tante Kate sah ängstlich drein, obwohl sie alle beide noch immer ein bißchen lachten, so als könnten sie nicht damit aufhören.

«Aber Mary», sagte sein Vater noch einmal, und sie wandte sich zu ihm um und sagte ärgerlich: «Es ist mir egal, Jay! Es ist mir vollkommen egal, und wenn du nicht für ihn eintreten willst, dann tue ich es eben. Und ich kann es, das versichere ich dir!»

«Ted hat es doch nicht böse gemeint», versuchte sein Vater sie zu beschwichtigen.

«Nein, bestimmt nicht, Mary», versicherte Onkel Ted.

«Natürlich nicht», fiel Tante Kate ein.

«Es war doch nur ein Scherz», sagte sein Vater.

«Ja, genau das war es, Mary», pflichtete ihm Onkel Ted bei.

«Er wollte nur einen Scherz machen», sagten sein Vater und Tante Kate wie aus einem Mund.

«Na, wenn ihr mich fragt, dann kann ich nur sagen, daß es ein sehr dummer Scherz war», erklärte seine Mutter. «Das Vertrauen eines kleinen Jungen zu täuschen!»

«Aber Mary, er muß doch einmal lernen, was man glauben darf und was nicht», wandte Onkel Ted ein, und Tante Kate nickte und legte ihre Hand auf Onkel Teds Knie. «Er muß doch seinen gesunden Menschenverstand gebrauchen lernen.»

«Er hat eine ganze Menge gesunden Menschenverstand», brauste seine Mutter auf. «Er ist ein sehr aufgewecktes Kind, das weißt du genau. Aber er hat von uns gelernt, daß er Erwachsenen vertrauen soll, wenn sie ihm etwas sagen. Er soll kein argwöhnischer Mensch werden. Und deshalb hat er dir vertraut. Weil er dich gern hat, Ted. Beschämt dich das nicht?»

«Nun komm, Mary, hör endlich auf», lenkte sein Vater ein.

«Aber Mary», sagte Onkel Ted, «ich konnte doch nicht annehmen, daß irgendein Mensch glauben würde, was ich über den Käse gesagt habe!»

«Doch. Du hast erwartet, daß er es dir glaubt», versetzte sie wütend. «Hättest du es denn sonst gesagt?»

Onkel Ted zog ein verlegenes Gesicht, und sein Vater lachte

ein wenig und meinte: «Jetzt hat sie dich wohl in die Enge getrieben, Ted», und Onkel Ted lächelte kläglich und sagte: «Den Eindruck habe ich auch.»

«Und ob ich das getan habe!» trumpfte seine Mutter auf, obgleich sein Vater sie kopfschüttelnd ansah und «Pst!» machte.

3. Teil

14. Kapitel

Als er aufwachte, war es bereits heller Tag und die Sperlinge lärmten, und sein erster enttäuschter Gedanke war, daß es nun zu spät war, obgleich er nicht recht wußte, wozu es zu spät war. Aber irgendein besonderes Gefühl bewegte ihn, das ihn aufgeregt und glücklich machte, fast wie am Weihnachtsmorgen, und eine Sekunde nach dem Aufwachen fiel ihm auch wieder ein, was es war. Er setzte sich auf, seine Lungen weiteten sich in stolzer Erwartung, und er fuhr mit der Hand in die Tüte aus Seidenpapier, wobei ein leises knisterndes Geräusch entstand, und zog seine Kappe heraus. Es war hell genug, so daß er die Farben gut unterscheiden konnte. Rasch drehte er sie um und roch an dem neuen Stoff und dem neuen Lederband darin. Er setzte sie auf, zog mit einem Ruck den Schirm fest herunter, rannte mit dem Ruf «Papi! Papi!» den Flur entlang und stürmte durch die offenstehende Tür ins Schlafzimmer. Dann jedoch blieb er vor Schreck wie angewurzelt stehen, denn sein Vater war nicht da. Aber seine Mutter lag im Bett, gegen zwei Kissen gestützt, als sei sie krank. Sie sah auch krank aus oder doch sehr müde, und ihre Augen hatten einen Blick, als habe sie Angst vor ihm. Ihr Gesicht war voller kleiner Linien, die er nie zuvor gesehen hatte, wie waren so fein wie die Risse in ihrer gesprungenen besten Teetasse. Sie streckte die Arme nach ihm aus und stieß einen eigenartigen liebevollen Laut aus.

«Wo ist Papi?» rief er heftig, ohne auf ihre ausgestreckten Arme zu achten.

«Papi ist – noch nicht da», erwiderte sie mit einer Stimme wie heiße Asche, und ihre Arme sanken wieder auf das Bett herab.

«Ja, wo ist er denn?» fragte er mit ärgerlicher Enttäuschung, aber sie übertönte seine Worte mit ihren eigenen. «Geh und wecke – die kleine Catherine und bring sie gleich her», sagte sie in einem Ton, der ihn erstaunt aufhorchen ließ. «Ich muß euch beiden etwas sagen.»

Auf der Suche nach irgendwelchen Anzeichen für die Anwesenheit seines Vaters ließ er die Augen umherwandern: Anzug? Uhr? Tabak? Nachthemd? «Bring sie sofort her», wiederholte sie mit verzweifelter Stimme.

Erschrocken über den geheimnisvollen Tadel in diesen Worten und mit einem unbehaglichen Gefühl – «die kleine Catherine» hatte sie gesagt! – lief er aus dem Zimmer und wäre beinahe mit Tante Hannah zusammengestoßen. Ihre Lippen unter den blitzenden Brillengläsern waren hart und fest zusammengepreßt, als sie sich herabbeugte und ihn ansah.

«Guten Morgen, Tante Hannah», rief er erstaunt, während er sich an ihr vorbeidrehte. Er sah noch, wie sie ins Schlafzimmer ging; ihr zu zwei gertendünnen Zöpfen geflochtenes Haar stand von ihrem dürren Nacken ab. Er rannte zu Catherines Gitterbett.

«Aufwachen, Catherine!» schrie er. «Mama hat gesagt, du sollst aufwachen! Sofort!»

«Sei doch ruhig», maulte sie und wandte ihm ihr rundes, rosiges Gesichtchen zu.

«Aber Mama hat es doch gesagt! Mama hat gesagt, du sollst aufwachen!»

Ein paar Augenblicke später stürmte er vor ihr her wieder den Flur entlang und schrie atemlos: «Sie kommt!» Und sie zottelte herein, noch halb im Schlaf, die Unterlippe vorgeschoben, schnüffelnd vor Ärger.

«Nimm diese Kappe ab!» herrschte Tante Hannah ihn mit erschreckender Strenge an, und seine Hände konnten die Kappe gerade noch erhaschen, bevor sie sie ihm wegriß. Er war entsetzt über diesen unbegreiflichen Verrat, und ihr harter Mund, der verriet, wie erschrocken sie selber war und wie sie gegen ihre Reue ankämpfte, war nicht weniger unheilverkündend.

«Nein, Hannah, laß sie ihm doch», fiel seine Mutter mit ihrer eigenartigen Stimme ein. «Er war so erpicht darauf, daß Jay sie sehen sollte.» Und noch während seine Mutter dies sagte, mußte er sich schon wieder über seine Tante wundern, denn auf einmal flüsterte sie etwas Unverständliches und streichelte sehr zärtlich seine Wange. Und nun streckte seine Mutter, genau wie vorhin, mit einer liebevollen Gebärde ihre Arme aus und sagte: «Kinder, kommt her zu mir.»

Tante Hannah ging schweigend aus dem Zimmer.

«Kommt ganz nahe.» Und sie strich über die beiden Köpfe. «Ich möchte euch von Papi erzählen.» Aber bei diesem Namen brach ihre Stimme, und ihr Mund, der so trocken aussah, zitterte wie die Asche verbrannten Papiers im Luftzug. «Willst du auch zuhören, Catherine?» fragte sie, als sie wieder sprechen konnte. Catherine starrte ernsthaft und angestrengt auf sie, als wolle sie durch dicken Nebel sehen. «Bist du wach genug, mein Liebling?» Und weil ihre Stimme so sonderbar klang, drängten sich die beiden voller Liebe und in dem Gefühl, sie schützen zu müssen, dichter an sie heran, und sie legte die Arme um sie, und sie konnten ihren Atem riechen: ein bißchen wie Sauerkraut, aber gleichzeitig eigenartig trocken. Und nun zogen sich noch mehr feine Linien wie Risse in gesprungenem Porzellan über ihr Gesicht. «Papi», begann sie, «euer Vater, Kinder», und diesmal konnte sie das Zittern ihres Mundes etwas schneller unterdrücken, und eine einzelne Träne stahl sich aus ihrem Auge und rollte in Zickzacklinien an all den kleinen Fältchen entlang über ihre Wange: «Papi ist nicht nach Hause gekommen. Er kommt nie wieder nach Hause. Er ist – in den Himmel gegangen und wird nie wieder nach Hause kommen. Hörst du mich auch, Catherine? Bist du wach?» Catherine starrte ihre Mutter an. «Und verstehst du mich, Rufus?»

Er starrte seine Mutter an. «Warum nicht?» fragte er.

Sie sah ihm mit einem fast krampfhaften und verzweifelten Ernst in die Augen und sagte: «Weil Gott ihn bei sich haben wollte.» Die beiden Kinder starrten sie noch immer wie gebannt an, und sie fuhr fort: «Papi war letzte Nacht auf dem Heimweg – und er war – er – wurde verletzt und – darum ließ Gott ihn einschlafen und nahm ihn zu sich in den Himmel.» Sie vergrub ihre Finger in Catherines lockigem Haar und blickte eindringlich zuerst auf sie und dann auf Rufus. «Versteht ihr das, Kinder? Ja?» Sie starrten auf sie, und nun war Catherine hellwach.

«Ist Papi *tot*?» fragte Rufus. Der Blick seiner Mutter war plötzlich erschrocken, so als habe sie einen Schlag bekommen, und wieder begannen ihr Mund und ihr Gesicht zu zittern, ohne daß sie diesem Zittern Einhalt gebieten konnte, und sie sagte nichts, sondern nickte nur einmal und noch einmal und dann mehrere Male rasch hintereinander, während sie ein dünnes, quiekendes «Ja» ausstieß, das wie ein Niesen klang. Dann drückte sie mit einemmal die beiden Kinder fest an die Brust und preßte ihr Kinn zwischen die beiden aneinandergedrängten Köpfe, und ihr ganzer Körper schauerte zusammen wie bei einem heftigen Windstoß, aber sie weinte nicht. Catherine begann leise zu greinen, weil ihr das alles sehr ernst und traurig vorkam. Rufus lauschte auf den stoßweise zitternden Atem seiner Mutter und blickte seitwärts an ihrer weichen Schulter vorbei auf das zerknitterte Bettlaken und auf eine abgewetzte Stelle in dem Teppich mit dem Rosenmuster, und dann sah er auf dem Nachttisch etwas Sonderbares, das er nie zuvor bemerkt hatte: ein Gewirr brauner Perlen und ein kleines Kreuz. Durch ihre Atemstöße hindurch konnte er jetzt wieder das Schilpen der lärmenden Sperlinge hören. *Tot, tot*, sagte er zu sich selber, aber dabei konnte er nichts tun als sehen und hören; die Straßenbahn ließ ihren wilden, stählernen Schrei vernehmen, der dann langsam abebbte; er bemerkte, daß seine Mütze verrutscht war, und hatte das Gefühl, daß er sie eigentlich abnehmen müsse, sich jedoch andererseits jetzt nicht bewegen dürfe, um sie abzunehmen, und er begriff nun, warum seine Tante Hannah so ärgerlich auf ihn gewesen war. Jetzt konnte er das Rasseln der Straßenbahn nicht mehr hören, und der Atem seiner Mutter wurde wieder ruhiger. Mit einem Arm hielt sie Catherine noch immer fest an sich gedrückt, und Catherines Greinen klang allmählich weniger kläglich; mit der anderen Hand schob sie Rufus ein wenig von sich ab, so daß sie in seine Augen sehen konnte. Sie nahm ihm mit einer sanften Bewegung die Kappe ab und legte sie neben sich, und dann strich sie ihm das Haar aus der Stirn. «Ihr werdet es alle beide vorerst noch nicht recht verstehen können», sagte sie. «Es ist – sehr schwer zu verstehen. Aber eines Tages werdet ihr es verstehen.» (Ich verstehe es, sagte er zu sich selber; er ist tot. Das ist es.) Und wie im Traum wiederholte sie, und es klang, als sagte sie es nur für sich, obgleich sie ihm dabei noch immer in die Augen sah: «Ihr werdet es eines Tages verstehen.» Dann schwieg sie einige Sekunden, und dann kam eine Art krampfhafter Energie in ihren Blick und sie sagte: «Wenn ihr mehr erfahren möchtet – darüber –» und bei diesem Wort wurde ihr Blick wieder unsicher – «dann fragt mich nur, und ich will es euch erzählen, denn ihr sollt alles wissen.» *Wie wurde er denn verletzt*, wollte Rufus fragen, aber er sah ihren Augen an, daß sie es gar nicht so gemeint hatte, zumindest nicht jetzt, nicht diese Minute, und daß er sie nicht fragen durfte. Und nun wollte er auch nicht mehr fragen, weil er sich zu sehr fürchtete; er nickte nur, um ihr zu zeigen, daß er sie verstanden hatte. «Fragt nur», sagte sie noch einmal, und er nickte wieder. Eine sonderbare kühle Erregung bemächtigte sich seiner, und in der sicheren Erkenntnis, daß es so richtig sei und dankbar von ihr aufgenommen werde, gab er ihr einen Kuß. «Gott segne dich», stöhnte sie und drückte die Kinder leidenschaftlich an sich, «Gott segne euch beide!» Dann ließ sie die Arme sinken. «Und nun mußt du ein braver Junge sein», sagte sie fast mit ihrer gewöhnlichen Stimme und wischte dabei Catherine die Nase. «Du ziehst jetzt die kleine Catherine an. Das kannst du doch, nicht wahr?» Er nickte stolz. «Und dann wäscht du dich und ziehst dich auch an, und bis dahin wird Tante Hannah auch das Frühstück fertig haben.»

«Stehst du denn nicht auf, Mama?» fragte er. Es machte ihm großen Eindruck, daß sie ihn damit beauftragt hatte, seine Schwester anzuziehen.

«Jetzt noch nicht», antwortete sie, und an dem Ton, in dem sie das sagte, merkte er, daß sie allein sein wollte und daß er und Catherine jetzt gehen sollten.

«Komm, Catherine», sagte er und stellte zu seiner eigenen Überraschung fest, daß er sie bei der Hand ergriffen hatte. Catherine sah ebenso überrascht zu ihm auf und schüttelte den Kopf.

«Geh mit Rufus, mein Kleines», sagte die Mutter. «Er wird dir beim Anziehen helfen, und dann frühstückst du schön. Mama kommt dann auch bald.»

Catherine fühlte wohl, daß sie aus irgendeinem Grund, der mit ihrer Mutter zusammenhing und auch mit ihrem Vater, der nicht da war, wo er eigentlich sein sollte, ein braves kleines Mädchen sein mußte. Darum ging sie ohne weiteren Protest mit. Als sie das Zimmer verließen und sich zum Flur wandten, sah Rufus, daß seine Mutter die Perlen und das Kreuz vom Nachttisch genommen hatte (jetzt sahen sie aus wie eine gewöhnliche Kette), und die Perlen rollten durch ihre Finger und glitten dann über ihre Hände und das eine Handgelenk. Seine Mutter hatte den Blick so fest auf das Kreuz gerichtet, daß sie nicht bemerkte, wie er zu ihr hinsah. *Sie würde böse werden, wenn sie es wüßte*, begriff er. Bevor er sich um Catherine kümmerte, legte er seine Kappe wieder in die Papiertüte. Dann nahm er ihre Sachen. «Zieh dein Nachthemd aus», sagte er. «Pitschnaß», fügte er hinzu und bemühte sich dabei, den Ton seiner Mutter möglichst getreu nachzuahmen.

«Du bist auch pitschnaß!» gab sie zurück.

«Nein, diesmal habe ich mich nicht naß gemacht», erklärte er. «Diese Nacht nicht.»

Er stellte fest, daß sie sich schon beinahe allein anziehen konnte. Sie stieg in ihr Höschen und schlüpfte auch allein in das Leibchen, nur daß dabei die Rückseite nach vorn kam. «Das ist sehr schön», lobte er sie und versuchte wieder genau so zu sprechen wie seine Mutter. «Du machst das sehr fein. Nur ein kleines bißchen schief.» Und er rückte ihr das Leibchen zurecht.

Er knöpfte ihr die Hose an das Leibchen. Es war, wie er feststellte, gar nicht so einfach – schwieriger, als wenn er sich selber anzog. «Steh still», sagte er, denn diese Ermahnung erschien ihm unerläßlich zur Erfüllung seiner Pflichten.

«Das tue ich ja», erwiderte Catherine mit solcher Entschiedenheit, daß er nichts mehr sagte.

Sie sprachen beide kein Wort mehr, bis sie zum Frühstück hinuntergingen.

15. Kapitel

Catherine mochte es nicht, wenn Rufus ihr beim Anziehen half und sie herumkommandierte, und auch das Frühstück war heute nicht so, wie ein Frühstück sein sollte. Weder Tante Hannah noch Rufus sagten ein Wort, und darum schwieg auch sie und hatte dabei das Gefühl, daß sie nicht einmal etwas hätte sagen dürfen, wenn sie es gewollt hätte. Alles war sonderbar; es war so still, und das Zimmer wirkte so dunkel, Tante Hannah schnitt die Bananenscheiben für den Toast so dünn, daß sie ganz kalt und naß und schleimig aussahen. Sie goß jedem der Kinder ein bißchen Kaffee in ihre Milch und machte die Milch für Rufus etwas dunkler als ihre. Sie sagte nicht «Iß», «Iß dein Frühstück, Catherine», «Trödele nicht so herum», wie Catherines Mutter immer sagte; sie sagte überhaupt nichts. Catherine hatte keinen Hunger, aber sie empfand eine leise Neugierde, weil alles so anders schmeckte, und sie aß langsam weiter und kostete jeden Bissen aus. Alles war so still, daß Catherine sich unbehaglich und traurig fühlte. Man hörte nur ein leises Kratzen, wenn eine Gabel oder ein Löffel einen Teller berührten, und das Knacken des dünnen, trockenen Toasts, den Tante Hannah langsam kaute, und ihr hastiges Schlürfen. Zu jedem Bissen nahm sie einen Schluck dampfend heißen Kaffee, um die trokkenen Krumen aufzuweichen, und dann schluckte sie alles zusammen hinunter. Als Catherine versuchte, ein ähnliches

Geräusch mit ihrer Milch zu erzeugen, warf Tante Hannah ihr einen scharfen Blick zu. Offenbar meinte sie, Catherine wolle sie nachäffen, aber sie sagte nichts. Catherine wollte sie gar nicht nachäffen, aber sie fühlte, daß sie dieses Geräusch jetzt lieber unterlassen sollte. Auf den Spiegeleiern war kaum Pfeffer, und sie waren so weich, daß das Gelbe über das Weiße und über den weißen Teller rann. Sie sahen scheußlich aus, und Catherine mochte sie gar nicht essen, aber sie aß sie doch, weil sie keine Ermahnung hören wollte und weil sie das Gefühl hatte, daß sie aus irgendeinem Grund heute besonders artig sein müsse. Sie fühlte sich äußerst unbehaglich, aber es blieb ihr nichts anderes übrig, als zu essen, und so paßte sie auf, daß sie ihren Becher schön festhielt und nicht zuviel auf ihren Löffel nahm. Sie verkleckerte fast nichts, und als sie bemerkte, wie wenig sie verkleckerte, kam sie sich fast wie ein großes Mädchen vor. Aber dadurch wurde ihr Unbehagen auch nicht geringer; sie wußte, daß irgend etwas nicht in Ordnung war. Das Essen war ihr nicht so wichtig; ihr lag vor allem daran, herauszubekommen, was eigentlich los war. Darum hielt sie den Blick zwar auf ihren Teller gerichtet, horchte jedoch angespannt auf jedes vernehmbare Geräusch, und diese Stille, die noch viel seltsamer war als alle Geräusche, verriet ihr, daß die Lage bedenklich war. Ihr Vater war nicht da, und das war der Hauptgrund. Ihre Mutter war auch nicht da, aber sie war oben im Schlafzimmer. Er war nicht einmal oben. Er wollte letzte Nacht nach Hause kommen, aber er war nicht gekommen und würde nun nie wieder nach Hause kommen, und ihre Mutter fühlte sich so schrecklich, daß sie weinte, und Tante Hannah sagte kein Wort, sondern kaute nur den knackenden Toast, nahm laut schlürfend einen großen Schluck Kaffee und schluckte alles hinunter, *grrrmp*, und dann wiederholten sich diese Geräusche immer und immer wieder, und jedesmal wenn sie von dem knackenden Toast abbiß, klang es fast erschreckend, so als spräche sie über irgend etwas Schlimmes, und jedesmal wenn sie den Kaffee schlürfte, klang es wie ein Weinen oder wie wenn Oma sich weh getan hatte und zwischen ihren Zähnen die Luft einsog, und jedesmal, wenn sie schluckte, *grrmmp*, dann bedeutete das, daß nun alles vorüber war und daß man nichts mehr dazu tun oder sagen oder fragen konnte. Und dann biß sie wieder ein Stück von dem harten, bröckeligen Toast ab, und es hörte sich an, als knirsche sie mit den Zähnen, und dann begann die Reihenfolge der Geräusche von vorn. Ihre Mutter hatte gesagt, er würde nie wieder nach Hause kommen. Ja, das hatte sie gesagt, aber warum war er jetzt nicht da und frühstückte mit ihnen? Weil er nicht mit ihnen frühstückte, hatten sie überhaupt keinen Spaß, und alles war so sonderbar. Aber nun würde er vielleicht schon in der nächsten Minute hereinkommen und sie anlachen und sagen: «Guten Morgen, kleiner Sonnenschein», weil sie die Unterlippe vorgeschoben hatte, und er würde sich herunterbeugen und seine Bartstoppeln gegen ihre Wange reiben, und dann würde er sich hinsetzen und kräftig frühstücken, und alles würde wieder schön und lustig sein, und sie würde am Fenster stehen und ihm nachsehen, wenn er zur Arbeit ging, und eben bevor er aus ihrem Blickwinkel verschwand, würde er sich noch einmal umdrehen, und sie würde winken; aber warum war er jetzt nicht hier, wie sie es sich wünschte, und warum war er denn nicht nach Hause gekommen? Nie wieder. Er würde nie wieder nach Hause kommen. Nie wieder nach Hause kommen. Aber er muß doch kommen, trotzdem, denn das hier ist doch sein Haus. Aber warum ist er nicht hier? Er ist weggefahren, um Opa Follet zu besuchen. Opa Follet ist sehr, sehr krank. Aber als er wegfuhr, war Mama gar nicht traurig, sie ist erst jetzt traurig. Aber warum ist er denn nicht nach Hause gekommen, wo er es doch versprochen hatte? Er ist in den Himmel gegangen. Und jetzt konnte Catherine sich auch erinnern, was das war. Es war der Ort, wo Gott wohnte, ganz hoch oben. Warum hatte er das getan? Gott hatte ihn zu sich geholt. Aber warum ist er dorthin gegangen und nicht nach Hause gekommen, wie Mama uns versprochen hat? Gestern abend hat Mama gesagt, er würde bald nach Hause kommen. Wir durften sogar noch ein Weilchen aufbleiben und warten, und als er dann nicht kam, mußten wir zu Bett gehen, aber sie hat uns *versprochen*, daß er kommen würde, wenn wir nun schlafen gingen, und sie hat uns versprochen, daß er heute zum Frühstück da sein würde, und jetzt sitzen wir beim Frühstück, und sie sagt, er würde nie wieder nach Hause kommen. Jetzt faltete Tante Hannah ihre Serviette zusammen, und dann rollte sie sie noch fester, drückte das dickere Ende gegen ihren Mund und legte sie neben ihren Teller, wo sie sich langsam wieder ein wenig auseinanderfaltete. Tante Hannah sah zuerst auf Rufus, dann auf Catherine und dann wieder auf Rufus und sagte leise: «Ich glaube, ihr solltet alles über euren Vater erfahren. Alles, was ich euch erzählen kann. Denn eure Mutter fühlt sich nicht wohl.»

Jetzt werde ich hören, wann er nach Hause kommt, dachte Catherine.

Während des ganzen Frühstücks schon hatte Rufus Fragen stellen wollen, aber jetzt fühlte er sich so eingeschüchtert und unbehaglich, daß er kaum den Mund aufbekam. «Wer hat ihn denn geschlagen?» fragte er schließlich.

«Aber Rufus, es hat ihn doch niemand geschlagen», antwortete sie und machte ein empörtes Gesicht. «Wie kommst du denn bloß darauf?»

Das hat Mama gesagt, dachte Catherine.

«Mama hat gesagt, er sei so schwer verletzt worden, daß Gott ihn einschlafen ließ», erklärte Rufus.

Wie die kleinen Kätzchen, dachte Catherine. Sie sah undeutlich einen riesigen alten, weißgekleideten Mann vor sich, der ihren kleinen Vater beim Genick packte, hochhob, in einen ungeheuer großen Spüleimer voll Wasser warf und sich dann auf den Deckel setzte, und sie hörte das leise Kratzen und das erstickte Miauen.

«Ja, das stimmt schon, verletzt wurde er, aber geschlagen hat ihn niemand», sagte ihre Tante Hannah jetzt. Wie war das denn möglich, fragte sich Catherine. «Er wollte nach Hause fahren, ganz allein. Und als er so allein in seinem Wagen saß, ist ihm ein Unglück zugestoßen.»

Rufus fühlte, wie sein Gesicht heiß wurde, und er warf einen warnenden Blick auf seine Schwester. Nein, so konnte es nicht gewesen sein, das wußte er – so etwas konnte seinem Vater, einem erwachsenen Mann, nicht passieren. Und deswegen würde Gott ihn nicht einschlafen lassen, und außerdem tat es auch nicht weh. Aber Catherine würde es wahrscheinlich glauben. Natürlich! Sie starrte verwundert auf ihre Tante und begriff offensichtlich nicht, daß diese so etwas von ihrem Vater behaupten konnte. Doch nicht in seine *Hose*, du kleines Schaf, wollte Rufus gerade zu ihr sagen, als Tante Hannah weitererzählte: «Es war ein tödlicher Unfall», und aus ihrer Stimme und der Art, wie sie das seltsame Wort ‹tödlich› aussprach, entnahmen die beiden, daß sie etwas sehr Schlimmes meinte. «Es geschah also, wie eure Mutter euch schon gesagt hat: er wurde so schwer verletzt, daß Gott ihn gleich einschlafen ließ.»

Wie die Kaninchen, erinnerte Rufus sich, das weiße Fell ganz blutig und zerrissen und innen rot. Aber so konnte er sich seinen Vater nicht vorstellen. Die armen kleinen Kaninchen – er hörte wieder die Stimme seiner Mutter, die den Schluchzenden tröstete: sie waren so schrecklich verletzt, daß Gott sie einschlafen ließ.

Es ist im Auto geschehen, dachte Catherine; dann ist er also nicht in einen Spüleimer geworfen worden.

Sie hätten nie mehr vergnügt sein können, wenn Gott sie nicht hätte einschlafen lasen. So hatte seine Mutter gesagt. Sie wären nie wieder gesund geworden.

Hannah überlegte, ob sie es denn überhaupt verstehen würden und ob sie versuchen sollte, es ihnen zu erzählen. Sie bezweifelte es. Zögernd und unsicher begann sie von neuem: «Gestern abend gegen neun Uhr fuhr er nach Hause, und offenbar war etwas nicht in Ordnung mit dem Lenkmecha… mit dem Rad, mit dem man den Wagen lenkt. Aber euer Vater wußte es nicht. Und er konnte es auch gar nicht merken, bevor etwas passierte, und dann war es schon zu spät. Denn eines von den Rädern stieß an einen losen Stein auf der Straße, und das Rad drehte sich ganz plötzlich zur Seite, und als ...» Sie stockte und fuhr dann noch leiser und langsamer fort: «Als euer Vater den Wagen wieder dahinlenken wollte, wo er hingehörte, auf die Straße, konnte er das nicht mehr, denn er hatte keine Gewalt mehr über den Wagen. Eben weil mit der Steuerung etwas nicht in Ordnung war. Und deshalb tat der Wagen nicht mehr, was euer Vater wollte, sondern drehte sich, nachdem das Rad an den losen Stein gestoßen war, zur Seite und fuhr von der Straße hinunter in einen tiefen Graben.» Sie machte wieder eine Pause. «Versteht ihr das?»

Sie sahen sie aufmerksam an.

«Euer Vater wurde aus dem Wagen geschleudert», sagte sie. «Und dann fuhr das Auto ohne ihn auf die andere Seite des Grabens hinauf. Es fuhr eine acht Fuß hohe Böschung hinauf, und dann kippte es nach rückwärts um, fiel wieder hinunter und blieb direkt neben ihm liegen.

Man weiß genau, daß er schon tot war, bevor er hinausgeschleudert wurde. Denn an seinem Körper ist nur eine einzige kleine Wunde.» Und nun bemerkten sie in ihrer Stimme eine beängstigende Intensität und eine Art Ärger. «Und die saß – hier!» Sie preßte ihren Zeigefinger gegen ihre Kinnspitze und sah die Kinder fast drohend und anklagend an.

Sie sagten nichts.

Jetzt sollte ich wohl damit aufhören, dachte Hannah. Ich habe ihnen genug erzählt.

«Man weiß genau, wie es geschehen ist», sagte sie. «Das Auto hat plötzlich einen solch wilden Satz gemacht –» Sie bewegte sich so heftig auf ihrem Stuhl, daß beide Kinder aufsprangen und sie erschrocken anstarrten. Ihre nächsten Erläuterungen begleitete sie mit etwas weniger ruckartigen Gebärden: «... daß euer Vater nach vorn geschleudert wurde und mit dem Kinn ganz hart auf das Rad, das Steuerrad, aufschlug, und von diesem Augenblick an wußte er nichts mehr.» Sie sah Rufus an, dann Catherine und dann wieder Rufus. «Versteht ihr das?»

Sie blickten sie an.

Nach einer Weile sagte Catherine: «Er hat sich am Kinn verletzt.»

«Ja, Catherine, so war es», bestätigte Hannah. «Man nimmt an, daß er *augenblicklich getötet* wurde, durch diesen einzigen Aufprall, eben weil er so hart aufschlug. Denn wenn man genau gegen diese Stelle einen heftigen Stoß erhält, dann ist das für den ganzen Kopf, das ganze Gehirn so schlimm – daß manche Leute im selben Augenblick daran sterben.» Sie atmete tief ein und ließ dann ihren Atem langsam und zitternd ausströmen. «Gehirnerschütterung nennt man das», sagte sie so langsam und deutlich wie möglich und senkte für einen Augenblick den Kopf; sie sahen, wie ihr Daumen ein kleines Kreuz auf ihrer Brust beschrieb. Sie sah wieder auf. «Jetzt versteht ihr das doch, nicht wahr, Kinder?» fragte sie mit ernster Miene. «Ich weiß, es ist sehr schwer zu verstehen. Ihr müßt mir sagen, ob ihr noch irgend etwas darüber wissen wollt, und ich werde versuchen, es euch zu defi... es euch noch besser zu erklären.»

Rufus und Catherine sahen sich an und blickten wieder weg. Nach einer Weile fragte Rufus: «Hat es ihm sehr weh getan?»

«Er kann es gar nicht gespürt haben. Und das ist ein großer Segen –» ist es das wirklich, fragte sie sich – «der Doktor weiß es genau.»

Catherine überlegte, ob sie auch eine Frage stellen durfte. Aber dann hielt sie es für besser, zu schweigen.

«Was ist eine Acht-Fuß-Buschung?» fragte Rufus.

«Bö-schung», berichtigte sie ihn. «Das ist ein steiler kleiner Hügel, acht Fuß hoch. Etwa so hoch wie dieses Zimmer.» Er und Catherine sahen, wie das Auto da hinaufkletterte, wie es nach rückwärts kippte, hinunterfiel und neben ihrem Vater liegen blieb. Puschung, dachte Catherine; Bö-schung, sagte Rufus sich selber vor.

«Was ist augenblicklich?»

«Augenblicklich – das ist *so* schnell.» Sie schnippte mit den Fingern, viel lauter, als sie eigentlich beabsichtigt hatte. Catherine zuckte zusammen und starrte auf die Finger ihrer Tante. «So wie wenn man das elektrische Licht ausdreht.» Rufus nickte. «Darum könnt ihr alle beide ganz sicher sein, daß er überhaupt keinen Schmerz gefühlt hat. Nicht einen einzigen Augenblick.»

«Wann...» begann Catherine.

«Was...» begann Rufus im selben Augenblick.

Sie starrten einander ärgerlich an.

«Was möchstest du wissen, Catherine?»

«Wann kommt Papi nach Hause?»

«Aber du lieber Gott, Catherine...» begann er.

«Halt den Mund!» herrschte seine Tante ihn an, und er gehorchte erschrocken und beschämt.

«Catherine, er *kann* nicht nach Hause kommen», sagte sie sehr freundlich. «Das wollte ich dir mit dem, was ich erzählt habe, erklären.» Sie legte ihre Hand über Catherines Hand, und Rufus sah, daß ihr Kinn zitterte. «Er ist gestorben, Catherine», sagte sie. «Das hat deine Mutter gemeint. Gott hat ihn einschlafen lassen und zu sich genommen. Er hat seine Seele fortgenommen und zu sich geholt. Darum kann er nicht nach Hause kommen...» Sie machte eine Pause und begann wieder: «Wir werden ihn noch einmal sehen, morgen oder übermorgen, das verspreche ich euch.»

Sie hoffte, daß dieses Versprechen mit Marys Absichten übereinstimmte. «Aber er wird dann schlafen. Und dann werden wir ihn auf dieser Welt nie wieder sehen. Nicht, bis Gott auch uns zu sich nimmt. Verstehst du das, Kind?»

Catherine sah sie sehr ernsthaft an. «Natürlich verstehst du das noch nicht richtig, mein Kleines.» Sie drückte Catherines Hand. «Und du brauchst dir auch nicht den Kopf zu zerbrechen, warum es so ist, Kind. Versuch nur einfach einzusehen, daß es so ist. Er würde bestimmt kommen, wenn er könnte, aber er kann eben nicht, weil Gott ihn bei sich haben möchte.

Das ist es.» Sie ließ ihre Hand noch ein Weilchen auf Catherines Hand liegen, und Rufus begriff währenddessen noch deutlicher als zuvor, daß sein Vater tatsächlich nicht wieder nach Hause kommen würde, daß er es nicht konnte: wegen Gott.

«Er würde, wenn er könnte, aber er kann nicht», sagte Catherine schließlich und dachte dabei an eine der scherzhaften Redewendungen ihrer Mutter.

Hannah, die diesen Scherz auch kannte, erschrak ein wenig, aber gleich darauf merkte sie, daß das Kind diese Worte tiefernst gemeint hatte. «Ja, so ist es», sagte sie dankbar.

Aber auf jeden Fall kommt er noch einmal, dachte Rufus. Das war schon etwas. Selbst wenn er dann schlief.

«Was wolltest du noch fragen, Rufus?» hörte er seine Tante sagen.

Er versuchte sich zu erinnern, und dann fiel es ihm ein: «Was ist eine Erschü-, schüschü-, erschü...»

«Er-schütte...rung, Rufus. Gehirnerschütterung. So nennt der Doktor das, was geschehen ist. Und das soll heißen, daß sein Gehirn ganz plötzlich und sehr heftig gerüttelt wurde. Und als das geschah, war dein Vater... wurde er...»

«Augenblicklich getötet.»

Sie nickte.

«Dann war es also dieser Stoß, der ihn einschlafen ließ.»

«Ja.»

«*Nicht* Gott.»

Catherine sah ihn erstaunt an.

16. Kapitel

Nach dem Frühstück ging er ins Wohnzimmer hinüber und sah sich überall um, aber er fand keinen Platz, auf den er sich gern gesetzt hätte. Er fühlte sich so leer und unbeschäftigt und gleichzeitig so freudig erregt, als sei dies der Morgen seines Geburtstags, nur daß dieser Tag ihm noch bedeutungsvoller vorkam. Alles, was er ansah, bot denselben Anblick wie sonst, aber es schien ihm erfüllt von einer lautlosen und unsichtbaren Energie. Immer und immer wieder sah er das Gesicht seiner Mutter vor sich und hörte ihre Stimme, mit der sie ihnen alles erzählt hatte, und während er sich jetzt im Wohnzimmer umblickte und durch das Fenster auf die Straße schaute, ertönten schweigend in ihm immer und immer wieder diese Worte. Er ist tot. Er ist letzte Nacht, während ich schlief, gestorben, und jetzt ist es schon Morgen. Er war gestern abend schon tot, und ich habe es noch nicht einmal gewußt, als ich aufwachte. Er ist die ganze Nacht über, während ich schlief, tot gewesen, und jetzt ist es Morgen und ich bin wach, aber er ist noch immer tot, und er wird jetzt weiter tot bleiben den ganzen Nachmittag und die Nacht hindurch und morgen, während ich wieder schlafe und wieder aufwache und wieder schlafen gehe, und er kann nie wieder nach Hause kommen, aber ich werde ihn noch einmal sehen, bevor er fortgebracht wird. Tot. Er ist letzte Nacht gestorben, und jetzt ist es schon Morgen.

Ein Junge, die Schulbücher in einen Riemen geschnallt, kam vorüber.

Zwei Mädchen mit ihren Schulmappen kamen vorüber. Er ging zum Garderobenständer, nahm seine Schulmappe und seinen Hut und wollte dann den Flur zurück zur Küche, um seine Frühstücksbrote zu holen. Dabei fiel ihm seine neue Kappe ein. Aber die lag oben. Sicher war sie noch im Schlafzimmer seiner Eltern, er erinnerte sich, wie seine Mutter sie ihm abgenommen hatte. Er mochte nicht der Kappe wegen dort hineingehen, wo seine Mutter im Bett lag, und jetzt wurde ihm auch bewußt, daß er sie eigentlich gar nicht aufsetzen wollte. Er hätte seiner Mutter gern auf Wiedersehen gesagt, bevor er zur Schule ging, aber er mochte nicht ins Zimmer gehen und sehen, wie sie im Bett lag und ihn so anblickte. Er setzte seinen Weg zur Küche fort. Er würde statt dessen Tante Hannah auf Wiedersehen sagen.

Sie stand am Spültisch und wusch Geschirr ab, und Catherine saß auf einem Küchenstuhl und sah ihr zu. Er blickte sich um, aber er konnte kein Paket mit Frühstücksbrot entdecken. Wahrscheinlich weiß sie nicht, daß ich welches mitbekomme, überlegte er. Sie schien gar nicht zu bemerken, daß er da war, und darum sagte er nach kurzem Warten: «Auf Wiedersehen.»

«Was ist?» fragte sie, wandte ihren gebeugten Kopf herum und blinzelte ihn an. «Aber Rufus!» rief sie dann in einem so entsetzten Ton, daß er sich erstaunt fragte, was er denn getan habe. «Du gehst doch nicht zur Schule», erklärte sie dann, und nun merkte er erst, daß sie nicht böse auf ihn war.

«Kann ich denn einfach wegbleiben?»

«Natürlich kannst du das. Du mußt. Heute und morgen und – solange es nötig ist. Ein paar Tage. Und jetzt bring deine Sachen wieder weg und bleib schön im Haus, mein Kind.» Er sah sie an und sagte sich: aber dann können sie mich ja nicht sehen! Doch er wußte, daß es keinen Sinn hätte, sie zu bitten. Sie beschäftigte sich schon wieder mit dem Geschirr.

Er ging durch den Flur zurück zum Garderobenständer. Im ersten Augenblick war er nur überrascht und erfreut gewesen, weil er nicht zur Schule gehen mußte, und etwas von diesem Gefühl einer Bevorzugung blieb auch bestehen, aber fast unmittelbar darauf war er auch enttäuscht. Er konnte sich jetzt lebhaft vorstellen, wie sie alle aufblicken würden, wenn er das Klassenzimmer betrat, und wie der Lehrer etwas Nettes über seinen Vater und über ihn sagen würde, und er wußte, daß ihn heute alle gut behandeln würden, weil ihm etwas widerfahren war, was kein anderer Junge in der Schule, kein anderer Junge in der ganzen Stadt erlebt hatte. Vielleicht würden sie ihm sogar etwas von ihrem Frühstücksbrot abgeben.

Jetzt fühlte er sich noch leerer und unbeschäftigter als zuvor. Er legte seine Mappe auf das Brett des Kleiderständers zurück, behielt aber seinen Hut auf. Sie wird mich schlagen, dachte er. Schlimmer noch, er hörte im voraus den lärmenden Ausbruch, mit dem sie ihrem Ärger Luft machen würde. Sie darf es nicht merken, nahm er sich vor. Mit äußerster Vorsicht, so leise wie irgend möglich, stahl er sich aus der Vordertür.

Die Luft war kühl und grau, und hier und dort auf der Straße leuchtete ein wässeriges, formloses Sonnenlicht kurz auf und verschwand wieder. Nun, da er hier draußen vor der Tür in der frischen Luft stand, fühlte er sich noch träger und zugleich mächtiger. Er war allein, und überall spürte er diese schweigende, unsichtbare Energie. Er stand auf der Veranda und erwartete mit Sicherheit, daß jeder, der vorbeikam, um dieses aufregende Ereignis wissen müsse. Ein Mann kam rasch die Straße herauf, und als Rufus ihn beobachtete und darauf wartete, daß der Mann ihn ansehen werde, fühlte er, wie eine ruhige Welle von Stolz und Scheu in ihm aufstieg, und unwillkürlich verzog sich sein Gesicht zu einem Lächeln und dann zu einem Grinsen, dem er verzweifelt Einhalt zu gebieten versuchte. Aber der Mann ging vorüber, ohne ihn anzusehen, und ebenso der nächste, der in entgegengesetzter

Richtung vorüberkam. Zwei Schuljungen kamen, deren Gesichter er kannte und die daher auch sein Gesicht kennen mußten, aber sie schienen ihn überhaupt nicht zu sehen. Arthur und Alvin Tripp stiegen die Treppe vor ihrem Haus hinunter und kamen die andere Straßenseite entlang. Nun fühlte er sich sicher und stieg ebenfalls die Stufen hinunter und ging bis fast zum Bürgersteig vor. Doch dann blieb er stehen, denn die beiden schauten zwar über die Straße herüber in sein Gesicht, und er sah sie an, aber sie kamen nicht zu ihm herüber und riefen ihm nicht einmal einen Gruß zu, sondern gingen einfach weiter. Doch dabei sahen sie ihm mit einer gewissen scheuen Neugier in die Augen und taten dies noch, als sie sich dazu schon weit herumdrehen mußten, und auch er wandte langsam seinen Kopf und blickte ihnen nach; doch als er sah, daß sie ihn nicht ansprechen würden, hielt auch er sich zurück und sagte nichts. Was ist denn bloß los mit ihnen? fragte er sich und sah noch immer hinter ihnen her. Selbst jetzt, als sie schon weit hinten auf der Straße waren, hatte Arthur noch immer den Blick auf ihn gerichtet, und Alvin drehte sich sogar um und ging ein paar Schritte rückwärts. Worüber waren sie böse? Jetzt blickten sie nicht mehr zurück, und nun sah er sie unter dem Hügel verschwinden.

Vielleicht wissen sie es nicht, dachte er. Vielleicht wissen die anderen es auch nicht.

Er ging auf den Bürgersteig hinaus.

Vielleicht wußten es alle. Aber vielleicht wußte er etwas sehr Wichtiges, das niemand sonst wußte. Die beiden Möglichkeiten zeichneten sich in seinen Gedanken nicht sehr deutlich ab; er war verwirrt, aber nicht weniger stolz und erwartungsvoll als zuvor. Mein Papi ist tot, sagte er leise vor sich hin, und dann, ganz vorsichtig, sagte er es laut: «Mein Papi ist tot.» Niemand in seiner Sichtweise schien ihn gehört zu haben; er hatte es zu niemandem gesagt. «Mein Papi ist tot», sagte er noch einmal, eigentlich nur für sich selber. Es klang kraftvoll, großartig und durchaus glaubwürdig, und er hatte das Gefühl, daß er es nötigenfalls den Leuten so sagen würde. Er sah einen großen Mann langsam auf sich zukommen und wartete darauf, daß der Mann ihn ansehen würde, um ihm dann als erstem diese Tatsache mitzuteilen, aber als der Mann schon direkt vor ihm war und ihn noch immer nicht gesehen zu haben schien, sagte er es trotzdem: «Mein Papi ist tot.» Doch der Mann schien ihn auch nicht zu hören, er ging einfach vorbei. Er paßte auf, damit er es dem nächsten Mann früher sagen konnte, und dessen Gesicht sah bei seinen Worten fast so aus, als wolle er einem Schlag ausweichen, aber er ging vorbei, und erst nach einigen Schritten sah er sich mit besorgter Miene noch einmal um. Er machte noch ein paar Schritte, dann kehrte er um und kam langsam zurück.

«Was hat du da gesagt, Kleiner?» fragte er und runzelte dabei ein wenig die Stirn.

«Mein Papi ist tot», sagte Rufus erwartungsvoll.

«Meinst du das im Ernst?» fragte der Mann.

«Er ist letzte Nacht gestorben, als ich schlief, und nun kann er nie wieder nach Hause kommen.»

Der Mann sah ihn an, als täte ihm etwas weh.

«Wo wohnst du denn, mein Junge?»

«Hier.» Er warf einen Blick auf das Haus.

«Weiß deine Mutter, daß du hier draußen bist?»

Er fühlte eine seltsame Leere im Magen. Dann sah er dem Mann gerade in die Augen und nickte rasch.

Der Mann sah ihn nur an, und Rufus merkte sofort: er glaubt mir nicht. Woher wußten sie es nur immer?

«Du solltest lieber gleich wieder ins Haus gehen, mein Junge», sagte der Mann. «Deiner Mutter ist es bestimmt nicht recht, daß du hier draußen auf der Straße bist.» Dabei sah er ihn noch immer fest an.

Rufus sah halb vorwurfsvoll, halb ängstlich zu ihm auf und ging dann auf den Gartenweg zurück. Der Mann blieb stehen. Langsam stieg Rufus die Stufen zur Veranda hinauf und sah sich dann um. Der Mann war inzwischen weitergegangen, aber in dem Augenblick, in dem Rufus zurückschaute, tat er es auch und blieb daraufhin wieder stehen. Er schüttelte den Kopf und sagte in einem freundlichen Ton, der Rufus beschämte: «Was würde dein Papi dazu sagen, daß du hier draußen fremden Leuten erzählst, daß er tot ist?» Rufus öffnete so geräuschlos wie möglich die Tür, ging hinein, schloß sie wieder leise und lief rasch ins Wohnzimmer. Durch die Vorhänge beobachtete er den Mann. Er stand noch immer da und zündete sich eine Zigarette an, aber nun ging er weiter. Einmal noch blickte er zurück, und Rufus hatte plötzlich das aus Scham und Angst gemischte Gefühl: er sieht mich! Doch gleich darauf blickte der Mann wieder weg, und Rufus schaute ihm nach, bis er außer Sicht war.

Was würde dein Papi dazu sagen?

Er dachte daran, wie die anderen ihn immer geneckt und aufgezogen hatten und wie böse sein Vater geworden war, wenn er zufällig dazukam. Er dachte daran, wie anders es heute sein würde, wenn er nicht hätte zu Hause bleiben müssen.

Wieder schlüpfte er hinaus und stahl sich zwischen den Häusern nach hinten auf den schmalen Fußweg. Er ging den Weg entlang und hörte bei jedem Schritt die Schlacken knirschen, bis er in die Nähe des Bürgersteigs kam. Jetzt befand er sich nicht mehr vor seinem Elternhaus, ja nicht einmal mehr in der Highland Avenue, sondern er gelangte auf die Seitenstraße, die unterhalb des Hauses verlief. Hier kannte man ihn nicht, und niemand würde ihn ins Haus zurückschicken. Das, was er von der Mündung des Fußwegs aus sah, war ihm viel weniger vertraut, und die letzten Schritte bis zum Bürgersteig tat er sehr zögernd und scheu. Er tat etwas Verbotenes.

Er schaute die Straße hinauf und konnte die Ecke sehen, die er so gut kannte, die Ecke, an der er immer die anderen Kinder getroffen hatte und so unglücklich gewesen war. Und weiter hinten sah er die Ecke, um die sein Vater immer verschwand, wenn er zur Arbeit ging, und an der er auftauchte, wenn er wieder nach Hause kam. Es war doch gut, daß er die Kinder heute nicht an der Ecke treffen würde. Langsam, mit einem unbehaglichen Gefühl, wandte er den Kopf und schaute in der anderen Richtung die Straße hinunter. Und da waren sie: drei miteinander und zwei auf der anderen Straßenseite, und einer allein, weiter hinten, und noch einer allein, noch weiter hinten, und hier und da auch ein paar Mädchen, denen er aber keinerlei Bedeutung beimaß. Er kannte alle die Jungen vom Ansehen, aber keinen beim Namen. Sowie er sie erblickte, war er überzeugt, daß auch sie ihn sahen und daß sie es wußten. Er blieb stehen und wartete auf sie. Er sah sie alle der Reihe nach an und blickte ihnen in die Augen, und Schritt für Schritt kamen sie schweigend näher. Auch sie sahen ihn fortwährend an. Sie wußten es. Wie er so stumm wartend dastand und eine Sekunde nach der andern verging, bis der erste von ihnen ganz nahe war, kam ihm diese Wartezeit unendlich lang vor, und die Art, wie die anderen ihn schweigend anstarrten und wie er zurückstarrte, wurde ihm so ungemütlich, daß er am liebsten auf den Fußweg zurückgegangen wäre, an einen Ort, wo sie ihn nicht sehen konnten, sie nicht und auch kein anderer Mensch. Und doch wußte er gleichzeitig, daß sie alle nur deshalb so auf ihn zukamen, weil er etwas erlebt hatte, was kein anderer Junge in der Stadt erlebt hatte, und daß sie nun endlich einmal eine gute Meinung von ihm haben mußten. Und je näher sie kamen – wobei sie sich jedoch noch immer in einer gewissen Entfernung von ihm befanden –, um so mehr lud sich die graue, kühle Luft mit jener großen Energie auf, und eine Vorahnung von Ruhm und Gefahr lag in ihr, und je tiefer und erregender die Stille wurde, um so größer, stolzer, scheuer und ausgesetzter kam er sich vor. Und als sie noch näher kamen, fühlte er plötzlich, wie sich sein Gesicht wieder zu diesem breiten Lächeln verzog, das doch gar nichts mit seinem inneren Zustand zu tun hatte, und da er spürte, wie unangebracht ein solches Lächeln war, bemühte er sich verzweifelt, sein Gesicht wieder zu entspannen. Stolz und scheu erzählte er ihnen: «Mein Papi ist tot.»

Von den drei ersten, die herankamen, sahen zwei ihn nur an, und der dritte sagte: «Ach was! Das ist er bestimmt nicht!» Und Rufus, der es kaum fassen konnte, daß sie es nicht wußten und ihm auch nicht glauben wollten, sagte: «Doch, das ist er.»

«Wo hast du denn deine Schulmappe?» fragte der Junge. «Du lügst ja nur, damit du die Schule schwänzen kannst.»

«Ich schwänze nicht», erwiderte Rufus. «Ich wollte zur Schule gehen, und dann hat meine Tante Hannah zu mir gesagt, ich dürfte heute und morgen nicht hin und auch nicht, bis – eben ein paar Tage lang. Sie sagt, ich soll nicht gehen. Und darum schwänze ich auch nicht. Ich fehle nur.»

Und einer der anderen Jungen sagte: «Das ist ganz richtig. Wenn sein Papi tot ist, darf er nicht zur Schule gehen bis nach der Beerdigung.»

Während Rufus sprach, waren zwei Jungen von der anderen Straßenseite herübergekommen und hatten sich dazugestellt, und jetzt sagte einer von ihnen: «Nein, er braucht nicht zur Schule. Er kann wegbleiben, weil sein Papi umgekommen ist», und Rufus sah den Jungen dankbar an, und der Junge erwiderte den Blick, wie es Rufus vorkam, voller Respekt.

Aber der erste Junge, der vorhin gesprochen hatte, fragte beleidigt: «Woher willst du denn das wissen?»

Und der zweite Junge sagte: «Weil mein Papi es in der Zeitung gelesen hat. Kann dein Papi keine Zeitung lesen?»

Und der andere Junge, der mit ihm gekommen war, nickte.

Die Zeitung, dachte Rufus; es steht sogar schon in der Zeitung! Und er blickte überlegen auf den ersten Jungen. Und der erste Junge, den diese Sache viel zu sehr interessierte, als daß er die Bemerkung über seinen Vater übelgenommen hätte, fragte: «Wie ist er denn umgekommen?» Und Rufus, der wohl merkte, daß es noch aufregender war, wenn einer ‹umkam›, als wenn er einfach starb, holte tief Atem und sagte: «Ja, er war...» Aber in diesem Augenblick sprach schon wieder der Junge, dessen Vater es in der Zeitung gelesen hatte, und darum hörte Rufus lieber zu und hatte dabei das Gefühl, als werde das für ihn und um seinetwillen gesagt, zu seinem Ruhm. Dieses Gefühl verstärkte sich noch, als er von einem der schweigenden Jungen zum anderen blickte und gewahrte, daß ihre Augen ständig auf ihn gerichtet waren. Und Rufus lauschte mit dem gleichen Interesse wie die anderen, als der Junge wohlgefällig berichtete: «Mit seiner alten Blechkarre ist es ihm passiert. Er ist in seiner alten Blechkarre gefahren, und die ist an einen Stein gestoßen und hat ihn hinausgeschleudert in den Graben, und dann ist sie noch eine acht Fuß hohe Böschung hinaufgefahren und ist zurückgekippt und hat sich mehrmals überschlagen und ist direkt auf ihn gefallen, bums, und hat ihm alle Knochen im Leib zerschlagen. So war es. Und dann ist jemand gekommen und hat ihn gefunden, aber da war er schon tot. Ja, so war es.»

«Er wurde augenblicklich getötet», begann Rufus. Er wollte weiterreden und einige Einzelheiten dieser Erzählung berichtigen, aber keiner schien auf ihn zu hören, denn unterdessen waren zwei andere Jungen hinzugekommen, und gerade als er anfangen wollte, sagte einer von ihnen: «Dein Papi steht heute in der Zeitung, und du stehst auch drin», und er spürte, wie alle die Jungen ihn jetzt mit viel mehr Respekt ansahen.

«Er ist tot», erzählte er ihnen. «Er ist umgekommen.»

«Ja, das hat mein Papi auch gesagt», sagte der eine Junge, und der andere sagte: «Das hat man davon, wenn man betrunken ist und Auto fahren will. Das hat mein Vater gesagt.» Und die beiden Jungen sahen mit einem ernsten Kopfnicken auf die anderen und auf Rufus.

«Was ist ‹betrunken›?» fragte Rufus.

«Was betrunken ist?» höhnte einer der Jungen ungläubig. «Betrunken ist, wenn einer sich mit Whisky vollaufen läßt!» Und er begann mit weichen Knien und hängendem Kopf im Kreis herumzutorkeln. «Das hier ist betrunken!»

«Dann war er es nicht», entschied Rufus.

«Woher weißt du das?»

«Er war nicht betrunken, denn so ist er nicht gestorben. Das Rad ist an einen Stein gestoßen, und dann ist er mit dem Kinn auf das andere Rad aufgeschlagen, auf das, mit dem man das Auto lenkt. Und er ist so heftig aufgeschlagen, daß er daran gestorben ist. Er wurde augenblicklich getötet.»

«Was ist ‹augenblicklich getötet›?» fragte einer der Jungen.

«Was geht *dich* das an?» entrüstete sich ein anderer.

«So ist das», erläuterte ein älterer Junge und schnippte mit den Fingern. Ein anderer Junge war inzwischen hinzugekommen. Rufus, der sich noch einmal klarmachte, was dieses ‹augenblicklich› bedeutete, und der daran denken mußte, daß der Name seines Vaters in der Zeitung stand und sein eigener auch und daß sein Vater umgekommen war und nicht einfach gestorben, hörte für ein paar Augenblicke nicht mehr recht zu, was die anderen sagten. Dann aber wurde ihm plötzlich bewußt, daß er hier der Mittelpunkt war, daß die anderen es alle wußten und nun einen wahrheitsgetreuen Bericht von ihm erwarteten.

«Von der Sache mit dem Kinn habe ich nichts gehört», sagte jetzt der Junge, dessen Vater es in der Zeitung gelesen hatte. «Ich habe nur gehört, daß er in seiner alten Blechkarre gefahren und dabei an einen Stein gestoßen ist und daß die alte Blechkarre sich gedreht und ihn hinausgeschleudert hat und eine acht Fuß hohe Böschung hinaufgefahren ist, sich ein paarmal überschlagen hat und dann auf ihn gefallen ist, bums.»

«Woher willst *du* das denn wissen?» fragte ein älterer Junge. «Du warst doch nicht dabei. Wenn hier jemand was darüber weiß, dann der hier.» Er wies mit dem Finger auf Rufus, und dieser schrak aus seinen Gedanken auf.

«Warum?» fragte der Junge, der eben erst hinzugekommen war.

«Weil es sein Papi ist», erklärte ein anderer ihm.

«Ja, es ist mein Papi», bestätigte Rufus.

«Was ist denn passiert?» erkundigte sich wieder ein anderer Junge, der am Rand der Gruppe stand.

«Mein Papi ist umgekommen», antwortete Rufus.

«Sein Papi ist umgekommen», stimmten ein paar Jungen ein.

«Und mein Papi will wetten, daß er betrunken war.»
«Ja, der gute alte Whisky!»
«Halt doch den Mund! Woher will denn *dein* Papi das wissen!»
«War er betrunken?»
«Nein», erklärte Rufus.
«Nein», sagten auch zwei andere Jungen.
«Laß *ihn* doch erzählen.»
«Ja, erzähl es uns.»
«Wenn hier einer was darüber weiß, dann ist er es.»
«Der gute alte Whisky!»
«Halt den Mund!»
«So, nun komm, erzähl es uns.»

Alle schwiegen und sahen ihn an. Und Rufus, der inmitten dieser plötzlichen Stille stand, sah sie der Reihe nach an. Ein Mann, der vorüberkam, mußte auf die Straße ausweichen, um an ihnen vorbeizukommen.

«Er kam gestern abend von Opa Follet zurück», begann Rufus leise. «Mein Opa Follet ist sehr krank, und Papi mußte mitten in der Nacht hinfahren, um ihn zu besuchen, und er fuhr, so schnell er konnte, um nach Hause zu kommen, weil es schon so spät war. Und dann hatte sich ein Bolzen gelockert.»

«Was ist das, ein Bolzen?»
«Ruhe!»

«Ein Bolzen ist so ein Ding, das unten alles zusammenhält, damit man das Auto lenken kann. Und der hatte sich gelockert und war rausgefallen. Und als dann eines von den Vorderrädern an einen Stein stieß, hat sich der Wagen mit einem Ruck rumgedreht, und mein Papi konnte nicht mehr lenken, und das Auto ist von der Straße runtergerast. Und mein Papi schlug mit dem Kinn auf das Rad, mit dem man lenkt, und dann war er sofort tot. Er wurde gleich hinausgeschleudert, und das Auto ist noch eine acht Fuß hohe Bu-Böschung raufgefahren, und dann ist es umgekippt und runtergefallen. Und es lag direkt neben ihm, als sie ihn fanden.

Und an seinem ganzen Körper war keine einzige Wunde. Nur ein winziger kleiner blauer Fleck an seiner Kinnspitze und noch einer an seiner Lippe.»

In dem allgemeinen Schweigen sah er das Auto vor sich, das umgekehrt, die Räder nach oben, dalag, und er sah auch seinen Vater daneben liegen, mit den kleinen blauen Flecken am Kinn und an der Lippe.

«Quatsch», sagte einer der Jungen. «Davon kann doch keiner umkommen.»

Er bemerkte eine dumpfe Gereiztheit in den Mienen der anderen und fühlte, daß sie ihm nicht glaubten oder daß sie doch zum mindesten nicht sehr gut von seinem Vater dachten, weil der sich durch eine solche Kleinigkeit hatte umbringen lassen.

«Es lag einfach an der Art, wie er auf das Rad aufgeschlagen ist, sagt mein Onkel Andrew. Er sagt, so was kommt bei einer Million von Unfällen nur einmal vor. Er bekam eine Erwü-, Er-, Erschüt – irgendwas geschah mit seinem Gehirn, und deshalb war er sofort tot.»

«Einmal bei einer Million», wiederholte einer der älteren Jungen ernst, und ein anderer nickte gewichtig.

«Bei einer Million Trillion», sagte ein anderer.

«Ein ordentlicher Hieb gegen die Birne, und bums weg!» rief ein anderer, ließ dabei seine Unterlippe hängen und rieb mit dem Zeigefinger dagegen, so daß ein rasches, blubberndes Geräusch entstand.

«Halt doch endlich deinen gottverdammten Mund!» sagte ein älterer Junge ärgerlich. «Hast du denn überhaupt kein Benehmen?»

«Na, ich habe jedenfalls gehört, daß die alte Blechkarre direkt auf ihn gefallen ist. Bums!»

Das stimmte nicht, Rufus wußte es genau, aber ihm kam diese Fassung aufregender vor als seine eigene und sie erschien ihm sowohl für seinen Vater als auch für ihn selber ehrenvoller. Keiner könne ihn verächtlich fragen, ob ein Mensch daran sterben konnte, wenn es sich bloß um einen

Schlag gegen die Kinnspitze handelte. Darum versuchte er auch keinen Widerspruch. Er fühlte, daß er log und in gewisser Weise auch treulos war, aber er sagte nur: «Er war augenblicklich tot. Er hat überhaupt keinen Schmerz gefühlt.»

«Er hat nicht einmal gewußt, was ihm passierte», sagte ein Junge leise. «Das hat mein Papi gesagt.»

«Nein», bestätigte Rufus. Dieser Gedanke war ihm noch gar nicht gekommen. «Das hat er wahrscheinlich nicht.» Nicht einmal gewußt, was ihm passierte. Gewußt.

«Na, die alte Blechkarre ist jetzt wohl hin. Was?»

Er überlegte, ob es wohl häßlich gemeint war, daß der Junge den Wagen eine alte Blechkarre nannte. «Ja, wahrscheinlich», sagte er zögernd.

«Jetzt gibt es keine Spazierfahrten in der alten Blechkarre mehr, was, Rufus?»

«Nein, sicher nicht», gab er schüchtern zu.

Jetzt wurde ihm bewußt, daß schon seit einigen Sekunden eine Glocke, die Schulglocke, durch die dunkle graue Luft tönte. Er bemerkte es, weil in dieser Sekunde gerade ihre letzten Schwingungen verhallten.

«Die Schulglocke», rief einer der Jungen plötzlich.

«Los, schnell, sonst kommen wir zu spät», rief ein anderer, und im nächsten Augenblick sah Rufus sie alle in Windeseile die Straße hinunterrennen. Sie wurden immer kleiner, bogen im Trab um die Ecke der Highland Avenue, und rings um ihn war wieder der leere, stille Morgen. Er stand da und schaute fast eine halbe Minute lang zu der Ecke hin, bis der dickste Junge und dann auch der kleinste verschwunden waren. Dann ging er langsam über den Fußweg zurück, hörte wieder das trockene Knirschen der Schlacken bei jedem seiner Schritte, ging weiter durch den schmalen Gartenstreifen zwischen den Häusern und stieg die Stufen der vorderen Veranda hinauf.

In der Zeitung! Er schaute neben der Tür nach, aber sie lag nicht da. Er lauschte angestrengt, aber er konnte nichts hören Leise schlüpfte er durch die Vordertür ins Haus, genau in dem

Augenblick, als Tante Hannah aus dem Wohnzimmer in die Diele trat. Sie hatte sich ein Tuch über die Haare gebunden, und in der Hand trug sie den Pfeifenständer. Sie bemerkte ihn zunächst gar nicht, und er sah in ihr Gesicht, auf dem sich ein seltsamer Ausdruck von Ärger und Einsamkeit abzeichnete. Er versuchte sich wegzuducken, aber in diesem Moment drehte sie sich zu ihm um. Ihre Brillengläser blitzten, und sie rief: «Rufus Follet, wo in aller Welt bist du gewesen?» Es gab ihm einen Stich in den Magen, denn ihre Stimme klang so aufgebracht, daß ihm war, als sprühten Funken daraus.

«Draußen.»

«Wo denn draußen? Ich habe überall nach dir gesucht.»

«Ich war aber draußen. Hinten auf dem Fußweg.»

«Hast du mich denn nicht rufen hören?»

Er schüttelte den Kopf.

«Ich habe mich heiser geschrien nach dir.»

Er schüttelte noch immer den Kopf. «Wirklich nicht», sagte er.

«Jetzt hör mir einmal gut zu. Du darfst heute nicht hinausgehen. Du mußt brav hier im Haus bleiben. Verstehst du?»

Er nickte. Ihm war mit einemmal klar, daß er etwas Schreckliches getan hatte.

«Ich weiß, das fällt dir schwer», sagte sie etwas freundlicher, «aber es muß sein. Hilf Catherine beim Malen. Oder lies ein Buch. Willst du mir das versprechen?»

«Ja.»

«Und stör auf keinen Fall deine Mutter.»

«Nein.»

Sie ging den Flur entlang, und er sah hinter ihr her. Was will sie nur mit den Pfeifen und den Aschenbechern tun, fragte er sich. Er überlegte, ob er sich hinter ihr her schleichen sollte. Sie konnte nicht gut sehen, aber sie würde ihn trotzdem ertappen, denn ihr Gehör war noch sehr scharf. Trotzdem schlich er sich bis zum Ende des Flurs und beobachtete, wie sie die Aschenbecher in den Mülleimer leerte und die Pfeifen an seinem Rand ausklopfte. Dann blieb sie mit den Pfeifen in der Hand stehen und sah sich unschlüssig um. Schließlich legte sie die Pfeifen und die Aschenbecher in den Küchenschrank und schob den Pfeifenständer in die Ecke hinter dem Ofen. Er schlich sich auf den Zehenspitzen zurück und ging ins Wohnzimmer.

Catherine saß in dem kleinen Stuhl neben dem Fenster und hielt ein Malbuch auf den Knien. Ihre Buntstifte lagen auf dem Fenstersims verstreut, und sie arbeitete angestrengt mit einem orangefarbenen Stift. Als er hereinkam, sah sie kurz auf, senkte den Kopf wieder auf ihr Buch und malte weiter. Er wollte ihr nicht helfen, er wollte ungestört nachsehen, ob er die Zeitung finden konnte, in der die Namen standen. Aber er fühlte auch, daß er sich jetzt bemühen mußte, sehr artig zu sein, denn allmählich empfand er ein dunkles Unbehagen über etwas, das er getan hatte – was es war, konnte er auch nicht recht sagen. Er ging zu Catherine hinüber. «Ich werde dir helfen», sagte er.

«Nein», erwiderte Catherine ohne aufzusehen. Es war das Buch von der *Mutter Gans* und sie fuhr mit ihrem orangefarbenen Stift kreuz und quer über die Kuh, die über den Mond sprang; die Linien verliefen in und außerhalb der Kuh.

«Tante Hannah will es aber», sagte er, entsetzt über das, was sie mit der Kuh anstellte.

«Nein», sagte Catherine noch einmal, und wieder sah sie nicht auf und hielt auch in ihrer Kritzelei nicht inne.

«Das ist doch keine Farbe für eine Kuh», sagte er. «Wer hat wohl schon mal eine orangene Kuh gesehen?» Sie antwortete nicht, aber er sah, wie ihr Gesicht sich rötete. «Und außerdem malst du die Kuh gar nicht richtig aus», fuhr er fort. «Sieh dir das bloß mal an. Du fährst einfach mit dem Buntstift über die Seite, und dabei nimmst du nicht mal die richtige Farbe.» Sie drückte mit ihrem Stift immer fester auf und zog damit ein immer weiteres Gewirr von Strichen, und plötzlich brach der Stift ab, und das längere Ende rollte auf den Fußboden. «Siehst du, jetzt hast du ihn kaputtgemacht», sagte Rufus.

«Laß mich in Ruhe!» Sie versuchte mit dem abgebrochenen Stumpf weiterzumalen, aber er war zu kurz, und die Papierhülle war ihr im Wege. Sie sah sich auf dem Fenstersims um und wählte einen braunen Stift.

«Was willst du denn jetzt mit dem braunen?» fragte Rufus. «Du hast doch schon mit dem orangenen alles verschmiert, was soll jetzt noch der braune?» Catherine nahm den braunen Stift und zog ein wildes Gewirr von dunklen Strichen über die orangefarbenen. «Jetzt hast du alles verdorben», erklärte Rufus. «Du kannst eben nicht richtig malen.»

«Laß das!» schrie Catherine, und plötzlich fing sie an zu weinen.

Von der Küche her erscholl Tante Hannahs scharfe Stimme: «Rufus?»

Er war wütend auf Catherine. «Heulbaby!» flüsterte er ihr haßerfüllt zu. «Petze!»

Aber da stand schon Tante Hannah in der Tür, wild wie eine Hornisse. «Was ist hier los? Was hast du ihr getan?» Sie ging geradewegs auf ihn zu.

Das war ungerecht. Woher wollte sie wissen, daß er Catherine etwas getan hatte. Mit dem Bewußtsein, absolut im Recht zu sein, gab er zurück: «Ich habe ihr überhaupt nichts getan. Sie hat in ihrem Malbuch alles verschmiert, und ich wollte ihr helfen, so wie du es mir gesagt hast, und auf einmal fing sie an zu schreien.»

«Was hat er getan, Catherine?»

«Er wollte mich nicht in Ruhe lassen.»

«Aber ich habe dich doch gar nicht angefaßt! Du lügst, wenn du das sagst!»

Plötzlich fühlte er sich an den Schultern gepackt und geschüttelt, und er wandte den Kopf von seiner Schwester ab und sah in die strengen, kalten Augen seiner Tante Hannah.

«Jetzt hör mir mal gut zu», sagte sie. «Hörst du mich?» wiederholte sie zischend. «Hörst du mich auch?» sagte sie noch einmal und noch eindringlicher.

«Ja», druckste er heraus. Es klang etwas undeutlich.

«Ich will dich nicht ausgerechnet heute schlagen, aber wenn ich noch einmal höre, daß du deine Schwester so anfährst, dann bekommst du von mir eine Ohrfeige, an die du dich dein Leben lang erinnern wirst. Verstehst du?»

«Ja.»

«Und wenn du sie noch ein einziges Mal ärgerst oder zum Weinen bringst, dann – dann werde ich es deinem Onkel Andrew sagen, und dann kannst du was erleben. Willst du, daß ich ihn rufe? Er ist jetzt gerade oben. Soll ich ihn rufen?» Er schüttelte angsterfüllt den Kopf. «Also gut, das ist meine letzte Warnung. Hast du verstanden?»

«Ja.»

«Und wenn du nicht ruhig und wie ein artiger Junge mit Catherine spielen kannst, dann bleib eben für dich. Sieh dir Bilder an. Lies ein Buch. Aber sei ruhig. Und artig. Hast du verstanden?»

«Ja.»

«Schön.» Ihre Gelenke knackten, als sie sich erhob. «Komm mit mir, Catherine», sagte sie. «Deine Buntstifte nehmen wir mit.» Und sie half Catherine, die Buntstifte vom Fenstersims und vom Teppich aufzusammeln. Catherines Gesicht war noch immer gerötet, aber sie weinte nicht mehr. Als sie an Rufus vorbeiging, warf sie ihm einen befriedigten Blick zu, den er mit einem Blick voll hilflosen Ingrimms beantwortete.

Er lauschte nach oben. Wenn sein Onkel Andrew diesen Krach gehört hatte, dann konnte es allerdings bedenklich werden. Aber anscheinend hatte er nichts gehört. Rufus fühlte sich schwach in den Knien und im Magen. Er ging zu dem Stuhl neben dem Kamin und setzte sich.

Sicher war es häßlich, Catherine zu ärgern, aber er hatte ihr doch bestimmt nichts tun wollen. Und warum mußte sie auch gleich derart losbrüllen und Tante Hannah herbeilocken? Er dachte daran, wie ihr die Röte ins Gesicht gestiegen war, und jetzt wußte er, daß er wirklich häßlich zu ihr gewesen war, und es tat ihm leid. Aber mußte sie deshalb brüllen wie eine richtige Heulsuse? Er wollte sich heute sehr zusammennehmen, aber früher oder später würde er es ihr heimzahlen. Verwünschte Heulsuse. Petze.

Aber bei den anderen Kindern hatte seine Geschichte sichtlich Aufsehen erregt. Wenn jemand etwas darüber weiß, dann ist er es. Sein Papi ist umgekommen. Ja, erzähl du es. Nun los, erzähl es uns. Einmal bei einer Million Fällen. Bei einer Million Trillion. Nicht einmal gewußt, was passiert war. Halt deinen gottverdammten Mund. Hast du denn überhaupt kein Benehmen.

Augenblicklich getötet.

Erschütterung, das war es. Gehirnerschütterung.

Ein ordentlicher Hieb gegen die Birne, und bums weg.

Halt deinen gottverdammten Mund.

Aber da war irgendwas, das ihm Unbehagen verursachte.

Alte Blechkarre.

Das hat man davon, wenn man betrunken ist und Auto fahren will. Das hat mein Papi gesagt.

Der gute alte Whisky.

Etwas, das er getan hatte.

Die alte Blechkarre ist umgekippt und auf ihn gefallen, bums.

Nein, nicht getan.

Und gesagt hatte er es auch nicht. Wenigstens nicht deutlich.

Quatsch, wie kann denn davon einer umkommen?

Also doch getan. Einmal bei einer Million. Bei einer Million Trillion.

Augenblicklich getötet.

Noch schlimmer. Getan.

Was.

Was würde dein Papi dazu sagen?

Er würde wollen, daß ich gut mit den anderen Jungen auskomme und daß sie mich nicht necken. Daß sie zu mir aufsehen.

Was würde dein Papi dazu sagen?

Wozu?

Daß du so auf der Straße herumläufst, wenn er tot ist.

So? Auf der Straße?

Daß du dich vor den Leuten großtust, weil er tot ist.

Er will, daß ich gut mit ihnen auskomme und daß sie mich achten.

Darum erzähle ich ihnen, daß er tot ist, und dann sehen sie zu mir auf und necken mich nicht.

Ja, dich großtun, weil er tot ist. Das ist alles, was du kannst, dich großtun. Bei jeder anderen Gelegenheit würden sie mich aufziehen, und ich könnte mich nicht dagegen wehren.

Was würde dein Papi dazu sagen?

Aber er möchte doch, daß ich mich mit ihnen vertrage. Deshalb bin ich – auf die Straße gegangen und – habe mich großgetan.

Er fühlte sich so unbehaglich, tief in seinem Magen, daß er gar nicht weiter daran denken konnte. Er wünschte, er hätte es nicht getan. Er wünschte, er könnte alles rückgängig machen. Er wünschte, sein Vater könnte es erfahren und ihm dann sagen, jawohl, das war unrecht, aber so schlimm war es auch nicht, denn du hast es ja nicht böse gemeint. Er war froh, daß sein Vater es nicht wußte, denn wenn er es wüßte, würde er schlechter von ihm denken als je zuvor. Aber wenn die Seele seines Vaters immer um ihn war und ihn beobachtete, dann wußte er es ja. Und das war schlimmer als alles andere, denn vor einer Seele konnte man sich nicht verstecken und man konnte nicht einmal mit ihr sprechen. Er wußte es jetzt, aber die Seele konnte nichts zu ihm sagen, und er konnte auch nichts zu der Seele sagen. Sie konnte ihn auch nicht schlagen, aber sie konnte dasitzen und ihn ansehen und sich seiner schämen.

«Ich habe es nicht so gemeint», sagte er laut. «Ich wollte nichts Böses tun.»

Ich wollte dir auch meine Kappe zeigen, setzte er in Gedanken hinzu.

Er blickte auf den Lehnstuhl seines Vaters.

Nicht eine einzige Wunde an seinem Körper.

Er blickte noch immer auf den Sessel. Mit dem Gefühl, etwas unerhört Heimliches zu tun, ging er schließlich hin und stellte sich daneben. Einige Sekunden lang lauschte er angestrengt, um sich zu vergewissern, ob auch bestimmt niemand in der Nähe war, und dann roch er an dem Sessel, an seinem tief ausgebeulten Sitz, an den Armlehnen und der Rückenlehne. Aber er roch nur nach kaltem Tabak und oben an der Rückenlehne duftete er leicht nach Haaren. Sein Blick fiel auf den Aschenbecher, der, von einem Gurt gehalten, auf der Armlehne stand. Er war leer. Er fuhr mit dem Finger hinein; es war nur eine dünne Aschenkruste darin. Nichts war da, das man in die Tasche stecken oder in Papier wickeln konnte. Einen Augenblick betrachtete er seinen Finger und leckte daran; er fühlte auf seiner Zunge den Geschmack der Dunkelheit.

17. Kapitel

An diesem Morgen durften sie in Nachthemd und Morgenrock zum Frühstück kommen. Ihre Mutter war noch nicht zu sehen, und Tante Hannah sprach noch weniger als bei den vorhergehenden Mahlzeiten. Auch sie selber waren sehr schweigsam. Sie fühlten, daß der heutige Tag noch bedeutsamer war als der vorgestrige. Die Geräusche, die sie beim Essen machten und die von der Straße hereindrangen, waren ganz deutlich und schienen doch aus weiter Ferne zu kommen. Sie hielten den Blick starr auf ihre Teller gerichtet und bemühten sich, möglichst manierlich zu essen.

Gleich nach dem Frühstück sagte Tante Hannah: «Nun kommt einmal mit, Kinder», und sie folgten ihr ins Badezimmer. Hier wusch sie ihnen Gesicht, Arme und Hände, und sie wusch ihnen auch Hals, Ohren und Nase sorgfältig und vorsichtig mit Seife und warmem Wasser. Sie paßte genau auf, damit sie keine Seife in die Augen bekamen und sie ihnen mit dem rauhen Waschlappen nicht weh tat. Dann nahm sie sie mit ins Schlafzimmer, zog die Kommodenschubladen auf und nahm neue Wäsche heraus. Sie sagte zu Rufus, er solle seine Sachen anziehen und ihr Bescheid sagen, wenn sie ihm helfen solle, und dann begann sie Catherine anzuziehen. Rufus dämmerte allmählich der Zusammenhang zwischen all diesem und dem Bad und dem vorhergehenden Abend. Als er seine Unterwäsche angezogen hatte, gab sie ihm ein Paar neue schwarze Strümpfe und seinen Sonntagsanzug. Während sie noch damit beschäftigt war, Catherine die Strümpfe anzuziehen – sie waren auch neu, aber nicht schwarz, sondern weiß –, klingelte das Telefon. «Jetzt bleibt schön artig hier sitzen», sagte sie, «ich bin gleich wieder da.» Damit eilte sie aus dem Zimmer. Sie hörten noch, wie sie durch den Flur rief: «Ich gehe schon hin, Mary», und dann hasteten ihre Füße die Treppenstufen hinunter. Sie saßen ganz still, schauten auf die offene Tür und versuchten zuzuhören. Sie konnten alles sehr deutlich verstehen, denn Hannah sprach am Telefon so, wie sie mit ihrem schwerhörigen Bruder oder ihrer Schwägerin sprach: «Hallo... Hallo... Ja... Vater?» Als sie das Wort ‹Vater› vernahmen, sahen sie einander neugierig und mit einem unbehaglichen Vorgefühl an. Hannah sprach weiter: «Ja... ja... ja... ja... ja... ja, Vater... ja... ja, so gut, wie man eben erwarten kann... ja... ja... vielen Dank. Ich werde es ihr ausrichten... ja... ja... ganz richtig... ja... Highland Avenue... ja... ja... jede... ja... mit jeder Straßenbahn bis zur Ecke von Church und Gay, dann umsteigen und bis Highland Avenue fahren... ja... ganz richtig... ja... vielen Dank... wir warten... ja... nein... ja. Vater... auf Wiede... ja, Vater... vielen Dank... auf Wie... ja... danke... auf Wiedersehen... auf Wiedersehen.»

Sie hörten, wie sie einen langen, erschöpften und ärgerlichen Seufzer ausstieß, und sie hörten sogar ihre Gelenke knacken, als sie rasch die Treppe hinaufeilte. Sie saßen noch genauso da wie vorhin, als Tante Hannah das Zimmer verlassen hatte. Vielleicht wird sie jetzt sagen, daß wir artige Kinder sind, dachte Rufus, aber sie machte sich ohne ein Wort wieder an Catherines Strümpfen zu schaffen. Sie gab Rufus ein neues weißes Hemd, aus dem er langsam und fasziniert die Stecknadeln zog; er schob sie zwischen den Zähnen hin und her, während er zusah, wie Tante Hannah Catherine in ihr neues Kleid half. Das Kleid war weiß mit dunkelblauen Blumen. Catherine hielt den Saum hoch und schaute auf ihren Rock und ihre weißbestrumpften Beine, die sie durch den Rock sehen konnte. «Und jetzt deinen Schlips», sagte Tante Hannah. Sie nahm den dunkelblauen Binder und vollführte ein paar sachkundige Bewegungen unter seinem Kinn, während er abwechselnd versuchte, ihre Hände zu beobachten und in ihre aufmerksamen Augen hinter den dicken Brillengläsern zu blicken. Ihre Augen sahen ernst, traurig und erschöpft aus.

Dann säuberte sie ihnen die Nägel, kämmte und bürstete ihnen die Haare, steckte ein sauberes Taschentuch in Rufus' Brusttasche und rieb ihre Schuhe blank. «Und jetzt müßt ihr einen Augenblick warten», sagte sie und verließ das Zimmer. Sie hörten, wie sie leise an die Tür ihrer Mutter klopfte.

«Mary», rief sie.

Sie hörten ein dumpfes «Ja».

«Die Kinder sind fertig. Soll ich sie dir bringen?»

«Ja, bitte, Hannah. Vielen Dank.»

«So, und nun kommt herein zu eurer Mutter», sagte sie von der Tür aus.

Sie folgten ihr ins Zimmer.

«Oh, wie hübsch sie aussehen!» rief ihre Mutter in einem so sonderbaren Ton, daß es den Kindern fast so vorkam, als täte es ihr leid. Aber an ihrem Gesichtsausdruck konnten sie ablesen, daß es ihr nicht leid tat. «Hannah, ich danke dir tausendmal. Ich wüßte wirklich nicht, was ich...»

Doch Hannah hatte bereits das Zimmer verlassen und die Tür geschlossen.

Sie standen da und blickten neugierig auf die Mutter. Ihre Augen schienen größer und leuchtender als gewöhnlich, und ihre Haare waren so sorgfältig frisiert, als wolle sie zu einer Gesellschaft gehen. Sie hatte ihren Morgenrock an, und als er sich vorn etwas auftat, sahen sie, daß sie darunter irgend etwas Schwarzes trug. Ihr Gesicht sah aus wie ein faltiges graues Tuch.

Sie bemerkte, wie die Kinder sie ansahen, regungslos. Und nun veränderte sich ihr Gesicht, als sei ein blasses Licht dahinter angegangen.

«Kommt her, meine Süßen», sagte sie und streckte ihnen lächelnd die Hände entgegen.

Rufus trat schüchtern näher, aber Catherine stürzte auf die Mutter zu. Sie umschlang die Kinder mit beiden Armen.

«Ja, meine Kleinen», sagte sie, «ja, ja, ihr Schätzchen. Mama ist hier. Mama ist hier. Mama hat sich in den letzten Tagen sehr nach euch gesehnt. Sehr, aber – sie konnte einfach nicht, Rufus und Catherine. Sie konnte einfach nicht.» Und bei diesen Worten drückte sie sie fest an sich, und sie spürten, wie sehr sie geliebt wurden. «Meine kleine Catherine», und dabei preßte sie Catherines Kopf gegen ihre Brust, «Gott segne dich! Und dich, Rufus –» sie schob ihn von sich ab und sah ihm in die Augen – «ihr wißt alle beide, wie sehr Mama euch liebt, von ganzem Herzen, mit ihrer ganzen Seele – nicht wahr, das wißt ihr? Ja?» Rufus, der verwirrt, aber bewegt war, nickte höflich, und sie drückte ihn wieder an sich. «Natürlich wißt ihr es», sagte sie, aber es klang, als spräche sie eigentlich gar nicht zu ihnen. «Natürlich wißt ihr es.

Ja, und nun ...» fuhr sie fort. Sie stand auf und zog sie an den Händen zum Bett hin. Sie setzten sich, und sie nahm auf einem Stuhl Platz und sah sie ein Weilchen an, ohne etwas zu sagen.

«Ja», begann sie noch einmal, «jetzt möchte ich noch einmal mit euch über Papi sprechen, denn heute morgen, bald schon, werden wir alle zu Opa und Oma gehen und ihn noch einmal sehen und ihm auf Wiedersehen sagen.» Catherines Gesicht leuchtete auf. Ihre Mutter legte beschwichtigend eine Hand auf ihr Knie und fuhr fort: «Nein, Catherine, es wird nicht so sein, wie du denkst, und eben darum muß ich mit euch sprechen. Hör mir jetzt genau zu, und du auch, Rufus.»

Sie wartete, bis sie sicher war, daß sie ihr wirklich aufmerksam zuhörten.

«Ihr beide wißt, was mit Papi geschehen ist, nicht wahr? Ihr wißt, daß etwas mit seinem Wagen geschehen ist und Gott ihn schnell und ohne Schmerzen zu sich in den Himmel geholt hat. Das habt ihr doch verstanden, nicht wahr?»

Sie nickten.

«Und ihr habt auch verstanden, daß man nie wiederkommen kann, wenn Gott einen zu sich in den Himmel geholt hat?»

«Nie wiederkommen?» fragte Catherine.

Sie strich Catherine das Haar aus dem Gesicht. «Nein, Catherine, nie, oder jedenfalls nicht so, daß wir ihn sehen und mit ihm sprechen können. Papis Seele wird immerzu an uns denken, genau wie wir immer an ihn denken werden, aber wir werden ihn nur heute noch einmal und dann nie wieder sehen.» Catherine sah sie sehr aufmerksam an, und ihr Gesicht begann sich zu röten. «Du mußt lernen, das zu glauben und es dir einzuprägen, Catherine, mein Liebling. Es ist so.»

Sie schluckte, und es sah aus, als wolle sie gleich in Tränen ausbrechen. Catherine schien die Erklärung der Mutter zu akzeptieren.

«Wir werden uns immer an ihn erinnern», sagte die Mutter nun zu beiden Kindern. «Immer. Und er wird an uns denken. Jeden Tag. Er wartet im Himmel auf uns. Und eines Tages, wenn wir gut waren hier auf der Erde und die Zeit für uns gekommen ist, dann wird Gott auch uns in den Himmel holen, und dort werden wir Papi wiedersehen und mit ihm zusammen sein für immer und allezeit.»

Amen, hätte Rufus fast gesagt, aber dann erinnerte er sich noch rechtzeitig, daß dies kein Gebet war.

«Aber wenn wir Papi heute sehen, Kinder, dann wird seine Seele nicht da sein. Wir werden nur Papis Körper sehen, und der wird fast so sein, wie wir ihn kennen. Doch weil seine Seele von ihm genommen ist, wird er nur sehr still daliegen. Es wird genauso aussehen, als schliefe er, und deshalb müßt ihr beide euch auch ruhig verhalten, so als wenn er wirklich schliefe und ihr ihn nicht aufwecken wolltet. Ganz leise müßt ihr sein.»

«Aber ich wecke ihn doch», sagte Catherine.

«Nein, Catherine, mein Liebling, das kannst du nicht, und du darfst es auch gar nicht erst versuchen. Denn Papi ist jetzt tot, und wenn ein Mensch tot ist, dann schläft er ein und wacht nie wieder auf – bis Gott ihn weckt.»

«Und wann wird er das tun?»

«Das wissen wir nicht, Rufus, aber wahrscheinlich wird es noch sehr, sehr lange dauern. Noch eine lange Zeit, nachdem wir alle tot sind.»

Rufus überlegte, wozu das dann wohl noch gut sei, aber er fühlte, daß er diese Frage nicht stellen durfte.

«Und deshalb sollt ihr euch nicht wundern, Kinder. Vielleicht wird Papi euch sehr seltsam vorkommen, weil er so still daliegt, aber – er kann eben nicht anders aussehen.» Plötzlich preßte sie ihre Lippen fest zusammen und zitterte heftig. Sie drückte ihre Wange gegen die Schulter, faßte mit ihren zitternden Händen die Hände der Kinder, und Tränen rollten aus ihren fest geschlossenen Augen. Rufus betrachtete sie mit ehrfürchtiger Scheu, Catherine mit hilfloser Angst. «Nur eine Minute», stieß sie plötzlich mit noch immer geschlossenen Augen und in einem so seltsam zischenden Ton hervor, daß Catherine zusammenschrak und beinahe selber in Tränen ausgebrochen wäre. Aber bevor es soweit kam, entspannten sich die Hände der Mutter. Sie drückte die beiden noch einmal zärtlich an sich, hob den Kopf, öffnete ihre hellen Augen und sagte: «Jetzt muß Mutter sich anziehen, und deshalb nimmst du Catherine mit nach unten, Rufus, und ihr beide seid ganz still und artig, bis ich hinunterkomme. Und laßt auch Tante Hannah in Ruhe, denn sie war so gut zu uns allen, und nun ist sie sicher völlig erschöpft. Also, seid brav, ja?» schloß sie mit einem Lächeln und sah sie beide nacheinander an. «Ich bin bald unten.»

«Komm mit, Catherine», sagte Rufus.

«Das tue ich ja», entgegnete Catherine und sah ihn an, als habe er ihr unrecht getan.

«Mama...» Rufus blieb an der Tür stehen. Catherine zögerte erstaunt.

«Ja, Rufus?»

«Sind wir jetzt Waisen?»

«Waisen?»

«Wie die belgischen Kinder», erläuterte er. «Oder die französischen. Wenn man keinen Papi oder keine Mama mehr hat, weil sie im Krieg umgekommen sind, dann ist man eine Waise, und andere Kinder schicken einem Pakete und schreiben einem Briefe.»

Das Wort mußte ihr wohl unbekannt gewesen sein, denn sie schien angestrengt nachdenken zu müssen, bevor sie antwortete. Dann sagte sie: «Natürlich seid ihr keine Waisen, Rufus, und du darfst auf keinen Fall herumgehen und so etwas behaupten. Hast du das gehört? Denn es stimmt nicht. Waisen haben weder einen Vater noch eine Mutter, und sie haben keinen Menschen, der für sie sorgt und sie liebhat. Verstehst du? Deshalb schicken andere Kinder ihnen Pakete. Aber ihr beide habt doch eure Mutter, und darum seid ihr keine Waisen. Verstehst du das, ja?» Er nickte, und Catherine nickte auch, weil er es tat. «Und, Rufus...» Sie sah ihn forschend an, und er hatte plötzlich, ohne zu wissen warum, das Gefühl, als habe sie ihn bei einer beschämenden Heimlichkeit ertappt. «Es darf dir nicht leid tun, daß du keine Waise bist. Du mußt dankbar dafür sein. Waisen kommen dir vielleicht beneidenswert vor, weil sie weit weg sind und jetzt alle Leute von ihnen sprechen. Es sind aber sehr, sehr unglückliche Kinder. Denn sie haben keinen Menschen, der sie liebhat. Verstehst du das?»

Er nickte beschämt und heimlich enttäuscht.

«So, und nun lauft», sagte sie.

Die beiden verließen das Zimmer. Tante Hannah begegnete ihnen auf der Treppe. «Geht jetzt für ein Weilchen ins Wohnzimmer und seid recht artig», sagte sie. «Ich komme gleich hinunter.» Als sie am Fuß der Treppe angelangt waren, hörten sie, wie oben die Schlafzimmertür geöffnet und geschlossen wurde. Sie setzten sich hin und schauten nachdenklich auf den Lehnstuhl ihres Vaters.

Catherine fühlte sich recht obenauf und so sicher wie schon seit langem nicht mehr. Sie hatte mit angehört, wie Rufus ganz allein ausgescholten wurde, und diese Tatsache war eine reichliche Entschädigung für den Ärger, den sie verspürt hatte, als er ihr befohlen hatte mitzukommen, während sie doch ohnehin mitkam und er auch nicht das Recht hatte, ihr etwas zu befehlen, was sie nicht wollte. Aber sie konnte sich nicht vorstellen, wie jemand so aussehen konnte, als schliefe er, und doch nicht aufwachte. Und etwas anderes, das ihre Mutter gesagt hatte – sie versuchte krampfhaft, sich daran zu erinnern –, beunruhigte sie noch tiefer. Und was war eine Maise?

Rufus spürte, daß seine Mutter ernsthaft ärgerlich auf ihn war. Er hätte sie in diesem Augenblick nicht danach fragen sollen. Vielleicht wäre es besser gewesen, überhaupt nicht zu fragen. Aber er hatte es doch wissen wollen. Er war sich einfach nicht klar gewesen, ob er nun eine Waise war oder nicht, und ob er auch eine richtige Waise war. Wenn er es in der Schule behauptete, und es stellte sich dann heraus, daß er es gar nicht war, würden ihn alle auslachen. Aber wenn er wirklich eine Waise war, dann wollte er es auch wissen, damit er es den anderen erzählen und auch die Vorteile genießen konnte. Was für einen Wert hatte es, eine Waise zu sein, wenn niemand es wußte. Also gut, er war keine Waise. Aber trotzdem war sein Vater tot. Aber seine Mutter war nicht tot. Nur sein Vater. Einer war eben doch tot. Eins und eins macht zwei. Die Hälfte von zwei ist eins. Er war eine halbe Waise, egal, was seine Mutter sagte. Und er hatte eine Schwester, die auch eine halbe Waise war. Zwei Halbe machen ein Ganzes. Zusammen waren sie eine ganze Waise. Er fühlte, daß es keinen Sinn hatte, zu erwähnen, daß er eine halbe Waise war, obgleich ihm das eigentlich schon besser vorkam als gar nichts. Er würde auch nicht ohne weiteres mit der Tatsache herausrücken, daß er und seine Schwester zusammen eine ganze Waise ausmachten. Aber falls jemand ihn oder seine Schwester aufziehen und erklären sollte, sie seien überhaupt keine Waisen, dann würde er es bestimmt sagen. Catherine sollte es eigentlich auch wissen, damit sie sich gegenseitig unterstützen konnten, falls jemand sie damit aufzog.

«Wir beide zusammen sind eine ganze Waise», sagte er.

«Was?»

«Du sollst nicht ‹Was› sagen! Sag: ‹Wie bitte, Rufus?›»

«Das will ich nicht.»

«Du mußt aber. Mama verlangt das auch.»

«Das tut sie nicht.»

«Das tut sie doch. Wenn ich ‹Was?› sage, dann sagt sie: ‹Du sollst nicht ‚Was' sagen, sag: ‚Wie bitte, Mama?' Und wenn du ‹Was› sagst, verlangt sie von dir genau dasselbe. Und deshalb darfst du nicht ‹Was?› sagen. Sag: ‹Wie bitte, Rufus?›»

«Aber zu dir will ich es nicht sagen.»

«Du mußt aber.»

«Nein, ich will nicht.»

«Doch, du mußt, denn Mama hat uns gesagt, wir sollen artig sein. Wenn du es nicht bist, erzähle ich es ihr.»

«Erzähl es nur, dann erzähle ich ihr auch von dir.»

«Was willst du ihr denn von mir erzählen?»

«Daß du an der Tür gehorcht hast.»

«Nein, das wirst du nicht tun.»

«Doch, ich tue es.»

«Du wirst es nicht tun!»

«Doch.»

Er überlegte.

«Also gut, dann sag es nicht. Und ich will Mama auch nichts davon erzählen, wenn du ihr nichts von mir erzählst.»

«Ich erzähle es ihr aber, wenn du ihr von mir erzählst.»

«Ich habe doch eben gesagt, ich will nichts erzählen, oder? Ich erzähle nichts, wenn du auch nichts von mir erzählst.»

«Und ich erzähle nichts, wenn du nichts erzählst.»

«Gut.»

Sie sahen sich mißtrauisch an.

Mit einemmal hörten sie laute Schritte auf der Veranda, und dann schellte die Türglocke. Von oben kam ein erschrockener Ausruf ihrer Mutter: «Du lieber Gott!» Sie rannten zur Tür. Er schob Catherine vom Türknopf weg und öffnete.

Ein Mann stand vor ihnen, fast so groß wie ihr Vater. Er

hatte einen glänzenden schwarzen Kragen wie Dr. Whittaker, aber darunter trug er eine purpurrote Weste. Auf dem Kopf hatte er einen flachen, länglichen Hut, und sein langes, spitzes, bläuliches Kinn sah fast aus wie eine Pflugschar. Er hielt einen kleinen, blanken schwarzen Koffer in der Hand. Als die Tür aufging, schien er zunächst ebenso verwirrt und unangenehm überrascht wie die Kinder. «Oh, guten Morgen», sagte er mit einer Stimme, in der es wie ein Echo widerhallte. Dann zog er die Stirn in Falten und sah noch einmal nach der Hausnummer neben der Tür. «Natürlich», bemerkte er dann mit einem Lächeln, das sie nicht verstanden. «Ihr seid Rufus und Catherine. Kann ich hereinkommen?» Und ohne abzuwarten, daß sie zustimmten oder zurücktraten (sie versperrten die Tür), machte er einen Schritt vorwärts, schob sie mit festen Händen beiseite und fragte: «Ist denn nicht Miss L...»

Nun hörten sie hinter sich von der Treppe her Tante Hannahs Stimme und wandten sich um. «Vater?» fragte sie und schaute blinzelnd auf die helle Türöffnung. «Kommen Sie doch herein.» Während er rasch seinen sonderbaren Hut abnahm, kam sie auf ihn zu und reichte ihm die Hand. «Das ist Vater Jackson, Kinder», sagte sie. «Er ist eigens aus Chattanooga hergekommen. Vater, das hier ist Rufus und das ist Catherine.»

«Ja, wir haben uns schon bekanntgemacht», sagte Vater Jackson in einem Ton, als fände er das lustig. Das ist gelogen, überlegte Rufus. Vater Jackson ließ seine Hand für einen Augenblick auf Catherines Kopf ruhen und nahm sie dann weg, als habe er Catherine vergessen. «Und wo ist Mrs. Follet?» fragte er fast flüsternd. «Mrs. Follet.»

«Wenn Sie sich einen Augenblick gedulden wollen, Vater. Sie ist noch nicht ganz fertig.»

«Natürlich.» Er beugte sich zu Tante Hannah und fragte mit einer seltsam mahlenden, fast unhörbaren Stimme: «Ist sie – tschaff-schaff-schaff?»

«O ja», erwiderte Tante Hannah.

«Aber hat sie Weff-weff-wehf-wef-siert?»

«Ich fürchte, nein, Vater», sagte Tante Hannah ernst. «Und ich habe mich auch nicht imstande gefühlt, es ihr zu sagen. Ich möchte Sie nicht gern belasten, aber ich meinte doch, das sollte ich lieber Ihnen überlassen.»

«Und damit hatten Sie recht, Miss Lynch. Vollkommen recht.» Er stand da, den Hut in der Hand, und sah sich um, indem er langsam den Kopf drehte. «Hör mal, kleiner Mann», sagte er, «würdest du mich wohl bitte von diesem Hut befreien?»

«Rufus», fiel Tante Hannah ein, «leg Vater Jacksons Hut auf den Garderobenständer.»

Erstaunt befolgte er diese Anweisung. Der Garderobenständer stand deutlich sichtbar da.

«So, Vater, wenn Sie bitte noch einen Augenblick warten würden», sagte Hannah und führte ihn ins Wohnzimmer. «Rufus, Catherine! Kommt herein und leistet Vater Jackson ein bißchen Gesellschaft. Entschuldigen Sie mich bitte», fügte sie hinzu und hastete wieder die Treppe hinauf.

Vater Jackson schritt gewichtig durch den Raum, setzte sich in den Sessel des Vaters, schlug die Beine übereinander und blickte stirnrunzelnd auf die sorgsam polierte Spitze seines rechten Schuhs. Die Kinder beobachteten ihn, und Rufus überlegte, ob er ihm wohl sagen sollte, in wessen Sessel er saß. Jetzt hielt Vater Jackson seine große, mit dicken Adern überzogene Hand mit der Handfläche nach außen auf Armeslänge von sich und betrachtete, ebenfalls stirnrunzelnd, seine Nägel. Er hätte sich bestimmt nicht hineingesetzt, dachte Rufus, wenn er gewußt hätte, wessen Sessel es ist, und darum war es unrecht, es ihm zu verschweigen. Aber wenn er es erfuhr, würde es ihm unangenehm sein, dachte Rufus weiter. Catherine stellte voller Interesse fest, daß der Mann über seiner purpurroten Weste eine dünne goldene Kette trug, an der ein kleines goldenes Kreuz hing. Vater Jackson schlug jetzt das andere Bein über und musterte die sorgsam polierte Spitze seines linken Schuhs. Besser, ich sage es ihm nicht, dachte Rufus, es wäre nicht recht von mir. Woher hat er nur so ein blaues Gesicht, wunderte sich Catherine; ich wünschte, mein Gesicht wäre auch blau und nicht rot. Vater Jackson sah sich stirnrunzelnd im Zimmer um und lächelte ein wenig, als sein Blick auf eine Stelle über und hinter den Köpfen der Kinder fiel. Beide drehten sich um und wollten sehen, was er anlächelte, aber da war nur das Bild von Jesus, auf dem Jesus noch ein kleiner Junge war und in seinem Nachthemd dastand und mit den weisen Männern im Tempel redete. «Aha», dachte Rufus, «deshalb.»

Als sie sich zurückwandten, machte Vater Jackson wieder ein ernstes Gesicht und sah sie mit derselben Miene an, mit der er seine Fingernägel betrachtet hatte. Dann lächelte er rasch, aber nicht so freundlich, wie er zu Jesus hinübergelächelt hatte. Er veränderte seinen Gesichtsausdruck, so daß es nicht mehr aussah, als wolle er wissen, ob sie wirklich sauber seien. Doch dabei hatten sie noch immer den Eindruck, als gefiele ihm irgend etwas nicht. Sie erwiderten seinen Blick und überlegten dabei, was ihn wohl so störte. Hatte Catherine etwa wieder ihr Höschen naß gemacht? Rufus blickte auf Catherine, aber die sah ganz ruhig zu dem Mann hinüber. Was hat Rufus wohl getan, daß der Mann ein so ärgerliches Gesicht macht, überlegte Catherine. Auch sie warf einen Blick auf ihren Bruder, doch dieser schaute nur den Mann an. So sahen sie denn beide wieder zu ihm hin und wünschten, er möge es ihnen sagen, wenn ihm irgend etwas nicht paßte, und nicht nur so finster um sich schauen. Außerdem wünschten sie, er säße in einem anderen Sessel. Er sah sie an und fühlte dabei, daß diese starr auf ihn gerichteten Blicke eine Gefahr für seine schweigende Würde bedeuteten, durch die er sie hatte beeindrucken und die nötige feierliche Aufnahmebereitschaft für die Dinge hatte hervorrufen wollen, die er ihnen zu sagen beabsichtigte. Und er überlegte, ob er sie darum tadeln sollte oder nicht. Ja, das mußte er wohl. Wenn sie sogar zu einem solchen Zeitpunkt derartig schlechte Manieren hatten, dann mußte er sie darauf aufmerksam machen.

«Kinder dürfen Erwachsene nicht so anglotzen», sagte er. «Das ist unfein.»

«Was?» fragten sie beide. Was bedeuteten diese Worte: ‹anglotzen› und ‹unfein›?

«Sagt ‹Sir› oder ‹Verzeihung, Vater›.»

«Sir?» wiederholte Rufus.

«Und jetzt du», wandte Vater Jackson sich an Catherine.

«Sir?» sagte Catherine.

«Ihr dürft die Leute nicht so anstarren – sie so ansehen, wie ihr mich angesehen habt.»

«Oh», sagte Rufus.

Catherines Gesicht färbte sich rot.

«Und jetzt sagt: ‹Verzeihung, Vater.›»

«Verzeihung, Vater.»

«Du auch», forderte er Catherine auf.

Catherines Gesicht wurde noch röter.

«Verzeihung, Vater», flüsterte Rufus ihr zu.

«Nicht vorsagen, bitte», fuhr Vater Jackson mit einer Stimme dazwischen, als spräche er zu einer Schulklasse. «So, nun sag es, mein Kind. Man kann nicht früh genug lernen, sich wie kleine Ladies und Gentlemen zu benehmen. Glaubt ihr das nicht auch?»

Catherine antwortete nicht.

«Ist es nicht so?» fragte Vater Jackson jetzt Rufus.

«Ich weiß es nicht», erwiderte dieser.

«Das ist eine durchaus unzivilisierte Antwort auf eine zivilisierte Frage», erklärte Vater Jackson.

«Ja», sagte Rufus, der allmählich ein kaltes Gefühl in der Magengegend bekam. Was war das, ‹unzivilisiert›?

«Du bist also auch dieser Meinung», sagte Vater Jackson. «Sag: ‹Ja, Vater.›»

«Ja, Vater», wiederholte Rufus.

«Dann bist du dir also deiner Unhöflichkeit bewußt», folgerte Vater Jackson. «Sie war beabsichtigt und überlegt.»

«Nein», widersprach Rufus. Er konnte die Worte zwar nicht verstehen, aber ihm war klar, daß er beschuldigt wurde.

Vater Jackson lehnte sich in dem Sessel ihres Vaters zurück, schloß die Augen und faltete die Hände. Eine Sekunde später öffnete er die Augen wieder und sagte: «Mein kleiner Junge und du, kleine Schwester –» (dabei stieß sein langes blaues Kinn in Richtung auf Catherine vor – «dies ist weder der rechte Ort noch der rechte Zeitpunkt für Ermahnungen.» Seine Hände lösten sich; er beugte sich nach vorn, klopfte mit seinem Zeigefinger auf sein rechtes Knie, legte die Stirn in strenge Falten und sagte mit einer Stimme, die freundlich klingen sollte, es aber nicht war: «Aber ich möchte euch jetzt sagen...» In diesem Augenblick hörten sie Tante Hannah die Treppe herunterkommen. «Ja, Kinder», sagte er und stand auf, «das müssen wir auf ein anderes Mal verschieben.» Er reckte Tante Hannah sein Kinn entgegen und hob seine Augenbrauen.

«Würden Sie jetzt wohl hinaufkommen, Vater?» fragte sie mit gedämpfter Stimme.

Ohne noch einen Blick auf die Kinder zu werfen, folgte er ihr zur Treppe.

Die beiden schauten einander mit offenem Mund in die Augen; sie lauschten. Es kam so, wie sie es erwartet hatten: zuerst die Schritte die Treppe hinauf und den oberen Flur entlang, das Öffnen der Tür, die seltsam verschleierte Stimme ihrer Mutter, das Schließen der Tür. Stille.

Vorsichtig, um ja keinen Lärm zu machen, schlichen sie sich bis zur Mitte der Treppe. Sie konnten keine einzelnen Worte unterscheiden, nur den Ton der Stimmen: die Stimme ihrer Mutter, die noch immer so sonderbar verschleiert, so unterwürfig, so freundlich klang. Sie schien Fragen zu stellen und Antworten entgegenzunehmen. Die Stimme des Mannes war zwar gedämpft und liebenswürdig, aber sie konnten deutlich heraushören, daß der Eigentümer dieser Stimme wußte, daß er im Recht war und daß keine andere Stimme so viel Recht besaß wie die seine. Sie schien unangenehme Dinge so zu sagen, als hielte sie sie für angenehm oder auch als sei es ihr völlig gleichgültig, ob diese Dinge angenehm waren oder nicht, weil sie unter allen Umständen richtig waren. Sie schien Feststellungen zu treffen, Auskünfte zu geben, Antworten zu erteilen, gegen die es keine Einwände mehr gab, und Trost spenden zu wollen, gleichgültig ob das, was sie sagte, tröstlich war oder nicht. Hin und wieder kam die fragende Stimme der Mutter den Kindern so vor, als wolle sie wissen, ob irgend etwas gerecht sein könne, ob es wirklich wahr und dabei doch so grausam sein könne, aber immer wenn solche Töne in der Stimme ihrer Mutter aufklangen, wurde die Stimme des Mannes noch hallender und gebieterischer oder auch noch tröstender oder beides zugleich; und wenn dann die Mutter wieder etwas sagte, klang es sehr sanft und demütig. Tante Hannahs Stimme war fast ebenso hell und klar wie stets, aber es lag auch ein zärtlicher und sorgenvoller Ton darin, den sie von ihr noch nie gehört hatten. Meistens schien sie mit Vater Jackson einer Meinung zu sein: sie half ihm sichtlich, wenn auch auf eine sanftere, vorsichtigere Weise, die Mutter zu überreden. Aber gelegentlich schien diese Stimme auch etwas, das er soeben erklärt hatte, noch einmal deutlicher und freundlicher zu erklären, und zweimal fragte sie auch, fast so wie die Mutter fragte, nur daß diese Fragen drängender und beinahe etwas bitter und gereizt klangen. Und diese beiden Male veränderte sich Vater Jacksons Stimme, verlor von ihrer durchdringenden Kraft. Er sprach plötzlich sehr schnell und schien den Frauen versichern zu wollen, daß er es selbstverständlich nicht so gemeint habe, wie sie annahmen, sondern nur, daß (und damit gewann die Stimme allmählich etwas von ihrer früheren Sicherheit zurück)... Sie müßten doch verstehen (und jetzt war es beinahe wieder der alte Klang – tatsächlich, natürlich –, und nun hatte er sich gefaßt und schien noch einmal genau dasselbe zu sagen, was er zuvor gesagt hatte, aber noch unerbittlicher und so, daß kein Widerspruch mehr möglich war. Und Tante Hannah stimmte murmelnd zu, in einem sonderbar kühlen und fernen Ton, und die Stimme der Mutter war kaum noch vernehmbar.

Jedesmal wenn der gedämpfte Aufruhr der Stimmen da oben einen Höhepunkt erreichte, sahen Rufus und Catherine sich mit kalten, leuchtenden Augen an, und dieser kalte Glanz verstärkte sich, wenn die Stimme des Mannes sich hob oder die Stimme der Mutter noch sanfter und niedergeschlagener klang. Die meiste Zeit jedoch starrten sie nur auf die Klinke an der Tür und verlagerten vorsichtig ihr Gewicht auf den Stufen, wenn ihnen die Glieder steif wurden. Sie konnten sich keine Vorstellung von dem machen, was ihrer Mutter da angetan wurde, aber sie waren jeder auf seine Weise sicher, daß es etwas Schlimmes, eine Art Betrug, sein mußte, etwas, das sie sich fast widerstandslos gefallen ließ. Rufus sah sich selbst, wie er die Tür aufriß, mit einem großen Stein in der Hand das Zimmer betrat und rief: «Hören Sie sofort auf, meiner Mutter weh zu tun!» Catherine wußte nur, daß ein großer, schwarzgekleideter Fremder mit einem schreckenerregenden Kinn und einem seltsamen Hut, ein Mann, den sie haßte und fürchtete, bei ihnen eingedrungen war, ein Mann, den zuerst Tante Hannah und dann auch die Mutter willkommen geheißen hatte, der sich in den Sessel ihres Vaters gesetzt hatte, als gehöre er ihm, und häßlich und in Worten, die sie nicht verstehen konnte, zu ihr gesprochen hatte, und daß dieser Mann jetzt ihrer Mutter irgendwelche geheimnisvollen, grausamen Dinge antat und Tante Hannah dabei zusah. Wenn Papi da wäre, würde er den Mann töten. Sie wünschte, ihr Papi würde herbeistürmen und den Mann töten – sie hätte das gern gesehen. Aber Rufus begriff wohl, daß Tante Hannah und selbst seine Mutter nicht auf seiner Seite, sondern auf der von Vater Jackson standen, daß sie ihn aus dem Zimmer werfen und streng bestrafen würden und dann fortfahren würden in dieser unheimlichen Sache, die sie da drinnen betrieben. Und Catherine erinnerte sich mit einem schmerzhaften Zusammenzucken daran, daß ihr Papi ja gar nicht kommen konnte, weil er jetzt bei Oma und Opa war. Dort würden sie ihn nun bald wiedersehen, und dann würden sie ihn nie mehr sehen, sondern erst im Himmel.

Aber plötzlich drang aus dem Zimmer ein Knacken und so etwas wie ein leichtes Plumpsen, und der Ton der Stimmen veränderte sich. Vater Jacksons Stimme klang jetzt sogar noch feierlicher als zuvor, obgleich die Kinder nicht mehr den Eindruck hatten, daß er jemandem widersprach oder eine Auskunft gab oder Trost spenden wollte. Es kam ihnen fast so vor, als spräche er gar nicht mehr mit den beiden Frauen. Das theatralische Dröhnen war gemildert und der Befehlston verschwunden. Er schien mit jemandem zu sprechen, der ihm an Sicherheit und Kraft ebenso hoch überlegen war wie er selbst ihrer Mutter, und seine Stimme hatte fast etwas von der Demut, die sie vorher aus der Stimme ihrer Mutter herausgehört hatte. Aber es war trotzdem noch eine sehr zuversichtliche Stimme. Vater Jackson schien sicher zu sein, daß die Person, an die er sich wandte, seine Fragen und Behauptungen billigen und ihn nicht so barsch abfertigen würde, wie er es mit ihrer Mutter getan hatte. Und in gewisser Hinsicht klang die Stimme jetzt sogar noch sicherer und überlegener als zuvor, so als spräche Vater Jackson nicht nur für sich selber, sondern ebenso auch für die Person, mit der er redete, und als sei er einerseits mit der ganzen Macht dieser Person ausgestattet und beuge sich andererseits in männlicher Demut vor ihr. Man spürte auch, daß diese Stimme ihren eigenen Klang liebte, abgesehen von ihrer Freude an dem Ton und der Bedeutung der Worte, die sie sprach – genauso wie ein guter Sänger gleichzeitig seine eigene Stimme und die Melodie, die er singt, genießen kann. Und obgleich die Kinder kein einziges Wort verstehen konnten, spürten sie doch die Zuversicht in dieser Stimme. Da, wo sie standen, war kein Wort deutlich zu vernehmen, aber der Rhythmus der Stimme und das Auf- und Abschwellen der Töne erschien ihnen noch schöner und getragener als alle Lieder, die sie je gehört hatten. Es fiel Rufus plötzlich auf, daß diese Stimme jetzt einen ähnlichen Rhythmus hatte wie die von Dr. Whittaker, wenn er die Gebete sprach, und damit wurde ihm klar, daß Vater Jackson auch betete. Aber während Dr. Whittaker seinen Worten und

Sätzen einen besonderen Nachdruck und eine persönliche Färbung verlieh, so als ginge es hier um Dinge, von deren Bedeutung man die Menschen überzeugen müsse, sprach Vater Jackson fast völlig ohne Nachdruck und ohne die geringste Färbung, als bekämen seine Worte das persönliche Gefühl, die Färbung, aus weiter Ferne, wie ein Echo, zugeworfen. Er sprach so, als sei alles, was er sagte, in jeder Einzelheit des Gedankens und in jeder Silbe endgültig vollendet und vollkommen und schon lange Zeit vor seiner Geburt jeder Erörterung entrückt. Wahrheit und Ewigkeit schimmerten wie kristallklares Wasser in den Rhythmen seiner Sprache und den Schwingungen seiner Stimme; und seine Stimme nahm diese Sprache auf und trug sie weiter wie ein Flußbett. Die Kinder sahen einander an, und Rufus bemerkte, daß Catherine nicht verstand, was hier vorging.

«Er spricht seine Gebete», flüsterte er.

Sie konnte ihn noch immer nicht verstehen, und sie traute ihm auch nicht, aber sie mußte sich voller Staunen eingestehen, daß der Mann jetzt nett war, obgleich sie eigentlich gar nicht wollte, daß er irgendwo zu irgend jemandem irgendwie war. Aber es war ihnen beiden klar, daß die Dinge jetzt besser standen als zuvor. Sie konnten es an seiner Stimme hören, die sie plötzlich seltsam bezauberte und verwirrte, und sie hörten es auch an den Stimmen der beiden Frauen, die hin und wieder, wenn Vater Jackson eine Atempause zu machen schien, mit einem oder zwei kurzen Worten einfielen und ein paarmal auch mit ganzen Sätzen. Die beiden Frauenstimmen klangen jetzt weicher, lebhafter und zugleich weniger menschlich als alle Stimmen, die sie je gehört hatten, und eben diese Entrücktheit aus allem Menschlichen verwirrte sie. Sie begriffen, daß es etwas gab, dem ihre Mutter und ihre Großtante zutiefst ergeben waren, ein Etwas, das ihren Stimmen diese besondere Lebhaftigkeit und diesen Zauber verlieh, ein Etwas, das jenseits und außerhalb der Liebe stand, die die Frauen für sie beide empfanden. Und sie fühlten, daß dieses Etwas ihrer Mutter und ihrer Großtante mehr bedeutete als sie oder irgendein anderer Mensch auf der Welt. Sie begriffen sehr deutlich, daß nicht etwa der Mann, dem sie mißtrauten, der Gegenstand dieser Verehrung war, obgleich er unmittelbar damit verknüpft war. Und sie fühlten auch, daß nun alles für ihre Mutter viel besser war als noch vor ein paar Minuten, aber in gewisser Weise gleichzeitig auch viel schlimmer. Denn vorhin hatte sie doch wenigstens noch Fragen gestellt, wenn auch schüchtern und vorsichtig. Jetzt hingegen war sie völlig besiegt und ohne eigenen Willen; der Übergang zum Gebet war das äußere Zeichen ihrer Unterwerfung gewesen. Die Kinder starrten so lange und so gebannt auf den Türknopf und bewegten dabei so unglückliche und unsichere Gefühle in ihrem Herzen, daß der glänzende runde weiße Knopf für sie geradezu zum Inbegriff des Universums wurde und sie daneben nur noch einen feinen, klopfenden Nebel verspürten, der sie mit wunderbar sanftem Laut durchdrang. Als darum plötzlich die Türglocke ertönte, schraken sie so zusammen, daß ihr Herzschlag zu stocken schien.

Dann aber machten sie sich mit fast ebenso großem Schrecken klar, daß man sie hier auf der Treppe erwischen würde. In fliegender Eile liefen sie hinunter und bemühten sich dabei noch verzweifelt, möglichst kein Geräusch zu machen. Über ihnen ging die Tür auf. Sie kann uns nicht sehen, dachten sie erleichtert (denn es war Tante Hannah, die herauskam), aber im selben Augenblick fiel ihnen auch ein: aber sie kann besser hören als alle anderen. Eine Stufe knackte laut; Entsetzen erfaßte sie, aber sie liefen trotzdem weiter. «Ja», rief Tante Hannah mit heller Stimme; sie war bereits auf der Treppe. Die Türklingel gellte noch einmal. Auf der untersten Stufe waren sie entsetzlich laut; es kam ihnen nur noch darauf an, rechtzeitig zu verschwinden. Sie schlichen sich durch die Wohnzimmertür und sahen ihre Tante vorbeigehen. Sie waren in einer so wilden Aufregung, als könnten sie noch immer hoffen, sie seien nicht entdeckt worden, doch gleichzeitig waren sie wie gelähmt vor Angst, weil ihnen eine schreckliche Strafe unausweichlich schien.

Hannah warf ihnen nicht einmal einen Blick zu, sondern ging geradewegs zur Tür.

Es war Mr. Starr. Gewöhnlich trug er Anzüge, die so braun und haarig waren wie sein Schnurrbart, aber an diesem Morgen trug er einen dunkelblauen Anzug mit einem schwarzen Schlips. In seiner Hand hielt er einen steifen schwarzen Hut.

«Walter», sagte Tante Hannah. «Sie wissen, was Ihre Hilfe uns bedeutet.»

«Aber ich bitte Sie», wehrte er ab.

«Kommen Sie herein», sagte Hannah. «Mary wird gleich herunterkommen. Kinder, ihr kennt ja Mr. Starr...»

«Natürlich kennen wir uns», sagte Mr. Starr und lächelte die beiden durch seine Brillengläser hindurch mit seinen warmen braunen Augen an. Er legte die Hand, in der er den Hut hielt, auf Rufus' Schulter und streichelte mit der anderen Catherines Wange. «Kommt doch mit ins Zimmer und setzt euch zu mir, bis eure Mutter fertig ist.»

Er ging direkt auf den Sessel ihres Vaters zu, drehte sich dann etwas verlegen um und setzte sich auf einen Stuhl, der an der Wand stand.

«Ihr wollt also zu uns kommen und uns ein bißchen besuchen, ja?» sagte er.

«Was? Wohin?»

«Zu uns», wiederholte Walter. «Oder hat Ma... hat eure Mama euch noch nicht gesagt, daß ihr vielleicht für eine Weile zu uns kommen und uns besuchen sollt?»

Sie schüttelten verwundert den Kopf.

«Na, dazu ist ja immer noch Zeit. Habt ihr schon mal ein Grammophon gehört?»

«Was?»

«Habt ihr noch kein Grammophon gesehen? Einen Kasten, aus dem Musik kommt?»

Rufus sah Mr. Starr mißtrauisch an. Wollte der ihn vielleicht aufziehen? Aber das würde gar nicht zu ihm passen. Er beschloß, ihm zu vertrauen.

«Ja, wirklich», sprach Mr. Starr weiter, «so etwas habe ich

zu Hause: einen hübschen Kasten, der Musik macht. Würdet ihr den auch einmal hören wollen?»

«Hmmm.»

«Schön, wir werden mal sehen, wann sich das einrichten läßt. Recht bald, hoffe ich. Und nun werde ich euch noch einmal sagen, wie dieser Kasten heißt. Oder wißt ihr es noch?»

«Hmmm.»

«Ein Gram-mo-phon. Kannst du das nachsprechen, Rufus?»

«Gram-mu-phon.»

«So ist es richtig. Und kann unser kleines Schwesterchen es auch schon sagen?»

«Los, Catherine! Sag es!»

«Gran-muh-phon.»

«Gra*mm*-muh-phon!»

«Gra*mm*-muh-phon!»

«Siehst du, so ist es fein. Du bist ja ein tüchtiges kleines Mädchen, daß du schon ein so langes Wort aussprechen kannst!»

«Ich kann aber genauso lange Wörter aussprechen», erklärte Rufus. «Soll ich? Die dominanten primordrialen Tiere...»

«Na, das ist ja großartig! Aber natürlich auch nicht großartiger als das, was Schwesterchen kann. Denn du bist ja schon viel größer als sie.»

«Ja, aber ich konnte das schon mit vier Jahren sagen. Sie ist beinahe vier, und ich wette, sie kann es noch nicht sagen. Oder kannst du es, Catherine? Kannst du es?»

«Na ja, es gibt eben Leute, die schneller lernen als andere. Es ist sehr schön, wenn man schnell lernt, aber es ist auch gut, wenn man sich ein bißchen Zeit dazu nimmt.» Er hob Catherine hoch und setzte sie auf seinen Schoß. Er roch fast so gut wie ihr Vater, obgleich sein Anzug nicht so rauh war. Sie machte ein ganz glückliches Gesicht. «So, Rufus, und was bedeutet denn eigentlich ‹primordrial›?»

«Weiß ich nicht, aber es klingt hübsch und auch ein bißchen schrecklich.»

«Tut es das? Ja? Doch, es kann schon sein, daß es ein bißchen erschreckend klingt. Aber da du es nun einmal aussprechen kannst, solltest du auch gelegentlich einmal herausfinden, was es bedeutet.»

«Was bedeutet es denn?»

«Das weiß ich auch nicht genau, aber ich sage es auch nie. Ich habe keine Gelegenheit dazu.» Er streckte einen Arm nach ihm aus, und Rufus ging unwillkürlich zu ihm hin und schmiegte sich hinein. Der Arm umfaßte ihn fest und liebevoll. «Du bist ein feiner kleiner Junge», sagte Mr. Starr. «Aber es ist nicht nett von dir, wenn du gegenüber deiner Schwester überheblich bist.»

«Was ist ‹überheblich›?»

«Wenn du damit prahlst, daß du etwas kannst, was sie noch nicht kann. Das ist nicht nett.»

«Nein.»

«Dann wirst du jetzt schön aufpassen und es nicht mehr tun.»

«Nein.»

«Denn Catherine ist doch so ein feines kleines Mädchen.»

«Ja.»

«Nicht wahr, Catherine, das bist du doch?» Er lächelte sie an, und sie wurde rot vor Freude. Rufus verspürte plötzlich eine solche Liebe für Catherine, daß er sie auch anlächelte, und als sie zurücklächelte, fühlten sie sich alle beide glücklich, und Rufus schämte sich sehr, weil er sie vorhin häßlich behandelt hatte.

«Ich möchte euch beiden etwas sagen», hörten sie Mr. Starrs leise Stimme.

Sie sahen zu ihm auf.

«Ihr werdet es jetzt wahrscheinlich noch nicht verstehen, aber ich muß es aussprechen, weil mein Herz so voll davon ist, und ich möchte es gerade euch sagen. Vielleicht werdet ihr euch dann später einmal daran erinnern. Es betrifft euren Vater. Denn ihr habt nie Gelegenheit gehabt, ihn richtig kennenzulernen. Kann ich es euch sagen?»

Sie nickten.

«Manche Menschen haben es sehr, sehr schwer im Leben. Kein Geld, keine gute Schulbildung, kaum genug zu essen. Nichts von alldem, was ihr beide habt, sondern nur ein paar gute Menschen, die sie gern haben. So hat euer Vater im Leben anfangen müssen. Um nur ein bißchen vorwärtszukommen, mußte er so hart arbeiten, daß es fast über seine Kräfte ging.

Nun, manche der größten Männer haben auch mit nichts angefangen. Wie zum Beispiel Abraham Lincoln. Wißt ihr, wer das war?»

«Er wurde in einer Blockhütte geboren», sagte Rufus.

«Richtig. Und er war der größte Mann, den wir je gehabt haben.»

Er schwieg einen Augenblick, und sie überlegten, was er ihnen nun wohl über ihren Vater erzählen würde.

«Ich hatte nie Gelegenheit, Jay – euren Vater –, so gut kennenzulernen, wie ich gewünscht hätte. Er hat wahrscheinlich nie gewußt, wie ich über ihn dachte. Aber das kann ich euch sagen, Kinder, ich habe ihn sehr, sehr hochgeschätzt. Meine eigene Frau und mein eigener Sohn könnten mir nicht mehr bedeuten als er.» Er wartete wieder einen Augenblick, und dann sprach er weiter: «Ich selber bin ein einfacher Mensch. Kein schlechter, aber eben ein Durchschnittsmensch. Aber euer Vater, der war für mich immer so etwas wie Lincoln. Ich meine nicht in dem, was er erreicht hat. In dem, was er als Mensch war. Ein paar Menschen erreichen in dieser Welt das, was sie sich gewünscht haben. Die meisten nicht. Aber nie hat es wohl einen Mann gegeben, der gegen größere Schwierigkeiten ankämpfen mußte als euer Vater. Und nie hat es einen gegeben, der sich härter darum bemüht und zuversichtlicher gehofft hat als er. Ich meine nicht seinen Willen zum Vorwärtskommen, sondern sein Streben nach den richtigen Dingen. Er wollte ein gutes Leben und ein gutes Einverständnis für sich und alle anderen. Nie gab es einen geraderen Menschen als euren Vater, und ich wüßte keinen, der gütiger und großzügiger gewesen wäre. Da kommt ihm keiner gleich. Und das war es, was ich euch sagen wollte, Kinder: euer Vater war einer der besten Menschen, die je gelebt haben.» Plötzlich kniff er die Augen hinter seinen Brillengläsern fest zusammen, schluckte und stieß einen langen, schluchzenden Seufzer aus. In ehrfurchtsvoller Erschütterung drängten die Kinder sich näher an ihn, und es war ihnen selber nicht klar, ob sie damit ihn trösten wollten oder sich. «Ja, ja», sagte er, noch immer mit geschlossenen Augen. «Ja, so ist das. Ja, ja.»

Sie hörten, wie oben die Tür aufging.

18. Kapitel

Wenn Schreck und Schmerz die Fassungskraft eines Menschen übersteigen, treten Phasen der Erschöpfung und Fühllosigkeit ein, in denen er die Illusion hat, fast alles zu erkennen und zu verstehen. Mary hatte in den letzten Tagen während dieser Atempausen Trost aus dem immer wiederkehrenden Gedanken geschöpft: nun kann ich es endlich ertragen. Ich bin mir bewußt über das, was geschehen ist, ich sehe den Ereignissen ins Gesicht, ich durchlebe das alles. Und es hatte sich sogar ein wenig Stolz, eine verzweifelte Freude in dieses Gefühl gemischt: nie hätte ich es für möglich gehalten, daß einem Menschen eine so schwere Last aufgebürdet werden kann, aber ich trage sie und stehe es durch. Natürlich war ihr auch der Gedanke gekommen, daß dies schon vielen Menschen zugestoßen, daß es etwas sehr Alltägliches war, und sie wurde demütig bei diesem Gedanken und fand an ihm einen Halt. Sie dachte: so ist das Leben. Ich habe mir wohl nie klargemacht, was alles dazugehört. Sie dachte: jetzt bin ich schon fast ein vollgültiges Mitglied der Menschheit; das, was mir zuvor groß und schwer vorgekommen war, Kinder zu bekommen und sie aufzuziehen, war nur eine Lehrzeit. Sie meinte nun, sie habe bisher noch nie Gelegenheit gehabt, die Leidenskraft zu erfassen, die Menschen aufzubringen vermögen. Sie empfand Liebe und Achtung für alle, die je gelitten hatten, selbst für diejenigen, die dieser Prüfung nicht gewachsen waren. Sie meinte, sie habe bisher noch nie Gelegenheit gehabt, die Macht, die Strenge und die Milde Gottes in ihrem ganzen Umfang zu begreifen. Und sie glaubte, daß sie nun zum erstenmal begann, sich selber zu erkennen, und aus dieser beginnenden Erkenntnis schöpfte sie große Hoffnung. Es kam ihr so vor, als sei sie fast über Nacht erwachsen geworden. Sie glaubte, daß sie nun endlich alles, was in ihrem Herzen war, erkannt und begriffen habe, und als schließlich für sie die Stunde gekommen war, den Schleier anzulegen, das Schlafzimmer zu verlassen, das sie mit ihrem Mann geteilt hatte, ihr Heim zu verlassen und fortzugehen, dorthin, wo sie ihn zum erstenmal nach seinem Tod wiedersehen würde, einen ganzen Tag lang – und das Ende dieses Tages würde ihn dann für die Dauer dieser Welt ihren Augen entrücken –, da glaubte sie sich voller Kraft und bereit, alles erdulden zu können. Sie hatte sich geweigert, ihren Schleier ‹anzuprobieren›; schon der Gedanke, sich darin vor einem Spiegel kritisch mustern zu sollen, kam ihr anstößig vor. Als sie darum jetzt vor den Spiegel trat und den Schleier vor ihr Gesicht zog, sah sie sich selber nach dem Tod ihres Mannes zum erstenmal. Sie hatte gar nicht den Wunsch, ihr Gesicht anzusehen, und es war ihr auch gleichgültig, wie es aussah, aber sie bemerkte trotzdem, daß es verändert war. Ihre grauen Augen betrachteten durch den dunklen, klaren Schleier hindurch ihre grauen Augen, die sie durch den dunklen, klaren Schleier hindurch betrachteten. Ich muß Fieber haben, dachte sie, erschrocken über das seltsame Leuchten. Sie wandte sich ab. Und als sie auf die Tür zuging, die sie jetzt durchschreiten mußte, um dieses Zimmer zu verlassen, um diese Lebensform für immer zu verlassen, stürmten mit überwältigender Macht alle jene Gedanken und Gefühle auf sie ein, aus denen ihr eines Tages rückblickend die Erkenntnis kommen sollte, daß alles, was vorausgegangen war, alles, was sie erfahren und erfaßt zu haben glaubte – so wirklich und wahrhaftig es auch sein mochte –, nichts war im Vergleich zu diesem hier. Es waren ungeformte, nicht zu definierende Gefühle, und sie wußte im Augenblick nur, daß sie mit diesem einfachen physischen Akt, mit dem Verlassen des Zimmers, verknüpft waren, aber sie stürzten sich mit einer so ungeheuerlichen, durchdringenden Gewalt auf sie, auf Herz, Seele, Geist und Körper, vor allem aber auf ihren Unterleib, in den sie eindrangen und dort liegenblieben wie ein unheimlicher, kalter und schwerer Stein, daß sie aufstöhnte. Es war ein fast unhörbares Stöhnen, fast nur ein tiefer, schweigender Atemzug, ein Ohhhhhh. Dann preßte sie die Hände auf den Leib und knickte mit wankenden Knien tief nach vorn zusammen.

Hannah, die kleiner war als sie, fing sie auf und rief: «Machen Sie die Tür zu!» Es sollte noch lange dauern, bis beide Frauen sich darüber klarwurden, wieviel innere Ablehnung und mitleidige Verachtung sie in diesem Augenblick für den Priester empfunden hatten, weil er nicht hinausging, sondern im Zimmer blieb. Jetzt waren sie sich nicht einmal bewußt, daß er überhaupt da war. Hannah führte Mary zum Bett, setzte sich dort neben sie und rief immer und immer wieder mit verzweifelter Stimme: «Mary, Mary, Mary, Mary, oh, Mary, Mary, Mary!» Dabei stützte sie mit einer ihrer fast durchsichtigen Altjungfernhände leicht den verschleierten Kopf, während die andere sich so fest um Marys Handgelenk krampfte, daß sie eine Druckstelle wie einen Armreifen hinterließ.

Mary wiegte sich unterdessen langsam vorwärts, rückwärts und zur Seite, während sie leise stöhnte – nicht ein menschliches Stöhnen schien es, sondern das eines tödlich verwundeten Tieres, ein dünnes Wimmern, nicht durchdringend, sondern formlos und ungeregelt, ein Stöhnen, das, abgesehen von der Lautstärke, an jene plärrenden, gellenden, idiotischen Schreie erinnerte, die Kinder zuweilen ausstoßen. Und während sie sich so wimmernd hin und her wiegte, verlor der Ansturm der Gefühle allmählich seine volle, vernichtende und konzentrierte Wucht. So wie die einzelnen Teile einer Landschaft beim ersten Tageslicht langsam deutlich werden, lösten sich die einzelnen Gedanken und Eindrücke aus dem äußersten Dunkel ab und nahmen Gestalt an, um sich nach und nach zu Bildern, Gefühlen, Ideen, Worten, Pflichten zu formen. Nur ein paar Minuten dauerte dieser Zustand. Hannah wiederholte ununterbrochen ihr «Mary, Mary», und Vater Jackson betete mit geschlossenen Augen. Mary blieb einen Augenblick still sitzen, ließ sich dann langsam auf die Knie nieder, schwieg noch eine kurze Sekunde, bekreuzigte sich, stand auf und sagte: «Jetzt bin ich soweit.» Aber sie schwankte noch. «Warte, Mary», sagte Hannah, «wir haben Zeit», und Vater Jackson meinte: «Vielleicht sollten Sie sich noch ein Weilchen hinlegen.» Aber sie schüttelte den Kopf. «Nein, danke. Ich möchte jetzt gehen.» Damit ging sie unsicher auf die Tür zu, öffnete sie und schritt über die Schwelle.

Auf dem oberen Flur nahm Vater Jackson ihren Arm. Sie versuchte sich aufrecht zu halten, aber unwillkürlich stützte sie sich schwer auf ihn.

«Kommt jetzt», flüsterte ihre Mutter ihnen zu. Sie nahm die beiden Kinder bei der Hand und führte sie durch das grüne Zimmer ins Wohnzimmer.

Da, vor dem Kamin, war es. Und es kam ihnen vor, als sei sonst außer dem sonnigen Licht auf dem Fußboden nichts in dem ganzen Raum.

Es war sehr lang und dunkel, glatt wie ein Boot, mit glänzenden Handgriffen. Die obere Hälfte war abgenommen. Und ein sonderbar süßlicher Geruch lag in der Luft, so schwach, daß sie ihn kaum wahrnehmen konnten.

Noch nie hatte Rufus eine solche Stille erlebt. Das Geräusch der leisen Schritte, mit denen sie sich dem Vater näherten, wurde von ihr aufgesogen wie das unendlich leise Zischen von Schneeflocken, die auf eine offene Wasserfläche fallen. Da war sein Kopf, da seine Arme, sein Anzug: da war er. Rufus hatte ihn noch nie so gleichgültig gesehen; und sowie er ihn erblickte, wußte er, daß er ihn nie wieder anders würde sehen können. Sein Kinn war ein wenig hochgereckt, und ein Ausdruck schwacher Ungeduld lag auf seinem Gesicht, so als wolle er seinen Widerwillen gegen einen zu engen und zu steifen Kragen verbergen. Und in diesem leichten Hochrecken des Kinns, in der Andeutung kleiner Zornesfalten, die auf seiner Haut verblieben waren, in der Wölbung des Nasenrückens und dem ruhigen, festen Mund zeichnete sich ein gewisser Stolz ab. Aber das Auffallendste war seine Gleichgültigkeit. Und hinter dieser Gleichgültigkeit, die sich auch noch in der kleinsten Einzelheit verriet – einer Gleichgültigkeit, die sie zurückgewiesen, sie verjagt hätte, wenn sie nicht so groß gewesen wäre, daß es ihr überhaupt nicht darauf ankam, ob sie gingen oder blieben –, hinter dieser absoluten Zurückgezogenheit auf sich selbst, die nichts erschüttern konnte, war noch etwas anderes. Der Anblick vermittelte noch ein anderes Gefühl, das Rufus allerdings nicht einmal ahnend zu identifizieren vermochte, da er es noch nie zuvor empfunden hatte: das Gefühl vollkommener Schönheit. Der Kopf, die Hand, sie ruhten in einer unwandelbaren, unzerstörbaren, regungslosen Vollendung. Sie glitten still durch die Schichten des Lebens wie Steine durch ein grundloses Wasser.

Der Arm war gebeugt. Aus dem dunklen Anzug, der gestärkten Manschette, ragte das behaarte Handgelenk hervor. Das Handgelenk war gewinkelt. Die Hand war gewölbt. Die Finger berührten einander nicht.

Die Hand lag so, daß ihre Haltung gleichzeitig zufällig und majestätisch wirkte. Sie ruhte genau auf der Mitte des Körpers.

Die Finger sahen ungewöhnlich sauber und trocken aus, als seien sie sorgfältig gebürstet worden.

Die Hand sah sehr kraftvoll aus, und auch die Adern darauf waren stark und kräftig.

Die Nasenlöcher waren sehr dunkel, aber es kam ihm vor, als bemerke er in dem einen etwas, das wie Watte aussah.

Auf der Unterlippe, ein klein wenig links von der Mitte, war eine dünne blaue Linie, die noch ein Stückchen bis unterhalb der Lippe verlief.

Genau auf der Kinnspitze war eine zweite dünne blaue Linie, so gerade und sauber, als sei sie mit einem spitzen Bleistift gezogen, und kaum breiter.

Die kleinen Einbuchtungen, die früher die Nasenflügel und Mundwinkel markiert hatten, waren fast völlig verschwunden.

Das Haar war sehr sorgfältig gebürstet.

Die Augen waren geschlossen, ganz still, wie zufällig, und die Lider lagen wie seidene Hüllen über den Augäpfeln, und als Rufus einen raschen Blick von den Augen zum Mund hinuntergleiten ließ, kam es ihm fast so vor, als wolle sein Vater lächeln. Aber am Mund selbst war keinerlei Andeutung von Lächeln oder Ernst zu entdecken; nichts als Kraft, Schweigen, Männlichkeit und gleichgültige Zufriedenheit.

Er sah ihn viel deutlicher, als er ihn je zuvor gesehen hatte; und doch erschien dieses Gesicht so unwirklich, als sei es eben erst von einem Barbier rasiert worden. Der ganze Kopf war wächsern, und auch die Hand wirkte wie eine vollkommene Wachsnachbildung.

Der Kopf lag auf einem kleinen weißen Seidenkissen.

Und außerdem verspürte Rufus einen sonderbaren zarten Duft, wie von frischem Heu und auch wie in einem Krankenhaus, aber doch nicht ganz so und dabei so leicht, daß es nicht recht sicher war, ob er wirklich existierte.

Rufus nahm all dies binnen weniger Sekunden wahr. Er merkte, daß seine Mutter Catherine hochhob, damit sie besser sehen konnte; er trat ein wenig zur Seite. Aus einem Augenwinkel sah er, etwas verschwommen, das rosige Gesicht seiner Schwester, und er hörte ihre leichten Atemzüge, während er weiterhin auf seinen Vater blickte, auf seine Ruhe, seine Macht und seine Schönheit.

Er konnte alle die winzigen dunklen Punkte der abrasierten Barthaare sehen.

Er betrachtete die wie mit einem Meißel geformte, sich erweiternde Mulde, die von der Nase bis zu dem weißen Rand der Lippen verlief.

Er betrachtete die noch viel feinere Kerbe unterhalb der Unterlippe.

Es erschien ihm seltsam und widersinnig, daß jemand so lange so still daliegen konnte; aber trotzdem wußte er, daß sein Vater sich nie wieder bewegen würde. Dieses Wissen jedoch machte seine Ratlosigkeit nicht weniger sonderbar. Alles in ihm und um ihn herum, ausgenommen sein Vater, war trocken, hell, unwirklich und von einer Wärme und Süße, von einer Erregung erfüllt, die ihm vorkam wie das Klopfen eines Herzens. Aber inmitten dieser seltsamen und unwirklichen Süße, ihr Mittelpunkt und doch zugleich seiner Natur nach andersartig als alles übrige und so gegenwärtig wie nichts sonst, lag sein Vater, dessen edle Hand er sich voller Scheu zu berühren sehnte.

«So, Rufus», flüsterte seine Mutter. Sie knieten nieder. Er konnte gerade über den Rand des Sargs sehen. Er starrte auf diese vollkommene Hand.

Der Arm seiner Mutter legte sich um ihn, er fühlte ihre Hand auf seiner Schulter. Er schob seinen Arm über ihren Rücken, spürte, wie ihre Hand sich fester auf seine Schulter drückte, und fühlte den Arm seiner Schwester. Er berührte zärtlich ihren nackten Arm, merkte, wie ihre Hand nach ihm tastete und seinen Arm faßte. Er legte seine Hand um ihren Arm und fühlte, wie klein und dünn er war. Er konnte eine Ader fühlen, die direkt unter ihrer Achsel gegen den Knochen klopfte.

«Vater unser», begann die Mutter.

Sie fielen ein. Catherine wartete immer wieder auf die Worte, die sie auswendig wußte, und wenn sie zögerte, dämpfte Rufus seine Stimme bis zur Lautlosigkeit und versuchte, ihr die Worte recht deutlich vorzusagen. Ihre Mutter sprach sehr leise.

«Vater unser, der Du bist im Himmel, geheiligt werde Dein Name. Zukomme uns Dein Reich. Dein...»

«Dein Wille gesch...», sprach Rufus allein weiter. Dann wartete er verwirrt.

«Dein Wille geschehe», sagte seine Mutter. «Auf Erden», fuhr sie fort, und sie betonte dieses Wort so sonderbar, daß es ihn mit Scheu und Traurigkeit erfüllte, «wie im Himmel.»

«Unser täg...»

Diesmal war Rufus vorsichtiger.

«Täglich Brot», sagte Catherine zuversichtlich.

«Unser täglich Brot gib uns heute.» Und bei diesen Worten spürte er noch stärker als vorhin, daß seine Mutter eigentlich etwas ganz anderes meinte. «Und vergib uns unsere Schuld, wie wir vergeben unsern Schuldigern.

Und führe uns nicht in Versuchung; sondern erlöse uns von dem Übel.» Und jetzt ließ ihre Mutter die Hände zwar auf den Schultern ihrer Kinder liegen, aber sie senkte den Kopf: «Denn Dein ist das Reich und die Kraft und die Herrlichkeit», sagte sie mit fast rachsüchtiger Härte, «in Ewigkeit. Amen.»

Sie schwieg einige Augenblicke, und er starrte noch immer auf die Hand.

«Gott, segne uns und hilf uns allen», sagte sie. «Gott, hilf uns, Dich zu verstehen. Gott, hilf uns, Deinen Willen zu erkennen. Gott, hilf uns, Dir zu vertrauen, gleichviel, ob wir Dich verstehen können oder nicht.

Gott, hilf diesen kleinen Kindern, auf daß sie sich die Erinnerung an ihren Vater bewahren, so wie er war, in all seiner Güte und Kraft, seinem Mitfühlen und seiner Zärtlichkeit und seiner unendlichen Liebe für sie. Gott, hilf ihnen stets, damit sie all das, was er an Gutem, Edlem und Tapferem in sich hatte, bewahren und zur Reife bringen, daß sie so heranwachsen, wie er sie am liebsten gesehen hätte, wenn es Dir in Deiner großen Weisheit gefallen hätte, ihn am Leben zu erhalten. Gott, befähige uns, zu fühlen und zu wissen, daß er noch immer zusehen kann, wie wir uns entwickeln und wie wir leben, daß er noch immer bei uns ist, daß er nicht getrennt ist von seinen Kindern und von alldem, was er für sie erhofft und um dessentwillen er sie geliebt hat, und daß auch sie nicht von ihm getrennt sind. Auch sie nicht von ihm.

Gott, gib uns das Bewußtsein, daß er noch immer mit uns ist, uns noch immer liebt, daß ihm alles, was wir erleben, was wir tun und was wir sind, am Herzen liegt – *so sehr*. O Gott...»

Sie sprach diese letzten Worte laut und deutlich, und dann sagte sie nichts mehr. Rufus fühlte, daß sie jetzt seinen Vater ansah, aber er hob seinen Blick nicht zu ihr, denn er spürte, daß er das, was er so sicher wußte, eigentlich nicht wissen sollte. Ein paar Sekunden später hörte er die Bewegungen ihrer Lippen wieder, so leise, wie jenes Schweigen, das über eine eingeschneite Welt herabsinkt, und er wandte seine Augen von der Hand ab und schaute auf das Gesicht seines Vaters, und jetzt, als er das hochgereckte Kinn mit dem kleinen blauen Mal sah, als er bemerkte, wie eingesunken das Fleisch hinter den Kieferknochen war, jetzt erfaßte er zum erstenmal die eigentliche Bedeutung des Wortes *tot*. Er blickte schnell weg, und wie das Läuten einer ungeheuren Glocke schwang ein feierliches Staunen in ihm, und er hörte auf die flüsternden Laute von den schneeigen Lippen seiner Mutter, und wieder war Staunen in ihm und zugleich der Wunsch, sie möge nie mehr Sorgen leiden. Sein Blick kehrte zurück zu der Hand, die unverändert in ihrer gleichgültigen majestätischen Schönheit dalag. Drängender als je zuvor verspürte er den Wunsch, sie zu berühren; aber während er vorhin noch überlegt hatte, wie das wohl zu ermöglichen sei, wie er es einrichten könne, allein hierzubleiben, ohne daß jemand es sah oder erfuhr, wußte er jetzt, daß er es nicht tun durfte. Darum betrachtete er die Hand noch aufmerksamer und bemühte sich, seinen gesamten Tastsinn in seinen Blick zu legen; aber es gelang ihm nicht recht. Er merkte, wie die Hand seiner Mutter noch immer wie gefühllos und absichtslos auf seiner Schulter lag. Er fühlte, wie feucht seine eigene Hand und der Arm seiner Schwester geworden waren. Darum verschob er seine Hand ein wenig und drückte Catherines Arm freundlich, aber ohne besondere Sympathie. Auch sie faßte ihn etwas fester, und er war gerührt, weil seine Schwester noch zu klein war, um dies hier zu verstehen. Für einige Sekunden wurde die Hand zu einem bloßen Gegenstand. Er hörte den Atem seiner Mutter, der immer wieder die Worte formte: «Leb wohl, Jay, leb wohl. Leb wohl. Leb wohl. Leb wohl, mein Jay, mein Mann. Leb wohl. Leb wohl.»

Dann hörte er nichts mehr, und er bemerkte auch nichts mehr außer dieser Hand, die ein Gegenstand war. Nun spürte er einen festen, zupackenden Griff auf seinem Kopf, der ihn nach unten drückte, und hörte eine leise, volle Stimme.

Seine Mutter war nicht – doch, er konnte ihren Rock sehen, hinter ihm, etwas seitlich. Und er sah Catherines schweigendes, erstauntes Gesicht und eine große Hand auch auf ihrem Kopf. Und zwischen ihnen beiden, ein wenig hinter ihnen, schwarze, blankgeputzte Schuhe und schwarze Hosenbeine ohne Aufschlag, aber mit einer scharfen Bügelfalte.

«Gegrüßet seist du, Maria, voll der Gnade», sagte die Stimme.

Und seine Mutter fiel ein: «Der Herr ist mit Dir; Du bist gebenedeit unter den Weibern, und gebenedeit ist die Frucht Deines Leibes, Jesus.

Heilige Maria, Mutter Gottes, bitte für uns Sünder jetzt und in der Stunde unseres Todes. Amen.»

«Vater unser, der Du bist im Himmel», sagte die Stimme. Und die Kinder fielen ein: «Geheiliget werde Dein Name.» Doch als sie die Unsicherheit ihrer Mutter verspürten, hielten sie inne, und die andere Stimme sprach weiter: «Zukomme uns Dein Reich. Dein Wille geschehe», sagte die Stimme mit besonderem Nachdruck, «auf Erden wie im Himmel. Unser täglich Brot gib uns heute. Und vergib uns unsere Schuld, wie wir vergeben unsern Schuldigern.» Vom Kaminsims war alles weggeräumt. «Und führe uns nicht in Versuchung, sondern erlöse uns von dem Übel.» Und jetzt hob sich die Hand von Rufus' Kopf, schlug ein Kreuz und senkte sich sofort wieder darauf herab. «Denn Dein ist das Reich und die Kraft und die Herrlichkeit in Ewigkeit. Amen.»

Er schwieg einen Augenblick. Rufus duckte sich ein wenig unter dieser harten Hand und warf einen schnellen Blick nach oben. Das Kinn des Priesters war streng, sein Gesicht ernst, seine Augen waren fest geschlossen.

«O Herr, tröste und beschütze diese unschuldigen verwaisten Kinder», sagte er mit geschlossenen Augen. *Dann sind wir es also doch!* dachte Rufus und fühlte im selben Augenblick, daß er sehr ungezogen war. «Behüte sie in allen Versuchungen, die das Leben an sie herantragen wird. Auf daß sie, wenn sie einst dieses Leid begreifen können, das Du ihnen in Deiner unerforschlichen Weisheit auferlegt hast, Deinen Willen erkennen und verehren mögen. Gott, wir flehen Dich an, laß sie stets die Kinder, der Knabe und das Mädchen, der Mann und die Frau sein, zu denen dieser gute Mann hier sie machen wollte. Mögen sie seinem Andenken nie Unehre machen, o Herr. Und, Herr, gewähre ihnen Deine Gnade, auf daß sie bald und schnell den wahren, alliebenden Vater erkennen mögen, den sie in Dir haben. Laß sie in Schmerz und Freude noch mehr nach Dir verlangen, als sie nach ihrem guten irdischen Vater verlangt hätten, wenn er ihnen erhalten geblieben wäre. Laß sie durch Deine große Gnade auf immer treue christlich-katholische Kinder sein. Amen.»

Einige von den Herdziegeln, die man seitlich unter dem Rand des Sargs hervorragen sah, waren von einem bläulichen Grau. Alle anderen waren gestreift und von einem bösartigen rötlichen Gelb.

Die Stimme verfiel in eine andere Tonart und sagte sanft: «Der Friede Gottes, der höher ist denn alle Vernunft, bewahre eure Herzen und eure Gemüter in dem Wissen und der Liebe Gottes und seines Sohnes Jesus Christus, unseres Herrn.» Wieder hob er seine Hände von Rufus' Kopf und schlug ein großes Kreuz über jeden von ihnen, während er sagte: «Und der Segen des Allmächtigen Gottes, des Vaters, des Sohnes und des Heiligen Geistes, sei mit euch und bleibe mit euch allezeit.»

«Amen», sagte ihre Mutter.

Der Priester berührte seine Schulter, und Rufus stand auf. Auch Catherine stand auf. Ihr Vater hatte sich – nein, dachte

Rufus, natürlich hatte er sich nicht bewegt, aber er sah irgendwie verändert aus. Obgleich er noch immer in solcher Ruhe und Schönheit und Großartigkeit dalag, kam es Rufus doch vor, als sei sein wirklicher Vater hinausgeworfen und auf der Straße liegengelassen worden und als läge nun hier ein Fremder in einer täuschenden Verkleidung. Verwirrung und Ungläubigkeit durchzuckten ihn wie ein jäher Schmerz, und er wollte sich schon vorbeugen, um diesen Fremden genauer anzusehen, als er eine leichte Hand auf seinem Kopf spürte, die seiner Mutter, wie er sofort wußte, und sie sagen hörte: «So, Kinder.» Und dann wurden sie zur Dielentür geführt.

Das Klavier war verschlossen, wie er mit einem Blick sah.

«Jetzt möchte Mutter noch ein paar Minuten hierbleiben», sagte sie zu ihnen. «Dann kommt sie gleich wieder zu euch. Geht nur schon zu Tante Hannah ins Ostzimmer und wartet dort auf mich.»

Sie strich ihnen über die Wangen und schloß geräuschlos die Tür.

Als sie zum Ostzimmer hinübergingen, bemerkten sie, daß sie nicht allein waren in der dunklen Diele. Andrew stand neben dem Garderobenständer, eine Hand auf das Treppengeländer gestützt, und seine starren, weinenden Augen, die zornig aufzuglänzen schienen, drangen ihnen wie Eisnadeln tief in ihre Seelen, so daß sie schnell ins Zimmer gingen. Dort saß ihre Großtante reglos im Schaukelstuhl, die Hände im Schoß, und das sonnenlose Licht ließ ihre Brillengläser funkeln und warf einen frostigen Schein auf ihr Haar.

Sie hörten Schritte auf der Treppe und wußten, daß ihr Großvater herunterkam. Sie hörten, wie er sich herumdrehte und durch die Diele ging, und dann vernahmen sie seine gedämpfte, erstaunte Stimme: «Andrew? Wo ist denn Poll?»

Und die Stimme ihres Onkels, kalt, nahe dem Ohr seines Vaters: «Da – drinnen – mit – Vater – Jackson.»

«Uuh!» knurrte ihr Großvater.

Tante Hannah eilte auf die Tür zu.

«Sie beten.»

«Uuh!» knurrte er wieder.

Tante Hannah schloß rasch die Tür und ging wieder zurück zu ihrem Stuhl.

Aber so schnell sie auch ging, als sie wieder bei ihrem Stuhl angelangt war, setzte sie sich doch nur wieder, legte die Hände in den Schoß und starrte durch ihre dicken Brillengläser vor sich hin, und ihnen blieb nichts übrig, als auch still dazusitzen, auf die sauberen Spitzengardinen am Fenster zu blicken, auf den Magnolienbaum und die Akazie im Vorgarten, auf die Mauer des Nachbarhauses, und auf ein fettes Rotkehlchen, das den Rasen absuchte und immer weiterhüpfte, bis es schließlich wegflog, auf die Menschen, die hin und wieder auf dem sonnenbeschienenen Bürgersteig vorbeikamen, und auf die Pferdewagen und Automobile, die gelegentlich die sonnige Straße entlangrollten. Sie fühlten sich auf eine geheimnisvolle Weise makellos, fremd und unbehaglich in ihren sauberen Kleidern, und es kam ihnen vor, als läge das Haus im Schatten und bewege sich auf den Zehenspitzen mitten durch eine fröhliche, sonnige Welt. Als sie es müde waren, diese Dinge anzusehen, schauten sie auf ihre Tante Hannah, aber die schien ihre Blicke gar nicht zu bemerken; und als von dort keine Erwiderung kam, sahen sie einander an. Aber es hatte ihnen nie besonderes Vergnügen bereitet, einander anzusehen, und auch heute machte es ihnen keine Freude. Jeder von ihnen konnte nur feststellen, daß der andere viel zu sauber angezogen war, und beiden wurde dabei nur noch deutlicher bewußt, daß sie selber viel zu sauber waren und irgend etwas Ungewöhnliches und Schlimmes im Gange war, das von ihnen eine derart steife Haltung und ein besonders gutes Benehmen erforderte. Sie konnten wirklich nichts tun, als ganz stillzusitzen. Aber dadurch, daß sie so still dasitzen mußten und ihre Aufmerksamkeit auf nichts anderes richten konnten als aufeinander, sah jeder von ihnen den anderen vielleicht deutlicher als je zuvor. Rufus sah ein Kind, das viel kleiner war als er, mit einem runden roten Gesicht, auf dem ein verstörter und ärgerlicher Ausdruck lag, und er empfand so etwas wie Mitleid mit dieser verblüfften Einsamkeit, in der sich seine kleine Schwester verloren vorkommen mußte, aber mehr noch ärgerte er sich über ihren dumpfen Zorn und diese offensichtliche Verständnislosigkeit, und er dachte wieder und wieder: «Tot. Er ist tot. Ja, das ist es: er ist tot.» Und das Zimmer, in dem sein Vater lag, kam ihm vor wie eine grundlose Höhle mitten im Haus und gleichzeitig in ihm selber, und ihm war, als stünde er im Dunkeln nahe am Rand eines Abgrunds und könne fühlen, wie der Raum in die Dunkelheit hinabsank. Und während er das Gesicht seiner Schwester betrachtete, konnte er das seines Vaters fast ebenso deutlich sehen, wie er es vorhin erblickt hatte, und er sagte immer und immer wieder zu sich selber: «Tot. Tot.» und schaute voller Unbehagen und Mißfallen auf das Gesicht seiner Schwester, das so ganz anders aussah, so rot und angestrengt, so ärgerlich und verständnislos. Und Catherine sah ihren Vater wieder in diesem langen Kasten liegen wie eine große, stumme Puppe, die nicht lächeln und sich nicht bewegen konnte und dabei so süßlich und erschreckend roch. Und sie wußte, daß sie deswegen so allein und steif und so schrecklich sauber angezogen hier saß; und niemand war nett zu ihr oder beschäftigte sich mit ihr, und alle gingen auf den Zehenspitzen, und ein Mann, den sie fürchtete und haßte, hatte mit dem Einverständnis ihrer Mutter seine große Hand auf ihren Kopf gelegt und unverständliche Dinge gesagt. Irgend etwas sehr Schlimmes war geschehen, und keiner wollte sich um sie kümmern oder ihr sagen, was hier vorging, oder ihr helfen oder sie streicheln oder sie davor beschützen. Und dort saß ihr Bruder, der auch zu sauber angezogen war und der sich immer für so groß und tüchtig hielt, und sah sie so unfreundlich und verächtlich an.

Nachdem sie einander eine Weile mit kalten Blicken angestarrt hatten, schauten sie wieder in den Seitengarten hinaus und auf die Straße hinunter und versuchten, sich für das, was sie sahen, zu interessieren und jenes Eine zu vergessen, das sich so unwiderstehlich ihrer Gedanken bemächtigt hatte, und ihre körperliche Unruhe zu unterdrücken, um sich keinen Tadel zuzuziehen. Und als die Bilder da draußen sie ermüdeten, schauten sie wieder auf ihre Tante, die beinahe so fern und unzugänglich war wie ihr Vater. Dann wandten sie wieder voller Unbehagen den Kopf ab und sahen sich gegenseitig in die Augen, und dann wieder in den Garten und auf die Straße, über die langsam das Sonnenlicht glitt. Und da sahen sie ein Auto, das vor dem Haus hielt. Mr. Starr stieg schnell aus und schritt langsam auf das Haus zu.

19. Kapitel

Als sie mit Mr. Starr zurückkamen, bemerkte Rufus einen Mann, der auf dem Bürgersteig vorüberging, den Kopf wandte, um zu dem Haus seines Großvaters zurückzusehen, schnell wegblickte, dann noch einmal zum Haus hin und dann gleich wieder weg.

Auf der anderen Straßenseite sah er mehrere Pferdewagen und Autos, die dort leer herumstanden, aber der Platz vor dem Haus selbst war frei. Das Haus kam ihm auf einmal so eigenartig kühl und verändert und schweigsam vor: die Kanten der Mauern schienen härter und schärfer als sonst, und neben der Eingangstür war ein Stück schwarzer Stoff befestigt, verknotet, mit lang herabhängenden Enden. Noch bevor sie die Tür erreicht hatten, wurde diese geöffnet, und da standen Onkel Andrew und seine Mutter, und dahinter sah er den dunklen Flur. Die Kinder prallten fast zurück, denn diesem Flur entströmte ein schwindelerregender, betäubender Duft und eine Welle vielfältiger Lebendigkeit. Unmittelbar darauf wurden sie in das Dunkel des Flurs hineingezogen, und hier klärten sich die Eindrücke: der Duft war Blumenduft, und dieses Vibrieren, das auf sie eingeströmt war, rührte von den Menschen her, die das ganze Haus füllten. Rufus hatte unwillkürlich das Gefühl einer großen Kraft und einer möglichen Gefahr zu seiner Rechten, und als er rasch einen Blick in das Ostzimmer warf, bemerkte er, daß mit einer Ausnahme die Jalousien vor allen Fenstern heruntergelassen waren. In dem kalten Licht, das durch dieses eine Fenster fiel, hob sich eine Menge dunkler Gestalten ab, die in verzweifelter Haltung auf ihren Stuhlkanten hockten, schwer und urtümlich wie Bären in einer Grube. Und während er in das Zimmer blickte, erhob sich ein dumpfes, tiefes Stöhnen, das bald überdeckt wurde von einem klagenden Wimmern. Und plötzlich sah er, wie eine Frau aufsprang und mit einem grellen, hohen Schrei ihr Haar an den Schläfen packte und daran riß und dann ihre Hände mit einem Ruck emporwarf. Aber im gleichen Augenblick stürzte Onkel Andrew herbei und schloß mit einer heftigen Bewegung so rasch und so leise wie möglich die Tür.

Rufus merkte jetzt, daß ihre eigenen Schritte und das Wimmern irgendeine Bewegung zu seiner Linken verursacht hatten, und als er neugierig in den sonnenhellen Raum schaute, in dem sein Vater lag, sah er dort eine unglaublich dichte Menge dunkel gekleideter Menschen, die auf schwachen, ächzenden Stühlen saßen. Sie begegneten seinem Blick, schauten an ihm vorbei, dann sofort wieder weg und versuchten offenbar, den Eindruck zu erwecken, als hätten sie sich gar nicht umgesehen.

«Schon gut, Andrew», flüsterte seine Mutter. «Mach die Tür auf. Sag ihnen, daß wir sofort kommen, in einer Minute.» Und sie zog die Kinder tiefer in den Flur, dorthin, wo sie durch keine der Türen gesehen werden konnten, und flüsterte Walter Starr zu: «Papa ist im Grünen Zimmer und Mama auch. Vielen Dank, Walter.»

«Aber keine Ursache», sagte Walter, während er an ihr vorbeiging. Seine Hand hob sich ein wenig zu ihrer Schulter, und dann ging er leise durch die Tür ins Eßzimmer.

«So, Kinder», sagte ihr Mutter und blickte auf sie herab. «Jetzt gehen wir alle hinein und sehen Papi noch einmal. Aber wir können uns nicht aufhalten, wir können ihn nur einen kurzen Augenblick sehen. Und dann geht ihr noch für eine Minute zu eurer Oma Follet. Und dann wird Mr. Starr euch wieder mit zu sich nach Hause nehmen, und ich sehe euch dann am Nachmittag wieder.»

Andrew kam auf sie zu und nickte heftig.

«Gut, Andrew», sagte sie. «Kommt jetzt, Kinder.» Sie faßte plötzlich an ihren Hinterkopf und ließ den Schleier herunter, und sie sahen ihr Gesicht und ihre Augen durch das dunkle Gewebe. Sie nahm ihre Hände. «Kommt jetzt mit mir», flüsterte sie.

Da war Onkel Herbert in einem dunklen Anzug; er sah sehr sauber aus und sein rosiges Gesicht war voll kleiner Falten. Er sah rasch zu ihnen hin und dann gleich wieder weg. Da war die alte Miss Storrs, und da waren Miss Amy Field und Miss Nettie Field und Dr. Dekalb und Mrs. Dekalb und Onkel Gordon Dekalb und Tante Celia Gunn und Mrs. Gunn und Dan Gunn und Tante Sarah Eldridge und Tante Ann Taylor und außerdem noch viele andere Leute, von denen die Kinder nicht wußten, ob sie sie je zuvor gesehen hatten, und sie alle machten Gesichter, als versuchten sie nicht herzusehen und als hüteten sie ein Geheimnis und seien beleidigt, weil man sie aufgefordert hatte, es auszuplaudern. Und außerdem lag dort der ungeheuerlichste Blumenberg, den die Kinder je gesehen hatten: große und ganz frisch aussehende Blumen in Rot und Gelb, große und steife weiße Blumen, dunkle und weiße Rosen, Farnkräuter, Nelken, große, wie gelackt aussehende Palmenblätter, mit Draht umwickelt und zu Kränzen gebunden, an denen Bänder hingen, schwarz und silbern, in hellem und in dunklem Gold, und das alles duftete so stark, daß sie fast erstickten. Und dort, fast versteckt zwischen all den Blumen, war der Sarg, und neben ihm standen zwei Fremde, die sich jetzt, als sie das Zimmer betraten, abwandten und sich rasch auf zwei Stühle setzten. Und nun trat ein fremder Mann in einem langen dunklen Überrock mit schweigender Höflichkeit auf ihre Mutter zu, und seine Augen glänzten wie dunkles Gelee. Mit einladender Gebärde führte er sie zum Sarg und blieb stolz und doch bescheiden neben ihr stehen. Und da war ihr Vater wieder.

Er hatte sich nicht um einen Zentimeter bewegt, und doch hatte er sich verändert. Sein Gesicht sah jetzt noch viel ferner aus als zuvor und viel alltäglicher, so als sei er müde oder gelangweilt. Er sah nicht so groß aus, wie er wirklich war, und der Blumenduft war so durchdringend und die Erregung, die von den Trauergästen ausging, so vielfältig und überzeugend, so durchsetzt und erfüllt von Zurückhaltung und Schicklichkeit, und sie empfanden die Blicke all der Augen ringsum als einen solchen Zwang, daß sie ihren Vater nur ansehen konnten, als sei er ein Bild oder aus Wachs. Die Wirklichkeit seiner Gegenwart wurde ihnen kaum bewußt, und sie verspürten auch wenig Interesse dafür. Und während sie noch immer auf ihn schauten, nachdenklich und mit teilnahmsloser Neugier, fühlten sie sich fortgezogen und gingen mit ihrer Mutter an dem geschlossenen Klavier vorbei ins Grüne Zimmer. Und dort saßen Opa und Oma und Onkel Andrew und Tante Amelia und Tante Hannah. Oma stand schnell auf, nahm ihre Mutter in die Arme und klopfte ihr ein paarmal zärtlich auf den Rücken, und auch Opa stand auf. Und während Oma sich niederbeugte, um die beiden Kinder zu umarmen und zu küssen und mit einer lauten und etwas schwankenden Stimme immerzu: «Ihr Kleinen, ihr Kleinen!» sagte, sahen sie den schönen und etwas zynischen Kopf ihres Großvaters, als er ihre Mutter umarmte, und sie stellten fest, daß er nicht einmal so groß war wie sie. Und nun erhob sich, schüchtern und mit abgespreizten Ellbogen, auch ihre Tante Amelia. Als ihre Mutter sie aus dem Zimmer führte, warfen sie noch einen Blick zurück durch die Tür und sahen, daß der Mann in dem langen Überrock und ein anderer fremder Mann den Deckel über den Sarg gelegt hatten und ihn leise und schnell zuschraubten.

Walter Starr stand mitten in der Diele und sah aus, als wisse er nicht recht, was er tun solle.

Ihre Mutter ging direkt auf ihn zu. «So, Walter, jetzt sind wir fertig», sagte sie. Er nickte sehr schüchtern und trat ein wenig zur Seite, als sie sich den Kindern zuwandte.

«Nun müßt ihr wieder gehen», sagte sie. «Ihr fahrt wieder zu Mr. Starr, so wie er es euch heute morgen gesagt hat. Dort müßt ihr schön artig und ruhig sein, und am Nachmittag wird Mr. Starr euch wieder zu Mutter zurückbringen.» Sie strich Catherines kleinen Kragen glatt. «Und jetzt lebt wohl», sagte sie. «Wir sehen uns bald wieder.» Sie küßte sie flüchtig.

Am Nachmittag. Bald.

Sie gingen so leise durch die Wohnzimmertür, über die leere Veranda und die Stufen hinunter, daß es Rufus vorkam, als schlichen sie sich heimlich wie Diebe davon.

Als sie mit Mr. Starrs Wagen beinahe bei seinem Haus angelangt waren, bog Mr. Starr plötzlich überraschend um eine Ecke und dann um noch eine und sagte dann zu den Kindern: «Ich nehme an, ihr möchtet es gern sehen. Vielleicht auch nicht, aber wahrscheinlich werdet ihr später froh darüber sein, daß ich euch noch einmal zurückgefahren habe.» Und er fuhr etwas rascher die schweigende, leere Straße hinauf, bog dann noch einmal um eine Ecke und fuhr ganz leise und langsam weiter, bis er schließlich anhielt.

Sie befanden sich jetzt in der Seitenstraße, genau gegenüber von Dr. Dekalbs Haus und gegenüber der Straßenecke und dem großen Rasenplatz. Sie konnten das Haus ihres Großvaters sehen und alles, was dort vorging, und sie wußten, daß man sie von dort aus nicht sehen konnte. Sechs Männer, ihr Onkel Andrew, ihr Onkel Ralph, ihr Onkel Hubert Kane, ihr Onkel George Bailey, Mr. Drake und ein Mann, den sie noch nie gesehen hatten, trugen einen langen grauen, mit Handgriffen versehenen glänzenden Kasten langsam und vorsichtig über den etwas gebogenen Ziegelweg vom Haus her zur Straße, und sie begriffen, daß dies der Kasten war, in dem ihr Vater lag, und daß er sehr schwer sein mußte. Die Männer waren von unterschiedlicher Größe, so daß Onkel Andrew, der sehr groß war, und Onkel George Bailey, der noch größer war, ein bißchen in den Knien einknicken mußten, während Onkel Hubert, der kleinste der Gruppe, sich nach außen lehnte und seinen Arm etwas hob. Direkt hinter ihnen, noch langsamer als die Männer, kamen ihr Großvater und eine große, in schwarze Schleier gehüllte Frau, die sie an ihrer hohen Statur und ihrer anmutigen und demütigen Haltung als ihre Mutter erkannten, und gleich hinter ihr, mit Tante Jessie an der einen Seite und Vater Jackson an der anderen, kam eine zweite schwarzverschleierte Frau. Sie war klein und hinkte, und daran erkannten sie ihre Großmutter Follet. Und direkt hinter ihnen kamen Oma und Tante Hannah und Tante Sally und Tante Amelia und Tante Celia Gunn und Mrs. Gunn und Miss Bess Gunn und der alte Mr. Kane und Miss Annie Field und Miss Nettie Field und Dr. Dekalb und Mrs. Dekalb und Onkel Gordon Dekalb, und noch immer waren die Veranda und die Treppe zum Vorgarten voll von schwarzgekleideten Menschen, deren Gesichter und Gestalten sie undeutlich erkennen konnten, an deren Namen sie sich jedoch nicht erinnerten. Darunter waren noch eine Menge anderer Leute, von denen sie nicht einmal wußten, ob sie sie je gesehen hatten. Und immer mehr Leute schoben sich langsam durch die Haustür auf die Veranda. Und auf dem Hügel neben dem Haus, etwas weiter hinten, stand ein glänzend schwarzes Auto, und zwei kleine, flinke Männer in schwarzen Anzügen gingen ständig zwischen dem Haus und dem Wagen hin und her und holten Arme voll leuchtend bunter Blumen aus dem Haus und verstauten sie in dem Auto. Und unten vor der vorderen Treppe stand der Mann mit dem langen Überrock, der sie vorhin zum Sarg geführt hatte. Jetzt hob er mit einer befehlenden Geste den Arm, und gezogen von drei glänzend schwarzen Pferden und einem glänzend rotbraunen Pferd rollte ein langer, schmaler, hoher Kasten aus glitzerndem schwarzem Material und schwarzem Glas heran. Die Pferde zogen ihn ein Stück vorwärts, und dann noch ein Stückchen, bis sein schwarzes, glitzerndes Ende sich direkt vor den Treppenstufen befand. Die Männer, die den Sarg ihres Vaters herausgetragen hatten, standen jetzt zögernd oben auf den Stufen, und der Mann in dem langen Überrock nickte ihnen höflich zu, während er sich herumdrehte und die glänzend schwarzen Türen des großen, so sonderbar blind aussehenden Wagens öffnete. Vorsichtig und unsicher schritten die Männer die schmalen Stufen hinunter und drängten sich dann ein wenig zusammen, und der Mann im Überrock trat von den geöffneten Türen zurück und schien mit ihnen zu sprechen und ihnen mit ein paar Handbewegungen Anweisungen zu geben. Und während ihre Mutter und ihr Großvater abwartend auf der obersten Stufe standen und hinter ihnen die dunkle Menge der Trauergäste, hoben die Männer, die ihren schweren Vater heruntergetragen hatten, den Sarg an. Es sah aus, als sei es sehr schwer, ihn hochzuheben, und als gäben die Männer sich zwar Mühe, täten es aber dennoch ungern. Aufmerksam, mit vorsichtigem Rucken und Stoßen, schoben sie den Sarg so tief in den schwarzen Wagen, daß nur noch die scharfe hintere Kante zu sehen war. Die Kinder hörten eine Straßenbahn heranrollen. Und der Mann in dem langen Überrock schloß eine der Türen, und sie konnten nur noch eine Ecke des Sargs sehen, und dann schloß er die andere Tür, und sie konnten ihn gar nicht mehr sehen, und er befestigte den glänzenden silbernen Handgriff, der die Türen zuschloß, und eines der Pferde zuckte mit den Ohren, und die Straßenbahn, die angehalten hatte, wurde nun lauter. Und der lange dunkle Wagen wurde ein paar Schritte vorgezogen, hielt wieder, und eine geschlossene, glänzend schwarze Kutsche fuhr vor und nahm seinen Platz ein, und die Straßenbahn fuhr vorbei, und sie konnten sehen, wie sich hinter ihren Scheiben Köpfe herumdrehten, und einen Mann, der seinen Hut abnahm. Nun kamen ihre Mutter und ihr Großvater die Stufen herunter, und ihr Großvater half ihrer Mutter in den Wagen zu steigen, und dann kamen ihre Großmutter Follet und ihre Tante Jessie und Vater Jackson die Stufen herunter, und ihr Großvater und Vater Jackson halfen ihrer Großmutter Follet in den Wagen, und dann halfen sie Tante Jessie hinein, und das Geräusch der Straßenbahn wurde schwächer, und Onkel Ralph trat beiseite, damit ihr Großvater einsteigen konnte. Dann traten beide zur Seite, damit ihre

Großmutter Lynch einsteigen konnte, und nach einigen Bemühungen fand auch ihre Großmutter noch Platz, und Onkel Ralph stieg hinter ihr ein, und dann wurden die Vorhänge zugezogen und das lange dunkle Auto und die dunkle Kutsche rückten vor, und ein zweiter Wagen nahm seinen Platz ein, und dann rückte eine lange Reihe von Wagen und Autos nach kurzem Zögern einige Meter vor, und ein Mann, der gegenüber dem Haus auf dem leeren Bürgersteig gestanden hatte, ging in westlicher Richtung weiter, überquerte direkt vor den Kindern die Straße und setzte seinen Hut wieder auf, als er den Kantstein nach der nächsten Kreuzung erreicht hatte. Und sie hörten das verebbende Rasseln der Straßenbahn, aber noch lauter das Schilpen von zwei Sperlingen, die sich auf der Straße um einen Bissen zankten, und Mr. Starr sagte: «Wir fahren jetzt wohl lieber», und sie bemerkten, daß er den Motor gar nicht abgestellt hatte, denn sobald er das gesagt hatte, begann er so leise und vorsichtig wie möglich nach rückwärts zu fahren. Er lenkte den Wagen rückwärts um die Ecke, und dann fuhren sie langsam dieselbe ruhige Seitenstraße hinunter, durch die sie hergekommen waren.

Als Mr. Starr den Wagen vor seinem Haus zum Stehen gebracht hatte, blieb er zunächst noch sitzen und sagte: «Vielleicht ist es besser, wenn ihr nichts davon erzählt.» Er machte noch immer keine Anstalten auszusteigen, und darum blieben auch sie still sitzen. «Nein», sagte er nach einer kurzen Pause, «sagt nur, was ihr wollt.» Er sah sie nicht an; er hatte sie die ganze Zeit über nicht angesehen. Sie schauten auf die gleitenden Schatten und die wehenden Blätter.

Er stieg aus dem Wagen, öffnete die Tür neben ihnen und streckte Catherine die Hände entgegen.

«Da sind wir», sagte er.

20. Kapitel

Das Haus hallte und strömte noch immer einen betäubenden Nelkenduft aus.

Ihre Mutter war im Ostzimmer.

«Meine beiden Kleinen», sagte sie. Sie sah aus, als habe sie eine lange Reise hinter sich, und jetzt waren sie sicher, daß alles anders geworden war. Sie schmiegten sich mit den Köpfen an sie und wußten dabei doch, daß nichts wieder so sein würde, wie es gewesen war, und sie drückte sie so fest an sich, daß sie ihren Körperduft verspüren konnten, und sie liebten sie – aber das half auch nichts.

Sie konnte kein Wort sagen, und auch ihnen war der Mund verschlossen. Sie fühlten allmählich, daß sie im stillen betete, und nun empfanden sie nicht mehr Liebe, sondern Kummer und warteten wohlerzogen, daß sie ihr Gebet beendete.

«Wir werden jetzt hier bei Oma und Opa bleiben», sagte sie schließlich. «Wenigstens bis morgen.» Und wieder wußten sie nichts zu sagen und schwiegen.

Die Hände, die auf ihnen ruhten, waren nur noch schwer. Rufus rückte etwas näher und versuchte die verlorengegangene Innigkeit wiederzugewinnen. Im selben Augenblick bog sich Catherine ein wenig zurück.

Er versteht, dachte seine Mutter. Aber Catherine war widerspenstig, und sie mußte sich alle Mühe geben, ihr das nicht zu verübeln. Catherine bemerkte sofort, daß ihr Bruder ihr vorgezogen wurde, und fühlte sich bitterlich verletzt. Die Mutter spürte diesen Schmerz in ihrem eigenen Körper und lockerte ihren Arm gerade in dem Augenblick, als Catherine sich am sehnlichsten wünschte, fest und innig umschlungen zu werden. An der Art, wie die Mutter den Arm um ihn legte, konnte Rufus ihre Gedanken erkennen. Sie hält mich für besser, als ich bin, dachte er. Es kam ihm vor, als habe man ihm eine Lüge geglaubt; aber diesmal konnte er sich nicht darüber freuen.

«Gott, segne meine Kinder», flüsterte sie. «Gott, segne und beschütze uns alle.»

«Amen», flüsterte Rufus höflich. Er versuchte, sein Unbehagen loszuwerden, indem er sich noch dichter an sie drängte, und er fühlte, wie ihre Hand ihn noch fester faßte. Wie versteinert vor Kummer und Einsamkeit stand Catherine daneben.

Und so verharrten sie, die getäuschte Mutter, der lügnerische Sohn und die in ihrem Innersten verwundete Tochter. So fand Andrew sie vor, und nach einem Blick auf dieses rührende Bild stöhnte er innerlich auf und sagte zu sich selber: «Die Heilige Familie ist nichts dagegen!»

«Komm mit, wir machen einen Spaziergang», sagte er zu Rufus. Von der vorderen Veranda aus sah Catherine ihnen nach, solange sie konnte. Dann rückte sie einen der Stühle von der Wand ab, setzte sich hinein und schaukelte. Sie hatte das Gefühl, daß sie ruhig ein bißchen schaukeln konnte, falls sich das ohne Geräusch machen ließ, und das wollte sie versuchen. Aber so langsam und vorsichtig sie sich auch bewegte, die Kufen des Schaukelstuhls knirschten doch auf dem Bretterboden der Veranda, und der Stuhl knackte leise. Sie hörte auf zu schaukeln, weniger, weil sich den Lärm als unpassend empfunden hätte, als vielmehr, weil sie nicht gehört werden wollte. Dann saß sie ein Weilchen still, die Arme lang ausgestreckt auf den Armlehnen des Stuhls, und schaute durch das Gitter auf den Rasen und die Straße hinunter. Ein Rotkehlchen hüpfte schwerfällig über den Rasen. Es warf ihr einen kurzen, harten Blick zu und dann noch einen, so kurz und hart wie ein Nadelstich. Daraufhin kümmerte es sich nicht mehr um sie, sondern hüpfte weiter und pickte immerzu auf das kurze Gras ein, mit ruckartigen Kopfbewegungen, die ebenso kurz und hart waren wie seine Blicke.

Drüben auf der anderen Straßenseite sah sie Dr. Dekalb auf sein Haus zugehen; er trug noch immer seinen schwarzen Anzug. Sie dachte daran, wie ihr Vater immer schon von weitem gewinkt hatte, und wartete nun auf den Augenblick, an dem er herübersehen und winken würde; aber er winkte nicht und sah nicht einmal herüber. Er ging geradewegs ins Haus.

Hinten im Seitengarten sah sie Mrs. Dekalb zwischen ihren Blumen herumhantieren. Sie trug ein langes weißes Kleid und lange weiße Handschuhe und hatte sich eine Papiertüte auf den Kopf gesetzt. Sie beugte sich mit steifen Knien tief über die Blumen, und wenn sie weitergehen wollte, richtete sie sich zu ihrer mageren Größe auf, ergriff mit einer Hand ihren Rock und hob ihn ein wenig hoch, so wie Oma, wenn sie auf der Straße vom Bürgersteig heruntertrat. Dann beugte sie sich wieder tief vornüber, als lehne sie sich über das Bett eines Kindes, um ihm gute Nacht zu sagen.

Es waren nur wenige Leute auf der Straße, und die meisten kamen von der Stadt her.

Der wilde Orangenbaum neben der Veranda streckte seine Blätter so träge in die Luft, als schliefe er. Hin und wieder bewegten die Blätter sich ein wenig, dann verharrten sie wieder in Reglosigkeit.

Das Rotkehlchen hatte einen Wurm gepackt. Es stemmte sich nach hinten und zog mit aller Kraft. Der Wurm drehte sich wie ein Gummiband und riß dann in zwei Teile auseinander; Catherine verspürte dieses Reißen in ihrem Magen. Der Vogel schluckte rasch hinunter, was er im Schnabel hatte, schnappte dann blitzschnell zu, bekam das restliche Ende des Wurms zu fassen und zog daran. Wieder dehnte der Wurm sich, aber er riß nicht, sondern kam völlig aus der Erde heraus. Catherine sah, wie er sich krümmte, als der Vogel mit ihm wegflog. Das Rotkehlchen schwang sich in einer großen Kurve zwischen den Ästen eines Baums im Seitengarten aufwärts, und gleich darauf hörte Catherine die piepsenden Schreie der jungen Rotkehlchen.

Jetzt stand Dr. Dekalb neben seiner Frau, und die beiden sahen sich an und redeten miteinander. Sie war größer als er, aber er war dicker. Er hatte seinen Rock ausgezogen und auf seinem Rücken kreuzten sich die blaßblauen Hosenträger. Sein Hals über dem weißen Hemd war dunkelrot.

Sie schaute am Häuserblock entlang bis zur nächsten Straßenkreuzung und bemerkte, daß auch noch andere Leute unterwegs waren. Sie wirkten in der Entfernung winzig klein, sahen müde aus, gingen jedoch ziemlich schnell, und fast alle diese Leute kamen ebenfalls aus der Stadt.

Onkel Gordon Dekalb ging auf sein Haus zu. Auch er trug noch den dunklen Anzug und hielt seinen Hut in der Hand. Er hatte einen dicken Bauch und watschelte wie eine Ente. Sogar von der Veranda aus konnte Catherine sehen, wie erhitzt und dick sein Gesicht und sein Nacken waren. Onkel Andrew sagte immer, er sähe aus, als habe er den ganzen Mund voll heißen Kartoffelbrei. Er blickte auf und sah zu dem Haus herüber, und Catherine hob ihre Hand, aber er schaute rasch wieder weg und ging quer über den Rasen auf seine Eltern zu. Und nun sprachen die drei miteinander. Plötzlich hörte Catherine ein leises Geräusch und schrak zusammen; dann erkannte sie, daß es aus dem Wohnzimmer kam. Jetzt war nichts mehr zu hören. Sie stand lautlos von ihrem Stuhl auf und schlich sich zu dem Fenster an der Verandaecke. Oma hatte das Klavier geöffnet und saß davor; Catherine konnte die Tasten sehen. Lange saß Oma da, ohne die Hände aus ihrem Schoß zu heben. Dann stand sie auf, klappte den Klavierdeckel wieder zu und ging ins Grüne Zimmer. Sie trug ihre Schürze über dem Kleid. Doch bevor Catherine noch vom Fenster weggetreten war, kam sie wieder herein (so weit kann sie nicht sehen, sagte sich Catherine rasch zu ihrer eigenen Beruhigung), blickte sich mit ihren blinzelnden, kurzsichtigen Augen etwas ängstlich um, schob die Lippen vor und setzte sich wieder an das Klavier. Dann klappte sie den Deckel noch einmal hoch, legte ihre Hände mit einer entschlossenen Bewegung auf die Tasten und bewegte die Finger; aber es erklang kein einziger Ton. Oma kann nicht gut hören, erinnerte sich Catherine; wir müssen ganz laut mit ihr sprechen. Deshalb kann sie auch nicht richtig hören, wenn sie Klavier spielt. Sie hatte sich über die Tasten gebeugt und hielt den Kopf schief, das gute Ohr nahe an die Tasten heran, wie immer, wenn sie Klavier spielte, und ihre Füße traten die Pedale, und doch war kein Ton zu hören.

Aber warum kann *ich* nichts hören, fiel es Catherine plötzlich ein. Ich höre es doch sonst immer. Sie wartete und lauschte sehr angestrengt: nicht ein Ton.

Catherine hatte auf einmal das Gefühl, als lausche sie durch eine langes schwarzes Hörrohr; aber dann machte sie sich klar, daß sie ja immer noch die Schritte der Leute auf der Straße und die Geräusche hören konnte, die aus der Stadt heraufdrangen, und nun wußte sie auch, warum sie keine Musik hörte. Oma drückte nur die Tasten herunter, ohne ein Geräusch zu machen.

Dann kam direkt neben Catherine ihr Großvater durch die Tür und blieb abrupt stehen. Er schaute auf Oma. Er konnte auch nicht gut hören, aber immer noch besser als Oma; er saß immer hier hinten in der Zimmerecke, wenn musiziert wurde. Also mußte er es auch merken. Ein paar Sekunden stand er abwartend da, dann ging er rasch durchs Zimmer, bis er hinter ihrem Stuhl angekommen war, und seine beiden Hände hoben sich, als wolle er gleich ihre gebeugten Schultern oder ihr Haar berühren. Aber dann blieb er wieder einen Moment reglos stehen, drehte sich um und ging noch schneller und leiser hinaus, als er hereingekommen war, und er machte dabei ein so nachdenkliches Gesicht, daß Catherine genau wußte, er hatte sie nicht bemerkt.

Nun hörte Oma auf, ließ ihre Hände auf den Tasten ruhen und strich nur noch einmal langsam über die schwarzen

Tasten und die dazwischenliegenden weißen. Dann nahm sie ihre Hände herunter und faltete sie in ihrem Schoß. Darauf erhob sie sich, klappte den Klavierdeckel zu und ging hinüber ins Grüne Zimmer.

Dr. Dekalb und Mrs. Dekalb und Onkel Gordon waren nicht mehr im Garten.

Wo ist Papi?

Plötzlich konnte sie es nicht mehr ertragen, allein zu sein. Sie ging durch die Diele ins Ostzimmer, aber ihre Mutter war nicht mehr dort. Sie ging den Flur hinunter auf das Eßzimmer zu und hörte ihre Großmutter in der Speisekammer wirtschaften, aber sie wollte sie nicht sehen und auch nicht von ihr gesehen werden. Darum huschte sie auf den Zehenspitzen quer durch das Eßzimmer und schlich sich im Schutz des großen Eßtischs ins Grüne Zimmer. Aber auch dort war niemand. Sie schaute aus dem Fenster und sah ihren Großvater mitten im Garten stehen und aufmerksam einen großen Busch betrachten. Sie lief durch den betäubenden Duft des Eßzimmers zurück und stieg schnell und leise die Vordertreppe hinauf; Tante Amelias Zimmer war verschlossen.

Ihr Gesicht war unterdessen ganz heiß geworden, und die Tränen kullerten ihr über die Wangen. Sie rannte den Flur entlang. Verschlossen. Auch Tante Hannahs Tür war verschlossen. Dahinter vernahm sie ein kühles, sanftes, verwehendes Stimmengemurmel: Tante Hannahs Stimme, die Stimme ihrer Mutter. Sie preßte ihr Ohr an die Tür und horchte.

O GOTT, Schöpfer und Bewahrer aller Dinge, wir flehen Dich demütig an für alle Arten und Stände der Menschen, daß Du ihnen Deine Wege gnädig weisen und allen Völkern das Heil der Erlösung vor Augen stellen mögest. Vor allem aber bitten wir für Deine heilige allumfassende Kirche, auf daß sie in Deinem Geiste gelenkt und regiert werde und auf daß alle, die sich als Christen bekennen, auf den Weg der Wahrheit geleitet werden und in der Einheit des Geistes, in Frieden und in der Rechtschaffenheit ihres Lebens ihren Glauben bewahren mögen. Endlich empfehlen wir Deiner väterlichen Güte all jene, die in ihrem Geist, ihrem Körper oder ihrem Hab und Gut betrübt oder verzweifelt sind, auf daß es Dir gefalle, sie in ihrem Leid zu trösten und ihnen zu helfen, ihnen Geduld im Schmerz zu verleihen und ihnen ein Ende all ihrer Kümmernisse zu gewähren. Dies bitten wir Dich um Jesu Christi willen. Amen.

ALLMÄCHTIGER Gott, Vater aller Gnaden, wir, Deine unwürdigen Diener, danken Dir aus demütigem Herzen für all Deine Güte und göttliche Gnade, die Du uns und allen Menschen erwiesen hast. Wir preisen Dich um unserer Erschaffung und Erhaltung und um aller Segnungen dieses Lebens willen, vor allem aber für Deine unaussprechliche Liebe, die Du uns mit der Erlösung der Welt durch unseren Herrn Jesus Christus bezeugt hast, für die Beweise Deiner Gnade und die Hoffnung auf die ewige Seligkeit. Und wir flehen Dich an, uns den rechten Sinn für all Deine Segnungen zu verleihen, auf daß unsere Herzen Dir in unverbrüchlicher Dankbarkeit zugewendet bleiben und wir nicht nur mit unseren Lippen, sondern auch durch unser Leben Deinen Ruhm verkünden, indem wir uns Deinem Dienste weihen und in Heiligkeit und Rechtschaffenheit all unsere Tage vor Dir wandeln. Durch Jesus Christus, unsern Herrn, dem mit Dir und dem Heiligen Geist alle Ehre und aller Ruhm der Welt ohne Ende gebührt. Amen.

Die Stimme ihrer Mutter schwankte und brach. Tante Hannah sprach ruhig und leise weiter, so wie sie begonnen hatte, bis sie bei dem Schlußwort angelangt war. Dann sagte sie, noch heiser: «So, Mary, meine Liebe, laß uns aufhören.» Nach einer kurzen Pause hörte Catherine die Stimme ihrer Mutter, gebrochen und fast schrill: «Nein, nein, nein, nein. Ich habe dich darum gebeten, Tante Hannah. Ich... ich...» Und wieder Tante Hannahs Stimme: «Wir wollen aufhören.»

Und die Stimme der Mutter: «Nein. Ich könnte es sonst nicht ertragen.»

Und Tante Hannahs Stimme: «Gut, Mary. Gott segne und beschütze dich. Ja, ja.»

Und die Stimme der Mutter: «Nur eine Minute noch, dann bin ich wieder ruhig.»

Stille.

Und dann Tante Hannahs Stimme, kühl und sanft: – – – – und die Stimme ihrer Mutter: – – – –

Mucksmäuschenstill schlich sich Catherine durch die offene Tür gegenüber von Tante Hannahs Zimmer und versteckte sich unter dem Bett ihrer Großeltern. Sie weinte nicht mehr. Sie hatte nur noch den einen Wunsch, nie wieder von einem Menschen gesehen zu werden. Sie lag auf der Seite und schaute nieder auf das grobe Gewebe des Teppichs. Als Tante Hannahs Tür aufging, erschrak sie so, daß ihr der Atem stockte und sie die Knie hochzog und fest gegen ihre Brust preßte. Und als unten die Stimmen nach ihr zu rufen begannen, kroch sie noch mehr in sich zusammen, und als sie die Schritte auf der Treppe und die wachsende Besorgnis in den Stimmen hörte, begann sie am ganzen Körper zu zittern. Doch als die Stimmen auf dem Flur ertönten, war sie bereits unter dem Bett hervorgekrochen und saß mit dem Rücken zur Tür auf der Bettkante, und als jemand hereinkam, klopfte ihr Herz zum Zerspringen.

«Da bist du ja!» rief ihre Mutter. Und Catherine wandte sich um und erschrak über die Angst der Mutter und die Tränen auf ihrem Gesicht. «Hast du uns denn nicht gehört?»

Sie schüttelte den Kopf, nein.

«Aber wie ist denn das möglich – hast du geschlafen?»

Sie nickte, ja.

«Ich dachte, sie wäre bei dir, Amelia.»

«Und ich dachte, sie wäre bei dir oder Mama.»

«Ja, wo in aller Welt hast du denn gesteckt, mein Herzchen? Warst du ganz allein?»

Catherine nickte. Ihre Unterlippe schob sich immer weiter

vor. Sie merkte, wie ihr Kinn zu zittern begann, und empfand einen tiefen Haß gegen alle Menschen.

«Aber mein Kleines, komm doch her zu Mutter!» Ihre Mutter bückte sich und ging mit ausgestreckten Armen auf sie zu, und Catherine lief ihr entgegen, so schnell sie konnte, preßte ihren Kopf in sie hinein und weinte herzzerbrechend. Und erst als ihre Mutter freundlich sagte: «Jetzt sieh nur dein Höschen! Das ist doch wieder pitschnaß!», merkte sie, daß dies wirklich so war.

Andrew hatte Rufus noch nie zu einem Spaziergang aufgefordert, und Rufus fühlte sich geehrt und gab sich große Mühe, mit ihm Schritt zu halten. Jetzt, so meinte er, würde er vielleicht etwas darüber zu hören bekommen – aber fragen wollte er lieber nicht. Als sie ein Stück hinter dem Haus seines Großvaters in eine Gegend kamen, die ihm unbekannt war, griff er nach Andrews Hand, und Andrew nahm sie, aber er tat es steif und unpersönlich und sah auch nicht auf ihn herab. Jetzt wird er es mir gleich erzählen, dachte Rufus. Oder doch wenigstens etwas sagen. Aber sein Onkel sprach kein Wort. Als Rufus, der einen halben Schritt hinter ihm war, zu ihm aufblickte, sah er, daß sein Onkel über irgend etwas böse war. Er sah so starr geradeaus, daß Rufus vermutete, daß er in Wirklichkeit nirgendwohin sah, und auch als er vom Bürgersteig herunterging und auf der anderen Straßenseite wieder hinauf, änderte sich der Ausdruck seiner Augen nicht. Er hatte die Stirn gerunzelt und die Nasenflügel hochgezogen, als rieche er etwas Unangenehmes. Habe ich irgend etwas angestellt? überlegte Rufus. Nein, sonst hätte er mich nicht zu einem Spaziergang aufgefordert. Oder doch, er würde es wohl auch tun, wenn er wirklich böse auf mich wäre und mir eine Strafpredigt halten wollte, ohne zu Hause viel Aufsehen zu machen. Aber er sagt ja überhaupt nichts. Also wird er mir wahrscheinlich auch keine Strafpredigt halten wollen. Vielleicht denkt er nach. Vielleicht über Papi. Die Beerdigung. (Er sah wieder das Sonnenlicht auf dem Leichenwagen, als dieser sich in Bewegung setzte.) Was haben sie wohl alle da draußen getan? Sie haben ihn in die Erde gesenkt und dann all die Blumen darübergelegt. Dann haben sie ihre Gebete gesprochen und dann sind sie wieder nach Hause gegangen. Auf dem Greenwood-Friedhof. Er sah in Gedanken ein deutliches Bild des Greenwood-Friedhofs: es war ein niedriger Hügel und zwischen den weißen Steinen standen viele grüne Bäume, auf die die Sonne schien und durch die der Wind blies, und mittendrin war ein großer Blumenhaufen, und unter den Blumen, in einem geschlossenen Sarg, lag, genauso wie er heute morgen dagelegen hatte, sein Vater. Nur daß es jetzt dunkel darin war und man ihn nicht mehr sehen konnte. Es würde immer dunkel bleiben da drin. Dunkel wie in dem Bauch einer Kuh.

«Doch die Sonn' wird wieder scheinen und der Wind wird wieder wehn.»

Das Kratzen der Nadel auf der Grammophonplatte war in seinen Ohren, und er sah die vielen scharfen, grimmig blinkenden Zähne von Buster Browns Hund.

«Wenn irgendwas mich je dazu bringen kann, an Gott zu glauben», sagte sein Onkel.

Rufus blickte rasch zu ihm auf. Sein Onkel starrte noch immer vor sich hin, und er machte noch immer ein ärgerliches Gesicht, aber der Klang seiner Stimme war nicht ärgerlich.

«Oder an ein Leben nach dem Tod», sagte er.

Sie strengten sich jetzt an und atmeten schwer, denn sie stiegen den steilen Hügel in westlicher Richtung gegen Fort Sanders empor. Der Himmel vor ihnen war hell, und sie gingen zwischen den hellen, gleitenden Schatten der Bäume.

«Dann ist es das, was heute nachmittag geschehen ist.»

Rufus schaute vorsichtig zu ihm auf.

«Da waren eine Menge Wolken», sagte sein Onkel und starrte weiter vor sich hin. «Aber sie zogen so rasch über den Himmel, daß auch viel Sonne da war. Gerade als sie anfingen, deinen Vater in die Erde hinabzulassen, kam eine Wolke und warf einen Schatten so grau wie Eisen, und ein ganz wunderbarer Schmetterling setzte sich auf den – Sarg, und er blieb da sitzen, direkt über der Brust deines Vaters, und er bewegte nur ganz leicht die Flügel, so wie ein Herz klopft.»

Andrew stockte und sah jetzt zum erstenmal zu Rufus herab. Seine Augen blickten verzweifelt. «Er blieb die ganze Zeit da unten, Rufus», fuhr er dann fort. «Er regte sich nicht, sondern bewegte nur ein bißchen die Flügel, bis der Sarg den Boden schrammte – wie ein Ruderboot. Und genau in diesem Augenblick kam die Sonne heraus, strahlend hell, und er flog auf aus diesem – Erdloch, geradewegs in den Himmel hinein, so hoch, daß ich ihn nicht mehr sehen konnte.» Andrew begann wieder den Hügel hinaufzusteigen, und Rufus strengte sich mächtig an, um ihm nachzukommen.

«Meinst du nicht auch, daß das fast wie ein Wunder ist, Rufus?» fragte er und sah wieder starr und wie verzweifelt vor sich hin.

«Ja», sagte Rufus, denn nun hatte sein Onkel ihn wirklich etwas gefragt. «Ja.» Es war sicher nicht genug, aber mehr konnte er einfach nicht sagen.

«Wenn es überhaupt so etwas gibt wie ein Wunder», sagte sein Onkel, «dann war *das* sicherlich eines.»

Ein Wunder. Wunderbar. Er fragte wohl besser nicht, was diese Worte bedeuteten. Er sah deutlich einen riesigen Schmetterling vor sich, der langsam und leise seine Flügel bewegte, und er sah die Farben dieser Flügel, und wie der Schmetterling pfeilschnell in den Himmel hinaufschoß, und wie die Farben im Sonnenschein flammend aufglänzten, und nun hatte er wohl auch die richtige Vorstellung, was das Wort ‹wunderbar› bedeutete. Aber ‹ein Wunder›? Wieder sah er den Schmetterling, der mit seinen großen, leise bebenden Flügeln dasaß. Vielleicht war die Art, wie die bunten Streifen und Punkte auf den Flügeln Muster bildeten, ein Wunder, oder vielleicht auch das helle Flirren der Farben im Licht, als er hochflog, geradewegs in den Himmel hinein. Wunderbar. Ein Wunder.

Er sah das Bild so deutlich vor sich, weil auch sein Onkel es deutlich gesehen hatte, als er ihm davon erzählte, und das, was er sah, ließ ihn fühlen, daß etwas Besonderes und Gutes geschehen war. Er fühlte, daß es für seinen Vater gut war und daß seine Verbannung in diese Dunkelheit nun gar nicht mehr soviel ausmachte. Er wußte nicht, worin dieses Gute eigentlich bestand, aber da sein Onkel sagte, daß es gut war, und es so stark empfand, mußte es etwas so Gutes sein, wie er es überhaupt nicht zu fassen vermochte. Sein Onkel hatte sogar davon gesprochen, daß er an Gott glaubte, oder doch zumindest gesagt, daß etwas ihn dazu bringen könnte, an Gott zu glauben. Nie zuvor hatte er seinen Onkel über Gott sprechen hören, höchstens in der Form, daß er Ihn oder doch die Menschen, die an Ihn glaubten, nicht leiden konnte. Darum mußte das, was geschehen war, so gut sein, wie nur überhaupt etwas gut sein konnte. Und plötzlich wurde ihm klar, daß sein Onkel nicht mit irgendwelchen anderen Menschen, sondern allein mit ihm darüber gesprochen hatte, und dieser Gedanke ließ ihn vor Stolz und Liebe tief aufseufzen. Den Leuten gegenüber, die an Gott glaubten, hätte Onkel Andrew es nicht zugegeben, und denen, die nicht an Ihn glaubten, würde er es auch nicht erzählen, denn es war ihm sehr wichtig, und er wollte nicht, daß jemand darüber lachte. Aber mit irgend jemandem mußte er darüber sprechen, und darum hatte er es ihm erzählt. Und damit war alles viel besser geworden, als es vorher gewesen war, das, was seinen Vater betraf und auch seinen Kummer, weil man ihn nicht dorthin mitgenommen hatte, wo er so sehnlichst hingewollt hatte. Das alles war jetzt gut geworden, beinahe. Das mit seinem Vater war nicht gut, weil er nie wiederkommen konnte, aber es war doch jedenfalls besser als zuvor. Und sein Kummer, weil man ihn nicht mitgenommen hatte, war vorüber, denn jetzt war es fast so, als sei er selber mit dort gewesen und habe es mit eigenen Augen gesehen, alles, auch den Schmetterling. Und damit war erwiesen, daß auch das, was seinen Vater betraf, wieder gut sein mußte. Es war gut so, und er fühlte es genau wie sein Onkel. Er hätte es keinem Menschen erzählen oder mit ihm darüber sprechen mögen, auch seiner Mutter nicht und nicht einmal seinem Vater, falls dies möglich gewesen wäre. Und auch mit seinem Onkel mochte er nicht darüber reden, nun, da alles gesagt war.

«Und dieser Schweinehund!» sagte sein Onkel plötzlich.

Er war sich nicht sicher, was dieser Ausdruck bedeutete, aber er wußte, daß dies die schlimmste Bezeichnung war, mit der man einen Menschen überhaupt belegen konnte. Wenn man jemanden so nannte, dann mußte der andere einen schlagen und hatte ein Recht darauf, einen umzubringen. Er hatte das Gefühl, als habe er einen Stoß in die Magengrube erhalten.

«Dieser Jackson!» sagte Andrew; er sah böse und wütend aus, und Rufus merkte, daß er vorher eigentlich noch gar nicht böse gewesen war. «*Vater* Jackson», fuhr Andrew fort, «wie er unbedingt angeredet werden will. Weißt du, was er getan hat?»

Sein Onkel sah ihn so erregt an, daß Rufus erschrak. «Was?» fragte er.

«Er hat gesagt, er könne nicht das vollständige Totengebet für deinen Vater sprechen, weil dein Vater nie getauft worden ist.» Onkel Andrew starrte immer noch auf Rufus und schien eine Antwort zu erwarten. Rufus schaute erschrocken und hilflos zu ihm auf. Er war froh, daß sein Onkel Vater Jackson nicht leiden konnte, aber darum schien es hier gar nicht zu gehen. Er wußte nicht, was er sagen sollte.

«Er sagte, es täte ihm unendlich leid», erzählte Andrew und karikierte dabei den Tonfall Vater Jacksons, «aber das sei eben ein kirchliches Gesetz.

Schöne Kirche!» stieß er dann wütend hervor. «Und so was nennt sich Christ! Da beerdigt er einen Mann, der hundertmal männlicher war, als er in seinem, raschelnden schwarzen Rock je sein kann, und hundertmal besser und anständiger dazu – aber nein, ‹da gibt es bestimmte Bitten und Empfehlungen für den Frieden seiner Seele, die ich dem Allmächtigen Gott gegenüber nicht aussprechen kann, weil er nie seinen Kopf unter den Weihwasserhahn gehalten hat›! Da kommen sie mit Kniebeugen und Verneigungen und Füßescharren und Bekreuzigen und all diesem widerlichen Hokuspokus an, aber wenn es dann um einen einzigen schlichten Akt christlicher Nächstenliebe geht, was geschieht? Die Regeln der Kirche verbieten es. Er gehört nicht zu unserem Klub.

Ich sage dir eines, Rufus, dabei kann man nur das große Kotzen kriegen.

Dieser – dieser Schmetterling hatte mehr von Gott in sich, als Vater Jackson in alle Ewigkeit zu sehen bekommen wird. Dieser eingebildete, heuchlerische Schweinehund!»

Sie standen am Rand von Fort Sanders und blickten über das Heideland und den eingedeichten Lehmboden, und Rufus bemühte sich, Ordnung in seine Gefühle zu bringen. Noch vor einer Minute war es ihm vorgekommen, als sei nun alles gut geworden, und jetzt war es wieder anders und unbegreiflich. Es war noch immer gut; alles, was sich zum Guten gekehrt hatte, war es noch, und er hätte nicht sagen können, warum sich das ändern sollte. Aber es fiel ihm schwer, sich das alles deutlich ins Gedächtnis zu rufen und sich zu erinnern, wie er empfunden hatte und warum es ihm gut vorgekommen war, denn sein Onkel hatte seitdem so vieles gesagt. Er war froh, daß Onkel Andrew Vater Jackson nicht leiden mochte, und er wünschte, daß seine Mutter ihn auch nicht mochte; aber das war nicht alles. Sein Onkel hatte mit solchem Haß über Gott und die Christen und den Glauben gesprochen, während er noch vor einer Minute voller Verehrung und sogar mit Liebe darüber gesprochen hatte – wenigstens war es ihm so vorgekommen. Doch das war nicht das Schlimmste. Als Onkel Andrew von den Leuten sprach, die niederknieten, sich verneigten und anderen ‹Hokuspokus› trieben, hatte Rufus begriffen, daß er damit nicht nur Vater Jackson meinte, sondern auch all die anderen, und daß er sie alle haßte. Er haßt Mutter, sagte er zu sich selber. Ja, ganz im

Ernst, er haßt sie. Und auch Tante Hannah. Er haßt sie alle. Sie hassen ihn nicht, nein, sie lieben ihn, aber er haßt sie. Aber in Wirklichkeit haßt er sie auch wieder nicht. Rufus erinnerte sich, wie oft sein Onkel schon bewiesen hatte, daß er die beiden Frauen liebte, und wie nett und fröhlich er immer mit ihnen gewesen war, als alles noch in Ordnung war und es ihnen gutging. Und er erinnerte sich auch, wie gut er in den letzten Tagen zu ihnen gewesen war. Dann haßt er sie also nicht, dachte er. Er liebt sie, genau wie sie ihn liebten. Aber trotzdem haßt er sie auch. Er hat über sie gesprochen, als würde er ihnen am liebsten ins Gesicht spucken. Wenn er mit ihnen zusammen ist, dann ist er nett zu ihnen, dann hat er sie gern und liebt sie sogar. Aber wenn er nicht mit ihnen zusammen ist und daran denkt, wie sie ihre Gebete sprechen und niederknien, dann haßt er sie. Wenn er mit ihnen zusammen ist, dann verhält er sich so, als liebte er sie; aber in Wirklichkeit fühlt er ganz anders. Er hat mir von dem Schmetterling erzählt. Ihnen würde er das nicht erzählen, weil er sie haßt. Aber ich hasse sie nicht, ich liebe sie, und er hat es mir wie ein Geheimnis erzählt, das er ihnen nicht sagen würde, ganz so, als wenn ich sie auch haßte.

Aber sie haben den Schmetterling ja auch gesehen. Natürlich haben sie ihn gesehen. Deshalb hat er es ihnen nicht erzählt und würde es auch nicht tun, weil es dabei für ihn gar nichts zu erzählen gäbe. Das ist es. Er hat es mir erzählt, weil ich nicht mit dabei war. Er wollte es irgend jemandem erzählen und hat gedacht, ich würde es vielleicht gern erfahren, und so war es ja auch. Aber ich will es nicht wissen, wenn er sie haßt. Und das tut er. Er haßt sie mit der Glut, die einem entgegenschlägt, wenn man die Tür eines Backofens aufmacht; aber er möchte nicht, daß sie es wissen. Er möchte nicht, daß sie es wissen, weil er sie nicht kränken will. Er möchte nicht, daß sie es wissen, weil er weiß, daß sie ihn lieben und glauben, er liebte sie auch. Aber wie kann er sie lieben, wenn er sie so haßt? Wie kann er sie hassen, wenn er sie liebt? Ist er böse auf sie, weil sie beten können und er nicht? Er könnte es doch, wenn er nur wollte; warum tut er es nicht? Weil er Gebete haßt. Und sie auch, weil sie die Gebete sprechen.

Er hätte seinen Onkel gern gefragt: «Warum haßt du meine Mutter?», aber er wagte es nicht. Während er so nachdachte, schaute er hinüber zu dem zerstörten Fort und dann wieder in das Gesicht seines Onkels, und er wünschte sich, er könnte ihn fragen. Aber er fragte nicht, und sein Onkel sprach auch nicht mehr. Nach ein paar Minuten sagte er nur: «Es ist Zeit, nach Hause zu gehen», und dann legten sie den ganzen Weg nach Hause schweigend zurück.

Rowohlt Jahrhundert

Band 1 und 2
Robert Musil,
Der Mann
ohne Eigenschaften

Band 3
Anatole France,
Die Götter dürsten

Band 4
Samuel Beckett,
Murphy

Band 5
Aldo Palazzeschi,
Die Schwestern
Materassi

Band 6
Ludwig Tieck,
Der Aufruhr in den
Cevennen

Band 7
Jerzy Andrzejewski,
Die Karwoche

Band 8
Romain Rolland,
Meister Breugnon

Band 9
Johannes Tralow,
Roxelane

Band 10
Charles Dickens,
Harte Zeiten

Band 11
Arthur Miller,
Brennpunkt

Band 12
Aleksej Tolstoi,
Peter der Erste

Band 13
Christoph Martin
Wieland,
Geschichte der
Abderiten

Band 14
Shichiro Fukazawa,
Schwierigkeiten beim
Verständnis der
Narayama-Lieder

Band 15
László Németh,
Abscheu

Band 16
Frank Norris,
Der Octopus

Rowohlt Jahrhundert

Band 17
Heinrich Mann,
Die Jugend des
Königs Henri Quatre

Band 18
Heinrich Mann,
Die Vollendung des
Königs Henri Quatre

Band 19
Walter Scott,
Das Herz von
Midlothian

Band 20
Erskine Caldwell,
Gottes kleiner Acker

Band 21
George Moore,
Esther Waters

Band 22
Halldór Laxness,
Weltlicht

Band 24
Upton Sinclair,
So macht man Dollars

Band 25
Martin Andersen Nexö
Überfluss

Band 26
Klabund, Bracke

Band 27
Sinclair Lewis, Babbitt

Band 28
Bolesław Prus,
Pharao

Band 29
Malcolm Lowry,
Unter dem Vulkan

Band 30
Nikolai Gawrilowitsch
Tschernyschewski,
Was tun?

Band 32
Arnold Ulitz,
Aufruhr der Kinder

Band 33
Ernst Barlach,
Der gestohlene Mond

Band 34
Leo Weismantel,
Gericht über
Veit Stoss

Rowohlt Jahrhundert

Band 58
Karl Zuchardt,
Der Spiessrutenlauf

Band 59
Jo Mihaly,
Gesucht: Stepan Varesku

Band 60
Milán Füst,
Die Geschichte
meiner Frau

Band 61
Vicente Blasco Ibañez,
Die Scholle

Band 62
Vladimir Nabokov,
Lushins Verteidigung

Band 63
Fjodor M. Dostojevskij,
Der Spieler

Band 64
Thomas Wolfe,
Schau heimwärts,
Engel!

Band 65
Carl Almqvist,
Der Juwelenschmuck
der Königin

Band 66
Nikolaj S. Leskov,
Der verzauberte
Wanderer

Band 67
Miguel Otero Silva,
Fieber

Band 68
Gottfried Keller,
Martin Salander

Band 69
Robert von Ranke-
Graves,
Strich drunter!

Band 70
Italo Svevo,
Die Novelle
vom guten alten Herrn
und vom schönen
Mädchen

Band 71
Lautréamont,
Die Gesänge des
Maldoror

Band 72
Ivan S. Turgenev,
Ein Adelsnest

Band 73
José Eustasio Rivera,
Der Strudel

Rowohlt Jahrhundert